# 婚姻的、爱情的鞋子脚

梦笔锦书 著

北京联合出版公司
Beijing United Publishing Co.,Ltd.

图书在版编目（CIP）数据

婚姻的鞋子爱情的脚 / 梦笔锦书著. -- 北京 ： 北京联合出版公司，2018.7
ISBN 978-7-5502-9494-3

Ⅰ．①婚… Ⅱ．①梦… Ⅲ．①长篇小说－中国－当代
Ⅳ．①I247.5

中国版本图书馆CIP数据核字(2018)第039673号

## 婚姻的鞋子爱情的脚

作　　者：梦笔锦书
出版统筹：新华先锋
责任编辑：郑晓斌　徐　樟
特约编辑：黎　靖
文字编辑：流浪羊
封面设计：易珂琳
版式设计：徐　倩
营销统筹：章艳芬

北京联合出版公司出版
（北京市西城区德外大街83号楼9层　100088）
天津旭丰源印刷有限公司印刷　新华书店经销
字数261千字　787毫米×1092毫米　1/16　18印张
2018年7月第1版　2018年7月第1次印刷
ISBN 978-7-5502-9494-3
定价：39.80元

# 目　录
## Contents

# 1 蹊跷的情书

二十岁的女孩儿说不结婚，那是害羞；二十二岁的女孩儿说不结婚，那是矜持；二十四岁的女孩儿说不结婚，那是心虚；二十六岁的女孩儿说不结婚，那是煮熟的鸭子——嘴硬；二十八岁的女孩儿说不结婚，那就是……

"你怎么对得起我和你爸爸哟，我们养你这么多年了，你到底还要我们养你多久啊？"秦妈妈痛心疾首、苦口婆心地给出了结论：你根本就是不把父母放在眼里，不拿自己当回事，总而言之，就是对父母不孝，对自己不负责任。

不结婚住在家里就是让爸妈养着了？这是什么逻辑！秦诺气不打一处来。难道自己每个月没有交生活费？难道单位发的那些福利，自己不是全都拿回家了？更让秦诺想不明白的是，对婚姻抱怨了一辈子的母亲，为什么还这么热衷将她也送入婚姻中去。难道天天吐槽在婚姻中受欺负、受压迫的那个人，不是她自己吗？

"我让你养着了吗？"秦诺不满地反诘母亲，"从我二十二岁上班的第一天起，我哪个月少交一分钱的生活费了？别忘了，我都给你安排两次旅游了。对了，还有，你的五十大寿也是我给你操办的。从做衣服、订酒席、请客人，到最后付款结账，哪一件不是我给你办的？除了你抵死不肯跟老爸一起拍全家福。现在倒好，话反过来说了，成了你养着我了。行，既然你那么讨厌我在家，那明天我就搬走，不，今天就搬，现在就搬！"

"谁要跟他拍全家福啊！"秦妈妈愤愤然道，然后一愣，"你说什么？现在就搬？你要搬去哪里？"眼看秦诺起身收拾自己的东西，秦妈妈急了，在她看来，未婚独居可不是什么好事情。于是她连忙去抢东西，说道："听风就是雨，这就是你对你妈的态度啊？你给我把话说清楚了，你要搬去哪里？是不是外面有人了？我告诉你啊，女孩子要自尊自爱，没结婚不要随便住到人家家里去啊……"

秦诺哭笑不得，一边喋喋不休地催促自己嫁人，一边却又千叮咛万嘱咐，不要轻易和异性交往，这当爹妈的，都是什么心态啊！她无奈地将东西一推，一本正经地说道："外面没人，不过我租了一间房子。既然你不喜欢我住在家里，嫌我让你丢面子了，那我就住到外面去好了。老妈，你记住了，我不是找不到好男人，而是根本就不想找男人，不想结婚，好吗？"

"诺诺，妈妈也告诉你，不结婚是不可能的，不然，别人的口水就能把你给淹死了。"秦妈妈一副老学究开讲的架势，对着秦诺大喊道。

秦诺被吓到了，赶紧朝门外跑去，边跑边嚷着："我知道，妈，你说的大道理我都知道。对了，我想起来了，昨天我们季总说了，旅游季节眼看就到了，让我再整理一下酒店今年的招牌菜。妈，我到酒店去一下啊。"秦诺说着，拉开门就往外走，直到母亲的声音终于被隔在了房门内，她才松了一口气，回头张望了一下，丝毫不敢迟疑，匆匆下了楼，走到小区门口，无奈地叹了口气。谎言只是为了摆脱母亲的唠叨，她可不想在这个难得的休息日，再去酒店加班。

不过似乎也怪不得母亲唠叨，自己整天在她眼前晃来晃去，分明就是在提醒她，还有一个二十八岁的没有嫁出去的女儿。不对，在她看来，那是嫁不出去的女儿，她怎么能不着急呢？再说了，母亲只是被婚姻拖累，她只是对自己的婚姻不满，而不是对整个婚姻制度不满。所以，要说服她接受自己不婚主义的想法，是一件很困难的事情。那么，现在自己能做的，就只能是惹不起、躲得起了。

这样想着，秦诺拿出手机，拨了齐晓卉的号码。两个月前，她刚刚帮齐晓卉租下了一套两室一厅的房子，虽然房租已经很便宜了，但是对于齐晓卉来说，还是有一定压力的。反正齐晓卉带着儿子，两个房间也住不了，不如自己搬去跟她住，一来可以帮她承担一些房租；二来也免得整天出现在母亲面前，时时提醒她自己还没有结婚，让她不能安心。

秦诺正盘算着，电话通了，她想也不想就说道："晓卉，你在哪儿？和你商量一件事情，不许拒绝啊。"

"我在家。"齐晓卉的声音听起来有些缥缈，让人有一种心神不宁的感觉。秦诺突然感到有些不安，不过还没等她开口，齐晓卉就幽幽问道："秦诺，你有认识的律师吗？"

"律师？"秦诺被问得一头雾水，"你找律师干什么？"

"许俊平回来了。"齐晓卉竭力保持着镇定，"他要跟我离婚……你过来再说吧。"

什么？离婚？消失三年无影无踪，不要说养家，连儿子的生活费都没有拿一分钱，现在出现就是为了离婚，这是个什么男人啊！秦诺还没有缓过神儿来，齐晓卉就挂断了电话，仔细回想一下，齐晓卉最后的话语中似乎带了哭腔。秦诺一下子就义愤填膺起来，瞬间将自己的烦恼抛到了九霄云外，站在马路边上，急不可耐地拦了一辆出租车，直奔齐晓卉的出租屋。

齐晓卉和秦诺是在三年前认识的，认识的起因很偶然。那一次，旅游局借用海鲜楼大酒店的会议室当作导游证考试的考场，而秦诺则被指定负责这一次的场地租用业务。就这样，她认识了当时已经是三岁孩子的妈妈的齐晓卉。

瀛洲市的旅游资源得以开发之后，来考导游证在当地做导游的年轻人不在少数，不过大多是未婚的。所以当秦诺知道齐晓卉已经当上了妈妈的时候，还是有些意外的。

开始秦诺以为，齐晓卉是因为孩子上幼儿园了，自己在家无聊，所以来考导游证，赚些外快补贴家用。在后来的接触中，秦诺才慢慢了解到，齐晓卉去当导游，完全是迫不得已。原来，齐晓卉的丈夫许俊平在海鲜收购生意上亏了本，夫妻俩被迫卖掉了唯一的住房还债。

还好许俊平并没有一蹶不振，他带着卖房剩下的不多的钱款，去了外地，临走时向齐晓卉发誓，一定要把失去的一切，重新赚回来。但是很多话说着容易，做起来实在是难。三年来，连过年都没有办法回家的许俊平，不要说赚回曾经的一切，甚至连自己的生活都捉襟见肘，儿子的生活费自然更是没了着落。

齐晓卉和儿子的生活陷入了窘境，她带着儿子搬到娘家去住。为了养活自己和儿子乐乐，她只好出来找工作。因为孩子还小，所以很多工作都不适合齐晓卉，她尝试过超市收银员、酒店前台、网吧网管等岗位，但都因为孩子的缘故而无法继续。之所以看上导游这份工作，也是因为导游的工作时间相对比较自由，虽然收入仅够糊口而已。

齐晓卉的遭遇激发了秦诺的同情心，而乐乐更是让她这个不想结婚却超级喜欢孩子的女人的母爱一发不可收。于是，一向眼高过顶、任谁也不买账的秦诺，对齐晓卉有了一见如故的感觉。秦诺不仅常常在旅游高峰期为齐晓卉预留房间和就餐包厢，还会帮她留意回头客，介绍有购物意向的游客等。

而齐晓卉虽然比秦诺年长了两岁，可是在这个"蛮不讲理"的闺密面前，似乎从来都是只有言听计从的份儿，对她的建议和抱怨统统笑纳，从不提出任何异议。所以很多时候，秦诺不得不感慨，人和人之间的缘分真是很奇妙啊。

两个月前，齐晓卉让秦诺帮忙找一套出租房，原因是她离婚两年的哥哥齐晓成又要结婚了，未婚妻就是齐晓卉的同事崔颖儿。对于崔颖儿，秦诺并不陌生，她清晰地记得，崔颖儿初到瀛洲市的拘谨和青涩，也不会忘记，现在的崔颖儿心机过人。

秦诺只是想不明白，崔颖儿这个自视甚高的女孩儿，为什么会看上齐晓成这个二婚男人，甚至不介意做他女儿的后妈。在秦诺看来，齐晓卉绝对算得上是好性格、好脾气的女人，可是有一次秦诺试探地问她愿不愿意做后妈时，齐晓卉还是在思索良久之后说，这要看情况。

由此可见后妈这个身份是多么敏感，而崔颖儿居然有决心去触碰，所以秦诺断定，要么是崔颖儿看上了齐家的财产，要么两人之间是令人艳羡的真爱。可目前的情况是，齐家除了那一幢靠近城乡结合部的老房子以外，好像也说不上还有什么财产了，难道是真爱？秦诺皱着眉头，怎么也不愿意相信这个结论。

不过崔颖儿和齐晓成在一起一年多，好像也没有什么异常。当然，不包括齐晓卉考虑家丑不可外扬的因素，有些事情没有说出来。不管是齐晓卉没说，还是根本就没事，齐晓成和崔颖儿要结婚总是事实。秦诺为自己的阴谋论感到好笑，不想就在这时，齐晓卉找到了她，希望她能帮自己租一套房子。

"崔颖儿对我妈说，结婚不需要另外买房子，把老房子简单装修一下就行了，她不介意跟公公婆婆住在一起。"齐晓卉的矛盾，在话语中一览无余，"不过她想婚后马上就要孩子，所以家里的房间就不够了。你也知道，不管是从我妈的性格来说，还是从瀛洲市的风俗来说，我都只有为我哥让路的资格。而且我哥二婚，崔颖儿初婚，她还能主动表示不买婚房，愿意和公公婆婆住在一起，这就是烧了高香了。我若是赖在娘家不走，岂不是成全家的罪人了？"

齐晓卉说完，长长地叹了一口气。一方面，她不得不感激崔颖儿的大方，正是她不要求另买新房，才让齐妈妈松了口气，经济压力瞬间轻了不少；另一方面，她又不得不感慨自己的坎坷，名义上有丈夫、有家庭，可是实际呢，跟单亲妈妈又有什么区别？一个人带着儿子，婆家不闻不问，娘家也不见得怎么在意她。

瀛洲市城区虽然近几年拓展了不少，但是老城区并不算大。也就十来分钟的时间，出租车就在齐晓卉租房的绿漾小区门口停了下来。秦诺付钱下车，走进了小区。

绿漾小区是瀛洲市老城区里最好的小区了。论地段，就在政府部门的边上，对面是城区最大的街心公园，推窗就可以享有春天的姹紫嫣红、夏天的小桥流水、秋天的满园桂香、冬天的红梅傲雪，那街心公园仿佛是小区的后花园一般。论环境，住在绿漾小区的人，不是政府大院的公务员，就是企事业单位的负责人，环境好，服务设施也到位。听说小区还有自己的电力专线，即便是台风季节，城区供电发生故障，这里也是灯火通明。

这样的住处，能有房子出租，而且月租金只有八百元，物业费每月也只有五十元，这简直就是人间奇迹啊。所以当秦诺从副总季永年手中接过钥匙的时候，怎么也不敢相信是绿漾小区的房子，还以为季永年和她开玩笑呢。

"季总，你没开玩笑吧？绿漾小区的业主会把房子租出去？"

"我骗你干吗？"季永年似乎十分欣赏秦诺迷茫的表情，将身子往老板椅背上一靠，呵呵地笑道，"这租房子呢，就跟谈恋爱一样，也是需要缘分的。你觉得绿漾小区的房子不可能出租，人家房东也认为不会有能达到他要求的租客呢。"

"房东有什么要求？"听季永年的口气不像是在开玩笑，秦诺心里就有了无限的希望。她紧紧地攥着钥匙，希望自己能帮齐晓卉租下这套房子。

"房东声明了，首先，夫妻不要。"季永年慢条斯理地说道，"其次是未婚的情侣不要，职业不正规的不要，不会烧饭的不要，不会收拾房间、打扫卫生的不要……"

秦诺心想，这是找租客呢，还是找结婚对象啊？不过仔细核对了一下，齐晓卉竟然完全符合房东的条件，果然是缘分。于是秦诺简单介绍了一下齐晓卉的情况，由季永年转告后，房东答应了租房，不过协议要等他回来再签，当然，租金也不用急着付。这让秦诺又不放心了，协议没签，租金没付，怎么能叫租好房子了呢？

"那……房东什么时候回来？"

"他说他去参加公司的培训了，大概要两三个月吧。"季永年继续欣赏着秦诺的忐忑不安，"你不用这么担心的，我实话跟你说吧，人家根本就不是为了租金才把房子出租的。是因为装修好的房子，空着容易坏，所以找个人住着，也就是看着房子的意思。你放心，房东是个有身份、有地位的人，不会出尔反尔的，只要你介绍的情况是真的就没问题。"

就这样，齐晓卉带着乐乐搬进了新房，当她环视着出租房的一切时，也如秦诺一般不敢相信，只能感慨自己的运气还没有差到极点，在走投无路的情况下，居然还能租到性价比如此高的好房子。只是没想到，在这份好运气带来的兴奋还没有完全褪尽时，她就接到了许俊平要求离婚的电话。

齐晓卉慢慢合上手机，目光落在了手上，这才发现自己居然还捏着那封信，不自觉地苦笑了。当崔颖儿把信递给她的时候，她还感到好笑。这年头，还有人写信？就算家里没有电话，自己没有手机，这满大街的公用电话，不也比写信方便很多吗？

"还内详呢。"崔颖儿把信丢给她的时候，也是一脸的不可思议，随即就取笑道，"姐，你回去好好内详吧，说不定还是哪个帅哥的情书哦。"

虽然婚期在即，按理，齐晓卉应该管崔颖儿叫一声"嫂子"的，但崔颖儿说什么也不肯，说她们的姐妹关系，不要因为结婚而发生任何变化。事实上只有齐晓卉自己明白，这一层关系，早就因为婚姻而变得面目全非了。

尤其是搬离娘家的那天，崔颖儿那一句着三不着两的话，更是让她啼笑皆非："姐，其实你不用走的，我们马上要装修了，顺便把楼下的客厅改装一下给你跟乐乐住，不也一样吗？反正你在外面租房也要付房租的，那还不如住在这里，你就当是在这里租房住好了。"

难不成她说结婚后马上要孩子，房间不够用了是假话，事实上是嫌自己白住在娘家不给房租了？齐晓卉有些发蒙，但有一点她还是明白的，如果她顺着崔颖儿的意思留下来，那就不单单是打了崔颖儿的脸，连母亲的脸面也一概没了。

这样的口头人情，真是让齐晓卉看不懂了。或者秦诺说得对，既然不是一路人，那么住在一起反而麻烦。共事都快三年了，她还不知道崔颖儿那明里一套、暗里一套的把戏吗？只不过是碍着母亲的面子，不好计较罢了。

齐晓卉牵了牵嘴角，在崔颖儿的挤眉弄眼中，顺手把信塞进了包包里，然后去菜市场买菜，回到出租房淘米、洗菜，顺便将早上晾晒在阳台上的衣服收进来，然后准备烧饭。

如果不是许俊平的电话，也许她就把那封信给忘了，或者一直要等到旅游季节结束，她整理自己包包的时候才能再次发现它吧。可是许俊平的电话让她在发呆四五分钟之后，突然感觉这封信跟电话应该有着某种联系，于是飞快地拿了出来。

女人的直觉果然很准啊。她没有猜错，这封信确实和离婚有关系，崔颖儿也没有猜错，这确实就是一封情书，而且是帅哥的情书——许俊平应该算得上是帅哥吧。可惜，这是他写给一个名叫"霞"的女人的情书。

齐晓卉挂了秦诺的电话之后，突然觉得心里空落落的。打开那封情书再看一遍，觉得非常可笑。

也不知道过了多久，一阵急促的敲门声惊醒了齐晓卉，她这才回过神儿来，打开房门，一看是秦诺。从时间上推算，她估计秦诺挂了电话就过来了。

"怎么回事？"秦诺人还没进屋，就先问道。

"给你看这个。"齐晓卉没有回答秦诺的问题，而是将手中的情书递给了她。

秦诺疑惑地接过信纸，一边问道"什么啊"，一边看了起来。

虽然只是浏览，但那信里的每一句话，都已经清晰地印在了齐晓卉的脑海里。齐晓卉看着秦诺打开了信，似乎也随着她重新看了一遍。

"写下这封信，是想给你一个承诺。"结婚证算是承诺吗？

"因为，你让我重新相信爱情、相信婚姻了。"这么说，还是自己让他对爱情、对婚姻失望了？

"只有你最懂我的心。"是的，自己只了解他的胃，每天费尽心思地想着怎么烧几个他喜欢的菜，看着他大快朵颐，那是自己最开心的时候。

"让我留在你的身边，直到永远。"这话听起来，好像自己倒成小三了。

"你是我永远的老婆。"那么，我是什么？这是不是坐实自己小三的地位了？

泪水没有意识地顺着齐晓卉的脸颊滑落，秦诺扬着信纸问道："哪里来的？"

"崔颖儿给我的，可能是许俊平把信寄到了我的娘家。"齐晓卉走到桌边，伸手取了一张纸巾，想把泪水混合着失落一起拭去。可是纸巾很快就湿透了，泪水却固执地留在脸上。

秦诺皱起了眉头："许俊平人还没到，信先到了？"

"我想……"齐晓卉把脸藏在纸巾里，声音倒是异常清晰，"他大概是怕我不肯离婚，所以先把这封信寄给我，好让我死心，离婚就可以顺利一些了。"

"切！"秦诺不屑一顾，"离婚离得顺利与否，那要看许俊平的态度，就凭这么一封信，他说离就离了？不管怎么说，这三年的行踪要交代清楚吧，乐乐的抚养权问题要解决吧？还有，房子卖掉给他还了债，这笔账又该怎么算？"

算账？七年的婚姻，现在只有账可以算了吗？那她付出的真心呢，儿子乐乐每天的期盼呢？还有……那曾经温馨相伴的每一个清晨和夜晚呢？

"喂，你说话啊！"秦诺看着一声不响的齐晓卉，突然不知道哪里来的无名火，狠命推了她一把，骂道，"怎么？你还舍不得啊？你要是舍不得当初就该去找他，就该他去哪儿你也去哪儿啊，守在家里干什么？三年没回家，别说他寄回来的是写给别人的情书，就算是写给你的情书，你能相信他在外面没花头？还一副依依不舍的样子，我说你是不是有受虐倾向啊？都说一孕傻三年，可是乐乐都已经六岁了，你的傻劲儿也该过了吧？怎么就是想不明白呢？"

一孕傻三年？对了，为什么信中没有只言片语提到乐乐？难道说……

"喂，跟你说话呢，听见没有？"

秦诺恨铁不成钢地推了齐晓卉一下，齐晓卉突然也发了火，冲着秦诺嚷道："你说得倒容易，出去找他？我怎么出去？他走的时候，乐乐才三岁，你是要我放着乐乐不管，还是带着乐乐出门？再说了，他带走了家里所有的钱，他隔三岔五打来的电话都是在不同的地方，说外面不好混，钱不好赚，让我不要逼他，我能怎么办？"

"怎么办？什么怎么办？知道还要养儿子，你把钱都给了他，害得乐乐跟你受苦，你还有理了？"秦诺也火了，把信往齐晓卉身上一扔，还想继续骂，但看到齐晓卉泪如泉涌，只好换个话题，"就我妈那个老古董，还天天催着我嫁人，像许俊平这种男人是值得托付终身的吗？"想了想，又加了一句："唯一的好处就是可以合法拥有一个孩子。对了，乐乐已经六岁了，你打算怎么跟他解释清楚这件事？"

齐晓卉默默地擦着眼泪，许久才说道："解释什么？我又不想离婚。"

"什么？"秦诺一下子跳了起来，"齐晓卉，你吃错药啦！许俊平都管别人叫老婆了，你还死缠着不放干什么？怕没人要啊？我告诉你，只要你齐晓卉松个口，喜欢你的男人能从你家排到市政府门口，你信不信？"

秦诺说着，用手指着门口。齐晓卉顺着她手指的方向瞄了一眼，突然平静下来，若无其事地说道："那么这些男人里，谁是乐乐的爸爸呢？"

秦诺愣住了，齐晓卉就是这样一个认死理的人。当初卖掉房子，许俊平离家出走，许母借口睡眠不好，拒绝收留齐晓卉母子。当时秦诺听她说起这些事的时候，就感觉不妙，劝她不要顾忌太多，尽量住到婆家去，这样对自己和孩子都有一个保障。

无奈齐晓卉坚信许母不会骗自己，不想因为自己家的难处而影响了婆婆的正常生活，因此一直住在娘家，没有去打扰许家父母。而让秦诺不能理解的是，齐晓成的前妻——一向认为"嫁出去的女儿泼出去的水"的吴雪飞，对于已婚的小姑回娘家住，竟是毫无怨言。

当年的秦诺劝不醒齐晓卉，那么如今的秦诺也只能对齐晓卉的想法无言以对了。她捡起信纸问道："那你打算怎么留住许俊平？要知道，现在是他对你了如指掌，你对他一无所知，要留住他，恐怕不是一件容易的事情吧？"

"所以……"齐晓卉咬了咬牙，问道，"你有认识的律师吗？我想请教一下。"

"请教什么？"秦诺嗤之以鼻，"律师只管离婚，你不想离婚，找什么律师？跟你说清楚了，约谈律师是要钱的，我才不干这种花钱买罪受的蠢事呢。"

齐晓卉沉默了，良久才说道："好吧，那就等下午跟许俊平见了面再说吧。"

"要我陪你去吗？"看着齐晓卉失魂落魄的样子，秦诺突然又不忍心起来了，"你要是真的不想离婚，我会帮你说话的。"

"没事谁想离婚啊？乐乐都六岁了。"齐晓卉落寞地说道。

"那……还是我陪你去吧，我怕你见了他连话都说不清楚了。"秦诺毅然下了决心。

"你干什么去？"齐晓卉自嘲地笑了一下，"你还真当是国共谈判啊？"

"切！"秦诺不屑地一撇嘴，却也想不出什么反驳的理由来。对许俊平来说，她就是一个陌生人，说话确实没有任何分量。秦诺想到自己还要躲着老妈，于是告诉齐晓卉自己要去酒店。

齐晓卉和许俊平约好了下午一点见面，因为太晚会影响她去接乐乐。地点倒让齐晓卉很是为难了一阵子，因为她害怕自己会失态，所以不想去任何一个公众场合。娘家当然也不能去，她还不想让家人知道这件事情；许俊平的父母家，她更不想去，许母那永远高高在上的鄙视的目光，从自己和许俊平的婚事提上日程开始，就是她难以摆脱的噩梦。恐怕她不想带着儿子去婆家住，这才是主要原因吧。

至于现在这个出租屋，一来，最后残存的一丝自尊，让齐晓卉不想被许俊平知道自己已经搬离了娘家；二来，这个神秘的房东，也使得齐晓卉担心夫妻之间万一在这里起了争执，会让房东找到收回房子的借口。

因此考虑再三，两人终于达成一致，去吴雪飞的枫露茶室。下午一点基本没人，如果有什么意外的话，吴雪飞那里，总比其他地方好一些。

吴雪飞是两年前跟齐晓成离的婚，说起来，她们姑嫂两个也算是同病相怜。齐晓成跟许俊平合作做生意，亏了本，两家的债务差不多，房子也是一起卖掉的。只不过齐晓卉卖房子的钱还了债以后，都被许俊平拿走了，说是去做生意，然后一去不复返。而齐晓成剩余的钱，则被吴雪飞抢先一步抓在了手里，开了个小茶室，赚些辛苦钱。

吴雪飞也算是给面子，接到齐晓卉的电话后，想都没想就答应了，还放弃了午休，匆匆跑来给她开门。和秦诺一样，吴雪飞也有些不放心，一边试探着问齐晓卉，要不要自己留下来给她壮壮胆，一边指着窗户下的一排瓷坛子说道："喜欢吃什么零食，自己拿。东西都装在瓷坛子里，碟子在下面的抽屉里，这是你走了以后添置的。"

吴雪飞的茶室刚开张时，她跟齐晓成还没有离婚，因此齐晓卉跟齐母也一起过来帮过忙。说来也奇怪，别人离婚了，都对原来的婆家避而远之，这个吴雪飞却反其道而行，不仅对齐父齐母还是开口闭口地叫爸妈，而且有什么事情也会告诉他们，甚至茶室需要一个清洁阿姨，她也请了齐母来做，说是肥水不流外人田。

齐晓卉想不通吴雪飞的为人，吴雪飞也想不通齐晓卉的行事方式，因此泡了杯茶给她，便不解地说道："依我啊，不要说一走三年销声匿迹的，就是他三个月不给我来一个电话，我也得考虑离了。真是不懂你，晓卉，你这不是给自己找罪受吗？一个女人，青春年华本来就不长，有几个三年可以让你这么白白浪费掉的？你看你，这么些年，大好的光阴就过去了，又找不回来的，何必这样委屈自己呢？"

吴雪飞离婚的时候，齐晓卉是有些看不起她的，虽然她也承认，齐晓成的嗜赌才是他们夫妻关系出现裂痕的起因。可是吴雪飞作为一个女人，被自己的老公捉奸在床，恐怕也不是什么光彩的事情吧。没想到齐晓成舍不得提出离婚，还是吴雪飞提出的离婚，临走还丢了一句话给齐晓成："真是男人的话，离婚是挽回不了面子的，能让女人离不开你，那才叫本事！"这句话让齐晓成足足颓废了半年多，一直到齐晓卉带着崔颖儿回家蹭饭吃，跟齐晓成一见对眼，两见生情，这才算是振作了起来，开始鼓捣着在景区摆了个烧烤摊子，生意马马虎虎。

齐晓卉微微叹了口气，不知道该怎么回答，只好接过茶杯吹了几口。

## ❤ 2 至疏夫妻

茶室的灯光有些昏暗，或者是通风不畅的缘故，房中还残留着各种气味。酒味和劣质的脂粉味混合在一起，让昏暗的空间增加了几分暧昧的味道。就在这一瞬间，齐晓卉突然后悔把地点选在这里。可是还没等她把这话说出来，茶室的门就被推开了。

不用看也知道来的是谁，齐晓卉连头都没抬，径直站起身来朝最里间的包厢走去。许俊平若无其事地朝吴雪飞点了点头，跟在了后面。两人在包厢中坐下，吴雪飞端了茶进来，放下茶杯，又放了一个小暖瓶，便退到了门边。就在打开门要出去的时候，她用余光打量了许俊平一下，希望能从这个男人的脸上看到些愧疚和不安。然而什么也没有，她轻叹了一口气，小心地关上包厢的门，心里继续为齐晓卉不值得。

齐晓卉没有去看许俊平，三年了，她无数次地想象过他出现的情形。也许会是自己在码头上接游客的时候，突然听见有人叫她，回头看时，便是他了；也许是自己去幼儿园接儿子，却看见他抱着儿子从里面出来，或者自己还可以趁机娇嗔几句，老师怎么可以把孩子交给一个"陌生人"呢；也有可能是带着儿子坐在公园里晒太阳的时候，手机突然响了，然后就是他的声音："找找看，我在哪里？"

这些不着边际的想象，是她孤身岁月中甜蜜的期盼。现在，他们却以这种方式再见，没有想象中的温馨，也没有期盼已久的热切，甚至连互相的寒暄都没有，只有一句冰冷的话："你都想好了吗？"

想好？想好什么？这句问话瞬间将齐晓卉拉回到现实，她下意识地咬住了下嘴唇，一个电话，就要她接受他的决定吗？三年来的抛妻弃子，莫名其妙的一封情书，就要她接受一切吗？他就一个字也不用解释了吗？

齐晓卉鼓足勇气抬起头，逼视着许俊平，冷冷地反问："想好什么？"

"离婚啊！"许俊平突然烦躁起来，"我在电话里不是已经说得很明白了吗，难道你听不懂？"

齐晓卉怒极反笑："许俊平，你还真以为自己是宇宙中心吗？国家的法律也得为你服务？"话题既然挑明了，齐晓卉反而平静了下来，她淡淡地说道："对你来说，也许离婚不需要理由，但是我需要。不仅我需要，乐乐也需要。"

"理由？"许俊平嗤之以鼻，"齐晓卉，你还有脸跟我提理由？你也不想想结婚后你自己做的事情。别以为生了一个儿子你就是我许家的功臣了，我全家就都得围着你转了，是你把自己当作宇宙中心了吧？以为我娶了你，就是娶了你们全家了。"

"你什么意思？把话说清楚，什么叫作娶了我全家？"齐晓卉的声音凌厉了起来，"你一走三年，不要说回来，连电话都屈指可数，我做什么了吗？我出轨了吗？我不养儿子了吗？我去你家闹，给你爸妈添一丝麻烦了吗？我怎么就没脸跟你要一个离婚的理由了？许俊平，你还有没有良心啊？"

"良心？"许俊平却冷笑了，"你不觉得我落到今天的地步，就是因为太有良心了吗？作为一个从来不把自己的老公和儿子放在心上、从来不把自己的家放在心上的女人，你的良心只是给娘家人准备的，我和儿子都没有资格得到你的良心。所以我想明白了，我放手，让你好好地去爱你的家人，至于我，就不劳你费心了！"

许俊平的这番话让齐晓卉感到莫名其妙："不把自己的家庭放在心上？许俊平，你要离婚就直说，别把那些莫名其妙的脏水往我身上泼。你做生意亏本，我卖了房子给你还债；你说你妈心脏不好，乐乐还小，住到你妈家会影响她，我就住到了娘家；你一走了之，没有电话，不见人影，我一个人养着儿子，一句怨言都没有。你说，我做的哪一件事情让你觉得我没把自己的老公和儿子放在心上了？"

"行行行，你有理，好了吧？"许俊平息事宁人地冷笑道，"把我千辛万苦抬高海鲜收购价赚来的钱，说给你哥就给你哥了，也是你有理，行了吧？那次我们收购的小梅鱼足有二十吨，我磨破了嘴皮子每斤售价高了五元，多赚了十多万元。结果呢？你一句要给你爸妈养老，就全都给你哥了。当初这么大方，现在你没钱养儿子了，不是该问你哥去要吗？惦记着我干什么？怎么，这十万元钱给你养三年的儿子还不够啊？"

见齐晓卉目瞪口呆的样子，许俊平愈加不屑地讥笑道："怎么？你全心全意记挂着的娘家人，在你最困难的时候都不还钱吗？这也太没有良心了。"

"许俊平，你不要阴阳怪气的。那次生意亏了钱，两家一起卖的房子，我家没钱，我哥哥自然也是没有钱的，他怎么还我们？"齐晓卉看着许俊平的一脸讥讽，不知怎的，莫名心慌了起来。她掩饰地将手伸向茶杯，却控制不住那微微颤抖的手。

看着齐晓卉的样子，许俊平渐渐收敛了讥讽的笑意，皱起了眉头："齐晓卉，你这话什么意思？三年了，你究竟是真的什么都不知道，还是你学会演戏了？"

"演戏？我演什么戏？许俊平，你有事说事，不要阴一句阳一句好不好？"许俊平像看怪物一样打量着齐晓卉，令她浑身不舒服，一把捏住茶杯，勉强喝了一口水。

没想到许俊平突然大笑起来，"好，很好，你自己已经把离婚的理由解释得很清楚了。三年了，你所有的努力在你的娘家人看来，就是一个屁。对不起，齐晓卉，你愿意为你的娘家做出任何牺牲，我没有这么大量，所以除了离婚，我们之间，已经没有任何事情可以谈了。"说着，他似乎放松了不少，将身子往椅背上一靠，玩味地说道，"齐晓卉，如果我告诉你，当初所谓的生意亏本，其实都是你哥哥因为还不起赌债而编出来的谎话，你有什么想法？"

"啊？"齐晓卉猛地抬起头，看着许俊平，不敢相信，"没有亏本？不可能啊，不是你回来跟我说，是因为你们收螃蟹耽误了时间，租不到冷库冰冻，全都死掉发臭，卖给人家做鱼粉都没人要，所以才会亏了那么多吗？"

"螃蟹确实是死了一些，不过是你哥收来的那部分，我收来的那部分早就进冷库了。"许俊平悠然自得地转着茶杯，"还记得我当初是怎么说的吗？我说债务大多是你哥的，我们的债务不多，我能想办法还了，不用卖房子的。可你是怎么说的？你说既然是合伙做生意，债务自然也该平摊，非要一家一半，把房子卖了。齐晓卉，你大概做梦也没有想到，你的娘家人会骗你吧？说实在的，我也没想到你的娘家人从你手上骗了那么多钱，居然在你最困难的时候都不肯帮帮你，真的是太过分了，怎么对得起自己的良心啊！"

"这不可能！"齐晓卉条件反射一般不假思索地反驳道，然后却彻底蒙了，"不可能的，卖房子这么大的事情，就算我哥哥要瞒我，我爸妈也不会瞒我啊。"说着，她猛地抬头盯着许俊平："就算我爸妈和我哥哥都要瞒着我，那你为什么不说？为什么？就算你恨我，难道也不管乐乐了吗？"

许俊平怔了一下，有些心虚地避开了齐晓卉的目光："我怎么没说了？我不是说咱家的债不用卖房子的吗？你听我的话了吗？"说着，他突然理直气壮起来，"齐晓卉，你好好想想吧，每次当我说的话跟你娘家人的说法不一样的时候，你哪一次是选择了相信我？我说，我说什么啊？我还怕你怪我挑拨你跟你娘家的关系呢！"

齐晓卉一脸茫然地坐在那里："可是……可是我们是夫妻啊，我们还有儿子呢……你好好说，我怎么会不相信你呢？"

"是啊，我们是夫妻，我们有儿子，我们应该互相信任。齐晓卉，当你用卖房子的钱给你哥哥还赌债的时候，你想过我们才是一家人吗？我以为只有你爸妈和你哥跟你才是一家人呢。现在我耗不起了，我想离婚了，你再说我们是一家人，你不觉得已经晚了吗？"许俊平摆摆手，讥讽地打断了齐晓卉的话，"好了，我今天只跟你谈离婚，明白吗？除了离婚这件事，其他的，一概免谈！"

"只谈离婚？难道你以为，我们之间除了婚姻，就没有别的了？"齐晓卉强行将自己的思维从三年前拉了回来，可是看着许俊平，却是那样陌生。他该不是忘了他们还有一个儿子吧，有一个即将上小学的儿子，是他们这几年聚少离多的婚姻的见证。

"你是说乐乐……"许俊平的眼中终于闪过了一丝不安，"儿子我会补偿他的，但是现在我没这个能力。再说了，他一直都是跟着你的，如果因为我们离婚而突然改变他的生活环境，对他的学习成长也不好，所以还是继续跟着你吧。"

"行，儿子跟着我没问题。那你说说看，你打算怎么补偿儿子？生活费、学费、医药费，怎么支付？你给个说法。"齐晓卉逼视着许俊平。有人说，女人的妻性是被迫的，母性是天然的。那么对男人来说，是不是也是这样的呢？他可以将老婆像穿旧了的衣服一样，想甩就甩，难道对孩子，他也能这样？

许俊平的回答却让齐晓卉目瞪口呆："说法？你要什么说法？"他好像听

到了一件极其可笑的事情一样，嘲笑地看着齐晓卉，"我刚才不是说了吗？我现在没钱，你以为我是在外面发财吗？离婚了还能给儿子留下一大笔抚养费？还是以为我找到了那些债主，把替齐晓成还的赌债都要回来了？我实话告诉你吧，一开始，我确实有这个想法，只是可惜，我低估了赌徒对钱的占有欲望，所以不仅没拿到钱，还险些被人给打死。"

说到这里，许俊平的目光冷漠了起来："知道我为什么不给你打电话吗？齐晓卉，我恨你，是你让我身无分文、流落异乡、三餐不继、四处打工、有家难回的。跟你离婚，我只是想解脱自己。至于儿子……你不认为这一切都是你自己造成的吗？那么，也应该由你来承受。"

这是什么逻辑？齐晓卉整个人晕了，难道隐瞒生意亏本真相的人不是他吗？难道对儿子不闻不问的人不是他吗？难道要拆散家庭的人不是他吗？怎么现在反而成了她的不是了，齐晓卉的伤心此刻都变成鄙视。她拿出那封情书的复印件，摆在许俊平面前："那么这个呢？你也不想解释一下吗？许俊平，你不要太过分了，我的错误我承担后果，可是儿子没有错，要求你对他负责难道不是应该的吗？这样也不肯，你还是一个男人吗？"

如果他们俩真的闹到法庭上，这封情书有可能成为许俊平婚内出轨的证据，这将对他不利。想到这里，许俊平后悔当初把情书寄给齐晓卉时没有考虑到这一点，他的脸色突然就变了，一把抢过那封情书，三下两下就撕了，然后摆出一副"你奈我何"的姿态，看着齐晓卉。

许俊平的这个举动让齐晓卉的嘴角不由得向下一弯，嘲讽道："你是不是心虚，所以看都没看就撕了。撕吧，这是复印件，你要是喜欢撕，明天我复印一百份来，让你慢慢撕着玩，你看好不好？"

这几句话却让许俊平耍起了无赖，他满不在乎地看着齐晓卉，嘲笑道："对，这是我的情书，我承认。还是写给别的女人的情书，那又怎么样？"

"怎么样？"许俊平满不在乎的态度终于惹恼了齐晓卉，她不明白现在的人是怎么了？法律明文规定了夫妻对婚姻忠实的义务，可是为什么这个背叛婚姻的男人，还能这么理直气壮？于是她猛地站起身来："我会向法院起诉，你必须承担背叛婚姻、背叛家庭的责任！"

"好啊，我承担。"许俊平两手一摊，一副小人得志的模样，"怎么承担？在分割财产的时候，酌情少分？齐晓卉，问题是我们目前还有共同财产吗？让我全额承担儿子的抚养费？那也得法院能找到我名下的财产才行啊，你说是不是？要是这些都没用，就凭这一封情书，恐怕不能判我重婚罪吧？"

齐晓卉呆住了，是的，三年了，他是有备而来的，而她，完全是猝不及防，根本连招架的能力都没有。不要说婚内财产、抚养能力，她连他的落脚之地在哪里都不知道。可是，对于这样恶意欺骗感情、隐瞒真相、遗弃孩子的人，就真的没有任何办法惩罚了吗？不，她不相信，她一定会有办法的。

齐晓卉猛地抬起头来，却发现许俊平已经不见了，自己居然不知道他什么时候离开的。她站起身来，正要追出去，包厢门轻轻被推开了，吴雪飞走了进来。

"他把账结了，给了一百元钱，没让找。"吴雪飞看着齐晓卉，沉默了一会儿，才说道，"你们都谈了些什么……有要我帮忙的地方吗？"

齐晓卉呆呆地看着吴雪飞，问道："雪飞姐，当初生意亏本的事情，你还记得吗？"

"记得。"吴雪飞迟疑了一下，点点头。

"许俊平说，那是哥哥还不了赌债，被人逼急了，扯出来的谎言，其实……生意没亏本，不，没亏那么多。"说到这里，齐晓卉顿了一下，仔细看着吴雪飞，"这是真的吗？"

"是真的。"吴雪飞垂下眼帘，迟疑了一下，平静地回答道。

"你知道？"齐晓卉不相信地看着吴雪飞，许久，才苦涩地说道，"齐晓成是我哥，你是我嫂子，你们是一家人，瞒着我，也算是情理之中。可是许俊平为什么要帮着你们来瞒我呢？难道我跟他不是夫妻，不是一家人吗？"

"因为……亏本是许俊平造成的。那天晚上许俊平找小姐，没有给齐晓成收来的螃蟹留出冷库，造成最后一船螃蟹全部变质，第二天收购价被压得很低，亏了不少钱，也让齐晓成抓到了他的把柄。所以后来齐晓成为了还赌债，就拿这个威胁他，他自然不敢说实话了。"吴雪飞说着，自嘲地笑了一下。

"那债务一人一半，也是齐晓成的意思了？"

"不是的，齐晓成跟我……我们只是想让许俊平承担最后一船亏本的那部分钱，是你一直坚持债务平摊的。大约连许俊平也误会了，以为是齐晓成浑水摸鱼了，有苦说不出，所以房子卖掉以后，他就走了。许俊平一走，齐晓成就更什么都不敢告诉你了，于是……"

"于是你就说服我妈，答应让我住回娘家，算是对我的补偿了？"齐晓卉似乎想明白了什么，潸然泪下，没想到自己曾经视为瑰宝的爱情和亲情，会在这一瞬间都化作了乌有，"真是我的好哥哥、好嫂子，你们一个唱白脸、一个唱红脸，就把我一个人蒙在鼓里当傻瓜。现在好了，许俊平要跟我离婚了，你打算怎么补偿我？怎么补偿乐乐？你说啊！"

吴雪飞皱了皱眉头，许俊平嫖娼、齐晓成嗜赌，这才是所有事件的起因，齐晓卉是受害者，自己又何尝不是？可是看着泪流满面的齐晓卉，想到她即将面临的一切，她又不知道自己该说些什么，只好默默地抽了一张纸巾递给齐晓卉。

　　"事情既然已经来了，那就好好想办法面对吧。"吴雪飞想了半天，说出口的却只有场面上的人情话，"我承认，虽然当初许俊平帮我们还的也不算多，但也算是让我们松了一口气，有了余钱可以开茶室了。我原来想着，等茶室的生意好一些，做个两三年，我把钱还给你们的时候再说明当时的情况。到那时候，许俊平或者也想明白了，再把房子买回来，事情不就过去了吗？没想到后来房子是越来越贵了，更没想到……"

　　是的，没想到茶室的生意一直平平淡淡，吴雪飞和齐晓成的日子倒是过得"精彩纷呈"，为生意吵架，为女儿吵架，为感情吵架，似乎他们结婚的目的就是为了吵架。于是茶室开张还不到一年，吴雪飞因为出轨被齐晓成堵在了酒店房间里，两人这才离了婚。

　　齐晓卉将纸巾贴在脸上，吸干了泪水，慢慢坐回到了椅子上。她知道，吴雪飞出轨的初衷也是为了茶室的生意，齐晓成不争气，让她只能寄希望于别的男人。只是她没想到，吴雪飞这么急功近利地想要赚到钱，会是因为她和许俊平的缘故。

　　见齐晓卉平静了一些，吴雪飞便在她对面的椅子上坐下来："许俊平怎么说？"

　　"他说，离婚就是办个手续，其他……不会有任何改变。"齐晓卉简短地解释了一下，她不想再去回想那些让人几乎抓狂的绝情话，却也不得不承认许俊平说的没错，他们的婚姻中，早已是一无所有，倒是可以省了许多麻烦。

　　吴雪飞皱起了眉头，虽然她和齐晓成离婚，女儿齐婷婷归了齐晓成，但自己也承担了女儿的抚养费。现在许俊平倒好，连儿子都不想养了。就算当初的一切都是齐家兄妹的错，可那不都是大人之间的纠纷吗，跟孩子有什么关系呢？离婚离到自己的孩子都不要了，这还是个男人吗？不，不对，这还是人吗？

　　"那你打算怎么办？"吴雪飞不自觉地挺了挺背脊，"如果在家庭财产认定上需要证据的话，当初生意亏本的事，我愿意出面为你做证。"吴雪飞顿了顿，接着说道，"如果齐晓成没钱还你，我愿意还……不过，许俊平告诉你他帮我们还的债务是多少了吗？"

　　齐晓卉牵了牵嘴角："雪飞姐，你说的真好笑，齐晓成什么时候有钱过？不过，我还真没问许俊平帮你们还了多少钱，他也没说。"

　　吴雪飞迟疑了一下，说道："他只帮我们还了五万元，你信吗？"

"五万？"齐晓卉瞪大了眼睛，"他说收购款那里还了三十万，还有二十万暂时也做不了什么生意，加上亏了本，原先借钱给我们的都不相信我们了，所以就把先期投资借的十万也给还了，五十万的房款就剩下十万。只还了五万……真的只有五万吗？"

"你不相信？"吴雪飞反倒淡定了，"也是，换了谁也是不能相信的。一个大男人，丢下老婆孩子，卷了家里的卖房款一走了之，过了三年回来说要离婚。这世上，哪有这样薄情寡义的男人。就算是老婆做错了什么，断了夫妻情意了，可孩子总是自己的吧，也能这样铁石心肠，这就不是人能想出来的事情了。"

齐晓卉无话可说，两人陷入了难堪的沉默。许久，为了打破凝重的氛围，吴雪飞转了话题："你从家里搬出来以后住在哪儿了？都不告诉我一声，连乐乐也不带过来和婷好玩了，跟崔颖儿赌气，也别带上我啊。"

齐晓卉不想回答吴雪飞的问题，从离开娘家的那一刻起，她就不想让家里人知道自己的落脚之处。现在齐母就在吴雪飞的茶室帮忙，带了乐乐过来，小孩子不懂事，难保不说漏了嘴。因为齐晓成再婚而被迫离开娘家已经让她心存芥蒂，今天许俊平说出来的事情，更是让她对娘家、连带对吴雪飞也生出了许多防范。因此她答非所问地说道："前几天我听老妈说，家里要装修了，要把婷好暂时放你这边来，有这事吗？"

吴雪飞的脸色一冷："不是把婷好暂时放在我这里，是崔颖儿提出要更改监护人，以后就让婷好跟着我，齐晓成每个月给生活费。因为她打算一结婚就要孩子的，说什么到时候两个孩子会让姆妈照顾不过来的。"

吴雪飞口中的"姆妈"，就是齐母。说来也怪，都已经离婚了，吴雪飞对婆婆还是一口一个"姆妈"，那叫一个顺口。更怪的是，齐母不觉得怪异，齐晓成不觉得怪异，连齐晓卉也不觉得怪异。倒是崔颖儿每次听到这个称呼，总是气不打一处来，这次更改齐婷好的监护权，是不是跟这些也有关系呢？

齐晓卉想着，突然苦笑了，这个时候，她居然还有心思去想吴雪飞如何称呼自己父母的问题。是真被许俊平的绝情给气蒙了，还是自己本来就没心没肺呢？正像秦诺说的，老公一走三年，没电话、没短信，逢年过节也没动静，她居然从来没有怀疑过什么，这就不是一个正常的已婚女人应该有的表现。

那么现在许俊平提出了离婚，她的正常表现应该是什么呢？一哭二闹三上吊？可是她好像一样也做不来。齐晓卉泄气地站起身来，说道："雪飞姐，我想自己先静一静，如果真的要你帮忙，我再联系你。"

见她脸色不好，吴雪飞也就不留她了，站起来说道："晓卉，想开点儿，很多事情，其实伤心也就是那么一瞬间。想开了，回头再看，才知道自己当初有多傻。"

齐晓卉勉强笑着点了点头，吴雪飞拉开门，送她走出了茶室，看着她走远了，才返身回来关上门。她拿出手机一看，才下午两点多。茶室正式营业的时间是晚上六点到凌晨两点左右，现在，还可以回家再睡一会儿。

走出茶室，看看晴朗得没有一丝风的天空，吴雪飞又有些犹豫了。齐晓卉知道了三年前卖房的真相，会不会去娘家要个说法？她要是去了，不知道齐晓成是低头认错呢，还是矢口否认？不管是认错还是否认，他会对妹妹的不幸遭遇有一丝愧疚吗？

她曾经以为，离婚了，离开了齐家，那么齐家的一切都跟自己没有关系了。她可以站在旁观者的角度，去围观曾经的一切，而不必让自己也卷进去。可是崔颖儿的行为让她明白，只要有女儿在，她这一辈子都跟齐家脱不了关系。因为女儿姓齐，女儿的父亲是齐晓成，所以，齐家已经发生的和即将发生的一切，她还真是不能不关注了。

两个月前，女儿告诉她，爸爸要结婚了，姑姑带着小弟弟已经搬出了家里。她心里难免有些替齐晓卉打抱不平，便在齐母面前提了一下。不想齐母的态度倒是很干脆，女儿本来就不应该住在娘家的。

"你心好，跟晓卉的关系也好，所以才让她住了那么久。颖儿跟你可不能比，人家跟晓卉也不熟，还是未婚的大姑娘，嫁给晓成就已经委屈她了。更难得的是，她还愿意在老房子里结婚，那我还能再说什么？"

齐母理所当然的态度，让吴雪飞很是感慨。崔颖儿跟齐晓卉不熟？当初崔颖儿刚从郊区来到市里，举目无亲，要不是齐晓卉带她回家吃饭，估计她跟齐晓成都不可能有相识的机会。可是齐母一句话，就将这些事实一概抹杀了，这才叫舌头没骨头，闲话随人诌呢。

对亲生女儿尚且这样，那么自己这个前儿媳在她的眼里，恐怕更不可能有地位了。吴雪飞想着，停下了脚步。要真是这样的话，自己该怎么办？没有房子，没有固定收入。虽然茶室的生意也足够母女二人维持生计，但是照顾女儿的时间呢？还有，那个说尽海誓山盟却至今不见有半分行动的男人，万一……他就只是说说而已呢？

吴雪飞不敢再想下去了，当初不介意齐晓成嗜赌，竭力将女儿留在他那里，一来固然是因为自己居无定所；二来也是因为公婆还不错，她相信他们能够给女儿家的感觉。可是现在看来，已经是不可能了。在崔颖儿的步步紧逼之下，倪伟刚的优柔寡断让吴雪飞感到了前所未有的恐慌和忧虑。

"雪飞姐，不是我故意为难你，我也不过是丑话说在前头。我这人脾气不好，当不来后妈。而且女孩子心细，你说，万一要是我嘴快心急，哪里委屈了婷好，把她弄出个什么心理毛病来，那不是害了她的一生吗？"

崔颖儿的这几句话让吴雪飞两天没睡过安稳觉，睁眼闭眼都能看见女儿站在她面前，哭着说后妈对她不好，然后又说奶奶喜欢小弟弟，嫌弃她了。虽然是梦，可是吴雪飞深信不疑。齐母一向重男轻女，现在只有婷好一个孙女，所以还算宝贝，要是崔颖儿真给齐家生了一个孙子，那么梦境变为现实，也不是不可能的。

而崔颖儿能这么直白地来跟她谈判，又焉知不是得到了齐母的支持呢？吴雪飞觉得手心微微地冒出了寒意，她迟疑了一会儿，拿出手机拨通了一个电话号码。

"在哪儿呢？有空吗？"

"最近有点儿忙，局里中层可能会有所变动。不过，你有事就说吧。"电话里的男人迟疑了一会儿，声音又变得殷勤起来。

齐晓卉的婚变让吴雪飞变得敏感起来，她试探地说道："我想当面跟你谈谈……咱俩这样，总不是个事啊。你也知道，女人是拖不起的……我想结婚了。"

"结婚啊……哦，对了，我也有件好事要告诉你，等下见面谈吧。"电话里，倪伟刚的声音突然轻快起来，"你听了一定会高兴的。不过我不方便去茶室，你来我这里吧。"

好事？一定会高兴？吴雪飞的心中突然充满了憧憬，她像个听话的小学生，连连"嗯"着，然后满心喜悦地合上了手机。

## ❤3　苍白的法律

从茶室出来，齐晓卉却不知道自己要去哪里了。今天是星期二，早上送走了最后一批客人，下一个旅游团最早也要星期四早上才到，旅行社里不会有事。幼儿园要四点半才可以接乐乐。烧晚饭……现在好像还早吧。因此在阳光普照的大街上转了两个来回，齐晓卉还是鬼使神差地进了秦诺上班的海鲜楼大酒店。

齐晓卉推开大门的时候，秦诺正在核对酒水清单，晃动的光线惊动了她，一抬头看见是齐晓卉走进来，便顺手把单子往身边的女孩子手里一塞，走了过来。秦诺牵着齐晓卉的手，七转八弯，躲进了一个包厢里，这才问道："谈得怎么样了？"

齐晓卉自嘲地一笑："什么怎么样，离婚呗。"

"太好了！"秦诺很兴奋，"早就该离了，我当初怎么说来着？连自己儿子都不闻不问的男人，会靠得住吗？再说了，这些年，乐乐不就是你一个人养着的吗？这有老公和没老公，有什么不一样呢？还是离了好，离了就不用给他许家当免费保姆了！"

齐晓卉不置可否地笑了一下，这个婚，离或者不离，主动权似乎并不在她的手里。而今天许俊平说出卖房的真相，更是让她无法释怀。就算要离婚，他也该给个解释吧？就算自己在他的眼里什么都不是，那么儿子呢？

看着齐晓卉欲哭无泪的样子，秦诺似乎想到了什么，于是说道："对了，离婚归离婚，账还是要算清楚的。你没问他那情书是什么意思吗？"

"什么意思？"齐晓卉笑了一下，"夫妻感情不和的证据呗，许俊平提出离婚的理由就是感情不和，而感情不和的证据就是这封情书，你说还能有什么意思？"

"放屁！"秦诺"噌"地站起身来，恨不得一巴掌拍在齐晓卉的脑袋上，拍醒她这个不开窍的榆木脑袋，"你倒是想得明白啊，这么重要的出轨证据，你就这么轻描淡写地不打算利用了？这封情书就是证明许俊平是婚姻过错方的证据，他必须为他的出轨承担责任！"

"什么责任？"齐晓卉情不自禁地想起许俊平的话，"婚内财产分割的时候减少份额？问题是，我们有婚内财产吗？"

秦诺愣住了，怔了一会儿，忙问道："他说过给你什么样的补偿吗？还有，乐乐呢，他要还是不要？如果不要，他打算每个月给乐乐多少抚养费啊？"

齐晓卉看着为自己打抱不平的秦诺，突然觉得自己倒成旁观者了。她双手一摊："他不要儿子，也没钱付抚养费。至于我，结婚都没有得到过的，离婚了还能有？你想多了吧？所以，一切照旧……唯一的改变就是，我从已婚妇女变成了离异妇女，仅此而已。"

"什么？"秦诺一蹦三尺高，"没有房子，没有婚内财产，就留个儿子给你，还没有抚养费？他许俊平还是不是人啊？他算个什么东西啊……"

是什么样的绝望，让齐晓卉对秦诺的喋喋不休充耳不闻，脑海中只是一片空白。唯有三年来跟儿子的点点滴滴，此刻历历在目。许俊平离开家的时候，只给自己留了两千元钱，所以一个月以后，她就不得不将乐乐送进了托儿所，自己去超市做了收银员。

那天自己晚班，快十点了才到家，累得连说话的力气都没有了，发现儿子居然还没有睡觉。不知怎的，无名火一下子就上来了，她不由分说将小家伙一下子从冰箱旁边拎了过来，扔到床上，顺手就在屁股上打了两下，喝令他睡觉。

没想到挨了打的儿子，不仅没有哭喊，反而细声细语地提醒她，冰箱里有蛋糕。"那是舅妈买回来给我吃的，我怕舅舅回来吃了，所以在那里看着。妈妈，你去吃蛋糕吧，这么晚下班，我知道你一定饿了。"

泪水毫无征兆地夺眶而出，连儿子都看出来她在这个家中不被重视，可是她还那么蠢地为家里的每一个人着想。或者就是从那天开始，她才想到要为儿子争取点儿什么，可是三年了，她什么都没有做成，还要连累儿子跟着自己受苦。

不，不行，她不能让儿子为自己的愚蠢埋单。齐晓卉这样想着，没有回答秦诺的话，而是反问道："秦诺，你有没有认识的律师，能不能帮我介绍一下？我想问几个问题。"

秦诺眼睛一亮，说道："怎么，你想要打离婚官司啊？好主意，这种渣男，就是不能让他的阴谋得逞。这样吧，明天你有空吗？我陪你去律师事务所问问好了。"

秦诺摩拳擦掌，好像要离婚的是她一样。

去律师事务所并没有想象中的那么顺利，接待她们的律师在得知齐晓卉和丈夫已经分居三年，并且没有什么婚姻财产后，很职业地笑了一下，说道："像这种情况，我劝你还是不要打官司为好，因为你们的婚姻确实已经达到了法律规定的感情破裂的要求。何况没有共同财产，请问齐小姐准备向法院诉求什么呢？"

一句话问得齐晓卉瞠目结舌，结婚需要感情，难道离婚就只剩下财产可以计较了吗？曾经的付出都是海市蜃楼吗？背叛不用受到惩罚吗？还有……还有对孩子的责任呢？难道也随着婚姻的破裂一起消失了？

"那……要是曾经有过共同财产，但是都被他一个人拿走了，现在也不知道还有没有了。这种情况，我能要求分割财产吗？"

律师诧异地笑了："小姐，离婚分割的婚内财产，是指有账可查的财产。你都不知道这财产现在还在不在，那怎么分割啊？那不成画饼充饥了？"

律师的讥诮让齐晓卉憋红了脸，将原先想问的话都憋了回去。从律师事务所出来，她的第一句话便是："这个律师不专业，你再给我找一个。一定要找认识的，有熟人介绍的，不然人家不会给你认真解答的。"

秦诺也有些闹不清楚，难道没有婚内财产就活该受气吗？再说了，他们不是没有，而是被许俊平都拿走了，难道这后果就要齐晓卉一个人来承担吗？

"你让我想想啊，对了，我问问我们季总，他认识的人多。就你那出租房，也是他帮忙找的呢，问他准没错儿。"说着，秦诺拿起电话，拨了一个号码。

秦诺说的季总，就是海鲜楼大酒店的副总经理季永年，一个年近五十、看起来非常和蔼可亲的中年男人。他对秦诺非常关照，秦诺对他也很有好感。齐晓卉却觉得季永年看年轻女子的目光中，似乎总带着其他的什么意图，所以一向敬而远之。可是现在，她什么也顾不得了，她觉得自己像极了一个溺水的人，只要能抓住的，不要说是稻草，哪怕是一根发丝，对她来说，那也是莫大的希望啊。

"季总说他这就过来。"秦诺挂断电话，扬了扬手机说道，"对了，你的房东回来了，没有意外的话，一会儿碰个面，咱们把租房合同签了吧。"

齐晓卉苦笑，这算是一连串倒霉事件后唯一的好消息吗？看来老天爷还算没有彻底抛弃她。齐晓卉和秦诺站在三岔路口等了二十多分钟，才看见一辆银灰色奥迪A6在她们身边缓缓停了下来。副驾驶的车门打开了，出来的正是季永年。

"小秦啊！"季永年先是笑着跟秦诺打了个招呼，一眼看见她身边的齐晓卉，颇感意外地招呼道，"这不是海天旅行社贺经理手下的导游齐晓卉小姐吗？怎么，你们俩这是约好了要去哪里玩吗？"

齐晓卉有些吃惊，没想到季永年居然能认出自己来。若是平时，她早就躲开了，可是现在，季永年就是她要抓的那根稻草，她不能放弃这样的机会，于是连忙赔笑问好："季总好，是我有点儿事，秦诺在帮我想办法呢。"

"你有事？"季永年恍然大悟道，"哦，对了，小秦跟我说过，就是你租的房子吧？你放心，房东回来了，你们马上就可以签协议了。"说着，转向秦诺，"小秦，你刚才打电话问我有没有认识的律师，是不是你遇到麻烦了？没关系，有麻烦就说出来。"说着，走到后车门边上，拉开车门，"上车，去我的办公室聊聊吧。站在马路中间算什么名堂，开马路会议啊？"

秦诺有些尴尬，朝齐晓卉使了个眼色，便点点头说道："季总说的没错，马路上可不是说事情的好地方。既然季总有空，那我们就去他的办公室坐坐吧。"说着，她就坐到了后座上，顺便将齐晓卉也拉了进来。

这时，驾驶座上一个和季永年年岁相仿的男子回过头来，朝她们微微笑了一下，算是打招呼。这张素不相识的脸让秦诺为自己的冒失难为情了，原以为开车的是季永年的司机小钱，没想到是个陌生人。她有些脸红，忙挤出一个笑容，算是还礼。

"不认识吧？我给你介绍一下，你就认识了。"季永年在副驾驶座上坐下，回头笑道，"齐小姐，这位就是你的房东。你租下的绿漾小区的房子就是他的，上洋集团的苏睿文总经理。"

季永年说着，苏睿文愣了一下："哦，这么说，两位小姐就是我的租客了？"说着，他倒笑了起来，"怪不得刚才季总非拖着我过来，签个协议的事情，那么着急干什么？我有这么不讲信用吗？"说着，他发动了车子，从后视镜中又打量了两人一番。

"哪里是我着急啊，是齐小姐和小秦在着急呢。"季永年笑着说道，"还不是苏总的房子性价比太高，人家不放心嘛。你要是一个月租两千，我保管她们就不着急了。"

苏睿文微微笑了一下，没有接话，秦诺紧张了。她知道季永年说的是实话，这样的房子，一个月两千也绝对有人租，于是赶紧和苏睿文套近乎："苏总，你那房子可真不错，装修的品位也好。更难得的是，你能找到我们这样的租客。我告诉你啊，晓卉别提多喜欢那套房子了，打扫得干干净净的不说，电器也是小心翼翼地用着，生怕弄坏了……"

"是啊，苏总的东西这么好，谁舍得弄坏了啊。"齐晓卉听出了秦诺的意图，也赶紧加了一句。她甚至后悔坐上车，不知道这位苏总听到她正在闹离婚，还会不会把房子继续租给她了。听说有钱人都是讲究风水的，离婚是一件多么不吉利的事情啊。

"东西本来就是给人用的，用坏了也正常，只要家里能收拾得干干净净的就好。"苏睿文不急不缓地说着，从后视镜中观察着后座的两个人。秦诺和季永年聊了几句工作上的事情，听得出有些讨好的意思，但是保持着一定的距离。而齐晓卉正默默地看着窗外一排排掠过的梧桐树，神情落寞，苏睿文若有所思。

一行人很快来到了季永年的办公室，因为秦诺是员工，所以她就主动充当起了接待人员的角色，给每个人都倒上了茶水。可是倒好茶水，秦诺却不知道该怎么办了。她既不能让苏睿文回避，也不敢当着苏睿文的面就把齐晓卉的事情和盘托出，因此目光在三个人之间逡巡着，有些不知所措。

还是苏睿文最先看出了端倪，笑着问道："看来秦小姐今天不是要找我签协议的，而是另外有事要找季总吧？要不我回避一下？"

这下秦诺彻底尴尬了，看着齐晓卉不知道该说什么好。还是齐晓卉稳住了心绪，说道："没事，苏总是我的房东，这些事情应该让你知道。就算你因此不愿意将房子租给我，也不是隐瞒你的理由。"

"哦？"苏睿文被齐晓卉的话吸引住了，已经抬起的身体重新坐下。他看得出齐晓卉遇到了极大的难处，而这个难处有可能还会影响到她租房，让她雪上加霜。就算是这样，她也不愿意瞒天过海。他不觉对她有了好感，便说道："没关系，你说说看吧。只要不是杀人放火、聚众赌博等犯法的事情，我都能接受，不会出尔反尔的。"

"是这样的，苏总。"苏睿文的话给了齐晓卉勇气，她努力让自己看起来很平静，微微笑了笑说道，"昨天我的丈夫回来了，是跟我离婚来了。"

话音未落，泪水却不争气地落了下来。齐晓卉手忙脚乱想找东西擦拭，苏睿文已经将纸巾递到了她的面前，温和地说道："这算是什么事，放心，这个不影响你我之间的租房约定。那么，刚才秦小姐打电话找季总，是不是也跟你这个事情有关呢？"

"是的，是的。"秦诺连忙说道，又转头看着季永年，有些不好意思，"晓卉的老公要离婚，又不肯付抚养费，还把家里的财产挥霍一空。我们就是咽不下这口气，所以想问问季总，有没有认识的负责任的律师，帮我们出出主意。"

"你们这样说，有证据吗？"苏睿文沉吟了一会儿，问道，"你们也知道，不管是法官还是律师，都是需要证据的。如果没有证据，就是神仙也没有办法帮你们出主意啊。"

齐晓卉怔了怔，马上问道："那证人呢？证人可以吗？"

"证人？"苏睿文想了想，然后笑道，"应该可以吧。这样吧，我也不是律师，提供不了有效的咨询。我们公司的法律顾问这两天正好在，如果齐小姐愿意，我帮你约一下。具体情况，你跟律师详细说说，可以吗？"

"真的吗？太好了！"齐晓卉还没有反应过来，秦诺先开心地拍了手，"谢谢苏总，苏总可真是古道热肠啊。"说着，她推了一下还在发呆的齐晓卉，"你还不谢谢苏总，说不定苏总就是你命中的贵人呢。你看在你走投无路的时候，正好苏总有房子可以租给你，你想打官司了，又是苏总给你介绍律师，哪有这么巧的事啊。"

秦诺话音刚落，季永年哈哈大笑了起来："小秦啊，你干脆说苏总就是为了小齐才到瀛洲市来的算了。"

"很有可能哦。"没想到秦诺居然一本正经地点点头。

齐晓卉脸红了，朝苏睿文微微颔首道："谢谢苏总。"

"对了，你说的证人是谁？你能确定他愿意给你做证吗？"苏睿文收起了瞬间的尴尬，正色道，"我建议你先跟他联系一下，到时候请他一起过来比较好。这样万一到时候他反悔了，还有律师帮你记下的证词，说不定能用得上，齐小姐以为呢？"

"好的。"齐晓卉感激地朝苏睿文点点头，"我这就跟她联系，说服她和我一起来。"

苏睿文笑笑，拿出了手机，绅士地问道："齐小姐方便把手机号码留给我吗？等我问过郑律师，约好了时间就联系你。"

"好的，好的。"齐晓卉忙报了自己的手机号码，拿出了自己的手机，"苏总你打一个吧，我把你的号码也存起来。"

一切都很正常，只有季永年看着这一切，露出了玩味的笑意。

离开海鲜楼大酒店，齐晓卉有些紧张，虽然从收到那封情书开始，意外一个接着一个，但是峰回路转的希望，也时不时地闪现一下。但愿这位来自上海的苏睿文总经理真的是自己的贵人，但愿自己和儿子的运气还没有差到无可挽回的地步。

这样想着，齐晓卉转头想跟秦诺商量一下找到吴雪飞该怎么说，只见秦诺正严肃地看着她，一时发蒙："你这样看着我干什么？"

秦诺一脸严肃地说道："我知道你要跟我说什么，你要去找吴雪飞，对吗？可是我得提醒你，这件事情，你想让吴雪飞帮你的真正目的吗？"

齐晓卉怔住了，她还真没想过吴雪飞为什么要帮她，难道是因为许俊平的无耻让她顿生正义感了吗？还是她在同情自己的遭遇呢？"也许……她觉得当初是齐晓成的自私造成了我今天的困境，所以才想要帮我的吧。就像当初许俊平他妈不愿意让我和乐乐住到她家去，也是雪飞姐说服我妈让我住回娘家的。"齐晓卉说道。

秦诺摇摇头："我觉得事情没这么简单，吴雪飞从来就不是省油的灯。你不是说，许俊平还替你哥还了五万元的赌债吗？这要是吴雪飞帮你做证了，五万元她也要还一部分啊，她会那么好心？再说了，齐晓成刚刚定下婚事，就要把女儿扔给吴雪飞，丝毫都不考虑到吴雪飞一个人的难处，你觉得吴雪飞心里就没有任何想法？"

齐晓卉沉默了，虽然她和秦诺才认识三年，但是她不得不承认，对于自己的娘家人，秦诺看得比自己清楚多了。

吴雪飞是一个很干净利索的女人，虽然有些贪小，但是大分寸把握得很好，就是属于那种吃小亏占大便宜的人。不过性格确实不错，伶牙俐齿的，看上去对每一个人都是热情有加，不仅和公婆、小姑的关系处得不错，齐家别的亲戚对她也挺有好感。

当然，那时候，齐晓成兄妹俩都有自己的房子，并不和父母住在一起，所以也没有什么大的矛盾。况且那几年海鲜收购的生意也好，吴雪飞和齐晓卉都安心在家带孩子。齐晓卉又事事帮衬着娘家，实在也是闹不出什么矛盾来。

倘若不是那次的生意失败，自己和吴雪飞说不定依然是情同姐妹的姑嫂呢。齐晓卉苦笑了一下，不，不是生意失败，是齐晓成赌输了。卖掉房子以后，齐晓成和吴雪飞名正言顺地住到齐家的老房子去了。按理，许家父母也有房子，虽然比不得齐家老辈儿留下来的私房面积大，但是接纳儿子一家还是没有问题的。

没想到许母以小孩子晚上吵闹、自己心脏不好为由，坚决不肯接纳儿子一家，而是让他们自己到外面去租房住。许家父母的态度让齐母非常愤怒，一样是做婆婆的，一样是儿子生意亏了本，自己是那么体谅地接纳了儿子和媳妇，而许家二老却不肯在这个时候跟儿子一家共渡难关。因此就赌上气了，坚决不肯让女儿住到娘家来。

于是齐晓卉和儿子就这样被架在了杠头上，情急之下，齐晓卉只好带着儿子在亲戚朋友家辗转借宿。就在这时，吴雪飞突然找到了她，说自己已经说服齐母同意她们母子搬到娘家住了。

当时，齐晓卉对吴雪飞只有感激涕零，所以在她出轨后也依然在哥哥面前帮她说好话。

或者许家父母也知道了卖房的真实原因，所以深厌儿媳妇处处护着娘家的行为，这才心存芥蒂，不愿意同住了？甚至近三年来，连孙子都不愿意过来多看一眼。

齐晓卉不知道母亲是否知道卖房的真相，如果不知道，她还能理解母亲对自己和儿子不住婆家住娘家的抱怨。如果是知道的，那么她真是无法想象母亲怎么能说得出"请神容易送神难"这句话来，难道自己做女儿和做妻子一样失败吗？

找到吴雪飞说明情况并不难，难的是，齐晓卉根本就摸不透吴雪飞的心思。虽然从这些年的交往来看，吴雪飞对婆家人还算不错，但那是因为她的女儿在爷爷奶奶家，她很有可能是看在女儿的面子上。

现在崔颖儿赶走了齐晓卉，得寸进尺，又想赶走齐婷好，那就难保吴雪飞依然能够沉得住气了。万一她沉不住气，要利用这件事，那么把整个齐家搅个天翻地覆还是没有什么问题的。到时候，估计罪魁祸首依然是自己。

"我让你问清楚吴雪飞的想法是怕她拿你做挡箭牌，不是让你怕她闹腾就放弃了。"秦诺最讨厌的就是齐晓卉这个包子样，"就算她要坑齐晓成也让她坑去，只要不把你牵连进去就好。你管你妈怎么想？你妈要是真的在意你，怎么一个崔颖儿就把你和乐乐给赶出来了？所以，只要这次吴雪飞不坑你，你就可以和她联手。"

于是在秦诺的"威逼利诱"下，齐晓卉终于下定决心拨通了吴雪飞的电话。铃声响了两下，突然就成了忙音。原来吴雪飞正在跟倪伟刚谈话，恰好陷入了僵局。

认识倪伟刚纯属偶然。那是茶室开张不久的一天，倪伟刚和几个朋友裹着一身的酒气，走了进来。那时吴雪飞认识的人不多，客户主要是齐晓成做海鲜收购生意时认识的一些船老大，或者是水产收购老板。做这一类人的生意，季节性非常强，一般都是鱼汛到了才有生意。比不得做单位生意，一年四季，多多少少都会有一点儿。

所以倪伟刚他们一进来，吴雪飞就眼前一亮。虽然当时的她阅人还不多，但是女人的直觉告诉她，这些人会给她带来生意的。因此她连忙迎了上去，热情有加地亲自将他们请进了包厢，并且体贴地调配了几杯醒酒茶。

于是那个晚上，她就被醉意醺然的倪伟刚拉着手，盛赞她是一个好女人，也会是一个好妻子、好母亲。这让一向爱开玩笑的吴雪飞也不禁脸红了，只是百般不得挣脱。而与倪伟刚同来的几个人，也不知道打的是什么主意，在取笑玩闹了一会儿后，竟然都走了。

于是茶室的包房里，只剩下醉得迷迷糊糊的倪伟刚和被他紧紧抓着不放的吴雪飞。这下吴雪飞傻眼了，她总不能将客人关在茶室里就打烊关门吧。无可奈何之下，吴雪飞只好就势在沙发上坐下，听倪伟刚"酒后吐真言"，絮絮诉说着自己在家中找不到存在感的失落。

那个晚上，吴雪飞才知道，原来男人也有如此细腻的心思，而不是脑袋中只装着五条八万；原来男人也会委屈失意，而不是闯了祸只会把老婆推出去顶缸；原来褪去了白天的伪装，男人跟男孩儿其实也没差多少。

这个男人勾起了吴雪飞的好奇心，于是当第二天倪伟刚打电话给她，邀请她去喝茶以表达前一晚打扰她的歉意时，她毫不犹豫地答应了。然后，在暧昧迷离的灯光下，她也向他倾吐了自己对婚姻生活的困惑和失望，再然后，她惊喜地发现，他们竟会有那么多相同的见解和感受，从而产生一种相见恨晚的惆怅。

一切似乎都很自然，就像倪伟刚自己说的，自然得就好像每天的潮起潮落，就好像每月的月圆月缺，就好像每年的花开花落一样，他们成了各自心中最牵挂的人。那么，是从什么时候起，她感觉到不对头了呢？是她和齐晓成离婚以后吗？还是她将结婚的要求向他挑明了的时候呢？或者，是刚才她威胁他，如果不离婚就要把他送进监狱的时候？

好像都不是，又好像都是。吴雪飞苦恼地甩了甩头，回拨了齐晓卉的电话。

"雪飞姐，我请朋友帮忙找了一个律师，咨询一下关于我跟许俊平婚内财产的问题。因为怕传错了话，所以想请你一起过来，当面跟律师谈谈，你看可以吗？"

"你找好了律师？"齐晓卉的话让吴雪飞一激灵，连忙将缥缈的思绪收了回来，郑重地问道，"那个律师怎么样？厉害不？"

"我也不知道。"齐晓卉顿了顿，"是朋友介绍的，说是上洋集团的法律顾问，主要负责经济纠纷类的案子。不过朋友说了，除非是家族企业的，否则离婚案就是小案子，人家做经济案子的，对我这样的案子还真是看不上眼。说实话，人家愿意跟我谈，都是看在朋友的面子上呢。"

吴雪飞知道齐晓卉说的是实话，只是她不知道这个人到底是不是上洋集团的法律顾问。她不怕齐晓卉撒谎，而是怕齐晓卉病急乱投医，被人给骗了："你还有在上洋集团的朋友啊，没听你说起过啊，那个人是干什么的？"

"嗯……"齐晓卉迟疑了一下，扭头看了秦诺一眼，才说道，"是秦诺请海鲜楼大酒店的季总帮忙，找上洋集团公司的苏睿文总经理给推荐的。"

"哦。"吴雪飞释然，她知道秦诺和齐晓卉的关系，也认识季永年，看得出季永年对秦诺的照顾可不是那种上司对下属的赏识能够解释得通的。只可惜这个只长年龄不长心眼儿的秦诺姑娘，好像对男女关系从来都没有放在心上过。

不过吴雪飞相信，她是不会骗齐晓卉的，而季永年，似乎也没有必要虚构一个就在本地的企业老总来忽悠秦诺吧，因此她笑着感慨道："这才叫兔子急了也咬人呢，许俊平实在是太过分了。也算你运气好，这个时候能认识上洋集团的总经理。上洋集团可是个大公司，他们的法律顾问一定见多识广，肯定不能让许俊平的阴谋得逞的，你放心啊！"

放心？吴雪飞给的信心，在三天后的谈话中烟消云散了。连吴雪飞也不能相信，最后会是这样的结果，真的是太意外了。


## ❤ 4 何去何从

齐晓卉的双眸渐渐被雾气笼罩，她知道，这不是眼前这杯咖啡的缘故，咖啡早就冷了，冷得没有一丝热气，就像她此刻的心头，除了刻骨的寒冷，就是苦涩的酸楚。

一张纸巾适时地递到了面前，齐晓卉犹豫了一下，还是接了过来，用几乎听不见的声音道了谢："多谢苏总。"

苏睿文很绅士地笑了一下："对我还要这么客气吗？"

齐晓卉没有吭声，只是用纸巾轻轻拭着眼角。连吴雪飞坐在那里也是无法释怀，正蹙着双眉梳理着事件的来龙去脉，希望能够找到些什么，为齐晓卉，也是为自己，在婚姻中的付出讨一个公道，于是空气又沉闷起来。

今天一早，苏睿文就打来电话，说公司的法律顾问有时间了，在询问了齐晓卉的意见后，马上安排了晚上的见面。虽然上洋公司的法律顾问主要是研究公司法、合同法等经济类法律的，但是不管怎么说，比齐晓卉这样连刑法和民法都不一定分得清的法律菜鸟，不知道要高明多少了。何况还有苏睿文的面子在呢，律师应该会尽心的吧。

满怀着这样的希望，齐晓卉从走进包厢的那一刻起，眼睛就一直盯着房门，似乎那里就是她的命运之门，她等待着幸运从里面翩然而出，让吴雪飞很是感慨。幸好没多久，包厢的门就被敲响了，随即有服务生推开了房门。苏睿文走了进来，他的身后跟着一个身着职业装的男人，肩上背着时下流行款式的男式公文包，一如大街上匆匆走过的每一个上班族。

"郑律师。"苏睿文笑着介绍说，"这位是齐小姐，这位是吴小姐，她们两位有一件关于婚姻财产上的事情要咨询一下，还请郑律师费心帮个忙。"

齐晓卉连忙站了起来，笑着说道："给郑律师添麻烦了。"

郑律师连忙笑了笑："没事，没事，苏总的事情，我怎么能够不尽心呢？"

这句话怎么听上去有些怪怪的，苏睿文倒是不在意，一笑而过。吴雪飞困惑地看了齐晓卉一眼，不过此刻，齐晓卉根本就没有心思去理会其中的深意，还没等郑律师坐稳，她就迫不及待地问道："郑律师，我想问一下，夫妻双方，如果一方以欺骗的方式拿走了所有的家庭财产，在离婚的时候，另一方可不可以要求分割被他骗走的那些财产？"

通过几次正规或不正规的法律咨询，齐晓卉也学会了一些法律上很专业的称呼，或者这也算是"久病成医"的另一种表现方式吧。

"当然可以。"郑律师很专业地微笑着，让齐晓卉的心安定了许多，露出了微微的笑意。到底是大公司的法律顾问，见识就是不一样。可是还没等她高兴起来，郑律师的下一句话就打破了她的希望，"不过，齐小姐这样说，你有证据吗？我的意思是，你有没有什么证据可以证明这些共同财产是被你丈夫骗去的，而不是正常的家庭支出呢？"

证据？齐晓卉一怔，马上想到苏睿文也提醒过她，于是一指吴雪飞说道："我没有证据，但是我有证人。证人的证词有用吗？郑律师。"

郑律师上下打量了一下吴雪飞，问道："那我能问问，你跟齐小姐是什么关系吗？法律上有规定，利害相关人员的证词一般是不容易被采信的。"

吴雪飞有些心虚地看了齐晓卉一眼，迟疑地说道："我是她哥哥的前妻，就是她以前的嫂子，这个……有关系吗？"

"具体说说。"郑律师做了一个"请"的动作。

吴雪飞再次看了看齐晓卉，鼓足勇气说道："是这样的，我前夫赌博输了钱，为了还赌债，谎称生意亏本要卖房子。她的丈夫有把柄在我前夫的手里，所以就帮他一起骗了家里人，还将卖房子的钱都拿了一走了之。这件事从头到尾她都是被蒙在鼓里的，我也是房子卖掉以后才知道的。"说着，她愧疚地低下头，但随即就愤愤不平了，"现在她老公回来了，一回来就要离婚，而且将这件事赖得一干二净。郑律师，你说天底下有这样无耻的男人吗？"

郑律师微微一笑："听吴小姐话里的意思，这件事你也算得上是当事人了？而且你跟齐小姐的哥哥又离了婚，你觉得，你的证词有多少可信度呢？"

"啊？"吴雪飞愣了一下，"可我说的都是实话啊！"

"是不是实话，不是吴小姐说了算的，而是要法官说了算的。"郑律师波澜不惊地说道，"我能不能再问一句，既然吴小姐当初选择了隐瞒，那现在为什么又要说出来呢？是不是因为你跟齐小姐的哥哥离婚了？"

吴雪飞傻眼了，虽然这次出手帮齐晓卉，她也藏了一些小小的私心，如果可能，让齐家吐一些钱出来，她才能甘心带走女儿。但最大的原因还是不齿许俊平的所作所为，为齐晓卉打抱不平啊。而且当初为了瞒过齐晓卉，他们夫妻按照债务平摊的原则，收下了齐晓卉送过来的钱，然后再由齐晓成退还给了许俊平，严格说来，她也算是罪魁祸首之一。现在她想要弥补自己的错误，怎么就那么难了？

吴雪飞愧疚地去看齐晓卉，只见她突然打开了包包，从里面拿出一封信来，递给郑律师："郑律师，那你看看，这个算不算是证据？"

郑律师淡淡地看了一眼，依然微笑着："这当然是证据，不过只能证明你丈夫有外遇，并不能证明你们存在婚内财产，更不能证明他隐匿了婚内财产啊。"

"既然他有外遇，既然是他对婚姻不忠诚，那么他总要为自己的行为承担责任吧？我可以要求他多承担儿子的抚养费吗？"齐晓卉既期盼又害怕地看着郑律师。她害怕这最后的一线希望，也在郑律师的寥寥数语中化作灰烬。

"抚养费的额度是根据他的收入来定的，而不是根据他在婚姻中的过错来确定。"似乎是看惯了这样的垂死挣扎，郑律师依然只是一笑，"从法律的角度来说，感情出轨所需要承担的责任只有两点：第一，在夫妻财产的分割上会酌情减少份额，不过仅凭一封情书，好像也很难认定出轨；第二就是在要求孩子的监护权上，会处于劣势地位，那么现在齐小姐的丈夫是不是要求得到孩子的抚养权呢？"

抚养权？他连生活费都不肯付，会要抚养权吗？齐晓卉坐在那里，久久说不出话来。律师的分析已经相当清楚了，想要当初卖掉房子的钱款，就必须有证据。证据肯定是不可能有了，就连吴雪飞提供的证词，也因为利益的牵涉，可能不会被法官采信。

可是……齐晓卉突然眼睛一亮，吴雪飞不是说了吗，那些债，多数是齐晓成的赌债，那么只要找到债主，是不是就可以证明当年所谓的生意亏本都是谎言了呢？既然生意没有亏本，那么还债也就无从说起。再不济，还可以找当年收购海鲜的那些人啊，吴雪飞的茶室不是一直有水产老板往来的吗？一定能够打听出当年收购海鲜的人。只要打听出来了，只要他们能够证明当年的收购价格是正常的，那不就证明了没有亏本这回事了吗？他们不是利益相关人员，他们的证词，法官一定会采信的！

当齐晓卉将自己近乎疯狂的想法说出来的时候，不仅是吴雪飞、苏睿文，就连郑律师也察觉出了异样，收敛了笑容，耐心解释道："齐小姐的想法是不错，可是你刚才也说了，这件事情已经过去三年了，谁也不能保证一定能找到当时的收购人；就算找到了，人家是不是还记得这件事情也是一个问题；就算记得这件事情，愿不愿意给你做证又是一个问题；就算愿意做证，甚至出具了证人、证词，法官是否采信也是不一定的。要知道一个从事海鲜收购的人，每年都要收购大量的海鲜。对于一件三年前的普通收购生意，如果没有特殊原因，是不可能记得清清楚楚的，对吧？"

到底是律师，分析案情头头是道，却把齐晓卉一步一步地逼上了绝路。

"也许齐小姐觉得我很无情，不过既然是苏总的面子，我还是想提醒齐小姐一下，这个案子你不要请任何律师了。法律是讲求证据的，没有证据，不要说律师，就是法官也无可奈何。而齐小姐要收集证据的话，可能你付出的代价比你丈夫要承担的责任还要多。这种得不偿失的事情，齐小姐还要三思而行啊。毕竟，如果婚姻已经走到了尽头，我们没必要让自己成为婚姻的殉葬品。齐小姐是个聪明人，应该能够清楚这其中的利弊吧？"

齐晓卉的心好像被扯成了碎絮一般，空落落的痛彻心扉。她不知道自己还有什么可以说的,如果说之前接到许俊平的电话时,她还在猜测他是不是因为经济窘迫而选择的离婚,那么现在呢?这是一步谋划了三年的棋,落下得天衣无缝,只是她不愿意承认。也许这就是女人的可悲之处,哪怕是到了山穷水尽的地步,依然希望能够留下曾经的温馨。

见齐晓卉默默无语,郑律师朝苏睿文看过去。苏睿文想了想,说道:"郑律师有事就先走一步吧,谢谢你了,有什么事情我们再联系好了。"

"行!"郑律师站了起来,又对齐晓卉说道,"实在对不起,齐小姐,帮不了你的忙。不过……作为个人的观点,我还是想奉劝你一句,凡事还是应该想开一些,尤其是婚姻,一旦失败,里面没有完全的赢家,也没有完全的输家。也许在财产上,你确实损失了很多,可是在其他地方,你可能会得到很多,不要太失望了。"

"谢谢你,郑律师。"齐晓卉也站了起来,低着头轻声道了谢。

郑律师点点头,苏睿文打开门,正要送他出去,吴雪飞突然站了起来,说道:"苏总,我来送郑律师吧。我还有些私人的问题,想单独咨询一下郑律师,不知道是否方便?"

苏睿文想了想,点头道:"那行,那就麻烦吴小姐送一下吧。"

郑律师也微微一笑,表示愿意接受咨询,于是吴雪飞和郑律师走了出去。

掩上门,苏睿文转身看着坐在沙发上发呆的齐晓卉,不觉微微叹了口气。此刻的齐晓卉,觉得自己仿佛是飘在半空中的浮萍一般,四周空空荡荡的,找不到可以依靠的地方。背景音乐轻缓地流淌着,老歌依然经典,可是她的爱情,却在时光的流逝中从浪漫变成了狼狈,惶惶然好似丧家之犬,找不到今夜的归宿。

"……吹啊吹,吹落花满地,找不到一丝丝怜惜;飘啊飘,飘过千万里,苦苦守候你的归期……"

"齐小姐!"似乎是不忍心,苏睿文轻轻叫了一声。

这声音在齐晓卉听来,却好似惊雷一般,吓了她一大跳。她无意识地转过头来,看着苏睿文茫然地问道:"什么事?"

"齐小姐。"苏睿文轻轻叹了口气,刚才郑律师在解答问题的时候,他一直静静地听着,没有插话,而是斟酌着双方的话语,静静思索着。

他知道郑律师说的每一句话都是真的,包括最后的提醒也是善意的。但同时他也清楚,这一切对齐晓卉来说,是多么残忍。他希望自己能够帮助这个看起来柔弱的小女人,顺利地迈过人生的这个难关。因此他将一碟果脯推到她面前,然后小心地问道:"齐小姐,那你现在打算怎么办?假如你的丈夫真不打算承担任何责任，离婚以后，你一个人带着孩子，日子不好过啊。对了，我听季总说，你是导游？"

齐晓卉的目光突然变得冷峻起来，从鼻子里轻哼了一声，反问道："谁说我要离婚了？他要是不把这些年的账给我一笔一笔地算清楚了，我就是不离婚，我拖也要拖死他！"明明是狠话，说出来却是那么无助。泪水又下来了，齐晓卉用纸巾遮住了脸。

苏睿文怔了一下，随即叹气道："晓卉，你这又是何苦呢？拖着他，不也是拖着你自己吗？你认为值得吗？"

"怎么不值得？怎么不值得？"这句话把齐晓卉所有的委屈都勾了起来，她没有听出苏睿文对她称呼的改变，冲着他就发作了起来，"三年前，他带着卖房子的钱，一走就是无影无踪。三年来，我一个人带着儿子，他连一句关心的话都没有，更不要说儿子的生活费了。三年后，他倒是回来了，可带回来的是他出轨的情书，是来拆散这个家的。还说他没有能力抚养孩子，天底下有这样的父亲、这样的男人吗？"

"晓卉，我知道你心里的感受。"齐晓卉的话，让苏睿文觉得自己的形象瞬间高大起来。是的，这么些年一直在外奔波，他也不是没有过情人，但女儿一直都是他的掌上明珠，他也从来没有想过要抛弃妻子，至少没想过要妻子一无所有地离开他的家。

因此他站起来坐到齐晓卉的身边，一边递纸巾给她，一边以过来人的口吻劝道："可是你也听见郑律师说了，法律是要有证据的。你现在既没有证据证明当初你丈夫说的生意失败是谎话，也没有证据证明他有足够的经济能力来抚养孩子，你让法官怎么判？"

"所以，他就休想离婚！"齐晓卉咬牙切齿，"他可以不要我，可是他不能不要儿子。在儿子面前，他必须是一个父亲。我一定可以找到证据，让他承担起做父亲的责任！"

苏睿文叹了口气："晓卉，你这是何苦呢？你连你丈夫现在在哪里落脚都不知道，你怎么去找证据？你没有听见郑律师劝你的话吗？婚姻已经死亡，你又何必再拿自己去殉葬，这样真不值得的。"

愤怒像潮水一样退去，泪水却又不争气地流了下来，齐晓卉不服气地看着苏睿文，"照你这样说，没有证据，就连法律也帮不了我，对吗？没有人能帮我了，对吗？"说着，一丝怪异的笑容突然出现在齐晓卉的脸上，"可是苏总，你知道吗？我拿到结婚证的时候，他们告诉我，我的婚姻是受法律保护的。那么你说说看，法律哪里保护我了？你不要告诉我，法律的保护就是，我结婚了，所以我有权利离婚。"

面对齐晓卉的愤怒，苏睿文也有些感慨，禁不住想起自己每次离家去外地工作时，妻子林秀媛的话："如果你耐不住寂寞想要找女人，我只有一个要求，不能离婚，其他都随你。"或者，作为女人，天生的弱势让她们在许多地方都不敢固守自己的原则，因为守护的代价要远远高于放弃。

想到这里，苏睿文轻轻扶住了齐晓卉的肩头，柔声说道："其实，我们可以换一种思路去考虑问题，也许你会感觉好一些。譬如，假如你的丈夫不离婚，就这样拖着你，你也一样什么都得不到，还要浪费大好的时光。而现在呢，你离了婚，就有了重新选择的自由，说不定你会因此找到一个更好的男人，给你幸福的后半生。这不是比拖着不离婚，对自己更加负责吗？而且，如果你愿意，我可以帮你啊！"

"找一个更好的男人？"齐晓卉觉得有些好笑，她看着苏睿文，调侃道，"苏总，你看我有什么高人一等的地方，可以让更好的男人来喜欢我？我没有学历，也已经不再年轻了，带着一个孩子，没有固定的住所，基本属于要为一日三餐发愁的最底层群体，你觉得会有更好的男人来这个群体寻找他们喜欢的女人吗？还是你看灰姑娘的故事看糊涂了，觉得只要是个灰姑娘就可以找到王子？"说到这里，她苦笑了一下，"我好像还不如灰姑娘，只能算是个灰女人！"

苏睿文倒笑了，放开了齐晓卉："你看你，对自己这么没信心。就算你对自己没信心，可不能把我也牵扯进去啊。我说可以帮你就是可以帮你，只要你愿意。"

"是吗？"齐晓卉困惑地皱了皱眉头，"那你打算怎么帮我？你能帮我找到更好的律师，找到那些证据，然后告赢许俊平，拿到我应得的财产？"

"晓卉，你怎么总是喜欢钻牛角尖，咱们别去想离婚的事情了好不好？天底下的路都是人走出来的，你又何必把自己逼进死胡同呢？"说着，苏睿文拿过沙发上的皮包，从里面取出一本房产证，放在茶几上。

齐晓卉瞪大了眼睛，迷惑不解地看着苏睿文："苏总，这是什么？"

苏睿文微笑着说道："这就是你现在租住的绿漾小区十二单元306室的房产证，里面的结构你都清楚，虽然面积比较小，只有六十多平方米，但是足够你们母子俩居住了。如果你愿意，明天，我就可以和你一起去办理房产过户手续。"

齐晓卉看着苏睿文，哑然失笑："苏总，我知道你好心，可即便是这么一套房子，在瀛洲市，没有个五六十万也是买不下来的。你看我的样子，像拿得出这笔钱的人吗？我实话告诉你吧，就算你打算送给我，我也付不起过户费。"

苏睿文淡然一笑："你猜对了，我就是送给你的，过户费也由我来支付。"

这句话吓得齐晓卉一下子就跳了起来，慌不迭地说道："不不不，苏总，我不能要你的房子，你看……我们认识还不到一个星期……我只是要许俊平承担他应该承担的责任，这跟你没关系。你让你们公司的法律顾问帮我详细分析案情，并告诉我相关的离婚法规，我已经很感激你了，我怎么能够要你的房子呢？"

"晓卉，"苏睿文将齐晓卉重新按坐在沙发上，温和地安慰着她，"你不要慌，听我把话说完，好吗？刚才律师也说了，根据目前这个状况，要你丈夫拿出钱来估计是不可能的，而你要去找齐证据来让他承担他应该承担的责任，估计难度也不会小。既然这样，那你为什么不换一种方式去安排自己的生活呢？"

苏睿文的话让齐晓卉模模糊糊地感觉到了什么，她下意识地挪移了苏睿文，低头轻啜了一口已经冰冷的咖啡。

苏睿文伸手拿开了咖啡杯，将剩余的冷咖啡倒进烟灰缸，然后用水瓶里的水洗了洗杯子，重新倒入了热腾腾的水果茶，推到齐晓卉面前，说："再热的天，也不要喝冷咖啡。"

齐晓卉不以为然地笑笑，一个连生存都有困难的人，是没有那么多闲心去讲究生活质量的。她心里这样想，嘴上却没有说话。

"晓卉，是这样的。"苏睿文看着齐晓卉的反应，继续说道，"我是上洋集团下派到瀛洲市来工作的，我跟公司签的协议是六年，也就是说，我要在瀛洲市待六年。这六年期间，我只能三个月休假一次回家去，你能想象这对于男人来说是多么难以忍受吗？"

齐晓卉皱了皱眉头，那种模糊的感觉开始渐渐清晰起来，可是她依然不知道该如何回答，只能一口接一口轻啜着水果茶来掩饰自己的窘迫。

"所以，我想在这里安个家。"似乎没有发现齐晓卉的变化，苏睿文的声音在沉稳中带了几许柔情，"当初我买下绿漾小区的房子就是这个意思。"

"那你要跟自己的妻子离婚吗？"齐晓卉问完这句话之后，突然觉得自己像一只鸵鸟，总是在自欺欺人，于是她忙低下头，又抿了一口水果茶。

"不。"苏睿文笑着摇摇头，"我女儿都已经二十四岁了，男朋友也已经确定，马上就要结婚了。如果我们夫妻俩离婚，她会很难堪的。再说了，我妻子是一个很贤淑的女人，绝对的贤妻良母。这么些年，我走南闯北的，家里都靠她一个人支撑着。二十几年的夫妻，什么都习惯了，离婚，那是不可能的事情，希望你能理解。"

"那……"齐晓卉苦笑了，看起来她想做鸵鸟的条件都没有，苏睿文很干脆地把现实展现在她的面前了。关于上洋集团员工在瀛洲市临时安家的事情，她也听说过很多，只是从来没想过，有一天，这样的事情会落在自己身上。她的心里是说不出的滋味，嘴上却还在挣扎着，"那你刚才说……"

"哦，是这样的，我指的是在瀛洲市的这六年时间里，我希望在这里能有一个家。等我在这里工作期满后，我就回去了，两不相干。当然，房子会留在这里，我另外还会留下一笔生活费，至少能保证我曾经的女人以后不至于生活没有着落。"

果然如此，齐晓卉微微地笑了。男人都是这样，没能力的，吃着碗里的看着锅里的；有能力的，锅里的和碗里的一起养。没良心的，有了锅里的就不要碗里的了；有良心的，外面彩旗飘飘，家里红旗不倒。你能说哪一种男人更好一些吗？

"苏总的意思，是要我做你的情人？"既然苏睿文坦言相告，齐晓卉也就不需要自欺欺人了。这不是感情，这就是一场交易。既然是交易，那就有交易的规矩。交易不需要暧昧，只需要明确权利和义务。

让齐晓卉不明白的是，苏睿文为什么要挑选她来做这个交易，是因为她租了他的房子，让他有了非分之想吗？"苏总，我能不能问一下，你为什么会选择我？是同情我想帮帮我，又觉得不能白帮了？还是以为我在这个时候感情出现了空缺，会饥不择食呢？"齐晓卉问道。

口气虽然轻松，但语调中还是流露了愤怒。苏睿文淡然一笑："你不要生气嘛，我确实是想帮你，但也确实是喜欢你了。不然，瀛洲市那么多女人，我也不是刚刚到这里的，为什么单单要找你呢？而且我刚才也已经说得很清楚了，我在这里是想要一个家，不是想逢场作戏。所以这个女人，除了名分我没法儿给她，其他所有作为丈夫应该承担的责任，我都会承担起来。包括孩子，我也会承担起一个作为父亲的责任，这一点请你相信我。"

"连一个堂堂正正的名分你都给不了，怎么不是逢场作戏？"齐晓卉冷笑道，男人的逻辑还真够另类的，可是她心里的那么一点儿不甘心，让她又不想这么直白地就拒绝了苏睿文，"不过这年头男人都习惯逢场作戏了，也不是你一个。不管怎么说，你逢场作戏的时候，还能想着自己的老婆，也算是一个称职的男人了。"

这个评价让苏睿文哑然失笑："晓卉，我知道今天晚上就跟你说这个事情，不是时候，可是我又不想看到你钻牛角尖。何况我认为，你的婚姻走到了这一步，寻找一份更好的生活，远比纠缠于已经失去的感情重要得多，你认为呢？"

齐晓卉摆弄着盛着淡红色水果茶的杯子，不置可否。她承认苏睿文说的有道理，一场已经盖棺定论的感情，再纠缠也掩盖不了早已冰冷得没有一丝热气的事实，难道她要一辈子生活在自己想象的甜蜜中吗？难道她就不怕这份想象出来的甜蜜，会让她憋死在里面吗？

可是就这样放手？齐晓卉轻咬着下嘴唇。如果许俊平没有骗她，如果他们相爱的时候，他是坦诚的，如果他不爱了的时候，在第一时间就告诉了她，那么也许她就接受了，至少她能够相信，他们在一起的时候，他是真心的。

可是现在呢？他骗走了家里所有的钱，他居然用他写给别的女人的情书来向她示威，他居然恬不知耻地将她的付出视为愚蠢，他连儿子都不要了，连父亲的职责也丢了在脑后。这样的男人，如果自己就这么轻易放过了他，又怎么能甘心？佛争一炷香，人争一口气，她承认她只是为了这一口咽不下的气，她宁可让所有的人都认为她已经丧失了理智。

因此她抬起头，将房产证推回到苏睿文的面前，然后清清楚楚地说道："苏总，假如你真的要帮我，那么，我不要房子，只想请你帮我做一件事情。"

知道齐晓卉的这句话里必定有麻烦，苏睿文还是忍不住问了一句："什么事？"

"请你帮我找一个私家侦探。"齐晓卉正色说道，"另外，我没钱，这个苏总也很清楚，所以私家侦探的费用，还要麻烦苏总暂时代我付了，等我有了钱，我一定还你……"

"这不是钱的问题。"苏睿文打断了齐晓卉的话，"你这样做有意义吗？就算你找到了证据，证明你丈夫骗走了钱，证明他有外遇了，哪怕你能证明他重婚了，那又能怎么样？重婚罪最多只判三年，而被他骗走的钱，三年了，你知道还剩下多少？可是你要找一个私家侦探，钱不说，你需要花费的精力又是多少？而且，你愿意让私家侦探将你丈夫和其他女人恩恩爱爱的场景一个一个地展示在你面前吗？"

看着齐晓卉紧抿双唇不肯善罢甘休的样子，苏睿文叹了口气："晓卉，不要赌气了，有些事情，不知道比知道更好；有些权利，不去用比用了更好。我个人认为，你只有以后生活得更好，才是对你丈夫的最大惩罚，而不是在一场失败的婚姻中迷失了自己。"

"苏总，我承认你说的话都很有道理，甚至也很有哲理。"齐晓卉突然笑了起来，微微上翘的嘴角让她的笑容略带着几分俏皮，看上去十分可爱，"可是苏总认为，给别人做情人，就是更好的生活吗？"

苏睿文愣了一下，齐晓卉趁机背上了包包，淡然说道："苏总，既然你知道在这个时候跟我谈感情不是时候，那么我们就来做一场没有感情的交易怎么样？我不要你的房子，如果你能有办法找到许俊平背叛婚姻的所有证据，我就给你做情人，好不好？"

苏睿文愣在那里，不知道该怎么回答，齐晓卉已经打开包厢的门出去了。还没有走出咖啡厅，泪水就毫无征兆地泉涌而出。三年的守候，居然要她出卖自己去寻找一个答案，是生活太残酷了，还是她太不开窍了？

# 5 奇怪的邻居

外面不知道什么时候起风了，带着淡淡腥味的海风夹裹着细细的雨丝，扑面而来。偶尔有被风卷起的树叶，旋转到半空，还没有落下来，又被另一阵风卷起。

怎么这么大的风？是台风来了吗？这么早就有台风了？齐晓卉徒劳地拂着被风吹乱的头发，可是飞舞的发丝就好像她此刻的心情，怎么也无法平静。

手机突然响了，把齐晓卉从纷乱的思绪中惊醒过来，她拿出来一看，是一个陌生的电话。会不会是许俊平的？会不会是他突然良心发现了？齐晓卉犹豫了片刻，按下了接听键，不料里面传来乐乐的哭声："妈妈，你在哪里呀？宝宝一个人在家里吓死了！"

乐乐醒了？齐晓卉吃惊不小，还没来得及回答，手机里又传出一个男人的声音："你是乐乐的妈妈吗？请你马上回家，孩子已经光着脚站在地上哭了有半个多小时了。"

齐晓卉觉得自己的心猛地被收紧了，鼻尖一阵阵地发酸，泪水毫无预兆地涌进了眼眶。她哽咽地说道："我回来了，马上就到家了，麻烦你再帮我看一会儿孩子好吗？多谢了！"

手机里似乎传来一声不屑的"哼"，随即就被挂断了。齐晓卉心急如焚，恨不得一步迈进家门。乐乐睡眠一直都是很好的，睡着了基本不会醒过来，所以她才会多着胆子约在了晚上。可是今天是怎么了？是下午水喝多了被尿憋醒的吗？还是晚饭吃少了饿醒的？四月的天气还是很冷的，光着脚站在地上，乐乐，你是要让妈妈担心死吗？

齐晓卉的思绪如同乱麻一般，怎么也理不出个头绪来。还有，电话里的那个男人是谁？当初秦诺把房子钥匙给她的时候，不是说过，绿漾小区的一些出租房，基本上都被上洋集团租下来，作为员工宿舍了吗？难道现在还会有租客去注意邻居家的动静？对了，一定是乐乐吓坏了，或者哭得太久了，吵着人家了。

路似乎越走越长，细雨蒙蒙的夜晚，出租车也难叫。齐晓卉有些后悔，也许应该请苏睿文送她一程的。反正自己的家就是他的房子，也没有什么好避嫌的。

泪水夹着雨丝，又顺着脸颊流了下来。就这么一件小事，自己都处理不好，不知道以后一个人带着孩子，还会遇到些什么。考虑一下吧，考虑一下苏睿文的建议吧。不就是少了一纸婚书吗？少就少了，反正是饿了不能吃、渴了不能喝的东西，有那么重要吗？

假如当初许俊平不是有那一纸婚书，自己能被他骗得一无所有吗？她把婚书当成了今生的承诺，却没想到，她的另一半，把她心中最神圣的东西，当作了行骗的道具。

快到家门的时候，齐晓卉深吸了几口气，稍稍平息了紊乱的心绪，这才匆匆上楼。不想还没有走到家门口，就听见有房门打开的声音，接着就是乐乐的声音，大声喊着："妈妈，是妈妈吗？你回来了吗？"

齐晓卉三步并作两步跑上了楼，就看见乐乐已经站在楼梯口，正趴在扶手上伸着脖子往下看。齐晓卉才应了一声，他就迫不及待地跑下楼来，一头扑进了妈妈的怀里，又是高兴又是委屈地解释道："妈妈，我没有不乖，我是被尿憋醒的。可是醒了好久，都没看见你，这才跑出来找你的。妈妈，你去哪里了？我看见外面都下雨了，你还没有回来，我急死了！"

齐晓卉好不容易平静下来的心情，被乐乐的这句话又打乱了，她强颜欢笑地伸手刮了一下儿子的鼻尖，说道："谁让你晚饭的时候吃了那么多鱼羹？尿床没？要是尿床了，妈妈明天又要洗床单了，好累呀，妈妈要哭了！"

说着，她一抹眼睛，把自己的悲伤遮掩了过去，然后抱起乐乐，走到家门口，看见门口站着一个看上去不到三十岁的年轻男人，正看着他们母子。眼神中，是对齐晓卉明显的不满。只是鉴于他刚才的帮忙，齐晓卉还是道了谢："谢谢你，我儿子没有吵着你吧？"

"你看看现在是什么时候了？你是怎么当妈的？把这么小的孩子一个人扔在家里，你知道这是什么行为吗？既然把孩子生下来了，那就要对他负责，你连最起码的母性都没有了吗？这要是在国外，你早就被剥夺监护权了！"齐晓卉的道谢，反而引出了这男人一肚子的不满，振振有词地指责着齐晓卉。

这几句话，把齐晓卉的感激之情瞬间涤荡得无影无踪。她冷笑道："国外？

对不起，我没去过国外，还真不了解那边的情况。不过既然你提到了国外，那我能不能问一下，在国外，背叛婚姻可以不承担任何后果吗？在国外，婚姻不是神圣的，而是被用来当作行骗工具的吗？在国外，一个父亲可以对儿子说，他没钱，所以不用养育儿子了吗？小伙子，不管你用哪一国的标准来要求我，都请先权衡一下权利和义务的对等好不好？也许单从今晚来看，我确实不是一个好妈妈，但是……你能理解一个人在婚姻中的坚守，换来的却只是背叛的感受吗？你能想象一个人在婚姻中被骗得一无所有，却求告无门的困境吗？是，我没有母性，那是因为有些人连人性都没有了！"

被勉强掩藏起来的泪水毫无预兆地夺眶而出，在男人诧异的眼神中，齐晓卉抱起乐乐，走进家门，然后"砰"的一声关上了房门，把那个自以为是的男人关在了门外。

放下乐乐，齐晓卉这才仔细打量儿子。四月的江南阴晴不定，尤其是细雨绵绵的夜晚，还是常常会感到丝丝的寒意。乐乐穿着小汗衫和小短裤，外面却套了一件妈妈的睡衣，脚上是小拖鞋，并没有那个男人在电话里说的光着脚。

"我把尿撒在地上了。"乐乐小心地解释道，"叔叔帮我洗了脚，又让我穿上了妈妈的睡衣，说是晚上会有些冷。"

自己的睡衣，居然被一个素不相识的男人拿过，齐晓卉的心里有一种说不出的怪异。只是她当然无法责备儿子，更不可能去指责那个阴阳怪气的邻居。尽管他的话很不中听，但是他对乐乐的关心，应该是出于真心的。

齐晓卉想着，下意识地寻找着儿子撒尿的地方，问道："乐乐把尿撒在哪里了？妈妈得擦干净了，不然踩到就不好了。"

乐乐一指客厅中间餐桌旁边说道："就尿在这里了，刚才叔叔已经擦干净了。他也说不早点儿擦干净会踩得乱七八糟的，家里就变成厕所了。"

齐晓卉怔了一下，还真是个仔细又爱干净的男人。记得当初许俊平在家里，可是连油瓶倒了都不扶的。怎么又想到他了？齐晓卉懊恼地甩了甩头，摸摸乐乐的手，有些冷。齐晓卉便放了热水，让乐乐重新洗了个澡，然后抱到床上，安顿好了，这才自己去洗澡。

等她洗完澡出来，乐乐已经睡着了，可是齐晓卉听着窗外淅淅沥沥的雨声，却是怎么也睡不着。她正坐在床上发呆，手机突然来了短信，打开一看，是秦诺的："电话费太贵了，上QQ，问你事情。"

这个秦诺，真是的，都什么时候了，还问。又不是她离婚，那么关心干啥？齐晓卉想着，泪水又来了。一个人的一生，会遇到很多人，家人、朋友、同事、熟人,可是在这样寂寥而无助的夜晚,依然惦记着你的人,又会有多少呢?

打开了电脑,登录了QQ,果然,秦诺早就准备了一连串问题。齐晓卉浏览了一下,只是打上了这么一句话:"律师说了,追究的代价实在是太大了。就算最后我能够为自己讨回一个说法,我所付出的成本,也会远远高于我所应得的权益。"

"这话什么意思?"秦诺又蹦了起来,"依着他的说法,当初那房子被许俊平骗着卖掉了就算了?他不要儿子也拿他没有任何办法了?甚至不付生活费都没问题?"一连串问题,后面还跟了一串狂怒的表情。

"也许就是这么个意思吧。"发出这句话,齐晓卉突然有一种豁然开朗的感觉,或者正如瀛洲人说的,索性就当倒地的牌子,也就是耍无赖了,"秦诺,别问了。婚姻就是一场赌博,愿赌服输吧。既然当初卖房子的时候,没有多问一句,被人骗了,那么现在算回头账当然是门儿都没有了。只是回头账可以不算,再想骗我也没有那么容易了。我刚才想了很久,他现在一回来就逼着我离婚,肯定是在那边遇到麻烦了。最大的可能就是,他另外找了一个女人,人家催着要结婚了。当然,催着结婚的原因可能是那个女人怀孕了。

"所以我想好了,他不回家没关系,不养儿子也没关系,但是休想离婚!我承认我是包子,做不到喊打喊杀,但是我就这么拖着,拖死他们。我有儿子了,我怕什么,难道还想着再结婚生儿育女啊?"

秦诺瞠目了良久,才回消息:"晓卉,你真的觉得不离婚比离婚好?"

"我不是觉得不离婚好,我是不想让他要风得风、要雨得雨,什么样的诡计都能得逞。"

"可是你要惩罚他,也犯不着把自己给搭进去吧?"秦诺的语气从愤怒变成了担忧,"今晚我也找了一些比较懂法律的同学问了一下,他们意见一致,觉得你还是离婚好。离婚才是及时止损,如果不离婚,你的损失会更大的。"

"我已经一无所有了,还能有什么损失?"泪水又悄然滑落了,齐晓卉看了一眼床上的儿子,将心酸咽回了肚子里。

"你傻呀,就算你现在一无所有,那么以后呢?你就放任自己这样一无所有下去了?你能不能不要这么没出息呀?就算不为你自己想想,你也得为乐乐想想吧?"秦诺苦口相劝,"再说了,乐乐会长大吧?你现在要是不离婚,就算许俊平一分钱的抚养费也不出,那也不能算他遗弃孩子的。也就是说,他现在不养乐乐,乐乐以后也还是要养他的,你觉得这样对乐乐公平吗?"

秦诺急了,把自己打听到的消息,不论真假,一股脑儿都说了:"现在坏就坏在你在明处，许俊平在暗处，你连他在哪里落脚都不知道，更不要说他的经济状况了。可是他对你一清二楚，所以你就只有被动挨打的份儿了。还不如离婚，离婚协议上写明要他支付抚养费，他要是不肯，那就让法院强制执行。而且乐乐留在你这里，只要你想办法离开瀛洲市，不让他找到你们母子就没事了。瀛洲市地方小，带着孩子不好嫁人，你往大地方去，像你这种情况再婚根本就不是问题，你怕什么？"

"再说了，你不离婚能对他造成什么影响？许俊平又不是政府企事业单位的，婚外生子会被开除的。他就一无业流氓，你不离婚，他照样找女人生孩子。重婚罪？你去看看法律，重婚罪的条件有多么苛刻，就算是他生下了一百个私生子，也不见得就够得上重婚罪的条件。所以，晓卉，真心劝你，不要跟自己过不去，离婚吧。"

看着屏幕上大片大片的文字，齐晓卉知道秦诺是真心为她好。可是总觉得胸口堵着一团咽不下去的气，无法释怀，因此她久久没有回消息。

秦诺急了，问道："晓卉，你还在吗？"

齐晓卉有气无力地打了一个"在"字，发了出去，想了想，又加了一句："那你觉得我凭什么去大城市立足呢？"

"凭你的厨艺呀！"秦诺兴奋起来，不一会儿，屏幕上就出现了好几道菜肴的图片，正是自己参加历届全市海鲜烹饪大赛的作品。齐晓卉勉强笑了一下，秦诺的消息又过来了，"晓卉，看见没？这就是你开创新天地的资本！"

齐晓卉有些哭笑不得："姐姐，这几个菜得奖主要还是靠食材新鲜，那些大城市有瀛洲市这么新鲜的食材吗？要是没有，那我的厨艺是要打折扣的。"

"晓卉，你能不能不要对自己这么没信心哪……真是拿你一点儿办法都没有，既然你这么不甘心，那我教你一个办法吧，也是我同学刚才教的，就是有点儿麻烦，不知道你愿不愿意试一试。"

"你先说说看。"齐晓卉打了这句话，脑海里想的却是苏睿文的建议。

"是这样的，你就骗许俊平说，吴雪飞愿意给你做证，证明当初生意亏本是假的。你家的卖房款也没有用于还债，所以你现在打算打官司，为自己和儿子讨回这笔款项。你问许俊平愿不愿意私下解决，如果不愿意，你就直接起诉。"

"他要是不相信呢？"

果然是瞻前顾后的性格，秦诺无奈地摇摇头："不管他相信不相信，你争取约他面谈。对了，到时候我先给你换个手机，录音功能强大一点儿的，你记得全程录音，我们总能从里面找到对你有利的证据。"

齐晓卉兴奋中带着担忧："可是……我这样说，也得他相信哪。要不要跟雪飞姐打个招呼，万一他问过去了，让雪飞姐帮我圆个谎？"

齐晓卉这么一说，提醒了秦诺。许俊平这次是有备而来的，空口白话怕是吓不住他。就算是吴雪飞，他也不一定会上当。因此她沉默了好一会儿，才说道："对，是要找吴雪飞帮忙。另外，你最好再去找一下你哥，问几个当初一起收海鲜的人的名字，就说这些人你也都打听到了，如果许俊平坚持不肯给钱，你宁可花钱让他们帮你做证。"

齐晓卉怔了一下，找吴雪飞可行，但是找齐晓成帮忙估计只会适得其反。不就是问几个名字嘛，吴雪飞不像她对生意毫不关心，也许是因为齐晓成的赌性吧，她一直对生意蛮上心的，或者知道海鲜收购商的名字也不一定呢。她因此回道："行，我会跟雪飞姐商量的。"

"如果打算做了，一定要快，否则夜长梦多，就更糟了。"秦诺谆谆嘱咐着，下了线。

看着QQ上灰掉的头像，齐晓卉脑海里一片空白，什么思绪也没有，也不知道呆坐了多久，突然听见有轻轻的抽泣声。她吃了一惊，本能地朝床上看去，乐乐已经大声哭了出来，嘴里叫着"妈妈"。

齐晓卉吓了一跳，连忙上床抱住儿子，轻轻地拍着："宝贝乖，妈妈在这里呢，宝贝做梦了吧？妈妈抱着，不怕，不怕呀！"

乐乐一下子伸手抓住了妈妈的衣襟，小嘴巴瘪着，还在伤心地抽泣着，眼睛却闭得紧紧的，很显然，他并没有醒，只是在梦里哭泣。什么事情能让儿子在梦里也哭得如此伤心呢？难道小小的心里，已经知道了以后生活的艰辛？齐晓卉摸黑抽了一张纸巾，替儿子擦去腮边的泪水，自己却忍不住又落泪了。

第二天，齐晓卉在秦诺的一再催促下，打电话给吴雪飞。吴雪飞犹豫了片刻，问道："你想跟他谈什么？连法律都无可奈何的事情，你觉得私下协商会有结果吗？难道说，私下协商能让他良心发现？"

"可是不谈又能怎么办？就算我不为自己，总也该为乐乐争取点儿什么吧？"齐晓卉也觉得心底一片茫然，"说实话，我只能是寄希望于他的良心发现了。"

原来婚姻的权益，要维系在男人的良心上，怪不得秦诺总是嚷嚷婚姻是男权社会的产物呢。吴雪飞苦笑了一下，答应了齐晓卉的请求。吴雪飞那里没问题了，许俊平却表示，他现在跟齐晓卉已经无话可说了，除非齐晓卉答应签署离婚协议书，才跟她见面。

"你告诉他，你要弄清楚齐晓成的赌债到底是谁还的。"吴雪飞沉吟了一会儿，说道，"你就跟他说，如果他不愿意跟你见面，那就让齐晓成来跟他对质，到时候一切后果，你概不负责。齐晓成那脾气，那就是只惹事不善后，要是真把他给逼急了，他可不管啥后果。"

齐晓卉愣了一下，将吴雪飞的意思转达了。电话里迟迟没有许俊平的答复，估计他也在紧张地权衡着，过了好一会儿，才说道："行，那咱们当面把话说清楚。但是见面地点我不想在吴雪飞的茶室，另外找一个吧。"

难道是怕吴雪飞和自己在茶室里设下什么机关吗？这才是做贼心虚呢。齐晓卉从鼻子里轻哼了一声，说道："那你定，你说在哪里，我们过去。"

放下电话，齐晓卉感激地对吴雪飞说了声"谢谢"，不想吴雪飞苦笑了："谢什么？你觉得这样做会有用吗？晓卉，不是我泼你冷水，我总觉得，许俊平这一次是做好了充分的准备来跟你离婚的。虽然说他独自在外三年，确实不可能没有女人，但是为什么这一次这么绝情地提出离婚，甚至连儿子都不要了呢？你没想过其中的原因吗？"

齐晓卉无奈地说道："我也想过，原因无外乎这几点。也许以前没遇到适合结婚的女人，最近遇到了；或者是原先只打算同居的女人有孩子了，人家想让孩子名正言顺地生下来；还有可能就是，许俊平当时谎称自己未婚，现在被人家识破了，所以就逼着他离婚，跟自己结婚。哪一个思路正常的女人，会愿意当小三呢？"

"那你认为出现的是哪一种情况，你可以原谅许俊平呢？"吴雪飞淡淡地问道，"或者在哪一种情况下，他会因为顾及乐乐而打消离婚的念头呢？"

齐晓卉思索了一会儿，摇了摇头："哪一种都不可能。"

"那么你认为，就算套出话来了，又能怎么样呢？要知道，事情已经过去三年了。"

好像确实是什么也不能解决，齐晓卉茫然地想着，也许还会让自己多受一次羞辱。可是……也许会有奇迹呢？虽然这个想法连齐晓卉自己都觉得可笑。

看见齐晓卉和吴雪飞一起进来的时候，许俊平脸上的淡定消失了。对付齐晓卉，他有的是办法。如果不是怕齐晓成动粗，当初他拿到吴雪飞退回来的还债款，也不用一躲三年不敢回来了。可是对付吴雪飞，他还是有些心虚的。

这个女人思路清晰、反应敏捷，自己哪一句话说错了被她抓住把柄还是小事，就怕被她识破了自己的伎俩，那就糟了。而且母亲已经说了，她早就跟齐晓成离婚了，怎么又会跟齐晓卉在一起呢？难道上次齐晓卉把地点选在她的茶室，是另有深意吗？

"嗬，还带保镖哇？"许俊平嘲讽地一笑，想要先发制人。

"不是保镖，是证人。"齐晓卉冷冷地说道，"雪飞姐说了，当初她把我们替齐晓成还的那部分赌债的钱，都还给你了，是真的吗？"

许俊平不以为意地一笑："就算是真的，那又怎么样？我在外面，也没有工作随时等着我，我也要吃饭穿衣。就算是有钱，也都花光了。这个解释，你满意了？"

自己的猜测果然没有错，吴雪飞看着许俊平，怎么也无法想象，一个男人能够卑鄙到这种地步。他的存在，能让自己一向看不上眼的齐晓成瞬间高大起来。尤其是那天晚上，她衣衫不整地被齐晓成用大衣裹着拖回家，家里一堆亲戚对她极尽羞辱。齐晓成在抽了半包烟以后，抄起一张长凳将所有人都赶了出去，还怒吼道："老子自己的女人自己管教，用得着你们这帮孙子王八蛋来多管闲事吗？"

所以，自己离婚后并没有跟婆家断得一干二净，一来是因为女儿的缘故，二来也是因为齐晓成那天晚上对她的维护吧？而她这次愿意帮助齐晓卉，也是因为离婚的时候，齐晓卉力劝母亲和哥哥将茶室的经营权继续给自己。

她一直相信人心都是肉长的，再不堪的人也会有温情的一面。譬如齐晓成，譬如倪伟刚，譬如到过她茶室里的各种男男女女，可是她真的看不到许俊平的人心在哪里。

齐晓卉应该是完全没想到许俊平会有这样的托词，瞪着眼睛看着他，声音禁不住地开始发抖了："那房子卖了足足五十万哪，五十万，我一分钱都没有为乐乐留下。现在你告诉我，三年的时间，吃穿住行你花了五十万？许俊平，谎话不是你这样说的！"

"对不起，是我说错话了。"许俊平似乎非常得意自己的应变能力，"不单单是日常费用，我还用来做了一些投资。对了，投资股票，我投的时候，股市那叫一个红火，谁能知道我投下去不到一个星期，这股票就像是坐过山车一样，直线下滑，清仓割肉都来不及呀！"

吴雪飞冷冷地看着许俊平痛心疾首的样子，冷不丁问道："你股市的开户账号是多少？购买股票的凭证在吗？买的是哪几只股票？能让你损失如此惨重，想必对这几只股票都记忆深刻吧？"

许俊平慢慢地吸了一口气，看着吴雪飞似笑非笑，一字一句慢慢地说道："因为我不懂股票，所以是跟别人合伙炒股的。用的是别人的账户，买的股票也都是听他们推荐的，具体名称，我还真是说不上来。"

"账户的名称呢？也说不上来？"吴雪飞并不死心，她相信言多必失的道理，她也相信所有的弄虚作假都会留下蛛丝马迹，只是有没有机会去核实罢了，"还有，合伙炒股人的姓名呢？不会也忘了吧？许俊平，你要我们相信你的话，总得提供出一个靠谱儿的证人来吧？不能你说什么就是什么。就算你跟齐晓卉已经是恩断义绝了，那么儿子总是你的吧？从来虎毒不食子，离婚离得连儿子都不要了？许俊平，你自己摸着良心说说看，有你这样的男人吗？或者，你是打算把儿子带走了？那也行，我帮你说服晓卉答应。不管怎么说，晓卉不是一个好吃懒做的人，没有儿子在身边，我相信她养活自己不是什么难事。"

"你以为我不想带儿子走哇？可是你看我现在又比齐晓卉能强到哪里去？儿子跟着我，还要背井离乡的，到时候身边连个帮衬的人都没有，还不如跟着他妈妈呢，好歹还有你们愿意帮着她。"许俊平怎么会听不出吴雪飞嘲讽的意思，但是考虑到自己目前的处境，拖下去实在不是一回事，因此不得不故作姿态，"我也知道空口白话你们不相信我，要不是那时恨极了股市，把所有的凭证都一把火烧了，我也不至于三年回不了家，还没法儿解释了。不过你说的当初还债的钱都退还给我了，好像也是空口白话吧？你看，这日常过日子，谁能想这么多呀？没有凭证才是正常的，留了凭证的那叫心机深沉，你看我是这样的人吗？"

谈话不出意外地陷入了僵局，虽然吴雪飞心里对事情的来龙去脉已经了然，但是没有证据，就像律师说的，那就是一个清官都难断的家务事，她还有什么办法？

"这么说，连儿子的生活费，你都不愿意付了？"齐晓卉看着眼前这个熟悉而又陌生的男人，无法想象自己当初是怎么跟他共同生活在一起的。所有的人伦道德，在他这里都起不到哪怕是一丝一毫的作用。

"齐晓卉，你还要我怎么解释呀？我说我不养儿子了吗？我只是告诉你，我现在没钱嘛，有钱我还能不养儿子呀？除非你告诉我，儿子不是我的。"

数日来毫无收获的奔波已经让齐晓卉身心俱疲，也灰心到了极点。因此这句话让她彻底发飙了，看着许俊平冷冷一笑："你知道我现在有多么希望儿子不是你的吗？因为我很担心你的薄情寡义遗传给儿子，以后会让我被人家指着脊梁骨骂，连个儿子都养不好！"

"齐晓卉，我们之间的事情，你不要牵扯到我的父母好不好？"许俊平收敛了得意，恼火道，"再说了，卖房子就是因为你哥的缘故，你让我妈怎么接纳你们母子？你自己结了婚还舍不得娘家不说，现在反过来指责我妈，你多大的脸哪？"

"我没有牵扯你的父母，牵扯你父母的，是你自己！因为你不想做人，只想做畜生，喜欢被人骂你有娘生没娘养！"齐晓卉急怒攻心，也是口不择言了。

"齐晓卉，你要对你自己说过的话负责任！"许俊平猛地站了起来，"你不想离婚是吗？那好，不离婚我就回去打工去了。到时候不管出了什么事情，你有本事都不要来找我，你不是喜欢跟我白头到老吗？那咱们就这样耗着，看谁耗得过谁！"

齐晓卉毫不示弱地反击过去："别说耗着，就是你死了，我也一样把你从棺材里找出来，别以为我真的找不到你！人不要脸，天下无敌，你要不要试试看？"

这句话让许俊平迟疑了一下，随即拂袖而走。看着许俊平的身影消失在午后的光影中，吴雪飞叹道："你这又是何必呢？这些天来，你还看不出许俊平是怎么样的人吗？你跟他耗着，有意义吗？到时候他在外面找个女人生下孩子带回来给你养，你怎么办？你千万别说这不可能，反正我感觉许俊平是绝对做得出来的。到那时你怎么办？法律上可有明文规定，婚生子和非婚生子享有同等的权益。那时候你离婚，无非也跟现在一样；不离婚，你养着那孩子吗？那还不如现在就离婚呢，就算啥也赚不到，青春总还没有被耗尽吧？"

齐晓卉颓然道："雪飞姐，我也知道一切都没有意义，我只是不甘心、不甘心哪！"

是的，只是不甘心，只剩下不甘心了。不甘心曾经无怨无悔地付出，换来的只是一无所有；不甘心一千多个夜晚的等待，得到的只是无情地抛弃。

## 6 殃及池鱼

见齐晓卉近乎崩溃的样子，吴雪飞迟疑了一下，说道："晓卉，我给你出个主意，你可别怪我缺德。你这个离婚案子，就算去法院打官司，判下来也就跟现在一模一样。当然，判决书上绝不会少了乐乐的抚养费，但是执行呢？你连许俊平打工的地址都不知道，这要是换了我是法官，我也会觉得你这个妻子是不称职的。"

齐晓卉依然垂着头，这些话，律师早就给她明确说过了。她知道，所有的旁观者都很清楚，不清楚的只有她这个当事人。

"所以，我觉得对付无赖吧，还是得用无赖的办法。"说到这里，吴雪飞顿了一下，"我的意思就是，你把乐乐放到他爷爷奶奶家里去。乐乐姓许，是他许家的孙子，对不？你把许家的孙子还给许家，这道理说到天边也说得通。"

道理是说得通，可是感情呢？这样一个绝情无耻的人，她怎么能放心把儿子给他呢？这么些年来，都是儿子陪她度过了每一个寂寞的夜晚、孤独的清晨，她怎么能因为自己的无能，就这样放弃了儿子？错的是他，不是儿子，不能让儿子去承担他父亲荒唐寡义的后果，这样对儿子不公平，他才六岁。齐晓卉真的不知道，如果让乐乐目睹了这一场离婚大战，会给他带来多少心理阴影，会给他的成长造成多大的伤害。

"你呀！"吴雪飞知道齐晓卉一向优柔寡断，连不怎么待见她的娘家，她都无法放手，何况是相依为命的儿子，因此吴雪飞无奈地站起来，"如果你不愿意，那就当我没说吧。几点了？乐乐该放学了吧？你去接孩子吧，我先走了。"

"雪飞姐，"齐晓卉突然跟着站了起来，"我听你的，我去接乐乐，送他去他爷爷家里。"

吴雪飞反而意外了，有点儿不敢相信："你想明白了？"

"想明白了。"齐晓卉的脸上颇有些大义凛然的样子，倒让吴雪飞好笑，"既然我没有能力让儿子生活得更好，那么我又有什么资格阻止他去寻找更好的成长环境呢？"

这不像是想明白了，更像是义无反顾地壮士断腕。吴雪飞有些后悔自己给齐晓卉出馊主意了。转念一想，许俊平从回到瀛洲市到现在，也快一星期了，从来没有提到过要见见儿子。又焉知不是父子天性，怕见了面，就狠不下心来了呢？

这样想着，吴雪飞觉得事情还有转机，于是陪着齐晓卉，一起来到了幼儿园。幼儿园大门已经开了，陆续有家长抱着孩子出来。两人走到乐乐所在的学前（一）班，齐晓卉从窗户往里看，小朋友们正在玩游戏，老师不在，看时间，应该是收拾孩子们下午餐的碗筷去了。

齐晓卉寻找着儿子的身影，只见他被几个小朋友围在中间，正绘声绘色地讲着故事："……你们知道吗？我做过一个最最最……可怕的梦，可吓人了！"乐乐用了N多个"最"字，齐晓卉也忍不住竖起了耳朵，这小家伙还挺能吊人胃口的。

"我梦见自己就在家里，可是妈妈不在，我到处找都找不到。然后我就哭了，可是我哭了很久，妈妈还是没有来，我吓死了，真的吓死了！"说着，乐乐还直拍自己的胸口，"后来我睁开眼睛，才发现妈妈正抱着我呢，你们说吓人不？"

小朋友们都如释重负，窗外的齐晓卉却湿润了眼眶。难道那天晚上儿子在睡梦中伤心地哭泣，就是因为妈妈不见了吗？原来就算全世界都抛弃了她，在儿子的心中，她依然是他的全部，是他生命中不能失去的那个人。

想到这里，齐晓卉轻轻叫了一声："乐乐，小宝贝儿！"

听见妈妈的声音，乐乐显然大喜过望，连忙就跑了出来，一头扑进了妈妈的怀里，像只小狗一样拼命往里钻。

齐晓卉忍不住抱紧了儿子，却又拍着儿子的屁股佯嗔道："干什么？找奶吃呀？"

乐乐调皮地说道："对呀，找妈妈的牛奶吃。"

俏皮的童言，让齐晓卉的心一下子沉了下去。让儿子回到爷爷奶奶家里，真的是为了他好吗？真的不会对他造成伤害吗？

吴雪飞看出了端倪，悄声说道："如果你不愿意，那就不要勉强了。"

齐晓卉深吸了一口气，摇摇头，抱起了儿子，温柔地问道："乐乐小宝贝儿，今天晚上，你去奶奶家里吃饭好不好？爸爸在那边等你。"

"不好！"乐乐撒娇地搂住了妈妈的脖子，手指头拨弄着妈妈的头发，任性地说道，"我要和妈妈在一起，妈妈去哪里我也去哪里。"

"小傻瓜，那是爸爸呀，你不想见他吗？"

"不想，他又不要我。"

"你怎么知道爸爸不要你呢？"

"因为他从来也没有来看过我呀，"乐乐委屈道，"所以我也不认识他。"

齐晓卉只觉得心里发堵、鼻子发酸，可是嘴上却不得不为许俊平解释："不是爸爸不想来看乐乐呀，是爸爸在外面工作、赚钱，要给乐乐读书上学用，乐乐是乖孩子，应该感谢爸爸才是呀。爸爸为了乐乐，那么辛苦地工作，乐乐去看看爸爸好不好？"

乐乐仔细想了想，展颜一笑："好的，宝宝听妈妈的话，去看爸爸。"

见齐晓卉忍不住伤心的样子，吴雪飞忙岔开了话题："你不先回家给乐乐收拾一些衣物吗？许俊平家也没有乐乐的换洗衣服哇。"

齐晓卉摇摇头，竭力让自己的心情平静下来："衣服明天再送过去吧，好在天气还不算太热，乐乐也乖，多穿一天不会弄得太脏的。"

吴雪飞心里明白，齐晓卉其实还是舍不得儿子。不过此时此刻，似乎也没有必要去点破她，于是说道："那你送乐乐过去吧，我去菜场买点儿菜。反正一个人，你也别烧饭了，一会儿你就去我那儿吃饭，我还有点儿事想找你商量。"

齐晓卉点点头，两人走出幼儿园，就在弄堂口分了手。齐晓卉抱着儿子，朝婆婆家走去。乐乐双手环着妈妈的脖子，乖巧地伏在妈妈的肩上。齐晓卉有些担心，对儿子来说，爸爸、爷爷、奶奶几乎就等同于陌生人，她不知道让儿子毫无心理准备地待在一个他完全陌生的环境里，会对他造成什么影响。

当初卖掉房子住到娘家以后，婆婆居然连唯一的孙子都不肯来看一眼，让齐晓卉很不解。

当然，现在是知道了，肯定是当初许俊平把卖房子的真实原因都告诉了父母，同时又将所有罪责都推到了妻子身上。所以婆婆非常恼火，认为齐晓卉唯娘家之命是从，从来就不把自己当作许家的人，也没有把她这个婆婆放在眼里。

所以许俊平离家三年来，她不仅从不在齐晓卉面前提及儿子的任何音信，也丝毫没想到要过问一下孙子的情况。而许俊平这次提出离婚，齐晓卉也完全有理由相信，婆婆一定是预先知道的，甚至可以猜度，婆婆也是默许的。

可是默许儿子离婚能够理解，默许儿子不要孙子不是太奇怪了吗？许俊平是家中的独子，乐乐也是许家唯一的孙子。如果许家父母连孙子都不要了，那么唯一的解释只能是，许俊平极有可能在外面已经另外有孩子了，或者即将另外有孩子。

这个推测让齐晓卉不寒而栗，如果许俊平真的另外有孩子，那么乐乐到了他们家，又算什么呢？婆婆家的经济条件确实是比自己好，他们老两口儿的退休工资，就不是齐晓卉辛苦打工的收入所能比的；再者，婆婆家的环境也要比自己的好，不仅在当年县政府分配的高级知识分子福利楼里，有一套面积超过一百平方米的房子，而且因为公公原来是瀛洲市中学的校长，所以他所拥有的人际关系也能给乐乐提供升学的便利。

可是孩子成长，真的只需要经济条件和人脉关系就可以了吗？齐晓卉纠结着，渐渐地放慢了脚步。如果乐乐一直跟着自己，又会怎么样呢？不错，她是可以砸锅卖铁让他读到大学毕业，但是在这个"拼爹"的社会里，她是没有办法为儿子创造更多的机遇的。

这样想着，齐晓卉又加快了脚步。是的，就算是离婚，乐乐留在许家也比跟着自己要好。再说了，就算许俊平另有孩子，那乐乐也是许家的孙子，一样的孙子，难道还两样对待吗？更何况俗话说得好，祖孙隔代亲。婆婆也许是看不惯自己，可是对孙子，应该也会跟普通的老人一样疼爱的，不是吗？

这想法，让齐晓卉的心里，再一次充满了希望。她已经完全忘记了将乐乐送回婆家的初衷，是为了对付许俊平的无赖。她现在满心盘算的是，给儿子找一个最好的成长环境。她可以接受婚姻的失败，可是她真的不想让孩子也一起去承担自己无能的后果。

　　齐晓卉见乐乐并没有高兴的样子，便点拨儿子："宝贝，高兴些嘛，去见爸爸和爷爷、奶奶不是应该开心一点儿的吗？"

　　"不开心！"乐乐嘟着嘴巴，把妈妈搂得更紧了，"妈妈陪着我在爷爷、奶奶家里吃饭好不好？吃完饭宝宝就陪着妈妈散步，好不好？"

　　儿子的讨好让齐晓卉心酸不已，吸了吸鼻子，才说道："妈妈还有事呢，刚才舅妈不是跟妈妈说了，有事要跟妈妈商量吗？"

　　因为齐母一直在吴雪飞的茶室里帮忙，所以齐晓卉有时候也会把乐乐送去茶室那边，让母亲帮忙照看着点儿，顺便也可以让乐乐和齐婷好一起玩。因此对吴雪飞的称呼，也就没有因为他们的离婚而改变。

　　果然乐乐没辙了，怔了半天，趴在齐晓卉的肩头一声不吭。齐晓卉有些心虚，轻声叫道："乐乐，宝贝，妈妈的小乖乖，怎么不说话呢？"

　　"我说话你又不听我的。"乐乐委屈地说道，"我说不去奶奶家，你一定要我去。"

　　"可是爷爷、奶奶想乐乐了啊，你难道不应该去看看他们吗？"齐晓卉一边哄着儿子，一边加快脚步朝许家走去。生怕自己一个心软，就掉转方向了。

　　通向婆家的这条路，齐晓卉走得不是很多。恋爱的时候，一般都是许俊平来她家找她的；结婚后，他们有了自己的房子，装修、怀孕、生育，让她忙得根本无暇顾及婆家，自然也就来得少了；卖掉房子以后，齐晓卉住回了娘家，因为婆婆曾经的拒绝让齐晓卉心存芥蒂，自然也就不太愿意和婆家过多来往了。

　　一开始，公公婆婆还打几个电话来问问乐乐的情况。可是许俊平走的时候，带走了家中所有的钱，奔波于一日三餐的齐晓卉，实在没时间给婆婆长篇大论地介绍乐乐的一言一行，因此在婆婆看来，那就是对她的冷漠，心里自然也是不乐意的。

　　在婆婆看来，她主动打电话给儿媳询问孙子的情况，那就是给她一个面子、一个台阶，是看在儿子的面子上降尊纡贵了，齐晓卉不是应该在接到电话后，马上带着孩子上门去吗？怎么可以爱搭不理的，每次都是匆匆挂了电话。再到后来，大约是乐乐在路上遇到爷爷、奶奶也没有表现出老人所期望的亲近，婆婆也就心灰意懒，便不怎么打电话来了。

齐晓卉猜测着婆婆在自己婚姻中态度的变化，不知不觉中，走到了弄堂口，随即却迷糊起来。这里是老式的公房，一条小弄堂，两边都是差不多的房子。齐晓卉只记得婆婆家的门牌号码，却忘了是哪一幢楼，因此她一边努力寻找着每一幢楼的号码，一边在记忆深处，寻找着曾经熟悉的建筑，或者是熟悉的树木。

恍惚中，似乎看到许俊平站在那棵夹竹桃边，举手朝她示意："这里，晓卉，在这里。"恍惚中，又似乎看到许俊平在硝烟弥漫的鞭炮声中，将害怕鞭炮的自己护在身后；恍惚中，最后的画面是那次卖掉房子以后，跟婆婆商量住回来而被拒绝后，许俊平那阴沉着的脸，比低垂的云层更加灰暗。

齐晓卉长长地叹了口气，终于拦住了一位下班的行人，问道："师傅，对不起，问一下，以前瀛洲市城关中学的许校长，住哪一栋楼啊？"

行人看了她一眼，大概是看见她抱着孩子，便收起了警惕，热心地朝前面一指，说道："看见没？就前面，20幢301室，就是许校长的家。怎么，你是他家亲戚啊？"

亲戚？齐晓卉一怔，尴尬一笑，算是默认。儿媳和孙子，居然被邻居误认为是亲戚，看起来在处理跟公婆的关系上，自己也确实够失败的了。

当许俊平打开房门，看见门口的齐晓卉时，大吃了一惊。正要询问，齐晓卉冷冷地说道："我把乐乐送过来了，他是我的儿子，也是你的儿子，所以你也有义务抚养他，不是吗？最起码，我单独抚养了三年，你也得养三年吧？"说完，就将乐乐往许俊平的怀里一送。

不想乐乐搂着齐晓卉，死也不肯松手。许俊平正要顺水推舟，许父出现了，平静地说道："乐乐来了？来了就进来吧，站在门口干什么？好看吗？"

被父亲一说，许俊平这才伸手去齐晓卉的怀里抱儿子，不满道："都多大了，还抱着，你不会让他自己走啊？"

齐晓卉冷冷地说道："我愿意抱着，关你什么事！"

乐乐则睁大了眼睛，看着许俊平。对他来说，这个父亲实在是太陌生了，陌生得看着他的时候，并没有感觉他跟大街上那些来来往往的路人有什么不同。

许俊平嘲讽地瞟了齐晓卉一眼，似乎是在笑话她的自讨苦吃。然后，他拍了拍乐乐的脑袋，去牵他的手："来，儿子，进来吧，爷爷、奶奶都在呢，赶紧过去叫一声。"

"不去！"乐乐突然甩开了许俊平的手，把小小的身子整个缩进了妈妈的怀里，然后看着许俊平，警惕说道，"我不去，我不是你的儿子，我不是你生出来的。"

这句话让许俊平的脸都绿了，看着齐晓卉的眼神顿时就变得冰冷起来，然后没好气地问乐乐："你不是爸爸生的，那是谁生的？"

"是妈妈生的！"乐乐大声说道。

"没爸爸，妈妈怎么生的你？"许俊平又是好气又是好笑。

"我钻进妈妈肚子里，妈妈就把我生出来了！"乐乐一脸的严肃。

"依你这么说，爸爸没有用喽？"

"爸爸本来就是没有用的。"乐乐从鼻子里轻哼了一声，然后不屑地转过头去，将脑袋也藏进了妈妈的怀里。

许俊平似乎是被儿子激怒了，他一反刚才的推脱，一把抢过乐乐抱了起来，然后恶狠狠地瞪了齐晓卉一眼："你教出来的好儿子！"说着，径自朝屋里走去。

乐乐大惊，趴在许俊平的肩头，伸着手哭着叫道："我不要爸爸，不要爸爸，妈妈救命啊！快来救我啊！"

齐晓卉眼泪都快下来了，可是想到自己将乐乐送来的目的，只好硬生生将泪水咽下。许父若无其事地问道："晓卉啊，有事吗？要是没事，你也进来坐一会儿吧。"

齐晓卉深吸了一口气，将自己所有的心酸和委屈都掩藏起来，然后淡淡地说道："乐乐的衣服，我收拾好了，明天就送过来。今天不给他换衣服也没关系的，乐乐不皮，衣服穿两天不会脏的。"说着，她朝许父微微一点头，算是告辞，然后转身下了楼。

齐晓卉飞一般地跑到弄堂口，找了个没人的地方，终于让眼泪流了个痛快。可是收起泪水，她才发现，好像有什么最重要的东西，从心底被抽离了。她看着路灯在越来越暗沉的暮霭中亮起，却不知道自己该做什么。

还是吴雪飞的电话惊醒了她，她才想起刚才的约定，于是在电话里应了一声，就没精打采地朝茶室方向走去。为了省钱，吴雪飞租了一个只有卫生间、没有厨房的单人房，所以吃饭一般都在茶室里。崔颖儿还没有来到齐家前，她有时候也会去齐家吃饭。自从崔颖儿和齐晓成开始同居，她就再也没有去过齐家了。

走到茶室，齐晓卉意外地发现茶室的广告灯箱没有搬出来，难道今晚吴雪飞要跟自己商量的事情很重要，所以茶室不开张了吗？齐晓卉狐疑地推开茶室的门，正好吴雪飞手里端着一盘菜，看见她便招呼道："菜都烧好了，快点儿进来吃饭吧。"

齐晓卉问道："怎么灯箱也不搬出去，你今晚不营业啊？"

"嗨，营业不营业，也没啥区别。这个季节，早晚还冷清得很，就是有生意，也不过一二百元，多开一天少开一天还不是一个样。"

"反正开不开张都要付房租，你就当开着赚点儿房租也好啊！"齐晓卉心不在焉地接了一句，跟着吴雪飞走进了一间包厢，这才回过神儿来，"你是不是知道我现在不想见到我妈啊？"齐母在茶室负责洗杯子和切水果，如果茶室开门营业，她肯定得来。

"其实是我自己不想见到你妈。"吴雪飞淡淡地说着，将菜放在桌子上，"吃吧，我知道论烧菜，我这辈子也别想跟你比了。不过好歹也烧熟了，吃不死人，你将就吃点儿吧。"

"我妈怎么了？"齐晓卉问道，"我妈也非要把婷好送到你这里吗？"

如果说崔颖儿赶走自己还有点儿道理，可赶走齐婷好是一点儿道理也没有啊！当初吴雪飞以净身出户为代价，就是想要齐婷好能够留在齐家。而且他们的离婚协议上也清清楚楚地写明了，齐婷好的监护人是齐晓成，崔颖儿凭什么要将齐婷好送过来呢？难道她跟齐晓成谈恋爱的时候，不知道齐晓成是离异二婚男吗？不知道齐晓成还有一个女儿吗？没有做好当后妈的准备吗？齐晓卉暗暗为吴雪飞抱不平。

"也没有说非要送过来啦，就是问我方便不方便，婷好先在我这里放一段时间，只是我最近确实是不方便啊！"不想吴雪飞倒是很平静，解释了一下，就转了话题，"你把乐乐送过去了？许俊平怎么说？"

"他还能怎么说？要不是他爸让乐乐进去，我估计他根本就不想看到乐乐。"齐晓卉幽怨地说着，想起儿子叫"救命"的样子，不由得红了眼圈，"乐乐根本就不认识他，也不愿意跟他走，居然……拼命地叫'救命'！"

"没事，一会儿就认识了。不要忘了，他们是父子，有天生的血缘亲情呢。"吴雪飞安慰着，开始言归正传，"对了，我就是想问你，导游这个活儿，做得怎么样啊？"

"什么做得怎么样，也就是够我跟乐乐一日三餐呗。"齐晓卉没精打采地说道，"你也知道，我不是那种能说会道的人，当初要不是被逼得没办法了，我能去做导游吗？不过最近总算有些做出来了，去年就多了好多回头客，说是我信誉好，不让他们买很贵的旅游产品。"说到这里，齐晓卉有些自嘲地笑了一下。不是她不想，而是她面子薄，开不了那个口。可是仅这一项，她一年少说要少两万元的收入。

"你啊，你啊，你有点儿用没有？"吴雪飞恨铁不成钢地拿筷子虚点了她一下，"不是瞧不起你，你要是有崔颖儿三分之一的心机，就不会混成这样了！"

齐晓卉哑然失笑，她拿什么去跟崔颖儿比啊？崔颖儿可以一边大度地对她说，反正是租房子住，租哪里不是租啊，就住在娘家好了，自己人住在一起，还可以互相关照着点儿；一边却可以装出一副乖巧懂事的模样，对齐母说，宁可让齐晓卉在外面租房子，否则被人说她赚钱赚到小姑那里去了，名声可不好听。

因此齐晓卉一笑："我是没法儿跟崔颖儿比，怎么，你要跟崔颖儿一较高下吗？"

吴雪飞也好笑起来，"我跟她较什么高下？"说着，脸色一变，随即又笑了，"夫妻本是同林鸟，大难来时各自飞。我都已经跟齐晓成分开多少年了，还去管那些闲事？我现在就只想好好赚钱，其他……等吃饱了饭没事做的时候再想吧。"

吴雪飞的话让齐晓卉不由自主地打量起包厢来，问道："你是说茶室的生意吗？也是啊，一直都不见起色，你打算怎么办啊？"

"我还真想不出什么办法来，不过大倪给我出了个主意。"吴雪飞说着，看着齐晓卉，"只是我觉得一个人做起来恐怕有难度，所以想找你搭把手，不知道你愿不愿意。"

齐晓卉愣了一下，吴雪飞口中的大倪就是倪伟刚，瀛洲市电信局的办公室主任。因为电信局常有客人来茶室消费，一来二去，吴雪飞就跟倪伟刚认识了。

那时候，吴雪飞还没有离婚，齐晓成对茶室的漠不关心，齐母对茶室的寄予重望，都让她感到压力太大，力不从心。因此当倪伟刚不时地介绍朋友为她带来客人时，她自然是心存感激的。感激之余，免不了要将倪伟刚和齐晓成进行比较。而比较的结果，就是在某天下午，齐晓成在一个神秘电话的引导下，在酒店房间里发现了正在滚床单的两个人。

就这样，吴雪飞离开了齐家，没想到离开齐家的吴雪飞，并没有跟齐家断绝关系。两个月后，她突然登门，问齐母愿不愿意去她的茶室打工，月薪一千五。这个提议让齐母目瞪口呆，吴雪飞的解释倒是很简单，有女儿在，她跟齐家永远脱不了关系。

或者正是这个解释，让齐母在接受了吴雪飞的邀请后，终于停止了在孙女面前对前儿媳的抱怨。齐晓卉不得不佩服吴雪飞的睿智，心里也就非常希望有一天，她能够再次走进齐家。尤其是她听吴雪飞说起，倪伟刚能够进电信局，并且一步步爬到办公室主任的位置，岳家的帮助是一个重要的原因时，更是竭力劝说吴雪飞不要妄图取代倪伟刚的妻子。

"我不是想要取代他的妻子，我只是想给自己找一个靠山，给婷好多准备一条路。你不知道，一个女人孤身奋斗有多么艰难。"吴雪飞说这句话的时候颇为失落，"再说了，我有什么资格取代他的老婆呢？我不过是一个开茶室的小女人，而他的老婆孙水玉是国家公务人员，还是公检法机构的，我有资格跟人家去比吗？他不愿意离婚，其实我也想得明白。都说女人物质拜金，其实男人比女人更现实。这年头，只听说有女人为爱情奋不顾身的，没听说有男人为爱情要死要活的。"

也许是看穿了倪伟刚的心思，吴雪飞也将想要嫁给倪伟刚的小心思深深地埋在了心底，因为实现的可能性真的不是很大。而吴雪飞安于现状的态度，无疑也是倪伟刚最愿意接受的。于是两人在一个愿打、一个愿挨的两厢情愿中，波澜不惊地过了两年多。

"什么主意，你说来听听。"虽然从客观的角度来说，倪伟刚是齐晓成的情敌，也应该是齐晓卉的敌人。但是鉴于这个哥哥屡次让自己陷入困境，无所适从，齐晓卉反倒更愿意亲近他的敌人了，"让我搭把手也是倪伟刚的意思吗？"毕竟不熟，齐晓卉还没法儿像吴雪飞那样，直接对倪伟刚用昵称。

"那倒没有，让你帮忙是我的意思，因为这事，还就只有你能帮忙了。"吴雪飞笑笑，这引而不发的关子，倒勾起了齐晓卉的好奇心。

"什么事啊，能让我这么重要了？"

"是这样的。"吴雪飞停顿了一下，这才细细介绍道，"沿海广场那边的一连串店面房你看见没有？那就是县政府投资建设的海鲜一条街。第一批二十六个铺位即将竣工，已经开始对外招商了。第一批愿意承租的商户，不仅租赁费特别便宜，还可以享受到县政府提供的每年三千元的补贴，你说这条件好不好？"

"你是想把茶室转了去开海鲜排档吗？"齐晓卉皱了皱眉头，"雪飞姐，那你知不知道？这海鲜一条街的生意也跟我们导游一样，一年最多也就做个四五个月。所以这租赁是一个月一个月租呢，还是要全年租的？另外，租赁摊位的那些设施算谁的？要知道摊位靠近海边，海风一吹，特别容易腐蚀风化。要是这些设施都算我们自己的，那么这每年三千元的补助，光是付设施维修费都不够，有什么划算的？"

"做四五个月有什么关系？"吴雪飞毫不介意地笑道，"难道你没听说啊，龙尾滩那边的海鲜烧烤，三个月就能赚二十万呢。最多的一个晚上，有人做出了八千元的营业额。仅仅只是烧烤啊，你想想这生意该有多好？不过摊位设施的问题嘛，我还真是没问清楚。只是听大倪说，这是县政府要扶持的项目，不能让商户亏了，要是亏了，那他们以后再要发展什么项目，谁去理他们啊？"

## 7 爱情是什么

　　齐晓卉连连摇头："你跟烧烤比，烧烤的成本是多少？海鲜排档的成本又是多少？这能比吗？再说了，县政府要扶持的项目就一定保险？你没听说几年前的那个深海鱼油的生产计划，光是县政府投进去的钱有多少啊，少说好几百万吧，还不是说垮就垮了。依我看哪，要想做好生意，还是得靠自己，什么扶持啊、补贴啊，终归靠不住的。难道你没听说这么一句话，师傅领进门，修行在个人？"

　　"我没说要一直靠着政府部门啊，我需要的只是领进门的平台啊！"吴雪飞看着齐晓卉，突然抿嘴一笑，"晓卉，我怎么觉得你这句话，不像是对生意的感触，倒像是对婚姻的感悟。"说着，见齐晓卉沉了脸，忙夹了一块花鱼肉放到她碗里，亲昵地笑道："尝尝，你最喜欢吃的雪汁花鱼。你看你，开个玩笑啦，怎么一张俏脸就跟个蚊帐似的，说放下就放下了？我当然知道啥事情都要靠自己才行，这不是请你来入伙了吗？你那一手好菜，别人没尝过，我还不知道吗？就算不能保证天天客满，至少也能给我保证百分之六七十的回头率，那我还能愁没生意？"

　　齐晓卉没理会吴雪飞，自己慢慢梳理着思路。县政府推出了"海鲜一条街"的项目，虽说是试点，但是条件确实不错。就算不能赚钱，大约也亏不到哪里去。再说了，就算投资是自己的，那么客源呢？政府也一定会帮着想办法吧？这样看来，机会还是很不错的。

　　但是……对自己来说，这该怎么算呢？若是入伙，她也没有资金；若说是雇给吴雪飞，怎么看也不见得比旅行社靠谱儿。何况这样一个铺面的投资，装修就得三四十万，而茶室最多转个十来万，吴雪飞有那么多钱投资吗？如果是别人投资的，那她的身份就更加尴尬了。

　　齐晓卉想了许久，追问道："那投资呢？你一个人，还是跟别人合股？"

　　吴雪飞抬头环视了一下包房，说道："目前我是打算独立投资。你也知道，瀛洲市的老话，宁可单打一条狗，不要拼吃一头牛。跟别人合股，没那么好相处的。再说了，我从来没做过餐饮生意，我也怕被别人坑啊！至于资金嘛，我想把茶室转了，大概能转个十五六万。另外，倪伟刚答应再给我投资三十万，这些钱装修应该差不多了。至于启动资金，那就走一步看一步吧，实在不行，我让大倪去想办法。"

"倪伟刚给你投三十万？"齐晓卉不敢相信了，"他有钱？"

"他有钱没钱我管不着，三十万是他欠我的。"吴雪飞冷了脸，淡淡地说道，"我给了他选择，要么离婚跟我结婚，要么给钱。他选择了给钱，就这样。"

齐晓卉怔怔地看着她，想起她刚刚跟齐晓成离婚时，自己问她今后怎么办。当时，吴雪飞还是一脸的期盼，说她愿意等，等着倪伟刚和妻子离婚，跟她结婚。这一等，就是两年有余。倪伟刚在局里越来越得心应手，可是吴雪飞结婚的希望，越来越渺茫了。

"你们……出问题了？"齐晓卉小心地问道。

"出问题不是很正常嘛？"吴雪飞故作轻松地笑笑，"结婚的都有离婚，何况我们这样的露水情分，分分合合更方便，当然也就更容易出问题了，这有什么难理解的？"

"那三十万的投资……算是他对你的补偿吗？"

"补偿？"吴雪飞好似听到了什么笑话一样，玩味地看着齐晓卉，说道，"晓卉啊，晓卉，你看你现在，正被一个男人逼得走投无路，居然对男人还能有这么美好的期望。我不是说了吗？天底下，只有痴心的女人，没有专情的男人。这三十万，不是他给我感情上的补偿，而是给我的封口费。"

"封口费？"齐晓卉不懂了，"封什么口啊？"

吴雪飞一挥手，说道："这个事情就不要说下去了，反正资金的问题，不用你操心，你只给我一句明确的回答，愿不愿意来我的海鲜排档做厨师？你要是愿意，我明天就把茶室转让的告示贴出去，然后让大倪帮我去县政府签合同。你要是不愿意，那我就得好好想想了，没有合适的厨师，这海鲜排档也不是那么好开的。"

"不是我不想跟你合伙，而是我不敢跟你合伙啊！"齐晓卉解释道，"不管怎么说，导游做到现在，我好歹也有了一些客源。可是厨师我从来都没有做过，万一给你做砸了怎么办？"齐晓卉还有一个更重要的顾虑没有说出来，那就是，万一许家不肯收留乐乐，她在这个时候跳槽，那不是连儿子一起坑了？

到底是吴雪飞，对齐晓卉的性格了如指掌，因此很快就听出了她的顾虑，于是很干脆地说道："那我保证你厨师做砸以后，还能再回去做导游，行不行？"

这下齐晓卉难堪了："雪飞姐，我不是这个意思。"

"那就算我理解错了吧。"吴雪飞大度地一笑，"其实晓卉啊，你就是这点不好，前怕狼后怕虎的，做什么事情都想着要一个依靠。跟我解释的时候说得头头是道，轮到自己就拎不清了。譬如离婚这件事情吧，你说你拖着不离对你有什么好处？你还真是看扁了自己没人要，非得赖着许俊平？还是天下男人都死绝了，只剩下许俊平了？你知不知道死拖着不离婚，不仅挽回不了感情，还会让许俊平更加看不起你，连自尊、人格都赔上了，你值不值啊？"

吴雪飞的话让齐晓卉陷入了沉思，也许自己确实很傻，不管是在婚姻上，还是在工作上，都这样。别人在拼命地给自己找机会，而她一直把机会往外推。记得前年秦诺就提议，让她在春节前后来海鲜楼给厨师做下手。春节厨师难招，就是厨师下手，工资也不低。而且只要有菜烧出了特色，说不定直接就从下手变成上灶了。

可齐晓卉总是顾忌着自己没厨师证，怕被别人挑剔，怕被查到了处罚，给别人添麻烦，因而一再推辞了。其实现在想来，没有厨师证又怎么样呢？不要说瀛洲市遍地开花的小饭店，就是海鲜楼大酒店，里面的厨师难道就个个都有证吗？只要她用心烧菜，烧出了名声，烧来了回头客，还怕别人挑剔，还怕有麻烦吗？

这样想着，齐晓卉不由自主地又想起了苏睿文的提议，或者他的建议，不是最好的办法，但确实是最简捷的办法。结婚怎么了，同居又怎么了？她和许俊平结婚七年，那一纸结婚证给了她什么保障？

这样慢慢地想开去，眼前似乎多了许多条路，齐晓卉的脸色也开朗起来。吴雪飞趁机拍了拍她的肩头，问道："想好了没有？想好了就给我好好合计合计菜单、菜品、广告，都该怎么做。脑子想别的事情去了，也许你就不用在许俊平这一棵树上吊死了。"

好像也有些道理啊，齐晓卉心动了。如果乐乐留在了许家，那么自己单身一人，她就是最自由的了。合伙开海鲜排档，说不定真的就是自己人生的一个转折点呢。想到这里，她下定决心一般，说道："那行，我回家好好想想怎么做，拟个方案再来跟你商量。"

这个回答显然让吴雪飞非常高兴，忍不住夸张地松了一口气，调侃道："能说动你还真不容易啊，看起来我这个生意绝对能成功。连你这个犹豫大姐都不犹豫了，还有什么是不能做成功的？"

说得齐晓卉也是一笑，站起来正要告辞，手机突然响了，齐晓卉接过来一看，是一个陌生的号码。齐晓卉愣了一下，按下了接听键，不想还没等她开口，手机里就听见许俊平的声音，迟疑地问道："齐晓卉吗？乐乐在你那里吗？"

"乐乐？"不知道怎的，齐晓卉觉得自己的心狂跳起来，她压制住惊慌问道，

"乐乐怎么了？我不是送去你们家了吗？"

"是这样的。"许俊平的语气有些不太正常了，"乐乐不听话，我妈说了他几句，谁知道这孩子人小心眼儿多，居然就记恨了。这不是，一个没看见，就跑了出去。我们已经在楼下找了半个多小时了，也没有找到他，也不知道他会跑到哪里去。所以打个电话给你，你去找一下吧，要是实在不行，那就报警吧。"

说着，还没等齐晓卉再问什么，许俊平已经挂了电话。齐晓卉捏着手机，只觉得好似一桶冰水兜头浇下，忍不住打起了寒战。吴雪飞见情形不对，忙推着她问道："怎么了？谁的电话？我听见乐乐的名字，乐乐怎么了？"

"乐乐不见了。"齐晓卉木然地看着吴雪飞，突然好似发疯一样，一个箭步冲出了茶室，跑到马路中间直接拦车。吴雪飞吓了一跳，赶紧跟了出来。见状连忙锁好玻璃门，还没等她拉下卷帘门，一辆出租车就停在了齐晓卉面前，她打开车门坐上去。吴雪飞来不及锁卷帘门，也紧跟着坐了上去，然后车子就朝许俊平父母家的方向疾驰而去。

车到小区门口，还没有停稳，齐晓卉就拉开车门飞奔了出去。吴雪飞忙付了车费，也跟着跑了进去。不想她刚刚跑到楼梯口，就听见上面传来擂鼓一般的敲门声。随即就是开门的声音和许俊平不耐烦的呵斥声："齐晓卉，你强盗进门啊，怎么，不是你家的门，砸破了不用你花钱修，是不是啊？"

吴雪飞暗暗吃惊，这么多年了，还真没见过齐晓卉这般发了疯的样子，生怕她吃亏，赶紧三步并作两步就赶了上去。正好许俊平要关门，她一个箭步抵住了门，闪身进了房间。

"干什么，干什么，你们要干什么？"看见吴雪飞，许俊平有一丝慌张，但是很快就平静下来，扯着吴雪飞问道。

吴雪飞毫不客气地推开他，说道："我找乐乐。"她大声叫着齐晓卉的名字，"乐乐在吗？这里你熟悉吗？可能的角角落落都不要放过了。"

许俊平有些哭笑不得，跟在吴雪飞身后解释道："我打电话给齐晓卉，就是因为乐乐跑出去，找不到了。他要是在这里，我打电话给你们干吗？自己给自己找麻烦吗？"

吴雪飞猛地转过头来，几乎就和许俊平鼻子对鼻子了。她冷笑道："你说乐乐跑出去了，乐乐就是跑出去了啊？你说乐乐不在这里，乐乐就不在这里了啊？那你还说你把卖房子的钱给齐晓成还赌债了呢，真的假的？你还说你没钱养儿子，所以不要乐乐了，真的假的？许俊平，你还真够自我感觉良好的，你知不知道，你现在说话比放屁还不如！所以我现在完全有理由怀疑你，就是因为你嫌弃儿子是累赘，所以害死了他！"

说着，趁着许俊平还没有回过神儿来，吴雪飞大声叫道："晓卉，别找了，什么人的话都能信，许俊平的话能信吗？赶紧打电话报警，就说他们把乐乐藏起来了，想害死他！"

"天地良心啊，你是什么人啊？说话可要凭良心的！"吴雪飞话音刚落，许母突然从房间里冲了出来，指着吴雪飞的鼻子说道，"我们不认识你，你私闯民宅才是犯法呢！"

"好啊，算我犯法，你打电话报警啊，马上打，立刻打，我就等着警察来抓我，怎么样啊？"吴雪飞说着，眼角余光扫过客厅，一眼看见沙发边茶几上有一部电话机，马上探身拿了过来，递给许母。正当许母疑惑地伸手去接的时候，她一松手，电话机掉在地上，砸了个粉碎。吴雪飞笑道："阿姨，你就是心虚不敢打电话，也不用把自己家的电话给砸了吧？这电话多贵呢，你们要昧着良心说多少屁话才能赚得到一部电话机啊，这砸了多可惜啊！"

这几句冷嘲热讽把许母气得脸色发白，正要挑唆儿子给吴雪飞一点儿颜色看看，齐晓卉突然从里面冲了出来，一把揪住许俊平的衣领，声音都变调了："说，你把乐乐藏到哪里去了？你把我儿子怎么了？你还我儿子，他要是少了一根毫毛，我就把你们许家人都杀了，放火把你们许家都烧了，你信不信？"

齐晓卉一边说着，一边伸过脚去，一下就把茶几旁边的那个饮水器给踢翻了，然后她也不知道哪里来的力气，拖着许俊平往厨房走。许俊平想要奋力掰开她的手，齐晓卉一低头，狠狠咬在了许俊平手掌的虎口上，疼得许俊平惨叫了一声。

这下许母可吓傻了，跟跟跄跄就往里面跑，叫道："老头子，老头子，手机呢，快拿手机打电话报警啊！那个女人疯了，她会把咱们儿子给杀了的！"

很配合的，厨房方向传来一声巨响，紧接着就是许俊平的惨叫声。许母吓得魂飞魄散，站在那里只是筛糠一般地抖。还是许父沉得住气，走到厨房门口，才发现是齐晓卉松了手，许俊平摔在了地上。

十分钟后，110巡逻民警进来了，看到的就是许俊平如同一条被腌制过的鱼，身上散发着各种调味料的香气，染着各种调味料的颜色。这还是吴雪飞见势不妙，跟进厨房，将所有刀具都藏起来，拼命拉住齐晓卉的结果。

就是这样的结果，也已经够惊悚的了。因而民警的第一句话不是例行的"是谁报的警"，而是匪夷所思的"这是怎么了"。

话音未落，许母就一把抓住了警察的胳膊，指着齐晓卉战战兢兢地说道："警察同志，救命啊，这个女人疯了，她要杀了我儿子。"

警察倒笑了，上下打量了许俊平一番，安慰道："阿姨放心，她不会杀你儿子的。她要是想杀你儿子，那么倒在你儿子身上的，就不会是麻油、生抽、老醋了，就是换上洁厕灵，也要比调料能伤人，是不是？好了，你们谁来说说，这到底是怎么一回事。"

"我儿子没了，他们把他给害了！"齐晓卉突然放声哭了起来，随即趁着吴雪飞一个不注意，一头撞向了许俊平，"畜生、人渣！你还我儿子！"

许俊平吓得躲在了警察的后面，虚张声势道："齐晓卉，你不要得寸进尺。我跟你说了多少遍了，我没有把儿子藏起来，是他自己趁我们不注意，跑出去的。"

吴雪飞也懒得跟他们纠缠，而是一脸严肃地问警察："警察同志，是这样的，这个男人在外面偷女人，要离婚，连儿子都不要了，还不肯付生活费。我们想把孩子送过来让他亲近一下，希望他看到孩子能够想起自己还是一个父亲。没想到孩子送到这里不到两个小时，他就打电话告诉我们孩子不见了。警察同志，我们现在怀疑他是为了逃脱抚养责任，把孩子给害了，你们能不能帮忙给找找？"

"有小孩儿失踪？"警察也紧张起来，马上转向许俊平，"你说说具体情况。"

"警察同志，我自己的儿子，怎么可能害他，她血口喷人！"许俊平指着吴雪飞，辩解道，"是这样的，小孩子不听话，他奶奶就教育了他几句，没想到他还顶嘴，我忍不住就拍了他两下，谁知道他人小气性大，一个没注意就跑了。"

"什么叫是你的儿子你不会害他？那你打他干吗？"吴雪飞伶牙俐齿地反驳。

"小孩子不听话教育一下怎么了？"许母怒气冲冲地反问。

"哟，自己儿子都养成人渣了，还想教育别人的儿子，你这脸怎么比屁股还大啊？"吴雪飞讥诮道，"你怎么不先教育好自己儿子，让他当爹要有个当爹的样子啊？"

"你……"许母气得说不出话来，警察打断了她们的争吵。

"好了，好了，你们有没有一个轻重缓急啊？现在最重要的是找孩子，知不知道？"说着，转身问许父，"孩子跑出去多长时间了？所有孩子可能会去的地方，你们都找了吗？"

许父有些难堪地说道："孩子一直是跟着他妈妈的，我们还是不知道他会去哪里。"

"这样啊！"警察意味深长地扫了许家三人一眼，转而问齐晓卉，"你知道孩子会去哪里吗？都找过了吗？"

齐晓卉没有回答，只是魂不守舍地拿出手机，拨了一个电话，问了一句就挂了，哆哆嗦嗦地说道："不在老师那儿。"说着，又拨了一个电话，一样的问话，然后挂掉了，看着吴雪飞绝望道："崔颖儿接的电话，她在家，说是没看见乐乐。雪飞姐，你帮我一起想想啊，乐乐还能去哪里啊，我真的想不出了，我是不是不配做妈妈啊？"

警察也有些动容了，看着许俊平的眼神就很是不屑了，冷冰冰地问道："你们把当时的情况好好说说，这样才能早点儿找到孩子。"

在警察的逼问下，许俊平才解释了乐乐逃出去的原因。原来许家父母当时一见齐晓卉的架势，就知道了她的目的。虽然对于这个孙子，他们也并不怎么在意，但是也知道，儿子离婚的事情，若真是闹上了法庭，乐乐的抚养权到底归谁，还真是不好认定。

而且离婚离到连自己亲生儿子也不要了，这样的说辞，还是让一向为人师表的老两口难以启齿的。他们也看得出来，齐晓卉此时一定是在气头上，若是硬碰硬，对大家都没什么好处，因此就以"小不忍则乱大谋"为由，劝儿子先忍耐一时。

他们不相信一直跟儿子相依为命的齐晓卉，会真的舍得将乐乐给他们。只要到时候齐晓卉带走了乐乐，他们就可以说是儿媳妇为了争夺儿子的抚养权，不惜放弃自己这边的抚养费。这样面子保住了，里子也不损失什么，才是上上之策。

算盘打得虽然好，却也难保齐晓卉真的养不起儿子，就此将乐乐丢在了这里。所以许俊平觉得，父母考虑问题还是太简单了。这让许家父母听了很不快，于是言语之中，便抱怨齐晓卉是临时抱佛脚。三年来，逢年过节都不带着儿子来看他们，现在知道要把儿子丢过来了，明摆着就是欺负他们两个老人是当老师的，一向好面子，所以才敢这么做。

说着说着，他们还猜测齐晓卉可能外面有男人了，不然一个没工作的女人，怎么可能孤身养着儿子，没跟他们伸手呢？许母说这些话的时候，语气很不屑，而且就是当着孩子的面说的。已经六岁的乐乐虽然不怎么听得懂他们的话，但是从他们的神情也猜出来不是什么好话，便死活不肯叫爷爷、奶奶。

这下许俊平火了，非逼着乐乐叫爷爷、奶奶，为了让乐乐就范，还在他的屁股上狠狠拍了两下。本来就已经很生气的乐乐更加不服了，奋力反抗道："他们说我妈妈的坏话，他们都是坏人，不是爷爷、奶奶！还有你，你不是爸爸，我没有爸爸，我也不要爸爸！"

儿子的犟头倔脑让许俊平更加气不打一处来，直接就要把他拎到小房间里关起来，以示教训。乐乐哪里肯被关，扒着门框拼命挣扎。许俊平一个没抓住，他就飞快地逃到客厅，旋即拉开房门就跑了出去。

等许俊平回过神儿来追下楼去，早就不见了乐乐的影子。许俊平既不知道乐乐平时都会去哪里玩，更不知道如今齐晓卉住在哪里。跟自己的父母在小区周围找了一圈没找到，心里也害怕儿子出事，这才打电话给齐晓卉。

听说儿子是为了维护自己被打，然后又逃走找不到的，齐晓卉更是心疼、悔恨全都纠结到了一起。对许俊平恨之入骨不说，连原先不愿意牵扯的许家父母也一并恨上了，跌坐在地板上什么话也说不出来了。

"这么说，小孩儿找不到也就只有这一两个小时？"听完事情的来龙去脉，警察沉吟了一会儿，建议道，"而且你们能找的地方也还没有找遍，对吗？这样的话，你们再提供几个地点，我们先帮忙找吧。实在不行再按照失踪立案，你们看可以吗？放心，瀛洲市交通不是很方便，现在又是晚上，孩子离开当地的可能性还是不大的。"

"就是，就是，小孩子哪会失踪啊，只不过是调皮不听话跑了出去，现在还不知道躲在哪里玩着呢，不然这么晚了，怎么会不知道回家？"许俊平忙顺着话说道，"警察同志，小孩子我们自己会找的，麻烦你们了，真是不好意思。"

警察点点头，正要离开，只见许母阴沉着脸，上前一步拦住了，"不行，事情还没完，你们不能走。"说着，她指着地上的一片狼藉，不满道，"这些算什么了？她把我们家的东西都砸坏了，就不用赔的？"

这倒让民警有些奇怪了："你们不是一家人嘛，这谁赔谁，还不是一样的。"

许母强硬道："谁跟她是一家人了？我们是我们，他们是他们，就算是儿子、媳妇，成了家也是各过各的，怎么就不要赔了？"

孙子不见了，作为奶奶，不惦记着怎么去找，却还在纠缠被砸坏的东西。警察看着许母，也是一脸的不可思议，心里想着，要么是婆媳关系差到了极点，要么是这老太太就是个极品。于是他也不想跟她多说，转头对齐晓卉说道："老人家有些古怪，你就不要计较了，让他们估个价，多少给点儿钱吧，还是找儿子要紧啊！"

齐晓卉根本就不理许母，紧紧攥着手机，翻找着通讯录，看来是在寻找乐乐有可能去的地方。吴雪飞看着可就光火了，逼视着许母，道："你跟谁算账呢？你儿子嫖娼亏了本，你媳妇自愿卖掉房子给他还债，还不让他们母子住到你家来。你儿子带着家里剩下的钱一走了之，就跟死了一样三年不见人影，你们也不知道去看看孙子。今天孙子第一次登门，你们还把他给打跑了，这笔账是要好好算一算了。要赔东西也容易，让你儿子先把抚养费付了。"

"付什么抚养费？"许母看着吴雪飞，后退了一步，嘴硬道，"抚养费是我儿子的事情，她砸的是我的家，一码归一码。"

"放你娘的臭狗屁！"吴雪飞险些一口唾沫喷在许母的脸上，"你是没心没肺啊，还是老年痴呆啊？敢情你们许家的家教就是嫖娼、赖账、生了儿子不养的，这种话都说得出口，你脸皮长到屁股上去了吧？是了，能养得出这么黑心黑肺、没人伦、没道德的儿子来的人家，哪里还会有脸皮，恐怕是连屁股皮都没有了，只剩下脚底皮了！"

虽然许母是当老师的，但她的口才是体现在强词夺理上，这种阴损刻薄的骂人话，可不是她的强项，因此竟被吴雪飞骂得哑口无言。警察倒是听明白了，只是听明白归听明白，从来清官难断家务事，他一个外人，还真不好开口下结论，因此只是劝着齐晓卉："怎么样，还有哪里没找过，孩子在不在亲戚家里啊？"

齐晓卉哽咽着说不出话来，只是摇头。

吴雪飞也急了，问道："你刚才打给谁了？是家里吗？"

"家里哪会有人，就算乐乐去了家里，他没有钥匙，也进不了门啊！"

这倒是，乐乐放学都是要人去接的，确实没有钥匙。吴雪飞愣了一下，反问道："那你刚才给谁打的电话？"

齐晓卉哭着说道："打给秦诺的，乐乐常去她那里玩，她也对乐乐好。我想乐乐心里埋怨我了，也许会去她那里。可是她说没看见乐乐，她这就赶过来。"

吴雪飞当机立断道："那你还犹豫什么，就剩下自己家里没去找了，还不赶紧回家。跟秦诺说，我们去家里了，要是家里也没有，那就真的只能报警了。"

说着，她一把拉起齐晓卉就跑出了许家，走到小区门口，突然想到了什么，说道："你回家，我去茶室，也许乐乐会去茶室找我。"

想到自己加班的时候，确实经常将乐乐放在茶室，齐晓卉点了点头。吴雪飞放开了她，想想又不放心，重新拉住她说道："我们先去家乐福超市，让秦诺到超市来接你。你这个样子，我不放心你一个人回家去。"说着，拿出了手机。

在家乐福超市门口，吴雪飞将齐晓卉移交给秦诺，自己就朝茶室赶去。秦诺看着齐晓卉，忍不住抱怨道："谁让你将乐乐丢到许俊平家里去的？就许俊平那德行，乐乐给他那不是全毁了？你别看许俊平他爸妈都是当老师的，就以为一定能教育好孩子。许俊平那样儿，还不是他爸妈教育出来的吗？连个畜生都不如，前车之鉴啊！你已经被他害得够惨的了，还要搭上乐乐，你是不是脑子被砸坏了？"

说着，秦诺一眼看见齐晓卉哭肿的眼睛，不忍心说下去了，于是又劝开了："明明知道他是个人渣，你还把希望放在他身上，你怎么想的啊？我不是跟你说过了吗？到时候我搬去跟你一起住，帮你承担点儿房租。乐乐我也想好了，我妈天天催着我结婚，归根到底就是想要个孩子陪她解解闷。到时候我跟她说一下，你加班的时候把乐乐放我妈那里去就可以了。季总那边我也打招呼了，只要你这里事情定下来，就去我们酒店应聘厨师。不管怎么说，在酒店一年四季都有工资，比导游只能做三四个月总要好一点儿，说不定你就能攒下钱来了。”

秦诺絮絮叨叨地说着，齐晓卉是一句话也接不上。正在这时，齐晓卉的手机突然响了起来。她像触电一样，拿过来就放在耳边，叫道："乐乐，乐乐，你在哪儿呢？你吓死妈妈了，你快说你在哪儿，妈妈这就来接你，妈妈再也不让你离开妈妈了！"

秦诺目瞪口呆，问道："你看清楚来电显示没有啊？是不是乐乐啊，你就这个样子？"

齐晓卉呆呆地捏着手机："我不知道，里面没人说话。"

秦诺疑惑地接过手机，"喂"了一声，过了一会儿，才听见手机里传出一个陌生男人略带迟疑的声音："请问，你是许嘉乐的妈妈吗？"

## 8 法律没有承诺

许嘉乐就是乐乐的大名，秦诺一喜，忙应道："是的，是的，你是谁啊？乐乐是不是在你那里？我们都在找他，再找不到，就要去派出所立案了。"

手机里突然沉默了，秦诺担心起来，又连着"喂"了好几声，才听见有人说道："我是你家的邻居，刚才我下班，在楼梯口遇到了乐乐，一个人躲在角落里一声不响，我问他什么他都不说。后来我说要给他妈妈打电话，他也不让我打。我不知道是什么状况，只好先带他去吃了饭。可是现在已经很晚了，你家还是没人，我实在是不放心，好不容易才说服了孩子，给你打电话。就是跟你说一下，乐乐在我这里，一切都好，我们刚刚一起吃过晚饭了。"

如同一块大石头落了地，秦诺长长地松了口气，连声道了谢，然后对依然不知所措的齐晓卉说道："谢天谢地，没事了，乐乐是跑回家里去了。因为你不在家，被你家邻居捡走了。我就奇怪了，你到底把乐乐怎么了，人家邻居要打电话通知，小家伙居然不让人家打，这才折腾到现在，差点儿没吓死人。"

齐晓卉一听，什么都顾不得了，拉着秦诺，一口气跑到了绿漾小区。走到家门口，果然看见乐乐正等在那里，手里还捏着一包果冻在吸。而站在他身边的，正是那天晚上指责她不是一个称职妈妈的邻居。

齐晓卉此时也顾不得解释什么了，紧紧搂住了乐乐，泪水就流了下来："宝贝，是妈妈不好，就算是有天大的事情，妈妈也不该把你给丢了。这么多日子以来，要不是你陪在妈妈身边，妈妈都不知道该怎么活了。可是现在妈妈遇到了难事，不是想着和宝贝一起想办法解决了，却想把你当作累赘给丢了，妈妈是坏蛋，宝贝不要怪妈妈啊！"

乐乐也哭了，紧紧搂着妈妈的脖子说道："妈妈不是坏蛋，那个爸爸才是坏蛋。他们说妈妈是坏女人，说妈妈把乐乐教成了一个坏孩子。我跟他们解释，他们还打我，说妈妈不要我了，以后我就得听他们的话，不听话就要挨打。妈妈，你真的不要我了吗？"

"不是的，不是的，乐乐是妈妈的宝贝，妈妈就算连自己也不要了，也不能不要乐乐。"齐晓卉抱着儿子，泪如泉涌。

"那你不要再把我送到爸爸那里去了，好不好？我不要爸爸。"乐乐小心翼翼地恳求着。

看起来，儿子比自己更干脆、更直接地否定了许俊平的存在，那么……到底是为什么不愿意离婚呢？她还有不离婚的理由吗？财产，早就没了；感情，不知道是否曾经拥有过；儿子，根本就不认识他。她所不能放手的，只是那份不甘心。

可是为了这份不甘心，她要连自己的尊严和人格都赔进去吗？她真的要给苏睿文做情人，出卖自己去寻找一份所谓的真相吗？就算找到了，这份真相又能给自己带来什么呢？

见齐晓卉只顾沉浸在自己的情绪里出不来，秦诺赶紧打圆场，朝乐乐身后的那个男人歉意地笑笑："刚才是你打的电话吧？谢谢你收留了乐乐啊，还带他吃了晚饭，真是太感谢了。对了，能问一下你的名字吗？我们想要好好谢谢你。"

"不客气。"男人随口应着，然后对乐乐笑道，"怎么样，叔叔没骗你吧？妈妈怎么会不要乐乐呢？叔叔告诉你，天底下的妈妈都是最喜欢宝贝的，知道吗？"

乐乐略带害羞地点了点头，然后一指楼上，对秦诺说道："叔叔是我们家的邻居，就住在我家楼上。上次我醒来撒尿不见了妈妈，也是叔叔来陪我的。"

秦诺故作恍然道："哟，原来是顶头上司啊，失敬失敬！"

男人被秦诺的调侃弄得有些不好意思，笑了笑，这才自我介绍道："我叫顾林涛，在上洋集团公司工作。这里是我们公司集体租下的员工宿舍，所以我就住在楼上。"

"我知道啊！"秦诺调皮地一笑，"我们租这套房子的时候就听说了，这间就是苏睿文总经理的房子。"她一边说着，一边催促齐晓卉赶紧开门，"你干什么呀，还不快开门，请邻居进去坐坐。没听乐乐说，人家都帮了你两次了，你好歹请人喝杯茶也算是意思吧。"

齐晓卉舍不得松开八爪鱼一般抱住自己的乐乐，只好将钥匙递给秦诺，让她开门。顾林涛似乎有些不解："你们是租的房子啊？"

"对啊，租的，不然呢？你以为我们是买的吗？"秦诺一边开门，一边笑着反问道，"我倒是想要买下来呢，可惜没钱。"说着，她又一指齐晓卉，"她就更别想了，过了旅游季节，恐怕连房租都成问题。"她一边说着，一边将顾林涛让了进来。

一进家门，乐乐顿时满血复活，终于放开了齐晓卉，拉住顾林涛热情地说道："叔叔，我给你看我的家，跟你的家还是不一样的。你看这里，都是我妈妈种的花，这个是薄荷，这个是金银花，这个是迷迭香，这个是凤仙花。妈妈说，家里种这些花，就没有蚊子了。"

说着，乐乐又一蹦一跳跑到餐桌旁，一把揭开罩子，故作神秘地看着顾林涛说道："叔叔，你来尝尝我妈妈做的菜。我真的没有骗你，我妈妈做的菜比酒店里的还好吃，秦诺阿姨也这样说。所以你以后嘴馋了，我让妈妈烧菜给你吃。"

齐晓卉被儿子说得不好意思了，一把抱过他，对顾林涛歉意道："小孩子说话别介意啊，其实我是一个最没用的妈妈，当初也不知道怎么鬼迷心窍了，现在害得儿子跟着我连个落脚的地方都没有，一日三餐都快成问题了。"

"哪有，孩子对你还是很崇拜的。"顾林涛说着，笑着看着乐乐，"刚才在小吃店吃饭的时候，他就一直在说妈妈烧的菜很好吃。所以现在是想证明给我看，说明他没有撒谎吧。"说着，顿了顿，他终于还是问道："对不起，乐乐妈妈，我能不能问一下，你们是不是遇到什么麻烦了？上次乐乐起夜，那么晚了，你也不在家；这次我在楼梯口遇到乐乐，他又说妈妈不要他了，这到底是怎么一回事啊？"

齐晓卉没有回答，倒是秦诺接了话："其实也没什么大事，就是乐乐那个不是男人的爸爸，一走三年没音信，现在回来了要离婚。"

"哦。"顾林涛倒没什么吃惊的，一般牵扯孩子的事情，大多是婚姻出现了状况，因此他善意地劝道，"其实感情没了，离婚也不是什么坏事。反而是拖着不离的，折腾来折腾去，自己心力交瘁不说，还连累孩子也受影响。"

"可不是。"秦诺无奈一笑，"本来离婚确实不是什么大事，离了那个人渣，晓卉也不见得就养不活儿子和自己。可就是因为知道了三年前他将两个人的婚内财产都用谎言骗走，现在还不肯支付儿子的抚养费，所以晓卉咽不下这口气，才拖着不肯离婚的。"

"什么意思？"顾林涛神色凝重了起来，"你是说，乐乐的爸爸……就是男方有隐匿婚内财产的嫌疑？那你有证据吗？"

"什么嫌疑，那就是事实，人家还大大方方地承认了呢！"秦诺气呼呼地说着，"证据！证据！这些天我听到的最多的就是这个词了。这不就是因为没有证据吗？有证据还说个屁！我就奇了怪了，谁过日子还时时处处留证据啊？那可是枕边人，是自己最亲近的人，如果这是一个需要你时时刻刻防范的人，那当初为什么要结婚啊？犯贱啊？"

秦诺的偏激让顾林涛有些好笑："什么叫作为什么要结婚，其实在婚姻中上当受骗的，并不是只有女人，男人也不少的。是否会被婚姻伤害，并不取决于性别，而是取决于双方对感情的态度。在恋爱或者婚姻中，受到伤害的，永远是那个付出多的人。而付出少的，或者根本没有付出过的那个人，反倒不会受到伤害，或者这才是婚姻最不公平的地方吧。"

秦诺不服道："也许你说的没错，但是在婚姻中，女人永远比男人付出得要多。因为婚姻本来就是男权社会的产物，是为男人服务的。"

顾林涛的神色很有些不以为然，不过见齐晓卉沮丧而憔悴的样子，便不想跟秦诺过多争论，而是转向了齐晓卉："那你现在打算怎么办？我曾经学过一点儿婚姻法，所以可以很负责任地告诉你，法律的确是维护公平的，但也是讲求证据的。不要说你没有证据，你就是有证据，婚姻中也没有公平可言。所以就算你想死撑，大概也撑不了多久。更不要说拿孩子当筹码，去维系其实已经死亡的婚姻了，是不道德的。在破碎的婚姻中，孩子已经很无辜了，再拿他们当筹码，于心何忍？所以我认为，与其拖到最后心力交瘁，不如趁早开始新的生活。至于甘心不甘心，怎么说呢，很多时候，结婚就是一场赌博，愿赌服输吧。"

"你这几句话说的倒是没错，虽然听着很不舒服。"秦诺指着齐晓卉，恨恨地说道，"我也这样劝她，我还跟她说，许俊平不想养儿子，不养就不养，我们自己养。她要是没钱，我可以帮着她养啊，为什么要把乐乐送给他那个畜生爸爸，这不是在害乐乐吗？"

顾林涛有些可笑地看着秦诺："你帮着养孩子？难道你自己就不结婚了？"

秦诺一指齐晓卉："婚姻的结果就摆在我面前，你说我还要不要结婚？"

顾林涛似乎想说什么，齐晓卉先开口了："你们都不用说了，反正他不给我一个交代，我是不会答应离婚的。他想离，就上法院告去呗，法官面前，我也是这句话，我要知道离婚的真相，给我一个放弃的理由，告诉我为什么要这么绝情，绝情得连儿子、连曾经的感情都不要了，连一条活路都不给我留！"

明明刚才已经想明白了，一旦需要付诸行动，齐晓卉最本能的反应，依然是毫不犹豫的否定。理智和感情，就像是藏在心里的两个小人儿，在那里缠斗不休。理智劝她接受现实，开始自己的新生活；感情却不能接受欺骗和背叛，撺掇她不惜一切代价地去反击。

"就算他给了你理由，那又怎么样呢？这个理由很重要，值得你放弃自己的孩子，放弃自己下半辈子的幸福去追寻吗？要知道，有时候寻找真相的过程，比真相本身更残忍，就好像今天，你真的不怕乐乐会出意外吗？"顾林涛不易察觉地皱了一下眉头。

顾林涛的话让齐晓卉的理智暂时占了上风，是啊，自己到底需要什么样的真相？这真相会比儿子和自己的尊严更重要吗？是许俊平还爱着自己，还是他从来没有爱过自己？如果他还爱着自己，自己就该为了他的爱而放弃自我吗？如果他从来没有爱过自己，那么这个真相的明了，又对自己有什么好处？

"很多时候，我们需要放弃一些人，或者是一些事，并不是因为他们已经死亡，而是因为他们已经失去了希望，我想你能明白这个意思吧？"

是的，她明白，没有希望的人，对她来说，就是死人，她还有必要去为已经不存在的人和事烦恼吗？"亲戚或余悲，他人亦已歌"，死亡是这样，那么逝去的感情又何尝不是这样呢？难道自己非得了一份已经逝去的感情而陪葬吗？

"我们不能因为受了欺骗而放弃生活。就好像春天催开了百花，也让讨厌的蚊子苏醒，你能说因为蚊子的存在，就不要春天了吗？"

话是这样说，道理好像也没有错，可是当真情被毫不设防地践踏时，就不该有人为此承担责任吗？更何况，还有孩子呢，就算他不想为她负责，那么孩子呢？孩子也没有权利去要求他承担责任吗？齐晓卉内心的感情又被激发了出来，大话谁不会说，高调谁不会唱，可是事到临头，又有几个人想得明白？

否则，怎么会有俗语说，别人的事情头顶过，自己的事情穿心过。那种心碎的感觉，哪里是旁观者所能感同身受的！

想到这里，齐晓卉就像一只刺猬一样竖起了浑身的刺，反唇相讥道："顾林涛先生，我承认你说得很对，也说得很好，每一个字都非常贴切。如果你也被别人骗得倾家荡产、身无分文、居无定所，还要受尽羞辱，你还能这样说吗？如果能，那我才佩服你。不然，这些都不过是电视剧里面的台词，我看到的，比你说的还要好听一百倍呢！"

"所以呢？"顾林涛冷冷地反问，"因为你在婚姻中受到了伤害，所以就有权利去伤害孩子了？你的伤害是孩子带给你的吗？你今天有说这些话的本事，那当初为什么不三思而后行呢？扮演贤妻的时候，有没有想过自己还有一个儿子？"

"所以呢？"齐晓卉学着顾林涛的口吻反诘，"就因为你帮了我儿子，所以我就该被你教训吗？我承认我当初考虑不周全，但是哪个人结婚是冲着离婚去的？就算谈恋爱吧，想的也不会是分手吧？可是现在呢？就算当初是我做错了，没有为儿子考虑，那我为自己考虑了吗？秦诺说的没错，婚姻就是男权的产物，男人在婚姻中得到了大部分好处，到头来却抓着女人一个小小的错误，要让她死无葬身之地，居然还能得到大多数人的认同。"

这句话让顾林涛沉默了，看着齐晓卉默默地流泪，正要开口，只见乐乐像一头愤怒的小豹子，一边推着顾林涛往门口走，一边嚷道："你不是好叔叔，你为什么又惹我妈妈伤心？就算你帮了我，也不能说我妈妈。你说我妈妈就是欺负我，我不理你了！"

顾林涛被乐乐一直推到门边，连秦诺都拉不开他，只好投降："好好好，是叔叔不对，叔叔不说了，叔叔这就回自己家，好不好？"说着，自己拉开了门，走了出去。

秦诺怔了一下，忙追了出去，站在楼道口说道："那个……顾林涛，你不要生气，晓卉她最近情绪不太稳定。她说错什么了，我替她跟你道歉，有空请你去海鲜楼吃海鲜。"

顾林涛停下了脚步，回头看着秦诺，勉强笑了一下，"没事，也是我自己不好，劝人都不看看时机。"说着，顿了顿，"其实，乐乐妈妈那样的事情，我也遇到过，所以，我并不是空口白话，而是现身说法。不管遇到什么样的不公平，自己走出来比什么都重要。你好好劝劝她吧，就算不为自己，也为乐乐想想。"

秦诺愣在那里，没想到顾林涛会说出这样一番话来。看他的年龄并不比自己大啊，怎么会遇到齐晓卉这样的事情呢？难道他也是离婚的？难道他已经有孩子了？

秦诺摇着头回到房间，顾林涛也进了自己的家门。他想了想，打开窗户往下看，窗台上的薄荷在灯光的映照下，显得尤为油光碧绿，空气中也仿佛飘浮着清新而浓郁的香味，在夜色中迷幻。

顾林涛没有开灯，静静地坐在黑暗中，似乎回到了那年的上海。母亲从嘉兴老家过来看他，也带来了一株薄荷，嘱咐他种在窗台上，说是可以驱蚊，还可以泡茶。可惜不到两个月，他去北京出了一次差以后，就完全枯死了。那个人，她并不喜欢花花草草。想着，顾林涛拿出了手机，按了一个号码。

"妈，最近好吗？"顾林涛轻轻地问道，"这里的工作环境真心不错，收入也好。我算了一下，估计最多再有两年，就可以还清所有欠款了。"

"涛涛，你不要太拼命了，现在欠款只剩下亲戚这边的了，妈跟你舅舅、叔伯那边都打过招呼的，不用急着还。"顾母的语气中，是深深的牵挂，"不管怎么说，你也不小了，还得留点儿自己结婚用呢。"

"妈，背着一屁股的债怎么结婚？那样对人家女孩儿也不公平，对不对？"顾林涛笑着宽慰母亲，"再说了，'不用急着还'这句话是被借钱的人说的，咱们是借人家钱的，怎么好说这样的话。妈，你一个人在家还好吧？要是觉得寂寞了，就去阿姨、舅舅家走走吧，千万别再出去做什么小生意了。你现在最重要的任务，就是让我没有后顾之忧，知道吗？"

"知道，知道，我还不到七老八十呢，会照顾好自己的。"

顾母的声音中带着几分迟疑，然而顾林涛并没有察觉，依然顺着自己的思路说下去："妈，这里虽然是个小岛，但环境真心不错，房价也不贵。我想着等还清了债，就在这里买一套房子，把你接过来养老怎么样？"

"涛涛，琳琳给我打电话了。"顾母沉默了许久，终于说出了想要说的话。

"她？她给你打电话干什么？"顾林涛顿时像吞了一只苍蝇一般，"她还有脸给你打电话？妈，你没告诉她我在这里吧？她已经问了程新几百遍了。"

程新是顾林涛在高中时关系最要好的同学，后来他们考入了同一所大学，只不过程新学的是法律专业，大学毕业后在上海和别人合伙开了一家律师事务所。

"妈没说，只是涛涛，妈觉得你这样避着她也不是一回事，你不能当面跟她说清楚吗？还是……你没有办法面对她？"

"我不想见她，我希望我的生活中，从来没有过她！"顾林涛咬牙切齿地说完，颓然地挂断手机，不觉苦笑。刚才还在苦口婆心地劝着齐晓卉放下心结，却不曾想到，自己才是那个最放不下的人。事情过去已经五年了吧？他又何曾走出了阴影呢？

这边秦诺回到了房中，一眼看见乐乐正摸着齐晓卉的脸，人小鬼大地说道："妈妈，你看见没，你看见没，没有我在你身边，你就会被人欺负的。所以以后可不能再把我给扔了，不然谁来保护你呢？"

　　秦诺又好笑又好气，抱怨道："我说姐姐，你这两天到底是吃错什么药了？怎么见谁都没好话。是许俊平要跟你离婚，不是我们大家都要跟你离婚。再说了，人家小顾也没说错什么啊！是的，你是被骗了，你是受委屈了，就好像你在路上摔了一跤，破了，疼了，眼泪都出来了，你怎么办？赖在那里不起来了吗？不起来摔跤这件事就会消失不存在吗？姐姐，你还是要起来的，要起来继续朝前走的，你明白不明白啊？"

　　"我明白，我只是想知道，我为什么会摔跤，以及这一跤，伤情如何，这样我才能避免以后再摔跤。怎么，难道这也错了？"齐晓卉平静地说道，"所以就算我答应了离婚，我也一定要把事情弄清楚。算是对自己的失败有个总结也好，算是对乐乐有一个交代也行。不然，这一次弄不清楚，谁知道下一次还会不会重蹈覆辙呢？"

　　秦诺彻底无语了，忍不住从鼻子里"哼"了一声："你拉倒吧，不想离婚别拿着孩子做借口。你以为像今天这样闹，对乐乐来说就是好事吗？再说了，你拖着不离婚就一定有用？要知道，许俊平可是无业游民，可不像人家有单位有编制的，实在闹得狠了，气不过，大家撕破脸，去单位里闹一场，也算出口气。可这一招儿对许俊平有用吗？你不离婚就不离婚好了，他一走了之，跑到其他地方去结婚，你查得出来吗？就算查出来了，那又怎么样？重婚罪最高判个三年，三年后你的婚姻还是不存在，他还是逍遥自在，而你呢？你有必要为这种东西浪费自己的青春吗？我看你啊，不是跟他过不去，根本就是和自己过不去。"

　　"人活一辈子，不就是争一口气吗？我总不能平白无故被骗了那么多年，然后他说离婚就离婚，连一个字的解释都没有吧？"齐晓卉的固执让秦诺彻底无语了。

　　"我说你这个死脑筋，你要解释有什么用？能当饭吃啊，还是能当房子住啊？"秦诺瞪着齐晓卉，"既然你这样说了，那我再问你一句，要是当年许俊平生意亏本的事情是真的，没有骗你，那你是不是就痛痛快快地答应离婚了呢？"

　　"还有乐乐的抚养费呢？"齐晓卉冷哼道。

　　"好，那我就比方到底，乐乐的抚养费他也愿意付呢？你离婚吗？"

　　齐晓卉再度泪如雨下："要是这样，他为什么一定要离婚啊？难道真的是我以前太偏向娘家、偏向我哥，伤了他的心吗？"

"我的天哪！"被齐晓卉的冥顽不灵彻底打败的秦诺无可奈何地问道，"那你打算怎么去要这个交代，可不可以说来听听？你是打算扔下儿子不管，去搞跟踪追击呢，还是打算把这事情在媒体上公开，让全国人民都来讨伐他啊？我可要提醒你啊，如今这外遇、婚外情、一夜情，那可是多如牛毛，你就是想公开，也未必有媒体会感兴趣呢。"

齐晓卉犹豫了片刻，才说道："我请上洋公司的苏总帮我找一个私家侦探。"

"噗。"秦诺庆幸自己没喝水，不然非给呛死了不可，"私家侦探？我说晓卉姐姐，你的想象力还真是够丰富的，你知道请私家侦探要多少钱？你要真是钱多了烧的，不如给我，我给你找投资借贷去，多了不敢说，一分利稳赚，啥风险都没有，绝对够你养儿子，咋样？"

齐晓卉默默地站起来，从毛巾架上拿了毛巾，给乐乐擦脸擦手，说道："我没钱，苏总先替我暂付着。"

"苏睿文代你付私家侦探的钱？"秦诺迷糊了，"为什么？他欠你的？"

齐晓卉长叹了口气，咬了咬牙说道："好了，都告诉你吧，苏总要我做他在瀛洲市的情人，我答应了，条件是要他帮我找到许俊平离婚的原因，你明白了？"

秦诺瞪大了眼睛，就这样看着齐晓卉，半晌才说道："你疯了？这样的话也说得出口？"

"我是疯了！"齐晓卉将毛巾蒙在了自己的脸上，"从许俊平告诉我卖房真相的那一刻起，我就疯了。我知道你一直劝我离婚，是为了我好，可是……以前的事情或者可以不追究，但以后的生活呢？我把儿子生下来，不是想让他体验生存的艰辛，而是希望他能够感受到生活的美好。可是我现在什么也给不了他，你能明白我此时的无奈吗？不是我想抓住已经逝去的情感，我想抓住的，只是对儿子的一个交代、一份责任。就算法律无法对感情做出明确的裁决，那么总该对责任有一个清楚的判断吧？可是现在……什么也没有。"

"你有乐乐，没听见你儿子说，以后就是他来保护你了吗？"秦诺走过去，拥住了她的肩，"其实细想想，许俊平不在的这三年里，你跟乐乐不也过得好好的吗？日子都是一样的，以前过得去，现在也过得去，以后更过得去。"说着，她想调节一下气氛，突然笑道，"你要是实在怕养不起乐乐，那就让乐乐认我做干妈吧。明天我就在海鲜楼摆上二十桌，把瀛洲市有名没名的大人物、小人物请上一二百人，给你做证。我秦诺愿意将乐乐当作自己的儿子，若是以后想赖掉，就让我变成黄鱼红烧了，变成鲳鱼清蒸了，变成鲍鱼烧羹吃，变成花鱼雪汁炖，怎么样？"

齐晓卉含着眼泪，忍不住"扑哧"一声笑了。乐乐看着秦诺，一本正经地说道："秦诺阿姨，我觉得你像美人鱼啊。"

"哇！"秦诺夸张地叫了起来，然后抱起乐乐就在脸上一通乱亲，说道："小甜嘴、小马屁精，阿姨爱死你了，今晚你就跟着阿姨睡，咱们不理你妈那个一根筋！"

不知道是不是吴雪飞传的话，第二天，齐母打电话过来了，先是询问了一下昨天乐乐失踪的事情，愤愤地表示了许俊平一家都不是人，紧接着就让她问一下海鲜楼大酒店节假日期间婚宴的优惠事宜，说是崔颖儿打算将婚期定在国庆节。

齐晓卉算了算日子，现在才四月，装修大概需要三个月到半年的时间，婚期定在国庆也正常，于是答应去问问秦诺。不想刚一开口，就被秦诺直接堵了话。

"节假日婚宴还有优惠的？你妈以为我们海鲜楼大酒店是什么地方啊？瀛洲市排得上名次的星级酒店好不好？老实说，这个时候能排进来就不错了，还想优惠，有没有搞错？"秦诺好像是听到了什么天大的笑话一样。

"我妈说了，别人不能优惠，难道你也不能优惠吗？"齐晓卉明知这句话问出去要被秦诺骂，但是不问肯定会被老妈骂，想来想去，觉得还是被秦诺骂比较好一些。

果然，秦诺把脸伸过来，直直地看着她，说道："我的优惠就一定要给齐晓成吗？我还打算留着以后把你嫁掉用呢。哼，就你哥跟崔颖儿，他们还好意思让你帮忙联系婚宴？我告诉你，你来问我这个事情就是犯贱。"

齐晓卉没辙了，只好敷衍老妈说，海鲜楼大酒店节假日婚宴一律不优惠，当然，如果订餐的桌数多，酒店会有礼物送给新郎、新娘的。

"那礼物跟优惠能比吗？"齐母光火了，这个女儿是怎么回事，脑子永远不清楚，"我都问过了，人家说，员工是可以申请优惠的。晓卉，是不是因为你哥要结婚，让你搬出去自己租房子住，所以你心里打了结，就不肯让秦诺帮忙了呢？"

自己在这种情况下离开娘家，确实有人心怀不平，只是不是自己，而是秦诺啊！齐晓卉很无奈，而母亲的猜测更是让她无语。有时候她也会想，婆家那样对待自己，自己却恨不起婆婆来，是不是就因为母亲对自己和对齐晓成截然不同的态度呢？

母亲是一个相当重男轻女的人，在她的眼里，儿子是自家人，女儿是人家的人。所以她心甘情愿为儿子的赌博善后，对待媳妇也远比对待女儿要客气。

所以她对许家父母非常不满，认为他们没有善待媳妇，也就是不把儿子看作自家人的表现。

齐晓卉很早就知道了母亲这些根深蒂固的想法，当初齐晓成和许俊平生意红火的时候，自然没什么感觉。可是自从兄妹两人都卖掉房子住回娘家后，齐晓卉的心也越来越冷了。她唯一感激母亲的是，在对待乐乐和齐婷好的时候，母亲尚没有很过分的厚此薄彼，当然，也有可能齐婷好是女孩儿的缘故。

## 9 婚里婚外

可是这一份感激，在齐晓成的婚事提上日程后，被涤荡得无影无踪了。尤其是从吴雪飞的话里隐约感到，当初卖房子的真相，母亲极有可能也是知道的，这让她对娘家的心也就更冷了。以至于在租好房子以后，也不愿意让母亲知道自己的住处。

再说了，海鲜楼大酒店的员工是秦诺，不是她齐晓卉。秦诺也不是她的亲妹妹、亲嫂子，她凭什么要求秦诺就一定要为齐晓成去争取婚宴优惠呢？万一酒店经理问起来，齐晓成是秦诺的什么人，你让人家秦诺一个还没结婚的大姑娘怎么解释啊？

可是齐晓卉知道老妈的性格，她只要在心里认定了一件事，你就休想说服她。有时候齐晓卉也想，自己这个油盐不进的性格是不是遗传自母亲。所以她也不想解释什么，只是说："妈，就算海鲜楼大酒店的员工可以优惠，我也没有资格逼着秦诺给齐晓成去争取吧？你要是不相信我的话，那我把秦诺的手机号码给你，你自己去跟秦诺说，行吗？"

"我就知道，女生外向，你这个女儿，有跟没有有什么不一样？"齐母很气愤女儿事不关己的态度，"那行，你跟秦诺说一下，到时候我过去找她，就在你那里谈好了。"

齐母已不止一次地要求去女儿的出租房，但齐晓卉并不想让母亲去。因为苏睿文的这套房子绝对是物超所值，齐晓卉既不想跟母亲解释其中的原因，也害怕母亲会误以为自己是宁可出高价租房，也不愿意借钱给齐晓成结婚的"小心眼儿"。因此她回绝道："不用，我跟秦诺说一下，到时候我陪你直接去海鲜楼大酒店找她好了。"

没想到第二天送乐乐去幼儿园不久，齐母的电话没有来，崔颖儿的电话却来了。

"晓卉，你明天有团没有？"齐晓卉觉得崔颖儿是明知故问。前台派团的小萍跟她好得差不多穿一条裤子了，她还要来问她有没有团吗？

"没有。"因此齐晓卉老老实实地回答，海天旅行社的人都知道，她一般不主动拉团，也不会因为旅游团的好坏挑三拣四的。

"那帮我代个班好不好？我明天去上海拍婚纱照。"崔颖儿就这性格，她要求你做什么事，从来就不会绕弯子，也不会给你拒绝的机会，"明天那个旅游团是一日游的，上午渔家乐，下午就是购物，很简单的。旅游购物中心那边我早就联系好了，到时候你只要带过去就行。放心，购物折扣都算你的，怎么样？"

现在去拍婚纱照？齐晓卉有些愣神儿，下意识地朝窗外看了看，阴沉沉的天，今年的春天姗姗来迟，气温比往年低了5摄氏度还不止，绝对不是拍婚纱照的好时候。

"现在拍婚纱照，有点儿冷啊！"齐晓卉随口说道。

"是啊，我也知道不是拍婚纱照的好时候，可就是因为现在拍照的人不多，所以影楼给出的价格也低啊！"崔颖儿善解人意的语调又来了，"我现在才知道，原来结婚这么麻烦。房子、装修、婚纱照、首饰、衣服、酒席，哪里不是花钱的地方，不省着点儿怎么行啊？"

齐晓卉想起母亲要求海鲜楼婚宴打折的事情，知道再问下去，难保不被崔颖儿抱怨自己不肯帮忙，于是忙说道："去吧，去吧，路上小心点儿啊！对了，你把名单什么的交给我啊！"

"名单和旅游行程表都在小萍那里，一会儿麻烦你自己去公司拿一下，先谢了。告诉我你喜欢什么，我在上海看见了，顺便给你买回来。"听起来崔颖儿的心情很不错，齐晓卉却不适时宜地想起了齐婷好，心情有些沉重。

"算了吧，你要是有时间，还不如好好给自己挑几件衣服呢……对了，给婷好买件衣服吧，你结婚的时候，她不是正好当花童吗？"齐晓卉试探地建议道。

崔颖儿在电话里沉默了一下，然后不咸不淡地说道："婷好的东西当然要买，我忘了谁也不能忘了她啊！不然，担一个刻薄后妈的名声，我可受不了。"

崔颖儿挂断了电话，齐晓卉知道自己破坏了她的好心情，可是也奇怪崔颖儿的做法。一般来说，女孩子对男方提出什么要求，都是在领结婚证之前要求做到的。崔颖儿却跟别人不一样，她是领了结婚证以后，才提出装修房子；因为装修房子，才提出变更齐婷好的监护权，让吴雪飞带走女儿。

现在更好了，房子还没开始装修，齐婷好的监护权到底归谁也没有定论，她却掉转方向要去拍结婚照了，还挑了这么一个忽冷忽热、春不暖、花没开的四月天，这葫芦里究竟卖的是什么药啊？齐晓卉拿着手机想了半天也没想明白，自嘲地笑了。跟崔颖儿比脑回路，她这不是跟自己过不去吗？

　　"谁的电话？"秦诺诧异地看着她，估计也是不解，"这么个天气，谁去拍什么结婚照啊？该不是奉子成婚吧，怕月份大了穿不了婚纱。"

　　好像也有可能哦，齐晓卉被秦诺提醒，倒笑了："是崔颖儿，她说现在影楼婚纱照价格便宜，人又少，所以也就顾不得冷热了。"

　　"崔颖儿去拍结婚照？"秦诺虽然自己不想结婚，但是一直在给同事、同学当伴娘。因为形象姣好，有时候也会在酒店的婚宴上客串一回司仪，所以结婚的规矩当然也知道不少，因此好奇地问道，"你妈家里都装修好了？吴雪飞答应带走齐婷好了？"

　　"就是因为一样都没有做好，所以我才奇怪呢。"齐晓卉摇摇头，"装修就是上个月请了个师傅来家里算了一下面积，列了一份材料清单，就没有动静了。至于婷好……吴雪飞跟我说了，她想把茶室转了开海鲜排档，所以这个时候把齐婷好扔到她那里去，根本就是不现实的。再说了，当初吴雪飞之所以答应净身出户，也是因为婷好留在我家的缘故。现在我哥要结婚，就把女儿扔回去了，这也太过河拆桥了吧？"

　　"吴雪飞是婚姻过错方，离婚时少分财产也没错啊！再说了，茶室不是给她了？也不能说她就是净身出户啊！"秦诺不以为然。

　　齐晓卉忍不住为吴雪飞辩解道："话可不能这么说，虽然他们离婚的时候，确实没钱了，唯一值钱的茶室也是一屁股债。话说回来，他们的财产是怎么弄没的？还不是都填了齐晓成的赌债窟窿了？按理，赌债是不能算夫妻共同债务的，所以吴雪飞要了茶室也是理所当然的。况且出轨固然是过错，难道齐晓成赌博就不是过错了？"

　　秦诺看着她，突然"扑哧"一笑："真是看不懂你，吴雪飞是你的前嫂子，崔颖儿是你的现任嫂子，所以算起来，崔颖儿跟你才是一家人好不好？你不帮着崔颖儿说话，居然帮吴雪飞，小心你妈知道了，又该说女生外向了。"

　　齐晓卉苦笑了一下，说道："崔颖儿……她哪用得着我去帮她？只怕是十个齐晓卉绑在一起，也比不过一个崔颖儿呢。"

　　"你也知道啊？"秦诺白了齐晓卉一眼，"这个崔颖儿，就不是个好吃的芋艿！我当初怎么说的，让你趁早把这事给搅黄了，你不是不听嘛。"

　　齐晓卉无辜道："你开什么玩笑？齐晓成看对眼的人，我能搅黄？你可真看得起我！"

"你跟齐晓成说什么，你跟你妈去说啊！"秦诺指点道，"齐晓成一向没分寸，养了三十几年的儿子，你妈还能不知道齐晓成的性格，能由着他乱来？"

齐晓卉看着秦诺，然后就笑了："我知道了，你不是高估了我，而是低估了崔颖儿。我这么跟你说吧，吴雪飞的厉害，还只是在自己身上打转转，不肯让别人占了她的便宜；而崔颖儿的厉害，则是属于雁过拔毛型，只要是跟她相处过的，只有她甩别人的资格，别人想甩她？不要说没门儿，连窗户都没有，老虎窗也没有，你趁早死了这份心吧。"

"这么厉害？"秦诺半信半疑地失笑了。

齐晓卉摆了摆手："崔颖儿的故事，三天也说不完。还记得我跟你说起过的那个游客投诉购物的事情吗？明明是她让游客把东西买贵了，结果一通电话下来，反而变成那个游客占便宜了，结果第二年还给她带了好几批客户过来。你说，谁能跟她比啊？"

秦诺"嘿嘿"地笑着，半天才问道："那你说，她嫁给齐晓成，算不算马失前蹄？"

齐晓卉也笑了："我也不知道，按说，像她这样的女孩子，虽然学历不高，长得也一般般，但要说找个比齐晓成好的，也不是什么难事，我还真是不知道她为什么要嫁给齐晓成。所以她几次提出不要齐婷好，我觉得也能理解，谁家好好的女孩子，愿意一结婚就当后妈呢？我家又不是豪门，齐晓成又不是高富帅。"

"是啊，有时候真觉得，结婚这事就是莫名其妙。"秦诺似乎也在回想着什么，顺手从吧台旁边的盆景上扯下了一片树叶，感慨道。

齐晓卉把玩着吧台上的名片，默然不响。婚姻确实奇怪，有些人要结婚，有些人要离婚，在婚姻的问题上，似乎从来就没有前车之鉴。不要说没有结过婚的人，都前赴后继地要走入围城，就算是被婚姻深深伤害过的人，也一样会重新走进去。

只是自己……还会有重新走进去的勇气吗？她下意识地将名片团成一团，心情似乎也像那张名片，被捏成了一团，沉甸甸的。

既然不想再走进婚姻，那么苏睿文的提议为什么不试一试呢？虽然在感情上，她已经不想再要男人了，可是在生活上，她还是希望有人能够帮她一把的。

而且从目前的状况来看，这样的交易好像更加适合她。明码标价的钱色交易，并不比被欺骗的婚姻更加卑鄙，至少人家是丑话说在了前头，也给了她选择的权利。所以在这桩交易中，她至少还可以给自己留一个生存的空间，可是在婚姻的欺骗中，她走投无路。

鼻翼酸楚了起来，齐晓卉下意识地眯起眼睛，想把涌入眼中的泪水逼回去。情人真的很低贱吗？苏睿文对她的安排井然有序，连乐乐他都想到了。名分真的很重要吗？她一直以为那一纸结婚证是法律给她的承诺，所以三年来，她含辛茹苦地养着儿子，没有丝毫怀疑。她以为就算他要抛弃妻儿，法律也一定会给自己一个公正的，可是现实呢？

现实就是郑律师说的，法律其实不保护爱情，保护的只是婚姻中的财产。当吴雪飞转述这番话的时候，坦言是郑律师点醒了她，所以她毫不犹豫地要求倪伟刚为他的出轨埋单。就算卑鄙、就算无耻，至少可以衣食无忧，没什么不好。

齐晓卉突然有些好笑，婚外情、婚外恋，其实，这婚外的事情，有多少是与感情有关的？就是婚内，感情所占的比例又有多少呢？就好像自己，当初为什么会跟许俊平结婚呢？爱他吗？应该爱吧。非他不嫁吗？好像也未必。

当初追她的男人，比许俊平帅的、工作好的、有钱的都有，可是在她的眼里，许俊平是最合适的，为什么呢？齐晓卉慢慢蹙起了双眉，是他说过不要她辛苦工作，自己来养她吗？还是他每次收货回来，都会请她帮忙算账，看似毫不隐瞒财产的行为呢？

她一直以为这个男人是爱自己的，自己既没有高学历，又没有好工作，然而许俊平竟然愿意向她求婚，愿意答应母亲出彩礼，愿意无条件地在房产证上加上自己的名字，甚至对于自己屡次偏向哥哥的行为都默默容忍，这些就是爱她的表现。

她不知道，在这样的日积月累下，其实爱情早就已经变了色。就好像纯白的衣服，在一次次的水洗中，总是免不了渐渐地泛黄，染上世俗的色彩，融入世故的浊流。


海天旅行社设在市中心望海商务楼的二楼，走进大厅，因为还没到正常的旅游旺季，所以旅游团不多，大厅里也没有什么人。只看见柜台上露出小萍的头发，她正低着头趴在桌子上打电话，连齐晓卉进来也没有察觉。

齐晓卉走到柜台前拍了一下桌子，她才抬起头来，一看是齐晓卉，马上挂了电话，笑嘻嘻地从抽屉里拿出几张纸递给齐晓卉，八卦地问道："晓卉姐，听说你老公回来了？他在外面做什么呢？有没有赚到钱？是不是要把你和乐乐带走了？"

齐晓卉看了小萍一眼，淡淡地说道："不知道，他是和我离婚来了。"

果然，小萍一点儿都不惊讶，反而马上转了口风说道："离就离呗，反正你现在跟离婚也没什么两样，离了还能问他要儿子的抚养费呢。"

"也没有。"齐晓卉看着名单，若无其事地说道，"他说他没钱，什么也没有，儿子的抚养费也没有。"

"什么？"小萍这才露出了几分吃惊的神情，"那他不要儿子了？"

"大概是吧。"齐晓卉还是一副事不关己的模样。

"晓卉姐，那你打算怎么办哪？"小萍倒是十分关心的样子。

"不知道啊！"齐晓卉看着小萍，不相信凭她跟崔颖儿的关系，会不知道自己目前的处境，"你说我还能有什么办法啊？"

小萍想了想，叹了口气，同情地说道："是没有什么办法，你老公又不是国家单位里的员工，还能通过单位去问他追要生活费。所以啊，现在要找就找公务员，哪怕他人跑了，钱总不能全跑了吧，多少还能有一点儿保障。"

国家单位就一定有保障吗？一个人若是连做人的底线都不要了，哪怕老天爷也拿他没办法吧，不然怎么说人至贱则无敌呢？齐晓卉觉得好笑，原本以为，就算看在儿子的分儿上，许俊平也不能把事情做得太绝，毕竟骨肉总有亲情。可是事实非常不留情面地告诉她，理想和现实永远是有距离的，而且这个距离还非常大，有时候跟梦想也差不多。

于是齐晓卉自嘲地扯出一丝笑容，浏览了一下客户清单和旅游行程，便转身要走，不想小萍叫住了她："晓卉姐，听说颖儿这次是去拍婚纱照的，那你家房子都装修好了吗？"

这句话让齐晓卉觉得小萍就是在明知故问，因此脸色冷了下来："我不知道，我早就不住在我妈家了，都搬出来两个多月了，怎么？崔颖儿没跟你说起过？"

谁知小萍丝毫没听出齐晓卉的嘲讽之意，反而困惑地说道："就是这个才奇怪啊！两个月前，颖儿跟我说，婚房装修的设计图纸她都找人设计好了，只要你一搬走，她就开始装修房子。可是等你搬走了，她倒不提装修的事情了。所以昨天她跟我说要去拍结婚照，我还以为房子都装修好了呢。一般人家结婚，不都是房子装修好了，要买新房家电、床上用品的时候，顺便去拍结婚照的吗？怎么颖儿一边说结婚没钱，一边还专门为拍结婚照特意去一趟上海呢，我都搞不清楚她是怎么想的了。"

怎么想的？崔颖儿不是一向都是说管说、做管做的吗？小萍是她在旅行社最好的同事，要是连小萍都不知道，那她齐晓卉凭什么知道啊？再说了，崔颖儿的脑子可不是她能比的。不要说让她猜测崔颖儿的想法，就是崔颖儿已经做出来的事情，她都想不明白呢。因此她随口说道："搞不清楚？那你打个电话问问崔颖儿呗。"

说着，齐晓卉又要朝外走，小萍忙问道："晓卉姐，我听崔颖儿说，当初你哥跟你老公卖房子，不是因为生意亏本，那是为了什么啊？"

为了什么？这件事情问崔颖儿不是更好吗？在她的闺房十八般大刑伺候下，齐晓成敢撒谎吗？因此齐晓卉苦笑了："小萍，你就别问了，我真的什么都不知道。我只知道，在这一场游戏中，我只是那个被人卖了还替人家数钱的人。"

小萍似乎颇有同感地点点头："晓卉姐，你说的没错。我也感觉现在女人结婚，不多长几个心眼儿，还真是没法儿过日子了。要个房子吧，人家千方百计做成婚前财产，再不济，也要做成公婆给的钱；生个孩子吧，起名的时候得跟着他家姓，离婚的时候却又不要了；老公没出息吧，你上班赚钱，回家还得烧饭洗衣，累得要死；老公有出息吧，指不定啥时候出来一个小三，你还是最后一个知道消息的。晓卉姐，你说女人为什么要结婚呢？"

这一段长篇大论，倒是跟秦诺的不婚论有异曲同工之妙。齐晓卉不觉好笑道："我这个要离婚的还没那么多感悟呢，怎么你这个没结婚的，倒生出这么多感慨来，我还就不信了，看你以后不结婚。"

小萍一仰头说道："结婚是要结的，不过现在法律对女人的保护不到位，咱们就先小人后君子，结婚前得把事情都说清楚了，免得到时候扯皮，倒霉的还不是女人。"

"行，那你就好好想想你的约法三章吧，到时候，也让我参考参考。"齐晓卉笑道。

"约法三章哪里够，最起码得约法三十章！"小萍斩钉截铁地说道。

说笑中，齐晓卉走出了旅行社。

拿着游客名单，齐晓卉有些犯愁了，如果不是崔颖儿让代班，她一般都是"五一"以后才开始正式接团的。而乐乐的接送也是从"五一"开始，她另外付费请老师代管的。所以这一次就有些不上不下了，只能寄希望于明天的那个团不是很麻烦，送到宾馆就可以结束了吧。

本来既然是给崔颖儿代班，齐晓卉完全可以将乐乐放到娘家去让老妈看管一天。可是被迫离开娘家时的失落，得知卖房真相后的绝望，以及被母亲逼着去为齐晓成争取婚宴优惠的无奈，这一切的一切，都让齐晓卉开始下意识地躲着娘家了。

从幼儿园接了乐乐回来，齐晓卉一边择菜，一边就问儿子："宝贝，妈妈明天有一个旅行团要接待，不能去幼儿园接你了。晚上可能也要晚一点儿才能回家。你想想看，要去谁家里等着妈妈？舅妈家里，还是秦阿姨家里呢？或者老师家里也行，妈妈跟老师说一下。"

乐乐的班主任一直都在家里办着晚托班，所以齐晓卉才这样说，心里想着乐乐一直都在晚托班的，这点儿忙老师应该不会拒绝吧。实在不行，到时候付点儿钱也可以。不料乐乐想也没想，就说道："我要去楼上的叔叔家里等着妈妈。"

"楼上的叔叔？"齐晓卉愣了一下，不知道儿子为什么首先想到的是顾林涛，因此问道，"为什么呀？我们跟楼上的叔叔也不熟啊！"

"可是叔叔答应过我的，妈妈不在的时候，我可以去他那里。"乐乐一本正经地说道，"我们还拉钩来着，如果妈妈不要我了，他就要我，而且永远都要我，不会把我扔掉的。"

齐晓卉的心一紧，在乐乐的脸蛋儿上贴了一下，问道："宝贝，那天你逃回家里来，为什么不让叔叔给妈妈打电话啊？你知不知道，妈妈都快急死了。"

乐乐心虚了，偷偷瞟了齐晓卉一眼，支支吾吾地解释道："我……我怕妈妈再把我送过去。我不要去爸爸家里，他家里有老妖婆，骂妈妈，还要打我，我不要在那里，会被她吃掉的。"说着，两行泪水就滚落了下来，抽抽搭搭地哭了。

齐晓卉的心里是说不出的后悔，也更感激顾林涛了，于是用纸巾帮儿子擦干了泪水，郑重地保证说："那妈妈也向乐乐保证，以后一定不会再把乐乐丢掉了。"

话说出口，齐晓卉觉得不对劲了。什么叫作"也保证"，乐乐就是她的儿子、她的宝贝啊，她为什么要跟一个陌生人一起向乐乐保证啊？这么一想，自己倒笑了起来。又回想那天顾林涛的话，这个看起来比自己年轻的男人，说出来的话似乎并不年轻。而且后来秦诺告诉她，说他也遇到过自己这样的事情，难道说，他也离过婚？看不出来啊，明明挺年轻的。不过也有可能呢，不然，他为什么对乐乐这么在意，也许他也有孩子呢。

如果真是这样，那他跟自己确实是同病相怜了。齐晓卉一边择着菜，一边慢慢想着，就有些后悔自己那天的口不择言了。不管怎么说，人家这样相劝也是好心。难道说，劝自己离婚，还能让他有利可图不成？这样想着，又希望什么时候能够在小区内或者楼道口，"无意"间遇到他，跟他道个歉，也算是还了情了。

想着，齐晓卉择完了菜，刚将垃圾收拾好了，乐乐就一蹦一跳地过来，乖巧地说道："妈妈，我帮你去扔垃圾。"说着，就打开了门，惊喜地叫了一声"叔叔"。齐晓卉一怔，还没有回过神儿来，乐乐已经自作主张地问道："叔叔，你明天有空不？我妈妈要去带旅游团，没空来接我，我去你家等妈妈，好不好？"

这个人小鬼大的小家伙！齐晓卉没料到这个时候会遇到顾林涛，更没料到乐乐会直接把事情都说了，一时不知道该怎么解释，只好先道歉："对不起，小孩子不懂事，乱说的。"

顾林涛若有所思地看了她一眼，没有说话，却蹲下身来问乐乐："没问题啊，叔叔明天休息，你打算什么时候去我那里？要不要我准备一点儿什么？譬如，买个鞭炮准备着，等你进门的时候就点上，噼里啪啦的，多热闹。"

乐乐笑得前仰后合，拼命摇头："我放学了就过来，不过我不要鞭炮，我要薯片。"

"行，那就薯片。"顾林涛站了起来，"那叔叔明天下午就等你了，不来是小狗哦！"

说着就要走，齐晓卉鼓足勇气，终于叫住了他："哎，那个……小顾，谢谢你照顾乐乐，那天……我态度不好，如果说了什么不该说的，请你原谅。"

顾林涛怔了一下，估计没想到齐晓卉会道歉，随即就释然了："没关系，人在失常的状态下，做的事情、说的话，都是不能算数的，这个我能理解。"说着，迟疑了好一会儿，他才问道，"又遇到麻烦了吗？"

齐晓卉的思路还停留在刚才，以为顾林涛既然也是离异的，那么对于离婚这样的事情，也许会了解得多一点儿，因此点头道："是的，因为离婚的事情，遇到了很大麻烦。如果你愿意帮忙，我想问你点儿事情。"

顾林涛看着她，沉思了一下反问道："要紧吗？如果不是很要紧，那就明天晚上吧。今晚我有点儿事情，怕是没空。"

"没关系，没关系，不急在这一两天。"齐晓卉连忙说道。

"行，那就明晚。"顾林涛说着，朝乐乐摆了摆手，"小帅哥，明天见。"

第二天，齐晓卉提早出门，将乐乐送去幼儿园。不想打开房门，只见顾林涛站在门外，看见她就打了个招呼："我想了想，还是跟你一起去认个路吧，这样下午就可以帮你去接乐乐了，否则让他一个人回家我也不放心的。"

"我……我会让我嫂子……或我朋友送乐乐过来的。"齐晓卉有些感动，乐乐早就高兴地跳了起来，一把拉住顾林涛的手，说道："好的，叔叔跟我一起去，我告诉你我的班级在哪里。还有好多小朋友，还有老师。"

顾林涛笑了，看着齐晓卉说道："你还不如乐乐爽快，一客不烦二主不懂吗？"

"你这个唠叨鬼。"齐晓卉有些难为情，捏了一下乐乐的鼻子，掩饰了过去。

一路上，两人随意聊着瀛洲市的风土人情、新近在建造的连岛大桥，还有以后的发展前途，不知不觉就到了幼儿园门口。顾林涛笑道："你上班去吧，我认得地方了，下午我会来接乐乐的，你不用操心了，晚饭我也会带乐乐去吃的。对了，你大概什么时候能回家？"

"我也不知道，不过一般都得等客人吃过了晚饭我们才能回家。"齐晓卉解释道，"虽说晚饭一般七点就可以结束，但是一日游的客人因为时间紧，所以晚饭大多会推迟。我会看情况的，最迟不超过九点，你方便吗？"

"你误会我的意思了。"顾林涛笑笑，"我不是怕乐乐在我那里时间长，我是怕你回来太晚，影响孩子睡觉，那还不如就让他在我那里睡了，明天一早我再送还给你。"

齐晓卉不好意思地一笑："不用了，我会赶在八点之前回来的。"

顾林涛也就不勉强了，两人在幼儿园门前分了手。齐晓卉打了个电话，知道车子已经在酒店门口，就直接去酒店接客人了。

## ♡ 10  离婚协议

这个旅游团不大，一共就二十来个人，就是冲着渔家乐来的。因为第二天就要走，他们舍不得把渔家乐捕来的鱼虾给吃了，让齐晓卉帮忙买了几个泡沫箱装起来，带回家里去给家人看稀奇，晚饭就定在了海鲜楼大酒店。

不过秦诺看见齐晓卉还是有点儿吃惊："乖乖，你还真给崔颖儿代班啊？这皮薄馅儿多的大包子，什么时候给我也咬一口啊？那乐乐呢，你妈带着？"

齐晓卉一抿嘴，笑道："没有，说来话长，你先给我菜单，我把客人都安顿好了再跟你汇报，行不？"

秦诺白了她一眼，扭头对身边的服务员说："小郑，把标价两千的菜单给我们的财神娘娘——啊，不对，是导游小姐审查。"

小郑抿嘴一笑，从抽屉里找了一张单子，递给了齐晓卉："晓卉姐，现在也不是旅游旺季，海鲜的价格不贵的，你怎么定了个价格这么高的？是帮秦诺姐做业务吗？"

"切，她有这好心？她只会从我这里要好处，然后去贴给糟践她的人。"秦诺不屑道。

齐晓卉知道她说的是自己帮齐晓成要婚宴优惠的事情，也不想解释，只是笑着说道："哪有，这是客人自己要求的。这个旅游团的客人真是目标明确，早上出发的时候，他们就说了，来瀛洲市就三个目的：渔家乐、海鲜大餐，还有就是购物。不过他们不要去购物中心，而是让我明天一大早带他们去菜市场。"

　　瀛洲市是海岛城市，一向以空气清新、景色秀丽、海礁奇异、沙滩迷人、水产丰盛、民风淳朴作为旅游推介的重点，所以游客目标明确的选择也没错。

　　"好精明的客人！"秦诺感叹道，"你看看吧，既然人家是冲着海鲜来的，我们也不能不满足游客的心愿嘛。不过这个时候，野生海鲜的价格，你也知道，两千元还是吃不到什么好的，所以还是得以养殖的为主。"

　　"养殖就养殖吧。"齐晓卉翻看着菜单，说道，"什么野生的、养殖的，游客哪里吃得出来？只要新鲜点儿就好，反正养殖也是养在海里的，又不是养在你家浴缸里的。"

　　小郑忍不住笑了起来，秦诺已经快人快语地接上了："哟，这话说的，什么叫作客人吃不出来？你以为客人吃不出来我们就可以瞒天过海了？再说了，我们这里的养殖本来就跟别的地方不一样，种苗都是野生的不说，养也是养在海里的。不过野生的放养，养殖的算是圈养吧，有多大区别，你自己说说看？"

　　齐晓卉"扑哧"一笑："真是优秀员工，秦小姐年薪多少啊？是不是年底还有十万元的分红，这么胳膊肘往内拐？还是您老人家就是这家酒店的股东啊？"

　　说得秦诺一笑，小郑也笑了，细声慢语地说道："其实秦诺姐说得也没错，我们这里的海鲜，养殖也是用网箱放在海里养的，又不是养在水池子里的，跟野生的本来就没有什么太大区别，晓卉姐又何必这么较真儿呢？"

　　秦诺白了齐晓卉一眼，说道："你别理她，她就是这臭脾气，该计较的地方不计较，不该认真的地方认真得要命，总有一天把自己给憋死。"说着，把一张菜单递给她，"你看看，一桌子的海鲜，不会让你吃亏的。"说着，将另一张递给小郑，"去，后面看看去，东西可都有。要是没有，要么换掉，要么让他们马上去菜市场买。"

　　齐晓卉拿过菜单扫了一眼，果然只有两个冷菜、两个热菜是素的，其他都是海鲜，再仔细一看，居然还有市场价高达八十块一斤海佛手。她吓了一跳，问道："你们经理大出血了？这海佛手价格贵还是小事，问题是不起眼儿，识货的不多啊！"

　　海佛手价高量少，一向是作为临时海鲜添加上去的，而且还要征求游客的同意。所以齐晓卉才表示了疑惑："是不是你们酒店剩下不新鲜的，便宜塞给我们了？”

“切！”秦诺瞪了她一眼，“说话要有证据啊！我们酒店什么时候卖过不新鲜的海鲜了？就那些内地来的游客，新鲜的还能吃得进了医院呢，不新鲜的给他们吃，吃出人命来你负责啊？”说着话，见小郑拿着菜单去了厨房，秦诺这才凑近齐晓卉，神秘兮兮地问道：“你自己的事情考虑得怎么样了？许俊平有没有再跟你联系，让你去签离婚协议什么的？”

“电话里已经催了不下五次了。”齐晓卉叹气道，“只是我真不知道我们还需要签什么离婚协议，一没房子，二没财产，有什么好协议的？”

乐乐的“失踪”，仅仅让许俊平消停了两天，就又开始了催促离婚，看起来真的是不达目的誓不罢休了。这让齐晓卉明白，自己的婚姻确实已经走到了尽头，再也无可留恋了。可是就这样离掉，让所有的付出和守候都随着婚姻的破灭而烟消云散，所有的欺骗和背叛也随着婚姻的破灭而成为理所当然吗？齐晓卉真的不能甘心，就算她想明白了婚姻就是一场愿赌服输的游戏，还是不能甘心，因为婚姻中不是只有两个人。

“儿子的监护权总要确定一下吧，万一他什么时候做梦做醒了，或者是外面那个女人啊、孩子啊，都被车子撞死了，他再回来找儿子，你怎么办？”

“放心好了，他宁可再找别的女人去生孩子，也不会来找我们的。”齐晓卉边计算着菜单的价格，边说道，“你也知道许俊平的性格，死要面子活受罪。要不然，当初我也不能答应让他离开瀛洲市了。所以那天乐乐直接否定了他，他早就把儿子不知道恨成什么样了，哪里还会要他。不过你说得也对，写还是要写一下的，他是不要了，难保他爸妈不会出来横插一杠子。白纸黑字的，安全点儿，因为法律需要证据，对吧？”

“就是这话。”秦诺郑重地一点头，齐晓卉却又犯难了。没想到离婚比结婚还烦，结婚不用签协议，离婚还得签协议。这到底算是结婚比较重要呢，还是离婚比较重要？

“这么说你是下定决心留下乐乐了？”秦诺追问着，“那你有没有想过接下来怎么办？本来你把以后的希望都寄托在许俊平的身上，这下可好了，希望彻底没了，以后也都是你的事情了，你有没有想过要换一份工作。毕竟，导游能做的就那么三四个月，赚的钱也就只够吃吃饭。乐乐马上就要上学了，以后的开支不会少，你娘家也靠不住。”

“我知道。”齐晓卉苦笑了，果然做女人难，婆家进不了，娘家靠不住，“是这样的，雪飞姐跟我说了，让我和她合伙去做海鲜排档。”

"吴雪飞要做排档？"秦诺吃了一惊，"投资呢？"问完，见齐晓卉挤出一个笑脸，没有说话，心里也料到了一些什么，摇头道，"那你觉得自己掺和在里面合适吗？"

"我也知道不合适啊，所以还没有答应她。"齐晓卉收起了菜单，蹙眉说道，"你说的也对，许俊平那边彻底了断了，我是该为乐乐考虑些了。导游的工作时间太短，可是其他的工作，又何尝不是跟着旅游季节走的呢？就算是雪飞姐的排档，也是一样。所以在瀛洲能够兼顾乐乐，又全年能做的，我想了很久，就只有房产中介了，不过你觉得我能行吗？"

"算了吧。"秦诺一摆手，"你做房产中介？不要说卖出去，估计连房源都找不到。"说着，低了头，许久才抬起来，看着齐晓卉问道，"你有没有想过来这里做？"

"这里？做什么？"齐晓卉一头雾水。

"当然是厨师啦！"秦诺捏了一下她的脸，"我知道你没有厨师证，我找我们季总通融一下，只要他愿意让你试菜，我相信你一定可以打动他的。"

"可以吗？"齐晓卉看着秦诺，不敢相信。

这个问题让齐晓卉纠结了一个晚上，到顾林涛那里去接乐乐的时候，还在纠结。顾林涛见她脸色不是很好，以为是累着了，就关心地问道："你怎么了？是不是太累了？没关系，乐乐就放在我这里好了，我明天还是休息，可以继续帮你照顾乐乐的。"

齐晓卉倒笑了："是不是我一直上班，你就一直休息帮我照顾乐乐？"说着，想到几次遇到麻烦都被顾林涛撞见，也就不瞒着他了，直白地说道："我朋友想要帮我找个新的工作，因为我现在做导游，一年只有三四个月的活儿。虽然眼下勉强过得去，可是以后就难说了。只有我一个人，乐乐也会长大，花钱的地方也会越来越多，所以得提前做准备。"

顾林涛想了想，将乐乐哄进房间里去看电视，这才走到客厅，郑重地问齐晓卉："你刚才说只有你一个人是什么意思？就算你跟你丈夫离婚，也不能改变乐乐和父亲的关系啊，难道是……他不肯付抚养费？那也不能够啊，就算他没有工作，法院也会根据当地的生活水平，判决他支付抚养费啊！"

"是，我也知道法院会判，那判了以后呢？我找谁要钱去？"也许是已经想明白了，也许是已经麻木了，顾林涛的话让齐晓卉好笑起来，"我实话告诉你吧，我真的不是一个称职的妈妈。我到现在不知道他在哪里工作，更不要说找到他了。"

"这样啊……"顾林涛陷入了沉思，许久才问道，"那你现在打算怎么办？"

　　齐晓卉皱了一下眉头，这离婚，果然比结婚复杂多了。她可以放弃追究背叛婚姻的责任，放弃婚姻中的共同财产，甚至放弃儿子的抚养费。但是有一件事情，她一定要落实，那就是儿子的姓氏问题，她不希望以后看见儿子就想到这个无耻的男人。

　　因此她颇为苦恼地说道："我们没有共同财产，他也不想要儿子，连抚养费都没有，连律师都说了，上法院毫无意义。说实话，要不是因为还有一个儿子在，我连离婚协议都懒得写，直接把结婚证换成离婚证就完了。"

　　"那可不行。"齐晓卉话音刚落，顾林涛就摇头，而且顾虑跟齐晓卉一样，"有一点你必须明确，婚姻关系可以终止，但亲子关系是无法终结的。所以就算你放弃了共同财产的争取，你们还有孩子的抚养权和监护权需要明确，而事前的明确，永远比事后的判定对孩子更有好处。还有就是，据你朋友那天的描述，你们应该是有婚姻共同财产的，不过是在你不知情的情况下，被你丈夫一个人处置了。当然，现在你不可能有时间和精力去追究这些，但是可以在离婚协议上注明，这样以后万一有其他情况出现，你就可以要求重新分割夫妻共同财产了。如果不明确这一点，法律会默认你是自愿放弃的，那么时效一过，就成了哑巴亏，你不吃也得吃了。"

　　齐晓卉瞪大了眼睛，不相信地看着顾林涛。这样的后路也能想到，果然是有过经历的人，思路就是不一样，连律师都没有这样提醒过她呢。不过她现在对共同财产已经完全不放在心上了，更不想因为这个原因，在若干年以后再跟许俊平有任何联系。如果有可能，她甚至希望在自己的生活中，从来都没有出现过这个人。因为她实在不愿意让儿子有这样一个令他蒙羞的父亲。

　　"我现在想的不是财产的问题。"齐晓卉飞快地接了话，"我只希望从今以后，他再也不要出现在我跟儿子的生活中了。我也知道亲子关系是无法断绝的，我只想问问，有什么办法，可以最大程度地减少他对儿子的影响，譬如，我要怎样才能让儿子跟我姓？"

　　"如果仅仅是为了赌气，改姓也不算是一件必要的事情。"顾林涛沉吟道，"因为就算改姓，也不能改变双方的法律关系。也就是说，你现在为了姓氏而放弃抚养费，并不能阻止以后他要求儿子赡养，那你现在的这个决定，不是对乐乐太不公平了吗？再说了，抚养费也不是他说不付就可以不付的，你可以通过法院强制执行来实现啊！"

　　要求法院强制执行？齐晓卉有些好笑，正如小萍所说，如果许俊平是国家单位的员工，这一招儿或者还管用。他现在是无业游民，连自己在哪里落脚都不知道，要求法院强制执行，也得让法院找得到他这个人，查得到他名下的财产才行吧？

齐晓卉说道："我想到改姓，是想要尽量减少他对儿子的不良影响。从某种角度来说，姓氏也代表了一种归宿感，所以这个姓氏带给乐乐的，只有被抛弃的失落。"

"这样啊！"顾林涛沉吟道，"这样的话，你的顾虑也有道理。对了，从你刚才的描述来看，他现在急于离婚，应该是一个有利的机会，你可以以这个为要挟，让孩子跟你姓。你说得对，不改姓的话，会让孩子有被抛弃的感觉，也不容易融入以后的新家庭。"

"新家庭"三个字让齐晓卉感慨了："你想得太远了，新家庭，哪有那么容易的。"

"是吗？人无远虑，必有近忧。"顾林涛不以为然，拿了一张纸写着什么。

齐晓卉看着他，有点儿困惑。这个看上去根本就不像结过婚的大男孩儿，却能有这样周到的思路，真是出人意料啊！他到底遇到过什么样的事情，会对法律如此熟悉？还是自己的事情，让他触景生情了，所以才会有这样一份异样的关心和牵挂。

齐晓卉感觉自己的脸无端热了起来，偷眼看了一下顾林涛，只见他抬起头来，将刚才写了字的纸递给她，说道："你看看，就这几点，你一定要在离婚协议上明确。虽然就目前的情况来说，也不一定能起到什么实质性的作用，但是留个后路总没错。乐乐还小，以后还会遇到很多事情，明确这些法律上的权利和义务，对于乐乐的以后可能会有一些帮助。"

顾林涛的话让齐晓卉将目光投在了纸上，上面简洁地列出了三点：第一，声明齐晓卉不是放弃抚养费，而是因为许俊平没钱、没有支付能力而已；第二，详细阐述当年将房子卖掉的原因，并且说明齐晓卉要求保留追溯真相的权利；第三，为了乐乐以后的成长，要求将名字由"许嘉乐"改为"齐嘉乐"。

"另外，在说明感情破裂原因的时候，一定要写清楚许俊平一走三年、杳无音信这一事实。因为这样一来，夫妻感情的破裂就跟他没有尽到家庭成员互相扶持的义务有关系了。"

"那……具体要怎么写呢？"说说容易做时难，草稿上的专业法律术语，让齐晓卉有一种冷冰冰的敬畏感。原来觉得，爱情、亲情、天性，都应该是人们心底里最柔软的存在，可是法律毫不留情地用权利和义务，将浪漫和温馨打碎，剩下的，只有最现实的生存。

　　"如果你不介意私人情感被我介入，我可以帮你起草。"顾林涛看着齐晓卉，笑容中的诚意让人无法拒绝。

　　"有什么介意的，要是介意，我刚才就不跟你说那么多了。"齐晓卉红了脸，"不过……麻烦你真的不好意思啊！"

　　"不麻烦。"顾林涛微笑着收起了草稿，"再说了，我这个幕后主使都已经做到这个地步了，也就不差这最后一关了。而且我也不想你瞎写一气，把我的好心都写成了驴肝肺，那我岂不是白白替你出那么多主意了？"

　　齐晓卉忍不住想笑，这个顾林涛……可是想到那天他说的那句话，心里又无端生出了许多好奇。是的，他一定是遇到过什么，所以才会对法律这样关注。那么，他的事情后来是通过法律解决了吗？不然，怎么解释他会那么熟悉法律，还劝自己用法律手段来维护权益呢？这么一想，齐晓卉的心里又生出了一些希望，也许法律会给未来的事情一个保障。

　　第二天是星期天，顾林涛休息，齐晓卉送走了旅游团以后，就赶回家来，两人在电脑面前，起草着离婚协议。乐乐坐在沙发上，一边吃薯片，一边不时扭头看看他们两人，然后就夸张地用手捂着嘴笑一下，笑得顾林涛莫名其妙，问他："乐乐，你笑什么？"

　　"我笑你跟妈妈两个人啊！"乐乐龇着牙说道，"好像我们李老师，那天跟一个叔叔在一起也是这样的。小朋友都说，那个叔叔是李老师的男朋友呢。"

　　顾林涛和齐晓卉面面相觑，随即两人都笑了。齐晓卉说道："别理他，才屁大点儿的小孩子，就在那里男朋友、女朋友的，你说现在的小孩子是不是太早熟了？"

　　"我不觉得。"顾林涛摇摇头，"我倒是觉得，在小孩子的眼里，男朋友、女朋友也就跟米老鼠、唐老鸭差不多。"

　　齐晓卉笑了一下，正要说话，顾林涛将电脑屏幕稍微转动了一下，问道："你看看，还有哪里不合适的。尤其是婚姻状况介绍那里，我不太清楚你们之间的情况，你看这样写行不行？还有要补充的吗？"

　　齐晓卉一听，忙看屏幕，字里行间的描述，似乎又将她的思绪带回了那些遥远的日子。客厅里，债主挤了一屋子，她看着束手无策的许俊平，苦涩地说道："那就卖房子吧，既然哥嫂都卖房子了，我们没有理由不卖。"

　　"卖掉了你和乐乐住哪儿？"许俊平捧着脑袋，苦恼道，"亏本是齐晓成造成的，后果却要两家平摊。晓卉，你不觉得委屈吗？"

"再委屈，他也是我哥哥，我能怎么办哪？"齐晓卉落泪了，她的委屈何止这些，可是婆家不肯帮忙养儿子，她还有求于娘家，就算委屈，也只有咽回肚子里的资格。

"行，既然你也同意了，那就卖房子吧。"许俊平抬起了头，却没有看她，"填了亏空，如果还有剩下的，我想拿去做点儿生意，也许还能东山再起，你愿意吗？"

"当然，当然给你做生意去，我们都还年轻，一定可以重新来过的。"

"我不想和齐晓成一起做了，我亏不起。我想一个人做，你看行吗？"

"一个人做……那你能行吗？"

"你不相信我？"

"不是的……我相信你，只是……你一个人一定要自己小心了。"

许俊平就这样走了。第一年，他的手机还能打通，第二年，他说手机丢了，暂时没钱买新的。再后来，她就打不通他的电话了，只有耐心等着他的电话，用不同的号码打来，寥寥几句就挂断了。去婆家打听消息，说许俊平在外面混得不好，被人逼债，所以不想用手机，有事，他会用公用电话打过来的。

秦诺也曾建议她去找找看，公婆也提供了地址。虽然还算详细，可是一向路痴的齐晓卉，站在苏州街头，根本连东南西北都分不清，两天以后，只好沮丧地回来了。她抱着乐乐痛痛快快地哭了一场，便不再对许俊平寄予任何希望了。秦诺把她介绍进了海天旅行社，结束了她个体导游的身份，并且在住宿和就餐上都尽量照顾她带来的旅游团，生活这才算渐渐步入了正轨。

如今这一份离婚协议，将往事又毫不留情地从记忆深处发掘了出来。齐晓卉不觉神色黯然："也许，当初我也有错。如果那时候，我再多问一句，或者就知道事情的真相了……"

"就算你有过错，也并不代表他有资格剥夺你应得的权益。"顾林涛不客气地打断了齐晓卉的话，"如果你觉得没什么不恰当的地方，一会儿我就去帮你打印出来。不过去跟他签这份协议的时候，你最好叫个朋友陪你一起去。"

"好的，谢谢你的提醒。"齐晓卉知道自己失态了，忙深吸了一口气，装作刚刚看完协议的样子，若无其事地说道。

接到齐晓卉的电话，秦诺就像是接收到外星电波一样，根本不敢相信自己的耳朵："签离婚协议？齐晓卉，你能为你刚才说的话负责吗？对了，你能确定你真的是齐晓卉吗？"

这个疑问，一直到两人在民政局旁边的茶室大厅碰面的时候，秦诺还在追问不休："晓卉，你真的要离婚了？是真的？不是在做梦？离婚协议呢？许俊平给你的？你仔细看了没有？有没有坑你？权利和义务都明确了？齐晓卉，你可不能再把自己给卖了？要是到这个份儿上，你还拎不清，那可真是无可救药了。"

齐晓卉哭笑不得，正要跟她解释离婚协议的来龙去脉，秦诺又嚷嚷开了："哇，怎么穿得这么漂亮啊？齐晓卉，你确定你今天是来离婚的？不是来相亲的？"

齐晓卉白了她一眼，正要反驳，第六感觉突然让她一个激灵，回头一看，果然，茶室门口，许俊平正走向前台，向前台小姐询问着什么。

齐晓卉忙拉着秦诺坐下，然后两人都下意识地挺直了腰杆儿，招手叫来服务员，点了两杯水果茶。她们装作没看见许俊平走过来，谈论着茶室的装修风格，和吴雪飞的茶室进行着比较。

一会儿，许俊平就走了过来，看见秦诺也在，愣了一下，然后嘲讽地扯了扯嘴角，对齐晓卉说道："不是说好了今天去办手续吗？你让我到这里来干什么？"

这里是民政局旁边的一家小茶楼，这家茶楼刚刚开张的时候，就有很多人因为它的选址正好在民政局旁边，所以开玩笑地认为，这是给离婚夫妻最后道别的地方，因此将它取名为"离婚茶楼"。

不过齐晓卉认为，与其说它是给离婚夫妻道别提供了一个场地，倒不如说它是给离婚夫妻的谈判提供了一个地点。道别，还有几分温情，谈判则意味着恩断义绝。是的，恩断义绝，从许俊平回到瀛洲市打给她的第一个电话中，她就听出了恩断义绝的味道。

既然已经恩断义绝了，也就没什么好顾忌的了。所以齐晓卉不仅选择了大厅，还换了一身非常大方得体的衣服。浅黄色休闲线衫，外面是一件黑色束身风衣。因为没有时间打理而剪短的头发，此时也被收拾得服服帖帖，衬着齐晓卉原本看着就显年轻的圆脸，更是平添了一种清新可爱的感觉。

这也是顾林涛的主意："收拾好自己，你要让他知道，他没能伤害你。"

"为什么？"齐晓卉一时不解。

顾林涛笑笑："你想想看啊，如果两个人打架，一个人打了另一个人一拳。你觉得另一个是被他打中了让他高兴呢，还是没被打中让他高兴？"

这个解释让齐晓卉会心一笑，现在回想起来，感觉自己又多了几分信心，于是非常冷静地将离婚协议书直接推到了许俊平的面前："不急，先请你签一份离婚协议，签完了我们就去办手续。如果你没有异议，整个过程应该不会超过十分钟。"

"签什么协议？"许俊平故作平静地看了齐晓卉一下，便拿起协议看了起来，

"我不是说了吗，我们什么都没有，儿子你要就给你好了，还需要什么协议吗？"

齐晓卉没有回答，只是冷冷地看着许俊平，果然就看见他的脸色渐渐发白，然后把协议书往茶几上猛地一拍，怒视着齐晓卉问道："为什么儿子要跟你姓？"

"因为是我的儿子。"早就料到了这样的场面，齐晓卉毫不惊慌地回答道。

"你的？难道不是我的？"

"是你的，那为什么不出抚养费？"

"齐晓卉，你还要我怎么解释？我已经说了，我现在没钱，等我有了钱，我会一次性支付所有的抚养费的！"

"那好，我可以把协议改一下，你愿意一次性支付多少抚养费？如果等到儿子成年，你依然无钱支付怎么办？请你把解决的方法告诉我，我会写到协议里去的。就算你愿意将来以遗产作为补偿，我们也可以写进去啊！只要你有诚意，儿子一定会愿意随你姓的。"

许俊平铁青了脸："你就这么看不起我？"

齐晓卉冷笑一声："你说对了，我还就是看不起你。我不仅看不起你，我还不相信你，所以要把所有的事情都在协议里写得明明白白。包括我们的婚内共同财产到底去了哪里，包括儿子以后是否依然要跟你维持父子关系。当然，如果你不愿意签，那也行，等我把所有的事情都调查清楚了，我们再来谈离婚事宜也不迟。最好等你爸妈过世再离，不管怎么说，你爸妈的遗产也算是我们夫妻的共同财产，我多少也能分到一些吧？"

齐晓卉略带讥讽的语气不仅让许俊平措手不及，连秦诺也是吃惊不小，不知道她哪里找来的高人，教了她这一招儿。果然，许俊平招架不住了，取出笔来在离婚协议上签了字，然后忍着气问道："现在，可不可以去离婚了？"

"你急什么，还有一件事情呢。"齐晓卉收起了离婚协议，然后一笑，"为了防止你反悔，我特意带了户口簿，咱们得先去派出所把儿子的名字改了，再去民政局办理离婚手续。我已经说过了，我不相信你。再说了，反正三年都等了，你也不会在意这一两个小时吧。"

## 11 爱情没有回头路

许俊平终于火了："齐晓卉，你到底想干什么？你是不是想拖着不离婚？我告诉你，真把我惹急了，我走了你可休想我再回来，到时候你想离婚也离不了！"

齐晓卉似乎早料到了许俊平有这样的话，冷哼一声："那你走啊！你信不信，你前脚走，我后脚就去法院，以失踪为由申请离婚。到那时，要是你没看到法院的公告，不能按时出席庭审，法院就会缺席判决离婚。只要法院院长不是你亲舅舅，你认为他会判决你什么责任都没有吗？"

"其实呢，申请失踪离婚也挺麻烦的。"齐晓卉似乎没看到许俊平越来越难看的脸色，放慢了语速继续说道，"反正我这人就是捺得住性子，要不，我再等上个一两年，然后拿着这张结婚证，去申请配偶死亡好不好？一旦法院出具了死亡公告，婚姻关系自动解除，多省事啊，你说呢？你觉得哪一种比较好？"

这办法够刻薄的！秦诺暗自惊叹，绞尽脑汁地想着，是谁给她出的这样"缺德"的主意，惩治许俊平这种没人性的东西，倒是正好。

"对了，"看着许俊平铁青的脸色，齐晓卉突然收敛了笑容，一本正经地提醒道，"你得关照一下你爸妈，最近一段时间，多留意瀛洲市本地的新闻。不然，我啥时候去申请配偶死亡，万一你爸妈没看见，连自己的儿子已经死了都不知道，在遗产继承方面会吃亏的。"

这几句话没有一个脏字，却是恶毒至极。连齐晓卉自己也不能相信，这样的诅咒，有一天会出自她的口中。果然，在喘了一阵粗气后，许俊平不得不让步："齐晓卉，你发誓，改完儿子的名字，我们就去领离婚证。"

"发誓？"齐晓卉还是一声冷哼，"许俊平，你真的以为我很稀罕你，离不开你吗？你放心，只要儿子的名字改好了，我们就过来办离婚，不耽误你的洞房花烛夜！"

说完，齐晓卉站起身来，率先朝外走去。

在派出所工作人员怪异的目光中，两人将儿子的名字由许嘉乐改为了齐嘉乐。看着户口簿上儿子的新名字，那一瞬间，齐晓卉对自己、对将来，都有了信心，她毫不迟疑地对许俊平说道："时间还早，走吧，去民政局。"

看着结婚证变成了离婚证，齐晓卉不再是那个憧憬着美满婚姻的单纯小女人，而是一个需要为自己和儿子撑起幸福天空的单亲妈妈了。

走在街上，包里的离婚证让齐晓卉的脚步渐渐沉重起来。轻松的另一种表现，不就是没有着落吗？虽然许俊平离开家已经三年了，这三年来，就是她一个人单独抚养着儿子。可是不管怎么说，在她的内心深处，总还有一分期盼。

当她在娘家、在公司里受到委屈的时候，脑海中常常会浮现出许俊平的影子，想着也许等丈夫回来，一切就都会好起来了。可是现在，这最后的一丝希望没有了。离婚女人，那就是没有归宿、没有着落的女人，是伤心的时候没有人帮她拭泪、高兴的时候也没有人跟她分享的女人。不仅如此，她还要藏起自己所有的失意和心酸，把最可亲的笑容展示在儿子的面前，不能让儿子因为自己的错误，去背负人生的沉重。

抬头仰望着没有一丝云彩的蓝天，齐晓卉觉得自己的心就像天空一样空旷，空旷得无边无际，找不到半点儿依靠，也没有丝毫怜惜。一种闷得慌的感觉，让她想找个地方慢慢地流泪，也想找个人好好地倾诉。只有这样，才能将自己从没有着落的空旷中挣扎出来。

秦诺却是乐不可支，拥着齐晓卉笑道："怎么样？做惯了包子，一下子成了锥子，不习惯了吧？"然后笑着摇头叹道："唉，晓卉，虽然我知道你刚才的淡定、大方都是装出来的，但我看着还是解气，真解气啊！咱们就是输场不输人，让许俊平这个人渣也知道，兔子急了也会咬人的，螃蟹烤烤也会红起来的，别以为谁就是该被他欺负的！"说着，好似想起了什么，问道："对了，那个离婚协议是谁帮你写的？别告诉我是你自己写的哦！这思路、这用词，也太专业了。晓卉，你请律师了？"

"你说错了，这不是专业，而是用心。"齐晓卉微微一笑，"若是专业就能写出这样的协议，那么我们去咨询律师的时候，他们为什么一个都没有提到这些呢？"

"也是啊！"秦诺点点头，然后一下拥住齐晓卉，笑道，"告诉我，谁帮你写的？我猜猜看啊……你让吴雪飞帮忙了？"

齐晓卉正要回答，手机突然响了一下，她连忙拿出来一看，是一条短信。顾林涛发过来的，上面写着："怎么样？还顺利吗？"

齐晓卉不觉一笑，也不理秦诺，自顾自地编辑短信发过去："一切尽在掌握中。"

秦诺伸着头偷看："哇，对暗语啊，掌握啥了？是不是就是那个神秘的用心人啊？"

齐晓卉没好气地给了她一个白眼，正要回答，短信又来了："祝贺你，我在小区门口等你，见面聊吧。"

齐晓卉回了一个"好的"，见秦诺还在伸着头看，便收起了手机说道："别看了，你不是想知道谁帮我写的离婚协议吗？我这就带你去看他，怎么样？"

"好啊，好啊！"秦诺乐不可支，"我一定要好好膜拜一下这位大侠，这才叫路见不平、拔刀相助呢！顺便也请他帮我想想，怎么治好我妈的嫁女病！"

后面一句话说得齐晓卉也笑了，心情顿时就好了不少。于是和秦诺一起，回到了绿漾小区。走到小区门口，并没有见到顾林涛，在保安亭旁边的花架子下等了好一会儿，也没见他。齐晓卉有些奇怪，在秦诺的催促下打了个电话，却是关机。

秦诺奇怪道："咦，是不是知道我要来，这位大侠隐身啦？还真是神龙见首不见尾啊！"

齐晓卉沉吟了一下，说道："也许是临时有要紧的事情吧。这样吧，反正他也住在这里，你看见就知道了。要不先去我家坐坐？一会儿你上晚班去，我也正好去接乐乐，同路。"

秦诺点点头，笑道："正好，我还想好好欣赏一下你那离婚协议呢。"

于是两人朝单元楼走去，不想刚走到楼梯口，只见顾林涛拖着一个和他年纪相仿的男子走下来。他看见齐晓卉，神色有些怪异，说了一句："对不起，我公司里有点儿事。这不，我同事找我来了。这样吧，等下空了咱们再细谈啊！对不起，我先走了。"说着，推搡着那个陌生男子，转眼就消失在了小区里。

"怎么回事？"秦诺莫名其妙，"他刚才那话什么意思？"

"他的意思就是……"齐晓卉也是一脸困惑，看着顾林涛消失在视线中，这才闷闷不乐地说道，"他就是那个神龙见首不见尾的神秘大侠。"

秦诺顿时瞪大了眼睛，看着顾林涛离去的方向，不相信地说道："是他？"

顾林涛推着程新走出了小区，招手叫了一辆出租车，将他塞进车里，自己也坐了进去。等司机发动了车子，他才松了口气，然后阴沉着脸问道："程新，怎么回事？敢情我拜托你的话都是屁话是吧？我还真不相信凭你的智商，会应付不了沈琳。"

"谢谢你的夸奖！"程新大言不惭地理了理衣衫，斜睨了他一眼，说道，"虽然沈琳确实烦人，但是我觉得她这句话说的没错，有事当面说清楚。她不过是想听你亲口说一句你们已经分手了而已，我倒觉得你这样躲着她才是奇怪呢。"

顾林涛像看个怪物一样看着他，指着窗外嘲讽道："今天也没下雨啊，程新，你脑子什么时候进的水？是不是过来的时候海上风浪有点儿大，把海水给你灌进去了？沈琳还需要我亲口说一句'分手'？你不知道她在美国已经结婚啦？"

"对啊，结婚了。"程新摊了摊手，"那不是又离了吗？"

"所以呢？"顾林涛看着他冷笑，"她以为我不结婚，是在等着她吗？你没有告诉她我是因为负债累累根本没有办法结婚吗？"

"阿涛，阿涛，你别生气嘛。你说的这些话，我都跟沈琳说过了。"程新连忙辩解，"可她说，她把钱都带回来了，就是想要帮你还债，弥补她曾经的错误的。我想着吧，这样也不错，你呢，不用为了还债这么拼命了。再说了，你俩又是初恋，她出国的这几年，你也没有再谈过。如果她是真的悔改了，破镜重圆也不是不可能的，对不对？再说了，我带她过来只是跟你见一面，又没有绑着你跟她拜堂，你那么着急干什么！"

　　"对你个头！"顾林涛看着程新一脸的坏笑，忍不住狠狠地捶了他一下。就在这时，车子在一家宾馆门前停住了，顾林涛推着程新下了车，付了车费，然后不由分说拖着他往前台走，逼着他拿出身份证开了房。在别人怪异的目光中走进了房间，这才冷着脸说道："我当时的惨状，没人比你更清楚了。所以沈琳一回国，我就告诉你了，我不想见她。你倒好，第一个把我给卖了。"

　　"我把你给卖了？"程新倒指着自己，连连摇头道，"你知不知道那个沈琳是怎么盯着我的？我现在都觉得你能栽在她的手里，那就是你的福气了。"说着，程新"哼"了一声，见顾林涛抄起一个枕头要砸他，忙说道："你听我把事情说完。沈琳来找我时，我把一切都按照我们预先的约定告诉她了，可是人家不相信，我有什么办法？"

　　顾林涛怒目而视，程新站了起来，推开窗户朝外看去，不以为意地说道："再说了，我们不是说好了这段时间暂时不联系吗？你又是哪根筋搭错了，一会儿让我查离婚案例，一会儿问我怎样才能把损失减到最小，一会儿又问有什么办法可以尽量不影响到孩子。就那天晚上，你自己说，你在我的QQ里留言留了多少？我说阿涛啊，那个要离婚的女人是谁啊？不是你姐，不是你姨，我说你那么起劲儿干什么？"

　　"结果倒好，第二天沈琳又来事务所纠缠我，我呢，正好约了一个客户。见沈琳赖在我办公室不走，就只好请客户去接待室谈话了。谁知道这个时候你的QQ会上来啊，会给我发消息啊？你以为我能未卜先知，我半仙儿哪？"

　　顾林涛怒道："你不在，你不会把QQ关上啊？"

　　"关上？兄弟，你有没有搞错，我那个是工作QQ，里面不是只有你一个人。"程新一脸嫌弃，"你知不知道，你跟沈琳的那些破事，已经对我造成多大影响了？"

　　"好，就算是我不该违反约定，在这段时间跟你联系了。可是让沈琳知道我在跟你联系，跟你带她来这里找我，这是两回事吧？你怎么解释你带她来这里的事。"

　　"你需要什么样的解释？你自己的女人，那性格你不了解？你觉得我是她的对手吗？"程新耸了耸肩，"我那事务所都差点儿让她给搅得关门了，你知不知道？自从那天她知道了我有你的消息后，干脆就一直坐在我的事务所里了，还跟个祥林嫂似的，逢人就说我不厚道。这下可好，人家都以为她是我的客户，因为我把她的官司搞砸了，才来讨公道的。害得我那几天的业务量直线下降，合伙人都跟我红牌警告了，你说怎么办？看在我在你这里还有十万元债权的分儿上，你也不能让我破产了，是不是？"

"那我也跟你说清楚了，你怎么把她给带来的，还得怎么把她给带回去。我说了不见她，就是不见她。"说着，顾林涛冷笑道，"你去告诉她，我这一招儿也是跟她学的。当年，她不就是这样一去不返，将所有联系方式都断掉，玩人间蒸发吗？"

"这么说来，你俩的性格还挺像。"程新双手抱肩，玩味地看着顾林涛，"其实我觉得沈琳说的也没错啊，就算两人恩断义绝，那当面说清楚有什么不对。我倒是怀疑，你这样躲着她，是不是有什么隐情。是当初欠了她的呢，还是对她情缘未断，实际上忘不了她，所以才不敢见面，对不对？"

"对个屁！"顾林涛顺手将枕头甩了出去。

"好好好，算我说错了！"程新一侧身，枕头落在了他的脚边，他弯腰捡起，遮在自己前面，不怀好意地问道，"阿涛，你对沈琳这么深恶痛绝，那我能不能问一个问题啊。沈琳这次回来，说要替你还债，你怎么也不愿意呢？其实那钱本来就是你的，你拿回自己的钱不是名正言顺嘛。当初我都收集好了证据要帮你打官司了，要不是这样，沈琳也不会急着嫁人拿到绿卡吧？所以我觉得，你对她其实还是没有忘情的，我猜错了吗？"

"错了，错得连底裤都赔进去了！"顾林涛瞪了程新一眼，躺在了床上。

他承认，当初沈琳的离开带走了他对这个世界所有的美好期盼。父亲病逝后，他忙于丧事，不愿意去回想这一切。丧事结束后，他遍托同学，找了一份远在北方的工作，高薪却孤寂。他用了三年的时间，还清了大部分欠款，然后就来到了瀛洲市。

他需要忙碌的工作，不仅是为了还债，更想让工作塞满自己的脑子，不用去想这一切。是的，他承认自己好面子，不愿意让人知道自己不仅被沈琳抛弃，还被骗得负债累累。这个女人对他来说，代表着最恶劣的人性，所以他真的不愿意再跟她有任何瓜葛了。曾经的那种被全世界抛弃、孤零零找不到立锥之地的感觉，让他在父亲的灵前无法抑制自己地痛哭。如果不是为了母亲，他都不知道自己该怎么走出这个困境。

程新看着他越来越冷峻的神情，收敛起了调侃的表情，小心问道："行了，我不说了，那你现在打算怎么办？沈琳的性格本来就是不达目的誓不罢休，她这次又是有备而来。其实吧，我也知道，你就是把所有想法都跟她说清楚了也没用，只要你还是单身，她就不会放弃。要不，你考虑一下找个临时女友，先把沈琳应付过去怎么样啊？"

顾林涛还是一言不发，程新好像想起了什么，又问道："对了，你还没回答我呢，让你帮忙写离婚协议的女人是谁啊？如果是你在瀛洲市的朋友，能不能请她帮忙想想办法呢？或者你跟你妈说一声，让她在老家帮你介绍一个。你不是一直在说，还清了债就回家去，好好陪着妈妈吗？"

程新的问题让顾林涛不由得想起了齐晓卉，而乐乐的影子同时也浮现出来。他的嘴角慢慢上扬，露出了一个舒心的微笑，看得程新目瞪口呆。


出租房里，秦诺挂上电话，兴奋地对齐晓卉说道："太好了，季总答应让你明天过去试菜，这才叫天无绝人之路呢。"说着，环住了齐晓卉的腰，一本正经地说道："虽然在海鲜楼做厨师未必比导游轻松，但至少是一个可以一年做到头的工作，不用再去打零工了。你要是怕乐乐没人管呢，我也说过了，你可以把乐乐放到我家去。"

"那怎么行？"齐晓卉又吃惊又感动，"这些年已经麻烦你妈妈不少了，这样我心里会过意不去的。"

"咳，没事。"秦诺大包大揽地说道，"你是不知道我妈有多喜欢孩子，你看她跟我爸那样的关系都愿意生下我，按照电视剧里拍的，我觉得她应该守身如玉才对呢。"

齐晓卉目瞪口呆，忍不住拍了一下秦诺的头："你疯了，有你这样说自己爸妈的？"

"哪有，是我妈自己说的！"秦诺摸摸头，不服气地反驳道，"她天天都说是我爸花了两千元钱买的她，还说要不是想要一个孩子，她连一根汗毛都不会让我爸碰的！"

齐晓卉啐了她一口："你妈就那么说说，你还当真了？他们那个年代不都是这样的吗？我妈还说她是我爸抢来的呢。那年台风，人被吹得站都站不稳，我爸说背她回家，我妈以为是回自己娘家，就答应了，谁知道我爸把她背回了我爷爷奶奶家了。"

"哈哈哈哈——"秦诺拍着桌子大笑，"你爸太有才了。"

齐晓卉也觉得好笑，两人嘻嘻哈哈笑了一阵子，突然想起来，明天去试菜，要烧什么菜呢？于是说道："你们酒楼有必须会烧的常规菜吗？要是有，那我就烧常规的好了。"

"烧常规菜，那怎么行？"秦诺一口否决，"你不是一直发愁自己没有厨师证吗？那就要让领导看到你与众不同的一面。烧常规菜，那是有厨师证的人干的，你不行，你得好好琢磨几个拿手菜才可以。对了，你的海鲜烧得特别好，你就烧海鲜菜。"

"海鲜还用烧？"齐晓卉笑着，一边摇头，"海鲜讲究原汁原味，清蒸才是最上乘的，加工过的反而次了一等，不好，不好！"

"姐，清蒸上乘那指的是最最新鲜的海鲜。譬如当天钓上来的鲷鱼，才出水的活蟹、活虾，下锅前刚刚捞上来的贝类，淡菜、藤壶、蛎蝗、胭脂盏啥的。"秦诺不以为然道，"那可是真真讲究天时、地利了，你以为一般客人吃得到吗？"

齐晓卉想了想，也觉得可笑。可能是许俊平和齐晓成是做海鲜收购生意的吧，所以她一直觉得新鲜海鲜不难得到，却忘了有规模的酒楼不是她的小家，海鲜可以随季节烹调。对酒楼来说，海鲜的供应得根据客人的要求，而不是季节的产出。

她笑了笑，问秦诺："行，听你的，那你说，什么样的海鲜比较好？对了，你觉得需要几个菜？是八到十个人一桌的呢，还是四菜一汤那样的？"

"试菜不用那么多吧？"秦诺想了想，"这样吧，我先问问小郑，酒楼里有什么食材。到时候你就利用酒楼现有的食材，烧四菜一汤就可以了。对了，不包括冷盘。"说着，她拿起手机发信息，不一会儿就拿过来给齐晓卉看。

"看见没？螃蟹有，就是这个时候的螃蟹不是很肥美了。养殖黄鱼、冰冻的鲳鱼和带鱼都有，贝类本来就是要去菜场买的，你看看要给你买一份过来吗？蛏子、扇贝、蛤蜊、蛎蝗还是毛蚶啊？哦，对了，我们酒店毛蚶都是给熟客预备的，游客一般不提供这个菜。另外，花鱼、河豚、鲥鱼什么的，也是看情况提供的，你可以不用考虑这些食材了。"

齐晓卉看着她，许久，终于无奈道："看起来在这酒楼烧菜，确实跟在自己家里不一样啊。我家的河豚干，你吃了有三年吧，也没见你怎么了啊。"

"行了行了，你就别挑理了，菜场上的河豚是从来不卖给外地人的，你又不是不知道。人家老渔嫂都有这样的觉悟，我们酒楼的领导难道是傻子啊？"秦诺推搡着齐晓卉，催促道，"赶紧的，想你明天要大显身手的菜，拿出你参加海鲜烹饪大赛的劲头来，一定要让我们季总惊艳才行。"

齐晓卉白了她一眼，想了想说道："你跟小郑说，给我留三四个白蟹、一个膏蟹，另外要半斤虾仁、一块豆腐就行了。对了，配料你们酒店都有吧？"

　　"这就行了？"秦诺有点儿不敢相信，看看齐晓卉，又看看手机，"那些鲳鱼、黄鱼都不要了？哎，晓卉，去年我在你家吃的那个咸菜黄鱼真心不错呢，你这次不试试？还有你的茄香鲳鱼，又好看又好吃，还得过奖呢，也不烧了？"

　　齐晓卉看着她，反问道："你烧菜还是我烧菜？"

　　秦诺嘻嘻一笑："我这不是担心你嘛，怕你过不了关，白费了我的心思。"

　　齐晓卉笑了一下，拿过一张纸，写了几个字，就推给了秦诺。只见上面写着：四菜一汤，梭子蟹五吃。

　　秦诺莫名其妙："什么意思，都是螃蟹？"

　　谜底第二天就解开了，季永年看着桌上的四菜一汤，也有些吃惊。椒盐蟹螯、膏蟹粉丝煲、铁板蟹块、葱姜焗蟹，尤其是那一道羹，白的豆腐、红的蟹膏和虾仁、绿的葱花，让人看着就食欲大振，季永年颇有点儿意外地打量着齐晓卉。

　　"手艺不错啊。"他赞赏道，旁边的秦诺已是高兴得要跳起来了，连忙找了一双筷子和一个调羹，恭恭敬敬地递给季永年，"季总，您先尝尝，味道怎么样。"

　　季永年瞟了秦诺一眼，接过筷子，每样菜都挑了一点，然后舀了一勺羹，慢慢品尝着。许久，他才放下筷子，笑着点头道："不错，可以说，跟我们酒楼的厨师也差不了多少了。"

　　"这么说，您愿意让晓卉来酒楼上班了？"秦诺喜不自禁。

　　"怎么说呢？"季永年的目光从秦诺、齐晓卉的身上扫过，淡定地说道，"小齐啊，你也知道的，有时候吧，人光有本事还不行，还得有证据能证明你的本事才行。譬如吧，你的手艺确实可以胜任厨师，但是你没有厨师证，谁有那么大胆子让你上岗呢？上级部门隔三岔五地检查，这要是查出来了，那就是酒楼的问题，你应该明白吧？"

　　齐晓卉的笑容渐渐隐去了，她看看季永年，难堪地低下了头，又点点头。

　　秦诺急了，刚要开口，季永年摆了摆手，看着她说道："小秦，你急什么，你的面子，我什么时候不给了？只是不知道小齐愿不愿意。你可以留在酒楼上班，不过不能当厨师，只能做帮厨。当然，工资就不会很高了，你愿意吗？"

　　"那一个月的工资能有多少呢？"秦诺看着季永年，带着最后一丝希望问道。

　　"基本工资一千五，加上各种补贴，一般总能拿到两千以上吧。"季永年看着秦诺，微笑着说道，"如果到了旅游季节，要加班翻台啥的，会更多一些。"

　　"谁知道能多几块钱。"秦诺嘀咕着，看着齐晓卉小心地问道，"晓卉，你觉得怎么样，可以接受吗？没关系，不愿意你就说好了，这种事情都是双向选择的。"

"我想，我还是先去考一个厨师证会比较好吧。"齐晓卉苦笑道。

秦诺知道她这是婉转拒绝了，虽然觉得满心的希望落了一个空，心里很不是滋味，但是季永年开出的工资实在是太低了，乐乐幼儿园一个月的收费都快一千了，不到两千的工资，让他们母子怎么过日子啊。

秦诺想跟季永年再求求情，没有厨师证，还可以当采购嘛，不管怎么说，工资也要比帮厨多一些。不料还没等她开口，就感觉齐晓卉拉了一下她的手。她转头看过去的时候，齐晓卉不易察觉地朝她摇了摇头。

秦诺看懂了齐晓卉的意思，但是不知道她为什么要拦住自己，走出酒楼就忍不住问道："你刚才为啥不让我再跟季总求求情？不当厨师也有别的岗位啊。要知道帮厨就是下手，是收入最少的了，哪怕去跑菜呢，都比这个好。"

齐晓卉皱了皱眉头，反问道："你没看出来季总看你的眼神不太对劲吗？"如果说在这之前，吴雪飞告诉她，季永年对秦诺有心思，她还不相信。那么今天事实就摆在眼前了，她怎么能够让秦诺为自己去冒这个险呢？

秦诺吃了一惊，自己细想了想，半信半疑地问道："哪里不对劲了？我承认季总对我是不错，所以我才夯着胆子将你推荐过来。可季总在我们酒店是有名的夫妻恩爱啊，上个月他妻子还来过酒店呢，季总带着她到各个景点去玩，还在朋友圈里晒恩爱呢。"

"我不知道，我就是感觉不对劲。"齐晓卉沉吟着说道，"不单是我，雪飞姐也看出来了，只是她不好意思跟你说，所以曾经关照过我，让我找机会提醒你一下。"

秦诺还是不能相信，"那你会不会是受了吴雪飞的影响，所以才疑神疑鬼的啊？"说着，见齐晓卉不悦，忙揽住她的肩头说道，"好了好了，我知道你的意思了，我不去求季永年帮忙了行吧？省得你替我担心。对了，那你要不要去民宿打工啊？我认识好几个民宿的老板，像这样的，最起码五千多一个月。不过也跟导游一样，只能做三四个月，你要试试吗？"

齐晓卉沉默着，许久才说："我在考虑雪飞姐的提议。"

"什么？"秦诺又是一惊。

"就是……我们自己做排档。"

"你们自己做，真的假的？"秦诺看着齐晓卉，好半天，突然兴奋起来，"我去你那里，你好好跟我说说这个计划，要是不错，我帮你。"

齐晓卉看着她兴奋的样子，倒好笑起来："那你打算怎么帮我，把你们海鲜楼酒店的客人介绍过来吗？"

"那怎么行，我是那么没职业道德的人吗？"秦诺一摇头，说道，"我就是想，你要是没有投资，那就不能算是合伙，顶多就是给吴雪飞打工。我有点儿信不过吴雪飞，怕你吃亏，所以这个项目要是好，我来帮你投资，这样就没人敢欺负你了，怎么样？"

不知为什么，齐晓卉突然觉得眼眶湿湿的，她掩饰地转过头去。

## ❤12 心与心机

许俊平是在离婚第二天离开家的，这是许母在菜场买菜，遇到齐母的时候说的。和这些话同时出口的，则是一连串诅咒齐晓卉的话。口口声声说这个女人实在是恶毒，居然要自己的孙子跟她姓，还骂齐母当初接纳女儿住在娘家就是没安好心。

果然是一百个人有一百种逻辑，齐晓卉不知道许俊平三年来对儿子不闻不问，他的父母是怎么想的。那个时候，他们可曾意识到，乐乐是他们的孙子？现在得知乐乐随了母姓，却这样生气，真是只许州官放火，不许百姓点灯。

不过前婆婆的话可以置之不理，不要说是母亲转述给她听的，就算是许母当面指责，齐晓卉也相信自己已经有了这样的气度，可以完全不把她当作一回事。儿子是她的，她对儿子有抚养的义务，同时也有冠名的权利，任何人都无权干涉。

但是来自娘家的指责，确实让齐晓卉无所适从了。母亲的话还委婉一些，说她这样做，就是不给乐乐留后路："现在许俊平要离婚，正在气头上，所以什么责任都不肯承担。乐乐总归是他的儿子，是他们许家的子孙，时间长了，他会想明白的。到那时候，乐乐长大了，要上学、要工作、要结婚，哪里不是用钱的地方？要是乐乐姓许，到时候问他爸爸要钱是名正言顺的事。你倒好，把孩子的姓给改了，你能保证以后一个人养得起儿子？还是你以后再嫁人，能找到一个比许俊平对乐乐更好的男人？"

"许俊平对乐乐，连最基本的抚养义务都不肯承担，哪里好了？"齐晓卉觉得母亲的思维真的是让人匪夷所思。

"我不是说了吗，他现在正在气头上，做的事、说的话，都算不得数的。"齐母白了女儿一眼，"再说了，乐乐现在还小，花钱的地方不多，以后长大了，上学、工作、恋爱、结婚，哪一件不是要花钱呢？你就这么气性短，就算是为了儿子，也不肯忍一时？"

原来许俊平不抚养儿子是可以被原谅的，而她给儿子改姓是不能被原谅的。齐晓卉很无语，也不想争辩。这一场离婚已经让她筋疲力尽了，她不想因此再跟娘家起纷争。

而齐晓成就没有那么客气了，他直接诘问道："我家有儿子啊，又不招上门女婿，你让乐乐姓齐是什么意思？"齐晓成一脸怀疑地盯着妹妹看，"我有女儿，颖儿现在也已经怀孕了，你就这么确定，我们生不出儿子来？"齐晓成知道母亲重男轻女，所以他找到机会就要利用一下。

齐晓卉这才知道，崔颖儿和齐晓成提前回家，是因为崔颖儿怀孕了。房子没有装修好倒也罢了，反正母亲的二十万装修款已经全额装入了她的腰包，可吴雪飞不是还没有答应带走齐婷好吗？这个时候怀孕，崔颖儿就不担心自己没了退路？

齐晓卉猜不透崔颖儿的想法，疑惑地瞟了崔颖儿一眼，只见她一脸的淡定，正剥着竹节虾给两个孩子吃。不知道的，还以为她是一个喜欢孩子的好妈妈呢，谁能知道她正在费尽心思把继女从自己的眼皮子底下赶走呢？

面对父母的埋怨、哥哥的质问，齐晓卉就很有些不以为然了，淡淡地回答道："我的儿子跟我姓，有错吗？跟你生不生儿子有关系吗？有本事你让爸爸把我的姓也换了，那我保证乐乐不会姓齐的，怎么样啊？"

想不到一贯逆来顺受的妹妹现在学会反驳了，齐晓成把筷子往桌上一拍，正要怒斥几句，警告妹妹最好打消对娘家财产的觊觎之心，没想到齐母先瞪了他一眼："你妹妹现在难得回家来吃餐饭了，你太平一点儿好不好？乐乐姓齐又怎么了，你妹妹这样做，总有她的道理。再说了，要是许家真的在意孙子，到时候把姓改回去还不容易？用得着你现在就没事找事吗？"

说到这里，齐母顿了顿，故作平淡地说道："好了，这个事情大家谁都不要再提起。对了，晓卉，颖儿已经怀孕了，昨天我们商量了一下，房子装修就暂时放一放，先把婚礼办了。不然，到时候挺着个大肚子结婚，终归不好看。上次我让你问问秦诺，他们酒店的婚宴优惠，你给问清楚了没有啊？"

齐晓卉已是灰心至极，因此无精打采地说道："我上次不是都给你问清楚了吗？节假日婚宴没有打折的，就算打折，那也是人家酒店给自己员工的优惠福利。我们一家哪一个是海鲜楼大酒店的员工啊，凭什么享受员工福利啊？"

"哦。"齐母应了一声，还是有些不甘心，"那你没让秦诺去开开后门？

就说颖儿是她表妹什么的。反正你们关系一直很好，这么说，也不会没人信的。"

齐晓卉不以为然地撇了撇嘴，没有说话，她知道这个时候自己接话，母亲就有本事想出各种伎俩一直问，所以最好的办法就是惹不起躲得起。因此她飞快地将碗里的饭吃完，然后接过乐乐的饭碗，一边喂他，一边说道："妈，要是没什么事，吃过饭我先回去了。这两天被离婚的事情闹得头疼，我想早点儿睡了。"

齐母还要说什么，但是想了想，终于什么也没说，点点头道："那行，你先回去吧。"

齐晓卉带着乐乐朝绿漾小区慢慢走着，不禁又想起了顾林涛。那天在小区门口匆匆见了一面，晚上他就发了短信过来，说公司要出差，这两天家里没人，出租屋也暂时借给同事住了，有什么事情，等他回来再联系。

这让齐晓卉有一种莫名其妙的感觉，出差和将房子借给别人住，这不都是他自己的私事吗，有必要这么事无巨细地向自己汇报吗？这样想着，不觉又好笑起来。眼看到了家门口，她拿出钥匙打开了房门。不想一开了灯，房间里的情景吓了她一大跳。

客厅的餐桌上，放着一大束被满天星簇拥着的玫瑰，旁边是两个精美的纸袋。齐晓卉走过去拿起纸袋，朝里面看了一眼，一个纸袋里装着衣服，另一个则装着一套化妆品。

齐晓卉正在迷糊着，手机收到了一条短信，打开一看，寥寥数语："喜欢吗？把自己打扮得漂亮一些，这样心情也会开朗了。"

手机号码是苏睿文的，齐晓卉先是不明白，随即就恍然了。苏睿文是她的房东，房东有出租房的钥匙，也不能算过分。但是她感觉怪怪的，因此她回复了短信："你让我感觉自己的一举一动都在你的监督之下。"

"对不起，请原谅我太心急了。"苏睿文很快回了信息，"如果你不喜欢，那我明天把钥匙送回给你吧，或者，你也可以换锁。"

换锁？我又不是防贼。齐晓卉有些好笑，回复道："换锁还是不必了吧，你就不担心我把你房间里的东西都搬空了？"

"搬空？那你打算搬到哪里去呢？"

这倒是个问题啊，齐晓卉不禁展颜："卖掉吧。"

"傻瓜，卖掉不值钱的，再说，卖掉了你用什么呢？不过，你要是嫌东西不好，倒是可以换掉。当初我装修的时候，因为暂时要出租，所以厨具什么的买的都不是很好。过些天我回上海，换一套过来吧。"

怎么扯到这上面去了。齐晓卉满头黑线，不敢再回短信了。不想不一会儿，苏睿文的电话就打进来了，看着那闪动的屏幕，齐晓卉纠结了好久，才按下接听键。

"怎么了，晓卉，这么长时间才接电话？"手机里苏睿文略带磁性的、温和的声音，亲近得如同邻家的大哥哥，齐晓卉莫名地就脸红起来。

"苏……苏总啊，我没事，在给乐乐换衣服呢。"齐晓卉随口撒了一个谎，想过去关门，只见楼梯上一个长发飘飘的女人走下来。大概是自家桌子上那一束抢眼的玫瑰吸引了她，她在楼梯口停了一下，然后礼貌地笑了一下。

齐晓卉不想失礼，于是也笑着点了下头，不想女子竟走了进来，大方地伸出手，对齐晓卉说道："你好，我叫沈琳，是顾林涛的朋友，最近来这里玩，所以就住在他这里了。你呢，也是上洋集团的员工吗？我听阿涛说，他们公司把这里几乎都租下了，给员工当宿舍。"

齐晓卉有些尴尬，忙握了一下她的手，不好意思地笑笑："我不是上洋集团的，不过我的房东是上洋集团的，我只是一个租客。"

"是吗？"沈琳也笑了笑，一眼看见乐乐在玩弄着玫瑰，便说道，"你在打电话，要不要我帮你给孩子换衣服呢？"说着，招呼乐乐："小朋友，你长得可真漂亮，叫什么名字？"

乐乐打量了她一下，一本正经地说道："阿姨，我是男孩儿，男孩子不可以说漂亮的，要说帅，女孩子才叫漂亮呢。"

"是吗？"沈琳"咯咯"地笑了起来，"好吧小帅哥，那你要阿姨帮你换衣服吗？"

沈琳和乐乐的对话隐约传到了苏睿文那里，他怔了一下，说道："你那里有客人啊，那我长话短说吧。"苏睿文的做法，让齐晓卉稍稍安心，她"嗯"了一声。

手机里，苏睿文的声音彬彬有礼："是这样的，这个星期天，我们公司想搞一个活动，组织新来的员工游览一下瀛洲市本岛，熟悉一下工作环境。因为这些员工大多是内陆过来的，对海岛的情况不太熟悉，所以想请一个导游，你愿意来吗？"

"这样啊……那我得问问旅行社星期天有没有团队过来。"齐晓卉支支吾吾的，想给自己留一条后路，"你也知道，我们的渔家乐旅游双休日特别忙的。"

"没关系的，如果你为难，我可以给你们经理打个电话，让他调整一下你的工作安排。"苏睿文善解人意地提议道。

上洋集团的老总出面，一个小小的旅行社经理，哪里会不同意。何况她因为儿子的缘故，星期天也是从来不带团的，苏睿文只要一个电话过去，就会知道自己不过是推托。无奈之下，她只得实话实说："对不起啊，苏总，星期天我要带孩子，恐怕不能出来。"

苏睿文依然不急不缓地说道："那你就带着孩子一起来吧，我们公司不过是搞个活动，也有家属参加的，你带着孩子正好，让他也一起出来玩玩。好了，不要再找借口了，咱们是公事公办，导游费我会按照规定支付的，就这样说定了。"

没有废话，果断拍板，的确是老总风范。齐晓卉捏着手机愣了半天，还是有些茫然，沈琳善意地问道："怎么了，工作遇到难事了吗？我能帮上忙吗？"

"没什么，不是什么要紧的事情。"齐晓卉如梦初醒，忙收起手机笑道。沈琳似乎并不相信，依然目不转睛地看着她，齐晓卉尴尬了，只好讪讪地说道，"就是上洋集团要组织员工搞一个活动，让我去做一天的导游。我怕跟我正常接团有冲突，所以没敢马上答应。"

不想沈琳眼睛一亮，追问道："上洋集团的活动，什么活动啊？"

"估计是环岛游什么的吧，最多加上一个渔家乐。"齐晓卉随口答道，"他们总经理还说可以带家属呢，想来不会是太严肃的活动吧。"

沈琳下意识地点点头，然后对齐晓卉笑道："想不到上洋集团还有这样的福利，真不错。原来你是做导游的啊，我第一次来瀛洲市，不知道你什么时候有空，可以陪我走走。我来了都有两三天了，阿涛只是忙，连他的面都见不着。"

"好啊，如果我接的团人少，可以带你一个。"齐晓卉爽快地答应了。她还欠着顾林涛的人情呢，既然他工作那么忙，那么自己帮他招待一下朋友也是应该的。

"那就说定了。"沈琳笑着说完，便告辞了。临出门看见那束玫瑰，还赞了一句，"这玫瑰真漂亮，这么大一束，挺贵的吧？"

一句话问得齐晓卉脸上好似火烧一般，期期艾艾地答不上话来。沈琳似乎明白了什么，莞尔一笑，上楼去了。

齐晓卉还在发呆，突然看见乐乐跳了起来，飞跑到门边说道："妈妈，有人敲门呢，你没听见吗？"他边说边打开了门，欢快地说道，"妈妈，舅妈来了！"

果然，门外站着的就是吴雪飞。齐晓卉有些吃惊："你怎么过来了？"

"来看看你啊。"吴雪飞将手中拎着的一个半透明塑料袋递给乐乐，笑道，"宝贝，舅妈给你买的草莓，自己洗洗吃去。"说完，走进屋里，见齐晓卉还愣在那里，便横了她一眼，"怎么，不欢迎啊？"

"不是，不是。"齐晓卉忙关上门，掩饰地笑笑，"我只是不明白，你是怎么找到这里来的，我记得我好像没跟你说起过这里啊？"

"你是没说起过。"吴雪飞笑了笑，"是我跟踪你才找到的。"

"跟踪？"齐晓卉下意识地朝门口看去，"刚才你跟着我们？"

吴雪飞摇摇头："不是刚才，是苏睿文介绍我们去咨询上洋集团法律顾问的那一次。我问完了还没见你出来，就在楼下等着你。没想到你出来了就直着眼睛往前走，我不知道发生了什么事，怕你出意外，就一直跟着你。后来回到家，见是乐乐起夜的事情，我想着你大概是不想让我们知道地址，所以就没进来。"说着话，吴雪飞一眼看到桌上的玫瑰，有些意外，随即就夸张地张大了嘴，笑道："看起来，我果然来得不是时候啊。"

"哪有？"齐晓卉又红了脸，拉了吴雪飞在沙发上坐了，却不知道该怎么解释了。

吴雪飞识趣地一笑，岔开了话题："我是来告诉你一个好消息的，我那个茶室，房东自己要收走，说要开一家旅游产品商店。"

齐晓卉笑道："这算什么好消息？难道说，房东收回的价格，比你转让的价格还要高？"

"那倒不是，只是资金可以早点儿到位了。"吴雪飞笑笑，接过齐晓卉递过来的石花冻，吃了一口，"这么早就做这个啦，现在吃还有点儿早呢。"石花冻是瀛洲市的特产，用一种叫作石花的海藻熬制而成，有点儿像果冻。每到夏天，几乎家家都煮了来吃，是消暑解渴的佳品。

"这不是乐乐老要买果冻吃嘛，我不想让他吃果冻，所以就做了这个。"齐晓卉解释着，问道："怎么，房东这么着急收回茶室，是不是做旅游产品的生意特别好啊？"

"可不是。"吴雪飞笑道，"房东也说了，最近几年，政府部门在发展本地旅游方面是下了很大决心的。我原先还有些拿不定主意，被他这么一说，一下子就下了决心，一定要开海鲜排档。已经跟大倪约好了过两天去签合同，所以来问问你，打算得怎么样了。"

齐晓卉想到秦诺的建议，沉思了一下便说道："其他的倒没有什么问题，我就是担心生意，还有就是投资……你能具体说说吗，可行我就跟你一起干呗。"

吴雪飞眼睛一亮，将石花冻放下，转身从身后的包里拿出一张纸，摊在茶几上给齐晓卉看："看见没，这就是海鲜一条街的地址，我今天还特意去看过了。避风塘对面的山坡上都已经装上了景观灯，海滨人行道旁边的围栏也都造好了。除了海鲜排档，那边的烧烤摊位跟龙尾滩的也不同，不是露天的，而是室内的，所以不用担心台风天气的影响。而且除了烧烤摊位，还设计了两个酒吧，听说是政府部门投资，到时候是承包给别人，还是他们自己做，那就不知道了。不过生意肯定会有。加上政府帮忙打广告，还怕没有人气？有了人气，还用得着担心生意吗？所以，我已经跟大倪说了，让他给我留一个好位置。"

"一条街上有二十八个摊位？"齐晓卉不相信地看着图纸，"按照每个摊位五桌计算，就有一百四十桌。就算摊位小，一桌只坐八个人吧，也得一千多人才能坐满啊。"齐晓卉抬起头来看着吴雪飞，"你确定能有这么多客人？我一直带团，龙尾滩那边也只有双休日才能满客，那这里岂不是一星期只能做两天了？"

吴雪飞含嗔瞟了她一眼："你还好意思说自己是导游呢，你就没看见码头上每天来来去去那么多人？航运公司的航班已经一天增加到五十班了，你还在问能不能满客。"

"五十班！什么时候开始的？"齐晓卉倒抽了一口冷气，要知道瀛洲市平时的航班只有十几班，怪不得吴雪飞这么踌躇满志。

秦诺的担忧也不是没有道理的，虽然吴雪飞说是她独资，但是一半的钱要倪伟刚来出，这就算不得独资了。若是跟吴雪飞商量让秦诺投资，又不知道这个傻姑娘能不能从她妈妈手里拿到钱。

齐晓卉纠结了半天，终于决定先把自己定下来，再考虑秦诺。于是她对吴雪飞说道："好，我答应跟你合作，不过旅行社那边肯定是要给他们留出时间来招人的。不然旅游季节就在眼前，我要是这样就走了，也对不起贺经理不是？"

"行，那我等你的消息。"吴雪飞站起来说道，"横竖饭店装修也要时间，你有空就帮我研究一下菜单什么的吧。"

"好的。"齐晓卉也站了起来，跟着送到门口，突然说道，"雪飞姐，我哥和崔颖儿回来了，你知不知道？我听说，崔颖儿好像还怀孕了。"

吴雪飞脸色一冷，点了点头："知道，今天齐晓成给我打电话了。"

"给你打电话，他找你有事啊？"齐晓卉小心地问道，"是不是婷好的事情？"

吴雪飞没有回答，沉默许久，突然展颜道："没什么大事，你放心，船到桥头自然直，咱们一步一步走就是了。"

吴雪飞说着，走了出去，朝齐晓卉摆摆手，给她一个安慰的笑容。等齐晓卉关上房门，她的脸才沉了下来。从今天齐晓成在电话里的口气来看，他是真被崔颖儿逼急了。自己跟他结婚这么多年，什么时候从他的嘴里听到过一个"求"字？

哪怕是自己提出离婚时，明明看得出他并不情愿，但是到最后，说出来的话依然是"随便你吧"。吴雪飞苦笑了，明知道他今晚见面要说什么，也许自己不该答应他。可是不答应他，事情就会不了了之吗？算了，伸头一刀，缩头也是一刀，见面就见面，见面听听他到底能说出什么，见面也问问他，当初将一个家都赌输了，现在怎么还有脸说出连女儿都不要了这样的话。

瀛洲市城区虽然近年来拓展了不少，但老城区的地方还是不大。自从房东说要收回茶室，吴雪飞就开始清理物品，算计着多少也能卖点儿钱。因此这两天东西堆得乱七八糟的，落脚的地方都没有了。所以这一次跟齐晓成的会面，约在了街心花园的凉亭里。

暮春的岛城，夜晚还是凉意厚重的。况且为了避人，两人将见面时间定在了晚上九点以后。这个时候花园里已是人烟稀少，温度也比白天低了很多。晚风吹在身上，白天单薄的衣衫根本就挡不住此刻丝丝的凉意，吴雪飞下意识地裹紧了风衣。

还没有走进凉亭，一股烟味扑面而来。吴雪飞厌恶地皱了皱眉头，轻轻咳嗽了一声。齐晓成一惊，转身一看，忙掐灭了烟头，站起身来，指着自己刚才坐的地方说道："你坐这儿吧，我已经坐暖和了。"然后自己在旁边坐下了。

吴雪飞迟疑了一下，其实齐晓成也不能算是个粗心的男人。每当他输了钱回家，想要讨好自己的时候，所有你想得到、想不到的体贴小细节，他都能想到、做到，让你在他小男人的情调中，无法拒绝他任何合理或不合理的要求。

可是现在……殷勤的背后，当然又是麻烦了。这么一想，吴雪飞也就不客气了，就在齐晓成指定的地方坐了，然后冷着脸问道："又怎么了？"

齐晓成耷拉着脑袋，长叹了一口气，说道："没怎么，还是婷好的事情。"

吴雪飞火了，提高了嗓音质问道："婷好的事情，婷好怎么着你了？怎么着崔颖儿了？你们就那么容不下她？怎么？你跟崔颖儿谈恋爱的时候，没告诉她你是二婚的？没告诉她你还有一个女儿？她既然喜欢嫁二婚的男人，就得做好当后妈的准备！"

"雪飞，雪飞，你别发火嘛。"齐晓成吓了一跳，一边安慰吴雪飞，一边四处张望，生怕遇见熟人，"你这样说就不对了，怎么说颖儿还是个没结过婚的大姑娘，你让她做好当后妈的准备，你倒是说说看，让她怎么准备？"

"她怎么准备，关我什么事？"吴雪飞冷哼了一声，不打算再纠缠下去了。男人就是这样，吃着碗里的瞧着锅里的，对待女人也好，对待孩子也好，都是狗熊掰玉米，有一个丢一个的，她再也不想去成全他了，"咱们的离婚协议上写得明明白白，婷好的监护权是归你的，这件事没得商量了，她崔颖儿也没有资格对这件事情指手画脚。你还有别的事吗？要是没有，我就先走了。"

吴雪飞说着，站起来就要走。齐晓成赶紧起身拦住了她。吴雪飞看着他，只是缓缓地吐出两个字："让开！"

齐晓成呆了半晌，偷眼看周围无人，竟然跪下了："雪飞，就算不看在咱们这些年夫妻的分儿上，你也看在女儿的分儿上吧。颖儿真的不是一个好相处的人，你就不怕婷好在她手上吃亏吗？到时候婷好要是有什么事情，你不后悔？"

这下，吴雪飞真火了："齐晓成，你这算是在威胁我？"

见吴雪飞不再执意要走，齐晓成赶紧站了起来，然后苦着脸说道："雪飞，我不是威胁你，我说的是真的。你知道吗，我妈就说了一句话，婷好她会带的，不会麻烦我们的，颖儿就提出分开住。这不，她让我明天就过去看房，要买新房呢。"

"你说什么？"吴雪飞一惊，随即若有所思地一笑，我说呢，这么大方得体，原来就是一个借口，目的就是买新房。是了，婆婆已经把二十万元钱作为装修款给她了，就等于把主动权交到了她的手里。那么接下去呢？一套八九十平方米的房子，二十万都不够首付，不要说还有贷款，崔颖儿真的打算自己还钱吗？

看来齐晓卉离开娘家的原因，果真不简单。想到这里，吴雪飞看着齐晓成，慢慢走回原处坐下，然后招呼齐晓成："你也坐下吧，好好说说到底是怎么一回事。把事情都说清楚了，我才能考虑能不能帮忙。"

听到吴雪飞语气有回转的余地，齐晓成大喜，赶紧坐了下来。


齐晓卉是接到小萍的电话匆匆赶到旅行社的。小萍说，崔颖儿要请三个月的假，因为早孕三个月以内，是不宜做较强运动的。这个较强运动，自然也包括带着游客在各个景点奔波。至于三个月以后是否还回来上班，那就要看身体状况了。吃不消的话，她就辞职了。

"晓卉姐，经理说了，让颖儿把手上的一些客户转给你。"小萍在电话里解释了让齐晓卉过去的原因，"颖儿已经来了，我们等着你。"

齐晓卉自然也明白经理这么安排的理由，不管怎么说，她跟崔颖儿是姑嫂关系，以后跟其他旅行社在合作中如果有什么纠葛，方便联系崔颖儿。要是换一个人接手，经理也怕崔颖儿藏私，或者撒手不管。

齐晓卉连忙应了一声，说自己将乐乐送到幼儿园就过来。

# ❤ 13　暧昧的浪漫

小萍放下电话，继续一脸羡慕地问崔颖儿："那你婆婆答应给你买新房子了？"

"管她答应不答应呢。"崔颖儿满不在乎地一摆手，"她不答应能怎么办？我就用原来打算装修的二十万付首付，她要是不愿意，也由不得她了，钱在我手里呢。"

小萍担心地说道："颖儿，首付还是小意思，按揭是大头啊，你们打算怎么弄啊？哦，我知道了，你这一次先请假不辞职，是不是准备让经理给你开出收入证明，办好按揭再辞职啊？"

"才不是呢。"崔颖儿得意一笑，"我也不想办按揭，一笔按揭还上三十年，利息都能再买一个小房间了。齐晓成一年才赚多少啊，都还了按揭，我们一家三口喝西北风啊！"

小萍瞪目了："不办按揭，你要全额付款啊？你有那么多钱吗？现在随便一套房子，哪个不是上百万的。"

崔颖儿神秘一笑，故意沉默了一会儿，才压低了声音说道："我早就算好了，齐晓成开不出收入证明，我又辞职了，所以我们没办法办按揭贷款。可是房子首付都付了，不要的话，那不是要损失一大笔钱吗？晓成他妈肯定舍不得。所以她也肯定会答应我们办理抵押贷款。把家里那套老房子抵押出去，咱们咬咬牙，还上两三年的利息，然后就说还不出贷款，让晓成他妈把老房子卖了，还新房子的债。"

小萍怔怔地听着，等崔颖儿说完，她困惑地问了一句："你们把老房子卖了，那你公公婆婆住哪儿啊？"

"跟我们一起住呗。"崔颖儿随口回答。

"咳，我还以为你买新房子是为了跟公公婆婆分开住呢。"小萍不以为然了，"弄来弄去，还是住在一起，那你兜那么大一个圈子干啥？住老房子不也一样吗？再说了，齐晓成他家的老房子地段也不差，说不定啥时候遇到拆迁了，那可比卖掉划算多了。"

"你知道个屁!"崔颖儿啐了小萍一口,"老房子产权证上的名字是谁的,还不是齐晓成他爸妈的。要是我现在提出加我的名字,晓成他妈不仅不会答应,说不定以后还得防贼似的防着我呢。可要是这么一转,房子的产权不就自动转到我这里来了吗?"

小萍想了想:"那你要是不转,以后他爸妈过世了,房子依然是你们的啊,有啥不一样的。不过就是名字早点儿写晚点儿写嘛,难道你还打算跟齐晓成离婚再找啊?"

"离婚我倒没想过。"崔颖儿沉吟了一会儿,说道,"不过晓成他爸妈过世以后,这房子可不一定都是我们的,齐晓卉也有份呢。所以为了安全起见,还是早点儿抓在自己手里好。"

小萍说道:"那你让他爸妈立份遗嘱不就完了?"

崔颖儿摇摇头:"你在说什么鬼话,产权证上加我的名字我都不敢说,我还敢现在让公婆立遗嘱?这话要是一句没说好,直接的后果就是公婆索性将房子分一半给齐晓卉了。你以为,齐晓卉让她儿子改姓齐,就没有什么目的?"

小萍不相信地自语道:"不会吧,我觉得晓卉姐不像是那种人啊。"

"那可难说,从来都是知人知面不知心!"崔颖儿一撇嘴,不以为然道。

齐晓卉赶到旅行社时,就看见崔颖儿正眉飞色舞地跟小萍说着什么呢。大约是聊得太专心,两人都没有察觉她进来,也就没有避讳。于是齐晓卉清晰地听到这样一句话"……齐晓卉不是那种人?那她跟吴雪飞走得那么近干什么,她搞不清楚谁是她嫂子啊"。

齐晓卉尴尬了,赶紧放重了脚步,两人这才转过头来。崔颖儿好似根本没有说过刚才那句话一般,朝齐晓卉笑了一下,小萍赶紧说道:"晓卉姐,过来吧。"

"怎么,经理不在啊?"齐晓卉也只好装作什么都没听到,走近了前台,"我们交接,他不用看着吗?"

"不用,颖儿这一次是请假,又不是辞职。"小萍说着,从柜台下拿出一包鱿鱼丝,递给齐晓卉,"吃吗?经理说了,就是颖儿原先在联系的那几个旅行社,现在联系人换成你了,让颖儿把旅行社名单和联系人号码交给你就可以了。"

"这样啊。"齐晓卉说道,"那你把名单给我吧。"

小萍从柜台的抽屉里取出一张名单递给齐晓卉,见她拿了就要走,忙叫住了她:"晓卉姐,干吗急着走啊,过来聊聊天儿嘛。反正你已经把儿子送去幼儿园了,家里也是一个人,挺无聊的,就跟我们聊一会儿吧。"

崔颖儿刚才的话让齐晓卉有些不舒服，而且也知道崔颖儿肯定已经把自己的事情当作谈资跟小萍来个竹筒倒豆子，因此她并不想聊什么，于是顺口撒谎道："你们聊吧，我还要问问经理，一下子将这么多旅行社交给了我，我都没时间照看儿子了。"

"咳，你别去了，经理刚出门，说是旅游局要开个什么游客投诉处理意见会议，要下午才回来上班呢。"崔颖儿好似无意地说道。

齐晓卉站在电梯门口，有点进退两难了。

崔颖儿不动声色地笑了一下，悄悄扯了扯小萍的衣袖，朝她使了一个眼色。小萍一愣之下，心领神会。八卦本来就是女人的一大乐趣，她自然也不愿意放过这样的好机会，于是三步并作两步走出前台，将齐晓卉拉了过来，说道："晓卉姐，我知道你最近不开心，所以更不能让你一个人在家里闷着了。来，聊一会儿吧，就当解解闷好了。"

齐晓卉还是装糊涂："我有什么好不开心的？"

"哎呀，晓卉姐，你就别装了。"小萍说着话，变戏法一样又从柜台下面拿出了山楂干、嘉应子、鱼骨酥，一股脑儿地往齐晓卉面前一推，"我知道，你刚刚离婚了，所以不开心。来，吃点儿东西，聊聊天儿，就没事了。反正你那个老公啊，有还是没有的好。"

齐晓卉笑道："纠正一下，现在是前夫了。既然你说他有还是没有的好，那我离婚了该高兴才是啊，你凭什么认为我会不开心呢？"

"凭你的性格呗。"崔颖儿插话了，"就跟三辈子没嫁过老公似的，一个连人影都摸不着的男人，你居然能等了他三年，等来一场空还不肯离婚，真是没见过你这样的。晓卉，我这人心直，当着你的面我也不怕说这话。换了我啊，这样的老公，十个也离了，谁稀罕他！"说完，还不忘撇撇嘴，以示不屑。

小萍忙问道："对了，晓卉姐，听说你给乐乐改姓了，为什么啊？"

这才是崔颖儿的心病吧，齐晓卉在心里冷笑，不过借着小萍的问话，把这件事情解释清楚了也好，省得自己家里人心存芥蒂，见面的时候都跟糨糊糊了脸似的，也不好受。想着，齐晓卉淡然一笑："其实也没什么，就是为我自己考虑的，我不想看到儿子就想起他。改了姓氏嘛，潜意识里就会觉得儿子跟他没关系了，心里舒坦些。"

"你拉倒吧！"崔颖儿不屑道，"有什么舒坦的？一个人养儿子很轻松？你知不知道，你把乐乐的姓给改了，许俊平就可以名正言顺地不支付抚养费了，反过来，乐乐以后反倒没有理由可以不赡养他，你觉得这对乐乐公平吗？除非你有本事，让他们干脆就断了父子关系，这才算真正的干净呢！"

"就是啊，父子关系肯定是断不了的。"小萍兴致勃勃地插嘴道，"不过你还别说，晓卉姐这一招儿也算是够狠的了，至少许俊平肯定得气个半死了。"说着，她上下打量着齐晓卉，"我现在完全有理由怀疑，你已经不是你了。晓卉姐，你这一次真的是让我佩服啊。女人嘛，是要有点骨气，干吗离了婚就得跟怨妇似的？咱们得过得更好，才能气死他，你说对不对？"

齐晓卉还没有说话，崔颖儿没好气地抢了话头："气死他，气死他什么了？人家早就远走高飞，眼不见心不烦了。倒是晓卉，就算你这么做是争回了一口气，可是说到底还不是穷开心。你看现在，要房子没房子，要工作工作也不稳定，再加上以后儿子的费用开销都要一个人承担了，这压力有多大你知道吗？对了，晓卉，你有没有想过找个人帮你分担一点儿，这样也可以减轻一些负担。要不，我给你介绍一个？"

齐晓卉吃惊得忙乱摆手："好嫂子，你饶了我吧，让我清静几天行不？"

"清静什么？"崔颖儿不客气地白了她一眼，俨然摆出一副嫂子的样子来，"你要清静，那乐乐要不要吃饭、要不要上学、要不要培养？早点儿找好了，多一个人帮你承担，有什么不好？"说着，自己叹了一口气，突然毫无预兆地转了话题，"晓卉，你是不是觉得我非要赶走齐婷好，太不通情理了？其实……怎么说呢？我真的是一点儿都不嫌弃你哥是二婚的，也不是没想过要当后妈，我实在是因为怕了吴雪飞。"

齐晓卉猝不及防，一时不知道该怎么回答了。

崔颖儿似乎也不需要她的回答，自顾自地往下说："我知道雪飞姐是一个很有本事的女人，我也知道当初离婚，晓成有对不起她的地方。但离婚就是离婚了，她还跟你们家走得这么近，让我很难做人的，对不对？其实我想让她带走婷好，也是不想让她经常来家的缘故。我也不怕你笑话，有时候晓成提起她，我都生气。"

"颖儿，你跟我说这些干什么啊？"齐晓卉想了半天，才憋出这么一句话来。

"不干什么。"崔颖儿的神态有些沮丧，"我知道你们一直对我看上晓成感觉不理解，觉得齐晓成既没有钱，又是二婚，我亏大了，其实，这个想法是不对的。找老公有没有钱是次要，主要是要舍得给你花钱。这一点晓成就很好，他从来没有在我这里小气过。要是男人舍不得给女人用钱，那再有钱都是白搭，你们说是不是？"

齐晓卉失笑道："你这话说得倒是没错，齐晓成就是个有一百要花两百的人，他自己花钱大方，对老婆也大方，只要他手里有钱，你开口，他绝对不会不给。"

"怎么样？"崔颖儿得意地看着小萍道，"我最看不起现在的女人，一个个想要嫁入豪门。其实嫁入豪门有什么好处呢？难不成你进了豪门，人家就会把家产分你一半？不就是外人看着风光一点儿嘛，还得付出自由，真不知道那些人是怎么想的。"

小萍不同意道："颖儿，这可就是你吃不着葡萄说葡萄酸了。豪门的钱，根本就是我们无法想象的。一半家产？人家拔根毛，就够你过三辈子了。你没看见电视上的娱乐新闻，说起豪门，动不动就是别墅、豪车、鸽子蛋，别说用了，只怕你见都没见过吧？就连平常的什么情人节，送一条普普通通的项链，哪个不是几十万、上百万的？有了这些东西，就算以后离婚净身出户，吃穿不愁还是没问题的。再说了，既然是豪门，总也有些气度，不见得分手了还能把送出去的东西往回要吧。"

"别墅是很贵，钻戒也很好看，那也得看你有没有这个命去花啊。"崔颖儿不屑道，"天天担心婆婆挑刺、老公花心、家人嫌弃，心情能好？不化妆不能出门，没事就去整个容，整天担心美貌不在，这日子能过得舒坦？寿命得折一大半，好不好？"

"再不舒坦，人家总不用愁着买房子装修，结婚养孩子吧？"小萍不服气道，"至少人家一日三餐不用自己动手吧？至少人家年轻的时候还能满世界旅游长见识吧？可是我们有什么，天天算了房贷算学费，买了衣服就得委屈肚子。老实说，我就是没嫁入豪门的机会，要是有，我肯定也是挖空心思想要嫁入豪门的。婆婆面前服软怎么了？保姆那里不是可以出气的吗？老公花心由他花去，只要他给我的零花钱不少就行。化妆、整容，讨好了别人，不也美了自己吗？有什么不好！"

听着她俩的争辩，齐晓卉有些感慨。每一个人对婚姻都有自己的理解、有自己的憧憬。而婚姻也跟其他事情一样，有着截然不同的双面性。也许崔颖儿嫁给齐晓成，确实有她自己的想法，也许她不愿意和齐婷好一起生活，只不过是未雨绸缪的打算，而自己离开娘家，好像也不全是因为她的缘故。

就像母亲说的，只要瀛洲市的风俗依然是"嫁出去的女儿泼出去的水"，那么她这个女儿就没有在娘家常住的道理。不管要跟齐晓成结婚的是崔颖儿，还是李颖儿、朱颖儿、陈颖儿，结果都一样。

苏睿文的电话是星期六下午打过来的，正如齐晓卉所猜想的，上洋集团公司的业务，旅行社没有不接的理由，而对导游的指定，也是一件正常不过的事情。让齐晓卉佩服的是苏睿文解决问题的方式，他回避了私人邀请这种敏感的做法，而是当作一份工作来和她以及她的孩子接触。

"齐小姐，我已经跟贵公司贺经理联系过了，这个星期天我们公司的员工环岛游就由你来做导游，同时也欢迎你的孩子一起参加。这次参加活动的都是些年轻的员工，他们会喜欢孩子的。"苏睿文还是一贯的做法，交代完事情彬彬有礼地说了一句"星期天早上见"，就挂了电话。仿佛齐晓卉就是他的下属，所以他根本不考虑她还有拒绝的权利。

捏着手机想了半天，齐晓卉终于还是决定去。既然是工作，还可以带着儿子，总比不能带着儿子强吧。再说了，人家苏总光明正大地来，自己有必要搞得这么暧昧吗？八字还没一撇呢，弄得跟做贼似的，何必呢？

果然，十分钟以后，贺经理的电话也打过来了，说是上洋集团搞活动，组织员工环岛游，邀请她去做导游。"小齐啊，我记得上次那个旅游团订餐，也是上洋集团给让出的两桌，你是不是跟他们苏总很熟啊？"

这句问话让齐晓卉吓了一跳，连忙解释道："贺经理，你不要误会，上次上洋集团让出的两桌，是海鲜楼大酒店的季副总帮忙给协调的，我可不认识苏总。"

"你看，你看，我就是随口问一句，你紧张什么嘛。苏总是上洋集团的领导，接触的都是高层人士，你要是跟他熟，以后让他帮着介绍一些客人过来，你一年的业务就做不完了，有什么不好？"贺经理说着就挂了电话，隐约的，齐晓卉好像还听见他叹了口气，似乎在惋惜她的不开窍。

齐晓卉自嘲地笑了，看起来，好多事情确实是自己想多了。

星期天倒是一个难得的好天气，一早起来，齐晓卉就给乐乐换上了一件米奇的纯棉套衫，还是吴雪飞送的，说是她在杭州看到打折，觉得挺合算的，给齐婷好买了一件，顺便也给乐乐买了一件。齐晓卉不知道吴雪飞说的是真的，还是怕自己不收故意撒谎。不管怎么样，东西已经买来了，齐婷好又是女孩儿，不穿男孩儿的衣服，她也只有收下的份儿了。

乐乐很高兴地在床上蹦跳着，开心地问道："妈妈，我们今天要去哪里，是不是我们两个人去春游啊？我们叫上婷好姐姐好不好？老师说了，小朋友要大家一起玩才有意思。"

齐晓卉有些黯然，虽然自己做导游已经有两年多了，瀛洲市的景点就没有她没去过的。但是跟儿子，真的一次都没有一起去过。从这一点来说，她还真是感激苏睿文的安排，因此她亲了乐乐一下："妈妈今天要去给很多大哥哥大姐姐当导游，因为哥哥姐姐都喜欢小孩子，所以才带着你。你可不能淘气，要是淘气了，那妈妈以后就不敢带你去了。"

"真的？"听说可以跟很多哥哥姐姐一起玩，乐乐两眼发光，赶紧保证，"我不淘气，妈妈，你放心，我会很乖、很听话的。"

齐晓卉笑了，给乐乐穿上一双小球鞋，就带着他出了家门。

走出小区门口，沿着岛心公园的绿化带走了五六十米，一辆银灰色的奥迪在他们身边悄然停了下来。车窗打开，是苏睿文温和的笑脸，跟乐乐打了个招呼："早上好，小弟弟。"

乐乐心情不错，虽然不认识苏睿文，却也举手挥了挥："早上好，老伯伯！"

苏睿文失笑："伯伯很老了吗？"

乐乐歪着头端详了一会儿，解释说："伯伯不是很老，但是叫老伯伯，是尊重啊。比如我们在幼儿园叫老师，老师也不老啊。"

"弟弟真聪明。"苏睿文笑了起来，探身打开了副驾驶座的车门，笑道，"愿意坐上来吗？老伯伯送你去坐大巴，好不好？"

乐乐抬头看着齐晓卉，齐晓卉有些尴尬，勉强笑道："我们还是坐后排吧。"

齐晓卉的语气让乐乐听出了这位老伯伯跟妈妈是认识的，因此他的胆子也大了起来，小声央求道："妈妈，我想坐前面。"

男孩儿都喜欢车子，乐乐也一样，有这样的好机会哪里肯轻易放弃，这下齐晓卉为难了。苏睿文倒不见怪，朝乐乐一招手，笑道："行，小弟弟，那你坐前面吧。"

乐乐抬头看看妈妈没有反对的意思，这才兴高采烈地坐了进去。苏睿文小心地给他系上安全带，然后和蔼地说道："弟弟记住了，你坐伯伯的车，可以坐在这里，伯伯会开得很慢、很小心的。假如你以后坐出租车什么的，这个位置可千万不能坐，因为这是车上最危险的位置，知道吗？"

乐乐连忙点点头，乖巧地说道："谢谢伯伯，我记住了。"

苏睿文笑着摸了摸乐乐的脑袋，然后略一侧头，问齐晓卉："早饭吃了吗？"

"我原本想带乐乐出来吃的，不是说好了在上洋饭店门口见面的吗？从这里去上洋饭店的路上正好有一家早餐店，乐乐喜欢吃那里的双面煎。"

"双面煎？"苏睿文好奇道，"什么东西？"

齐晓卉笑笑："没什么啊，生煎包子不是只煎一面吗，双面煎就是煎两面。"

"这样啊。"苏睿文也笑了，很自然地说道，"那我们就去吃双面煎，正好我也没吃。"

"那我们还去上洋饭店吗？"齐晓卉傻乎乎地问了一句。

"去啊，我还要把车停在那边呢。"苏睿文依然含笑道，"难道你还以为我们开车在前面给他们带路啊？"

齐晓卉也觉得自己的问题有些好笑，于是抿嘴一笑，不再说什么了。

车子里的气氛有些奇怪，暧昧？尴尬？温馨？惬意？好像什么都有一点儿，又好像什么都没有。让人有一种暖暖的留恋，又让人唯恐避之不及，齐晓卉的心里七上八下的。

幸好乐乐一坐进车里就好奇心爆发，看着车里的仪表盘，一直在问个不停，暂时转移了两人的注意力，也缓和了一些气氛。"伯伯，这个是什么东西啊？你现在开的速度有几码啊？这个车子最快可以开到多快啊？"

"哟，弟弟不简单啊，连车子的速度是几码都知道。"苏睿文笑了。

"男孩子嘛，都喜欢车子。去年秦诺去外面旅游的时候，给他带回来一本《小小车迷》的书，他开心得不行，自己藏在枕头底下，没事就拿出来看。"

"那里面有好多车子呢，有宝马、丰田、雪佛兰、大众、凌志，还有中国的红旗，不过我最喜欢的是法拉利跑车。"

"哈，你眼光还不低呢。"苏睿文笑了起来，"不过法拉利跑车伯伯可送不起，要是咱俩有缘分，以后我送你一辆别克小车倒是可以考虑考虑。"说着，他意味深长地从后视镜中看了齐晓卉一眼，若无其事地建议道，"晓卉，有没有想过学开车，瀛洲市已经在架桥了，只要大桥一通，有辆车会方便很多。"

齐晓卉顿时红了脸，低了头说道："没想过学车……再说了，我也不太出门。"

不料乐乐大喜，问道："伯伯，你真的愿意送给我车子？是真的，人可以坐在里面开的吗？可是妈妈说这样的车子很贵的，你为什么要送给我呢？"

"因为伯伯喜欢你啊。"苏睿文朝乐乐笑了一下，齐晓卉觉得脸上烧成一片。

车子很快就到了齐晓卉说的那家早餐店，那是一家路边小店，门口停着不少车，不过清一色都是自行车、电动车之类的代步工具，这样一辆显眼的豪华小车停在门口，还是从来没有过的。因此齐晓卉一走出车子，就感觉到了无数异样的眼光，她连忙回身对乐乐说："宝贝，你就别出来了，妈妈给你买了来吃。"

苏睿文似乎对齐晓卉的心思了如指掌，含笑阻止了乐乐，说道："小弟弟，一会儿我们去饭店里找个地方吃，这里人太多，不方便。"

乐乐果然听话地不开门了，可是脑袋不肯缩进车里。齐晓卉刚要走开，突然想到了什么，迟疑地转过身来，低低地问道："苏总，你要双面煎吗？"

苏睿文显然非常满意齐晓卉的态度，微笑着说道："当然要，弟弟喜欢吃的，味道一定不错，我也尝尝瀛洲的风味小吃。"

齐晓卉慌忙点点头，走进早餐店，不一会儿就捧了两个饭盒出来。她才坐进车里，听见苏睿文歉意地说道："按理我应该给你开车门的，不过我怕给你惹来麻烦。"

"什么啊？"齐晓卉笑了，"开什么车门，你又不是我的司机。再说了，我们这里地方小，你要出来一开车门，我可就成新闻人物了。"

"我也这样想。"苏睿文笑着说着，启动了车子。


车子到了上洋酒店，齐晓卉才知道上洋集团的员工活动还安排了早餐，就在酒店里面的大堂内，三张餐桌上放着各式早点，旁边的桌子上还有各种饮料和水果。职业习惯终于让齐晓卉暂时忘了自己此刻的尴尬，她向苏睿文一伸手，笑道："苏总，游客清单呢？"

苏睿文一怔，也笑了："是的，我忘了跟导游小姐介绍我公司本次活动的组织人了。"说着，他环视了一遍餐厅，然后朝一个靠窗的座位上一指，说道，"小乔好像正在吃饭。这样吧，等下上了车，我让她跟你联系，现在先吃饭吧。"

说着，苏睿文接过齐晓卉手中的双面煎，交给一个服务员，低声嘱咐了一句，然后朝乐乐招手："弟弟，过来，告诉伯伯，你早餐喝什么，牛奶、豆浆，还是果汁？"

"嗯……"乐乐远远看着餐桌上的饮料，费心选择着。苏睿文一笑，牵着他的手走向放饮料的餐桌。齐晓卉便也走到一张空着的桌子边坐了下来。不一会儿，一个服务员端着一个托盘过来了，托盘里有两个盘子，一个盘子里是两个煎蛋，另一个盘子里是她刚才买的双面煎，另外还有一小碟酱料。

放下托盘里的食物，服务员走了。苏睿文带着乐乐，手里拿着一杯牛奶，也过来了。苏睿文安排乐乐坐下，低声问道："你吃什么？"

齐晓卉刚刚平静下来的心绪，突然又被搅乱了，她不安地扭动了一下身子，指了指桌上的双面煎，没有说话。

"这些怎么够呢？"苏睿文有些无奈地摇摇头，宽容地笑笑，"我难以想象，像你这样害羞的人能够做导游。"说着，自己站起身来去取食物。

就在这时，齐晓卉听见有人在叫自己："齐小姐，你来了？"

齐晓卉吃了一惊，抬头看时，发现是沈琳。她稍稍愣了一下，想到苏睿文说过，这次员工活动是可以带家属的，便释然了，笑着点点头道："来了，你呢，和小顾一起来的吗？"

"哪有。"沈琳扭了一下身子，半是害羞半是含嗔道，"他就跟我说了一下，让我自己打车来这里等着，就不理我了。"

"这样啊……"齐晓卉想到顾林涛的短信，不知怎的，觉得有些怪怪的。正好苏睿文端了两杯饮料过来，于是笑着介绍道，"这位是上洋集团的苏总，这位小姐是你们公司小顾的朋友，这两天来瀛洲市玩。"

"朋友？小顾都通知你参加我们公司的活动了，不是普通朋友了吧？"苏睿文笑了一下，放下饮料，坐了下来，"那你运气可真好，我们难得搞一次活动，被你给赶上了。"

"是啊，托苏总的福。"沈琳略带羞涩地回答道。

苏睿文笑了笑，瞟向齐晓卉的目光带了几分意味深长，让她有些摸不着头脑。

## 14  不一样的风景

早餐在颇为怪异的氛围中结束了，大堂里的人依然不多，直到走出餐厅，齐晓卉才发现大家都已经上了一辆大巴。苏睿文也走了过来，朝车上一招手，只见一个扎着马尾辫的小姑娘走下车来。苏睿文介绍道："我们行政办的小乔，这位是导游齐小姐。这一次游玩中的具体事宜，你们两人商量着办吧。"

"好嘞。"小乔大方地朝齐晓卉一伸手，这才发现她身边的乐乐，不觉眼睛一亮，问道，"嘿，小帅哥，你是谁啊？"

"报告美女姐姐，我是小帅哥呗。"乐乐倒是完全不认生，大方地回答。

"我儿子，星期天幼儿园休息，没人照看，所以我只好带着他了。"齐晓卉不好意思地解释着，然后佯嗔着叫儿子，"乐乐，不许对姐姐没礼貌哦。"

小乔摆摆手笑道："没有没有，小朋友真是太可爱了。小帅哥，跟姐姐上车去好不好？"

乐乐说了个"好"字，正要上车，突然看着一扇车窗，似乎发现了什么，跳起来开心地对齐晓卉说道："妈妈，妈妈，叔叔也在那里呢，我要到叔叔那里去。"说着，扔下齐晓卉自己径自上了车。等齐晓卉和小乔上车，才发现乐乐已经坐在了顾林涛的怀里。

齐晓卉瞥了一眼跟着她们一起上来的沈琳，倒没有发现她有什么不满，而是亲昵地取笑顾林涛："阿涛，你什么时候这么讨小孩子的喜欢了？真是士别三日当刮目相看啊。”

小乔也笑了，招呼乐乐道：“小帅哥，下来跟姐姐一起坐，你都成小灯泡了，知不知道？”

顾林涛在乐乐的耳边轻轻说了一句什么话，乐乐看着小乔，理直气壮地回答："不知道。"

“乐乐，怎么跟姐姐说话呢？”齐晓卉佯嗔着乐乐，“快下来，不许坐在叔叔身上，你这么沉，叔叔会累的。”

“嗯。”乐乐一扭身子，撒娇道，“不要，我就要跟叔叔在一起。等下叔叔累了，就坐在我身上好了，我们俩换着坐还不行吗？”

这一句话让一车人都大笑起来，苏睿文笑道："小孩子嘛，随他吧。"

小乔逗乐乐："小帅哥，你不喜欢姐姐，喜欢大帅哥哦，那姐姐会伤心的。"

乐乐眨眨眼睛："为什么呀，难道姐姐不喜欢帅哥？"

一车人又大笑起来，车子在笑声中启动了。齐晓卉看见顾林涛朝她使个眼色，又见小乔拉着沈琳坐到后面去了，虽然心中疑惑，可当着一车人的面，显然也不好问什么，只能顺其自然了。

大巴沿途要经过上洋集团的建筑工地，在那里绕一圈，让这些坐办公室的年轻人，也见识一下公司最艰苦的建筑工地。然后去龙嘴礁灯塔风景点吃午饭，下午再回海滨浴场附近的烧烤城烧烤，整个活动预计在下午五点左右结束。

“苏总，反正已经出来玩了，干脆晚上也安排一下嘛。我们可听说瀛洲市的夜生活很丰富呢。”听完行程安排，马上有女孩儿撒娇地提出了要求。

“苏总，不是说今天安排海钓吗，怎么不去朝阳礁的海钓基地？”

“苏总，听说海滨浴场那边看日出最好了，你什么时候安排我们看日出啊？”

“看什么日出，烧烤结束后，你直接留在海滨浴场看日落不也一样，对吧，苏总。”

七嘴八舌的，每一声“苏总”都叫得那么动听，每个人的笑容都那么动人。这有身份又有地位的感觉，真好；这有钱又有权的浪漫，真好。齐晓卉靠在座椅的背垫上，心里感慨着，不由自主地想起了吴雪飞和倪伟刚的事情。又想起许俊平，从来有话说，“虎毒不食子”，可是许俊平连自己亲生的儿子都不肯抚养，这样的男人，不要说算不上男人，就连做人，他还有资格吗？

眸中渐渐湿润了起来，齐晓卉连忙做了几个深呼吸，控制住自己的情绪。从这次导游任务来看，齐晓卉相信苏睿文绝对有能力为她在瀛洲市铺平所有的路，只要答应了他的要求，所有经济上的问题不存在了还是小事，说不定连乐乐的将来，他都会愿意帮忙。可是……内心总有什么在挣扎着，齐晓卉无端烦躁起来，还隐隐后悔今天不该来当导游。

车子已经绕过了建筑工地，坐在顾林涛怀里的乐乐，看着码头边停靠的巨大的疏浚船，发出一阵阵惊叫。顾林涛仔细地跟乐乐讲解着疏浚船的用途，还指着建筑工地内的其他设施，一一讲解着。乐乐听得睁大了眼睛，一脸敬佩。

儿子的单纯可爱让齐晓卉很开怀，也更加为难。她一直希望能够给儿子最好的一切，可是她真的不知道，对儿子来说什么才是最好的，是物质的富裕，还是精神的崇高？也许现在，他仅仅满足于妈妈的陪伴就够了，但是以后呢？

离开工地后，车子从海滨浴场上边的那条公路绕到了龙嘴礁灯塔附近，那里有一个渔家乐的娱乐项目。苏睿文他们计划在这里花一两个小时的时间出海捕鱼，然后再去龙嘴礁的休闲渔庄就餐。不愿意出海的也可以留在这里看看风景、拍拍照，胆大的还可以沿着悬崖礁岩下的栈道走走，选择的余地挺大的。

齐晓卉本来不想出海，可是乐乐从来没有玩过捕鱼，哪里肯留在岸上，早就和顾林涛一起跳到了船上。虽然代为起草离婚协议，已经让齐晓卉和顾林涛的距离拉近了不少，可是沈琳的出现，让齐晓卉不得不跟他保持一定距离。她不希望顾林涛因为帮助了她而惹来麻烦。因此见顾林涛下了船，她也忙穿上救生衣，和其他人一起下去了。

渔家乐的渔船是原来的帆张网船改装的，可以坐大约二十个人。齐晓卉协助小乔安顿好下来的每一个人，一抬头，发现苏睿文也穿上救生衣跳了下来。齐晓卉一眼看到他脚上的皮鞋，忍不住提醒道："你穿着皮鞋可不要乱跑，小心滑倒。"

苏睿文自己也好笑："就是啊，原来我只打算去灯塔上拍几张照片的，谁知道这些年轻人，非让我也下来，说是公司组织的活动，要有组织、有纪律，不能搞特殊化。这些小年轻……"说着，看着叽叽喳喳的男孩儿、女孩儿，笑道："年轻人就是玩性大，想当初我们年轻的时候，也是这样。无聊了就跑到人家农田里去，采上一堆没有熟的珍珠米，然后都扔掉。"

齐晓卉一笑："你可够缺德的，损人不利己啊。"

苏睿文笑道："对啊，现在想起来是够缺德的，当时可没那么想，只是觉得好玩。"

齐晓卉突然很想问问他，十年或者二十年以后，他回想起现在对她的这个要求，又会有什么样的感触，会不会觉得很对不起自己的妻子，或者是后悔自己曾经的荒唐。

就在这时，齐晓卉听见沈琳的声音："阿涛，我站在这里好不好？帮我拍几张照片嘛。乐乐，快点儿过来，让阿涛哥哥帮我们拍照片，好不好？"

齐晓卉扭头去看，只见沈琳站在船舷边，招呼着正牵着顾林涛衣襟的乐乐。而顾林涛则皱着眉头不满道："拍张照片而已，用得着站在这么危险的地方吗？"

说着，他牵住乐乐转身就走。沈琳一怔，连忙追了过来，笑着说道："好好好，听你的，不站在危险的地方了。阿涛，你看这里风景真的不错呢，要不挑个时间，我们的婚纱照就来这里拍好不好？"说着，她一眼看见齐晓卉在看她，连忙走了过来，笑着说道："晓卉姐，你是导游，你帮忙推荐一下，瀛洲市哪里拍婚纱照最漂亮？"

齐晓卉还来不及回答，小乔凑过来问道："你跟小顾要结婚啦？怪不得呢，他带你参加我们公司的活动，还瞒着我们。"说着，她一拍手道："晚上让他请客，谁让他害得我白白暗恋了那么长时间，得赔精神损失才对！"

一个扎着丸子头的女孩儿闻言笑道："乔美女，公司里有你不暗恋的人吗？我怎么听说你还暗恋苏总呢？"

正好苏睿文被船老大从船尾赶了过来，听了也笑："谁暗恋我啊？说出来让我好好高兴高兴，说不定下次就请你们看日出了。"

"哇，苏总你好浪漫啊，我们都爱你，你就一起请了呗！"女孩儿们故意大惊小怪地叫着，然后互相推搡着嘻嘻哈哈闹着玩开了。

就在这时，船上的发动机响了起来。齐晓卉立马进入了工作状态，阻止众人道："大家别玩了，这样危险，等船开出一段时间，平稳了再玩。"说着，她又去招呼其他人，"先别忙着看海了，大家都坐好，这是海船，不是湖里的竹筏。"

"小顾，"苏睿文也转头对顾林涛说道，"你们几个男的都发扬一下风格，照顾好女孩子们。一会儿船开出去，有点儿风浪的，要晕船的事先说明啊。"

"大家都坐好了吗？听我先说几句可以吗？"齐晓卉专业地拍拍手说道，"男女隔着坐，这样可以互相照顾。船开出去一段时间再站起来看海，两边人员平均点，不要往一边挤。什么时候下网，船家会说的。一会儿下网的时候，大家千万不要一起挤到船尾去，容易发生危险。起网的时候，有兴趣的都可以去看看。我们这次跟船家联系的是捕三网，所以大家可以分批去看。另外，这里有塑料桶，谁来拿过去放在船尾，一会儿要装螃上来的海鲜。"

"我拿过去吧。"话音未落，顾林涛站了起来，然后接过齐晓卉手中举着的塑料桶，就朝船尾走去。齐晓卉这才发现，沈琳不知道什么时候坐在了他的身边，而小乔正搂着乐乐，让他看自己手机里的照片，时不时笑得没心没肺的。

齐晓卉隐隐有种不安的感觉，觉得沈琳和顾林涛的关系，并不像沈琳自己说的那么简单，因此看着他的背影，困惑地蹙起了眉头。正想着，苏睿文走到她身边，按了她的双肩让她坐下，笑道："光顾着提醒别人要注意安全，你自己就不用注意了？"说着，他顺着她的目光看过去，问道，"你在看什么？对了，你认识小顾？"

"对啊，他就住在我楼上。"齐晓卉随口答道，转头看着苏睿文，调侃道，"你自己买的房子，居然不认识邻居？"

苏睿文也笑了："这都什么年代了，还择邻而居吗？再说了，我也没去住过啊。不过小顾今天好像是有点不太对头，他那个女朋友是怎么过来的？"

齐晓卉不解："不是你自己说可以带家属的吗？"

苏睿文不以为然："女朋友也是家属？那人家正经的夫妻怎么算？"

"也许是小顾理解错了吧。"齐晓卉也奇怪了，"再说了，女孩儿难得来一趟，小顾想带她熟悉一下自己工作的环境，也很正常吧。你这个当领导的，这么小气可不好。"

"是我小气吗？"苏睿文看着顾林涛和沈琳，不以为然，"小顾半年前来应聘的时候，我问过他有没有女朋友，他很干脆地说没有。这才多长时间，有了女朋友不说，还直接上升到谈婚论嫁了，你不觉得奇怪吗？"说着，他收回目光看着齐晓卉，"况且，我从来没有在员工面前说过允许带家属，这是给导游小姐的特别关照。"

"啊？"齐晓卉尴尬地说不出话来了。

船慢慢离开了码头，也渐渐平稳了。有几个男孩儿、女孩儿按捺不住，站起来挤到了船舷边，眺望远处的大海，一惊一炸地嚷着："哇，这里的海水怎么这么奇怪，一层黄、一层绿、一层蓝的，是不是被污染了？"

齐晓卉笑道："我们这里是长江入海口，黄色的水都是长江水带过来的，虽然不能说绝对没污染，但好在海域开阔，还不算很严重。这里的主要问题是红藻、蓝藻的爆发，会导致大量鱼类因为缺氧而死亡。"齐晓卉边说边提醒众人："海上风大，大家把衣服都穿好，受冷会非常容易导致晕船的。还有啊，不要都挤在船舷边，也不要俯身用手玩海水。这里是大海，不是西湖，掉下去不容易捞上来。"

女孩子们都笑了起来："捞上来？导游小姐，你以为我们是饺子啊？"

齐晓卉笑道："我倒是想把你们当成饺子呢，就是找不到这么大的漏勺。"

在众人的嬉闹声中，船已经开了有十来分钟。齐晓卉让船老大把船停下来，准备下网捕鱼。一听说要捕鱼了，又群情激奋起来，大家都嚷嚷着要往船尾挤，吓得齐晓卉连忙阻止："乐乐，你给哥哥姐姐做个榜样，都坐在原来的地方不要动。分几批过去看捕鱼，不然都挤到船尾，这船也受不了啊。"

"是不是会翻啊？"有女孩子大声问道。

齐晓卉笑笑："渔家有渔家的规矩，海上讨生活的人家，风险大，忌讳也多了些。有些注意事项大家心里知道就可以了，不要说出来。"

这时众人才想到，就是去渔家做客，这个"翻"字也是不能轻易说出口的，何况现在就在船上，于是都做了个"不好意思"的表情，乖乖服从安排了。

渔家乐捕鱼很简单，船抛锚后，把船尾的一张小网抛下去，然后船再慢慢开个四五分钟，把网拽上来，网里便多多少少有些东西了。

按常规，三四月份是鲳鱼、小黄鱼的捕捞季节，只是近年来渔业资源枯竭，近海处已经没有这些鱼类的踪迹了。不过好在瀛洲市为了恢复渔业资源，已经开始用增殖放流来改善海洋环境，所以渔家乐的收获还是不错的。第一网有四五个石蟹、四五条虎头鱼，外加两条拇指粗细的沙鳗，还有一个比拳头略小的海螺，以及二十来个长刺的海胆。

见众人都围着塑料桶跃跃欲试，齐晓卉先喝止了乐乐："不许用手去抓海胆！"这海胆的刺戳进手指里，那可不是闹着玩的，乐乐连忙缩了手。

一个女孩子看见海螺乐得大叫起来："哇，好大的海螺，我先看见的，我要了，你们谁也不许跟我抢！"

齐晓卉笑了："可爱的小姐，纠正你两个错误：第一，这个海螺并不大，应该算是小的；第二，你要了去不处理的话，只要三天，它就会发臭，而且能够一直臭下去——如果里面的螺肉没有处理干净的话。"

"啊呀，那要怎么弄啊？姐姐，你会处理吗？"女孩子显然极其想要这个海螺。

齐晓卉笑了笑："等下烧饭的时候，我帮你看看吧。"

几个男生也围着战利品议论开了："这个虎头鱼我在菜场看到过，要卖三四十元一斤呢。这捕上来的鱼是送给我们了，还是要另外掏钱买啊？"

齐晓卉笑道："大家放心，所有捕上来的鱼都是免费送给游客的。大家坐好了，我们再下第二网，连明天的饭菜也都给捕上来，好不好？"

众人很开心，果然都坐下了。齐晓卉蹲下身子，从装鱼的塑料格子里挑出大一些的鱼蟹，其他都倒回海里去了。"不是说鱼虾一离开水就死了吗，你倒回去干什么？"苏睿文不知道什么时候来到了她的身边。

"那也没那么快吧，才几分钟，都是活的。"齐晓卉笑笑，"反正那么小，也不能吃，扔回去养着，等你们下次再来捕。"

苏睿文看着她，眼里有了一种温馨而欣赏的神色。

一个半小时的捕鱼很快就结束了，虽然只下了三网，但是收获不少。上洋集团的这些员工，很多人都是第一次尝试捕鱼，兴奋得不行。一只巴掌大的花蟹，在他们眼里都是难得的宝贝，因此个个兴高采烈。

只有齐晓卉注意到，顾林涛并没有随着众人来看战利品，而是在船尾帮着船老大起网。沈琳似乎想要过去，但是被船老大阻止了，表示女人不适合干这活儿，而且船尾也不安全。看得出沈琳生气了，却也无可奈何，一个人靠在船舷边，默默无语。

带着装有鱼货的塑料桶，众人有说有笑地来到了休闲渔庄。齐晓卉刚刚将东西交给渔庄的服务员，就看见乐乐拖着顾林涛，屁颠儿屁颠儿地跑过来说道："妈妈，我陪叔叔到下面海滩上去捡石蛤，等下吃饭了你叫我们一声。"

齐晓卉情不自禁地搜寻着沈琳的踪迹，说道："你这个小笨蛋，在家里缠着叔叔也就算了，怎么出来了还黏着不放啊，也许叔叔还要陪别人呢。"

顾林涛看着她说道："你已经给我找了一个大麻烦了，现在乐乐是在帮我解决这个麻烦，你就别添乱了。另外，沈琳不是我朋友，你少跟她搭讪，有话回去跟你说。"

齐晓卉怔在那里，等她回过神儿来，顾林涛和乐乐都不见了。苏睿文不知道什么时候走到了她的身边，笑着邀请她来到了龙嘴礁的海岩边。

龙嘴礁地形陡峭，地势险峻，海礁边悬空架着的木质栈道盘旋而下，从上往下看，近 90 度的陡岩让人心惊胆寒。虽然这个地方齐晓卉一年少说也要来个几十次，可看着还是感觉头晕，因此她后退了一步。

"怎么了？"苏睿文关切地问道。

"看着晕。"齐晓卉说道，眼睛依然看着悬空栈道上上下下的人流，那里有两个熟悉的身影，就是乐乐和顾林涛。看着顾林涛一只手紧紧拽着乐乐的手，另一只手揽着乐乐，让他紧贴着自己，显得很紧张。齐晓卉有些感动，这应该是一个非常喜欢孩子的人吧，嘴上却掩饰地说道，"不知道为什么有那么多人喜欢走上走下。"

"你一直站在上面，往下看自然感觉晕。要是走到下面，再往上看，那感觉又不一样了。生活也是这样，有时候要换着角度看问题，这样就不会把自己给困死了。"苏睿文淡淡地说着，"还是不愿意考虑我的建议吗？"

齐晓卉没有回答，目光依然追随着栈道上那一大一小的两个身影，过了许久，突然问道："苏总，假如你没有结婚，你愿意娶我吗？"

"愿意！"苏睿文的回答没有丝毫犹豫。

齐晓卉突然觉得鼻子发酸，她深吸了一口气，看着苏睿文说道："苏总，你知道吗，你现在的这句话，比你那天晚上的一堆话动听多了。至少这句话，让我重新有了信心，相信婚姻的失败不全是因为自己的无能。"

苏睿文微微一笑："可是你知道吗，生活是没有假如的。"

齐晓卉愣了一下："那我再问一句可以吗？"

苏睿文依然含笑道："你问吧。"

"你愿不愿意离婚娶我？"

"不愿意！"回答还是那么干脆，干脆得好像答案在问题之前就已经准备好了。

"为什么？"齐晓卉有些发愣。

"你把两个问题混淆了。"苏睿文耐心地解释着，"我不是不愿意娶你，而是不愿意离婚。如果把婚姻比作一座房子的话，那么感情只能算是其中的栋梁，家族之间的关系就好比是横梁，经济能力是基础，而家庭琐事则是砖瓦。只有栋梁的房子是不能称为房子的，就好像只有感情的婚姻也不是完整的婚姻。"

"既然婚姻的结构这么牢固，那依你说来，这世上就没有离婚这件事了？"齐晓卉有些不屑，既然这样忠于自己的婚姻，那他为什么还要找一个情人呢？

"那倒不是这样说的，既然房子的栋梁会倒塌，那么婚姻也会破裂，就好像你的婚姻一样。所以我们对待已经破裂的婚姻，也应该像对待倒塌的房子一样，清理了重建，而不是赖在废墟上回忆它曾经的可靠和温馨，你说呢？"

"既然苏总以为感情是婚姻的栋梁，那你对我有感情吗？"齐晓卉不服气地追问着，心里却情不自禁地反思着自己和许俊平的婚姻。分居三年，家庭琐事是没有了，可是遮风挡雨的砖瓦也不复存在了；住回娘家，显然是跟婆家失去了联系，横梁自然就岌岌可危了。至于许俊平的欺骗行为，那就是釜底抽薪，将他们原来还算过得去的经济基础，来了个天高三尺，其薄弱便可想而知。皮之不存，毛将焉附，感情就此坍塌，也就不足为奇了。看起来，苏睿文的比喻还真是没错，这样的婚姻，确实已经没有存在的必要了。那么许俊平的出轨，也就不能算是自毁栋梁的行为，而只不过是压垮骆驼的最后一根稻草罢了，齐晓卉苦笑了。

苏睿文听出了齐晓卉的不以为然，淡然一笑道："对大多数男人来说，他们的心只有一套商品房那么大，所以住不下很多人。但你不能否认的是，有些男人的心很大，里面不止有一个房间，有时候还可能有一幢别墅，主楼、副楼有好几幢，所以就可以住好多人了，这一点，你没意见吧？"

他的话滴水不漏，有理有据，有力地颠覆着齐晓卉三十年来的做人原则。她不想接受，却又不得不承认，相比起自己那处处碰壁的原则，苏睿文的处世原则显然更加游刃有余。可是，自己应该为他的欣赏而感激涕零吗？一个已婚男人，站在你面前，含情脉脉地对你说，他喜欢你，欣赏你，这对女人来说，究竟是一种赞美，还是一种羞辱呢？

顾林涛牵着乐乐上来了，见齐晓卉和苏睿文聊着什么，微微一怔，但是很快就恢复了正常。乐乐看见妈妈特别开心，老远就张开小手跑过去，还高兴地嚷道："妈妈，你看，我捡到的小螺。它躲在小洞里，是叔叔用树枝把它挑出来的。"

等乐乐跑到自己身边，齐晓卉才看见他的手心里静静地躺着一只拇指大小的马蹄螺，说大不大，说小不小，她便笑道："行，中午放开水里煮一下给你吃。"

乐乐却一缩手，反对道："不要，我要养起来。"

齐晓卉好笑道："小傻瓜，你怎么养啊？这是海里的螺，要用海水养的，你说，我们家哪里来的海水。"

"我们带一点儿回去。"乐乐回身一指身后的大海。

"那你带回去的海水能用几天呢？"

"妈妈带别的旅游团来的时候再给我装一点儿海水回去就好了。"看起来乐乐是铁了心要养这只马蹄螺，小脑筋转得飞快。

"妈妈天热的时候才带旅游团来这里，那天冷了怎么办？"齐晓卉含嗔道。

乐乐还没有回答，顾林涛却对齐晓卉的话无语了，摇着头笑道："就你那智商，还做妈妈呢，比乐乐笨多了。现在才几月份啊，你就已经考虑到天冷的事情了。你还真以为这个小东西能活到天冷啊，养上三四个月还能活着就不错了。"

苏睿文也笑了："齐小姐就是这个性格，凡事要把所有的后果都想圆满了才去做。其实生活中很多时候，我们都是走一步看一步的。都想好了，那就连人都不用做了，反正早晚是个死，还做什么人呢，对吧？"

顾林涛若有所思地看了齐晓卉一眼，正要说话，却被乐乐拖着去找海水养小螺了。接着，苏睿文也被渔庄的老板叫了去。留下齐晓卉一个人，犹自对着礁岩发呆。海浪轻拍礁石，常有贝壳类的海生物被卷进海里，然后它们会再爬上来，找一个更加安全的地方藏身，没有一个海生物会因为遇到过风浪，而赖在海底不上来。

自己目前不就是被海浪卷入海底的贝壳吗？那为什么不另外寻找一个更加安全、温馨的地方重新生活，非要沉在海底呢？难道说，自己比这些没有脑子的软体动物还要弱智吗？

## ❤15 给结婚一个理由

吃过午饭，因为原定的拍照计划已经提前完成了，所以渔庄老板拿出了一些娱乐品，如飞镖、套圈、扑克什么的，让众人玩。苏睿文也让员工把公司准备的一些活动用品拿出来套圈，说明谁套中东西就归谁。

见乐乐已经很开心地在那里玩了，齐晓卉就不好意思过去了。自己是来当导游的，可不是来赢奖品的，因此就独自走出了渔庄，走到海礁旁边，找了一块干净一点儿的地方坐了下来，看着黄绿相间的海水，默默地发呆。

正午的海风带着丝丝的凉意、淡淡的腥味，似乎能涤去世间的无数烦恼。齐晓卉眯着眼睛，迎着风，任由发丝在海风中飞舞，努力把所有的心事都挤出脑海。

把自己想象成一只飞翔的海鸥，落在海面上觅食，一个地方找不到食物，它就会马上换一个地方；把自己想象成一个在淤泥中藏身的蛏子，原来的洞穴被人发现，不安全了，马上另外打一个洞藏身；再把自己想象成沙滩上到处乱爬的石蟹，当一条石缝儿不安全的时候，它也会马上转移，不会因为曾经风急浪高的相伴而恋恋不舍。

齐晓卉的眼睛没有目的地巡视着，可是闯进视野的任何东西，似乎都知道趋利避害，只有她弱智得不知道怎么保护自己。

身边突然有了一道阴影，齐晓卉下意识地一转头，顾林涛已经在她身边坐了下来。

"你怎么过来了？"齐晓卉的目光朝顾林涛身后看去。

顾林涛头也不回地说道："你不用看了，乐乐睡觉去了。我们俩把奖品都套完了，结果就被赶出来啦，就这样。"

齐晓卉莞尔一笑，正要回答，却听见一个声音幽怨地说道："阿涛，你就这样一直躲着我，连一句话都不愿意跟我说吗？"

齐晓卉一惊，回头一看，果然是沈琳。她连忙起身，正要说话，顾林涛已经抓住沈琳的手臂，拖着她朝渔庄的后院走去，不一会儿就消失在了那株高大的香樟树后面。

　　见四下里无人，顾林涛放开了沈琳，冷冷地说道："行了，要说什么你说吧。"

　　沈琳怔怔地看着他，想了一个早上的质问，此刻却是一片空白。她看着顾林涛，突然愤愤不平了："阿涛，你是不是喜欢上这个导游了？一路上，你都和她的儿子在一起，我一直在注意你们，你是真心喜欢那个孩子的。"

　　顾林涛皱了一下眉头，冷冷地问道："和你有关系吗？"

　　沈琳看着顾林涛，忍不住潸然泪下："阿涛，你到底还要恨我多久？难道当初我不走，你爸就能活下来了吗？"

　　"不能。"顾林涛面无表情。

　　"那你为什么要把所有的愤怒都发泄到我的头上！"沈琳突然歇斯底里了，"你知不知道，当时所有的一切都已经准备好了，就算我们不出国，那些钱也是拿不回来的。而医生也说了，你爸的病就是等日子罢了，你为什么不肯接受现实呢？就是因为你临时改变了出国计划，我一个人孤零零地根本就没有办法在那边立足，这才匆匆结了婚，为的就是拿到绿卡。这件事情从开始到结束我都跟你解释过了，你为什么不肯原谅我，我真错得那么离谱吗？"

　　"原谅什么？我不认为自己有权干涉你的婚姻，所以你跟谁结婚都和我没关系，更谈不上原谅。"顾林涛抱着双臂靠在后院的矮墙上，目光停留在香樟树摇曳的叶子上，似乎沈琳在说的是一件跟他毫无关系的事情。

　　沈琳止住了眼泪，看了他许久，才小心地问道："程新没有告诉你吗，我已经帮你还了一部分债了。那边消费挺高的，我剩下的钱也不多了。"

　　"程新说了。你用我的钱帮我还债，所以，要我谢谢你吗？"顾林涛依然没有看沈琳，目光落在波光粼粼、如同闪亮的锦缎一般令人眼花缭乱的海面上。

　　沈琳只觉得一颗心慢慢地往下沉，许久，才问道："那个女人是谁？那个让你忘了和程新的约定、帮她写离婚协议的女人，她是谁？"

　　"你好像无权问这个问题。"顾林涛冷漠依旧。

　　"让你写离婚协议的女人有一个男孩儿，导游小姐也带着一个儿子。"沈琳突然笑了，"我知道了，她们就是同一个人对不对？怪不得呢……这么说，那天晚上我在她家看见的那一大束红玫瑰，也是你送给她的了？"

　　"红玫瑰？"顾林涛的神情终于有了一丝变化。

　　"对啊，红玫瑰。"沈琳观察着他的神情，突然绽开了笑颜，"火红火红的，很漂亮的一大束，看上去就价格不菲，很像你当初的风格呢。只要是我喜欢的，多贵你都会买。"

顾林涛感觉眼前闪亮的金色开始慢慢地变黑了，他一惊，将目光移出海面，眼前变得一片昏暗，于是连忙闭上了眼睛。等他睁开眼睛时，沈琳已经不见了。他走到香樟树旁边，目光在人群中搜寻着，却一无所获。他离开人群，朝远处的观景台看去，见齐晓卉正抱膝坐在观景台边的石凳上，不知道在看些什么。

因为活动的最后一项是烧烤，所以下午四点左右，众人就离开了休闲渔庄，朝海滨浴场出发。考虑到烧烤是不需要导游的，而自己带着乐乐也不宜玩得太晚，因此齐晓卉悄悄跟苏睿文说，她不想去烧烤城了。

苏睿文倒也不强留，只是在送她们母子上车的时候，认真地说了一句："再考虑一下我的建议吧，我是真心的。"说着，他摸了摸乐乐的头，替齐晓卉关上了车门。


回到出租房，齐晓卉才想起今天一早出去，竟然都没有买菜。

从娘家搬出来的时候，除了随身的衣物，什么家用电器都没有。幸好出租房里的配置还算齐全，电视、热水器、洗衣机、冰箱什么都有。不过齐晓卉为了省电，到现在为止还没有开过冰箱，所以家里肯定是找不到吃的了。

齐晓卉下意识地朝窗外看了一下，天色早就暗下来了，这个时候，菜场也关门了，超市里的菜，齐晓卉从来不去买，一来太贵，二来不新鲜。寻思了半天，齐晓卉决定去水果摊上买一把青菜，配上昨天剥好的虾仁，晚上就烧海鲜面吃。

临下楼前，她给苏睿文发了一条短信，告诉他自己已经到家了，也算是一种礼貌。然后她跟乐乐说了一声，就下楼去了。还没走出小区，苏睿文的信息就回了过来，很简洁，看着却有一种暖暖的感觉："累了一天了，早点儿休息吧。不能为你分担什么，很遗憾。希望不久的将来，这份遗憾将不复存在，取而代之的是你开怀的笑颜。"

就在这一瞬间，齐晓卉真的很想回过去一条短信："我愿意，你来吧！"

可是想起白天苏睿文说的那些话，她又犹豫了。接受他，也许确实可以解决眼前的困境，但是若干年以后呢，乐乐长大成人以后呢？她又该如何跟儿子解释这一切？齐晓卉下意识地转头朝自家的窗户看去，通亮的灯光中，她突然看见乐乐的身影出现在窗前，看着她快乐地挥手："妈妈快点儿回来，宝贝要饿死了！"

齐晓卉忍不住笑了，将所有的杂念都抛到了脑后，作势指了指乐乐，然后去水果摊上买了些小葱、蘑菇、青菜，就匆匆回家了。

第二天是星期一，齐晓卉星期天没接团，星期一自然也就没有送团的任务了。她将乐乐送进幼儿园，正想抓紧时间，趁着还有不多的空闲回家睡个回笼觉，就在这时，秦诺的电话来了，让她过去结账。"五一以后我们这里的价格要调整了，领导说了，能结的账尽量都结掉，省得到时候缠不清。"

齐晓卉有点儿发蒙，这就到五月了吗？这么说，吴雪飞的动作再快，排档开业也赶不上今年的旅游季节了。这样的话，自己大约还要在旅行社留一年，所以还是得勤快些。想着，她连忙赶到酒店，真是难得，才不到九点，秦诺已经等在那里了。

"不睡懒觉啦？"齐晓卉看着哈欠连天的秦诺，取笑道。

睡懒觉是秦诺的一大爱好，她还沾沾自喜地说，睡懒觉也是减肥的好办法。"你看，我就在酒楼餐饮部上班，什么好东西吃不到？可是身材呢，就是不走样，这就是睡懒觉的好处。"她还一脸神秘地说道，"这是我最新发明的秦氏睡眠减肥法，一般人我不告诉他。"

这个结论让齐晓卉哭笑不得，所以现在抓住机会，就不能不调侃她了："怎么了，你打算增肥啦？所以不睡懒觉了。"

"哪里。"秦诺颇为无奈地摆了摆手，"我妈说了，我之所以嫁不出去，就是因为睡懒觉。她说她给我做了十来次的相亲亲友团，每次都发现，只要我跟对方一说，我喜欢睡懒觉，人家的脸色就开始多云转阴了。所以我妈要从现在开始，纠正我睡懒觉的坏习惯，以便把我顺利地嫁出去。今天早上她是七点整把我叫醒的，然后自己出去买菜。我正想再睡一会儿，她的电话就打进来了，然后每隔五分钟一个。"

听了这番话，不仅是齐晓卉，连正在打印点菜单的小郑也笑得乐不可支。秦诺非常淡定地看着她们笑完，然后继续说道："笑什么，这种雕虫小技就能难倒我了吗？出门的时候，我跟我妈说了，我上班去了，让她别打电话了。上班时间私人电话过多，轻则扣奖金，重则直接辞退，所以从现在开始，我妈不会打电话了。所以，晓卉，把你家钥匙给我，你在这里跟小郑对账，我去你那里补个觉。"

齐晓卉忍着笑将钥匙递给她，见小郑在忙着整理点菜单，便将吴雪飞打算在海鲜一条街租店面的事情跟秦诺大概介绍了一下，然后说道："雪飞让我设计一下菜单，我想找个样本看一下，你这里能不能给提供一个？"

"没问题。"秦诺想也没想，从抽屉里拿出一沓菜单，递给小郑，"麻烦你帮忙复印一下，把复印件给晓卉吧。"

"真小气，一个菜单也舍不得，还要复印。"齐晓卉故作不满。

"姐姐，你看看我们这菜单是怎么做的？"秦诺将菜单递到齐晓卉眼前，"全部都是铜版纸印刷的啊，一本菜单成本价就七八十元啊，酒店每个月都要清查，少了一本要扣奖金的啊。你说得大方，你去印一本来给我。"

"行了，行了。"齐晓卉笑着推开了她的手，然后一把夺下菜单，"那你也别去复印了，我抄一下吧。反正就是借鉴嘛，也不可能照着你们的一模一样做吧。"

"行，那你抄吧。"秦诺说着，拿了一沓纸从吧台里走了出来，走到窗下的一张桌子前，招呼齐晓卉坐下。然后秦诺将纸递给她，自己伸了个懒腰正要出去，突然想起了什么，几步走到齐晓卉身边，一脸暧昧地问道："听说你昨天在给上洋集团的员工当导游？"

齐晓卉没有出声，虽然知道酒楼跟旅行社一向关系密切，但是小道消息的传播速度如此之迅速，还是始料未及。

"是苏睿文请你去的吧？"秦诺说着，眯起了眼睛，脸色凝重起来，想了好一会儿，才若有所思地看着齐晓卉说道，"其实上洋集团的员工，尤其是管理层的员工，一向就有在瀛洲市找情人的习惯。这也不奇怪，男人嘛，有时候比女人更需要一个家。况且按照苏睿文目前的身价，如果你答应了，差不多可以彻底扭转你目前的困境。而且，他能够想到用这种方式来接近你，说明也是用了心的，你感觉如何？"

齐晓卉头也不抬："没感觉。"

"没感觉？"秦诺怪叫了起来，"你怎么可以没感觉呢？在许俊平那里经历了山重水复疑无路的绝境之后，人家将柳暗花明又一村摆在了你的面前，你居然说没感觉？齐晓卉，你是不是在跟许俊平离婚的同时，也跟你的智商离婚了？"

"什么柳暗花明又一村？他又不是要跟我结婚，那不过是一场交换而已。"

"对啊，是交换，那又怎么样？"秦诺索性在齐晓卉对面坐下了，用手一指她的额头，说道，"我还就告诉你，不要说所有的婚外情都是交换，就是那些烟花漫天、礼炮齐鸣的婚姻，又有多少是跟爱情有关的？这爱情就跟鬼一样，每个人都在说，遇到的有几个？当然啦，每个人结婚的时候，都会以为自己遇到的是爱情，还是天荒地老、海枯石烂、独一无二的爱情。可是结果呢？柴米油盐酱醋茶的日子，会让他们马上就明白，原来在对方的心目中，自己不比一场应酬更重要，不比一次旅游更重要，不比一个同学会更重要，甚至不比睡一个舒舒服服的懒觉更重要。你说，婚姻的意义到底在哪里，难道就像烟花，只是为了那一瞬间的灿烂？还是给别人看的？"

"既然婚姻和爱情无关，婚外情也不是爱情，那为什么要结婚呢？"秦诺的话让齐晓卉想起了小萍的感慨，不觉重复了一句。

"为什么？很简单啊！为了家里父母放心，为了别人不再关注你，为了繁衍后代，为了正常的生理需要，甚至为了显摆，说明自己很有钱，所以需要一个盛大的婚礼，这些都可以是理由啊。"齐晓卉的疑惑让秦诺找到了发挥不婚理论的借口，于是如数家珍地列举道，"至于婚外情的理由，那就更多了，为了浪漫，为了刺激，为了证明自己的魅力，为了享齐人之福，为了显摆自己有超越法律规定的超能力。譬如，法律规定只能是一夫一妻，我偏要娶两个老婆，诸如此类，也都是理由。"

齐晓卉感觉哭笑不得："不是吧，就算你为你妈抱不平，就算你自己不想结婚，你也不用这样糟蹋爱情吧？你的话真的让我很怀疑，你们家一生无爱的那个人，不是你妈，而是你自己。你说你都没谈过恋爱，凭什么就这样否定爱情啊？"

秦诺瞪了她一眼："你吃过砒霜吗，你没吃过凭什么说它有毒啊？"

齐晓卉语塞，怔了一会儿，正要反驳，只见一个女子走了进来，从她身上穿的工作服可以知道，她也是海鲜楼大酒店的员工。

"秦诺姐，"女子疑惑地看了齐晓卉一眼，才转向秦诺，"季总让你把这个月婚宴酒席的排单表马上做出来，还有报价单和菜单也都列清楚了送过去。"

"行，我知道了，我正在结账，结完账就把季总要的材料都送过去。"秦诺一口答应，见她站在那里没走，奇怪了，"怎么，季总要立等可取啊，那我可来不及。"

"哦，不是的。"那女子应了一声，又凝神看了齐晓卉一眼，这才转身出去了，"那你可快点儿啊，季总急等着用呢。"

看着女人消失在门口，小郑走了过来，不屑地撇了撇嘴，然后对秦诺说道："秦诺姐，我听说周婷要来餐饮部，是真的吗？"

"她来餐饮部干吗？"秦诺不解道，"她在办公室不是做得挺好的吗？"

"办公室哪有我们餐饮部奖金、提成多啊。"小郑说着，打量了秦诺一番，提醒道，"秦诺姐，她该不会是看上你这个位置了吧？"

秦诺还没有回答，齐晓卉问道："这个周婷是谁啊？"

"哦，"秦诺不介意地介绍道，"我也不是很清楚，听说是旅游局某领导的红颜知己，因为跟上司的关系被上司的夫人察觉了，在旅游局待不下去了，就来我们酒店了。行了，别管她了，你菜单抄好了没有，好了我们就对账吧。"说着，脸就垮了下来，"季总要的婚宴清单，天哪，我的懒觉又泡汤了，还让不让人减肥了？"

齐晓卉打量了她一下，不以为然道："你也不谈恋爱，也不结婚，胖点儿瘦点儿谁管你啊，有那么讲究吗？"

"怪事，谁规定的不结婚日子就不能讲究了？"秦诺说着话，一直逼问到齐晓卉的脸上，"你还真是贤妻良母啊，你愿意为了男人活着，我可没这打算，瞧不起你！"说完，她一甩头发，昂首挺胸离开了。

从海鲜楼大酒店出来，齐晓卉一路想着刚才抄下来的菜单，总觉得里面似乎少了点儿什么。按理，海鲜楼大酒店的规模比吴雪飞要做的海鲜排档不知道大多少，菜单的品种也应该是多了，而不是少了才对，可齐晓卉就是感觉少了点儿什么。

她自己理不出头绪来，于是给吴雪飞打了个电话，让她到自己家里来一趟。昨天吴雪飞告诉她，已经和倪伟刚约了时间去签海鲜排档的租赁协议，说是签完协议就可以拿到图纸找人设计，然后就是买材料准备装修了。

接到电话，吴雪飞也不含糊，将预售合同塞进包里，就问倪伟刚要不要一起去。倪伟刚摇摇头说道："算了，今天陪你走了两个地方，我也累了，先回家吧。对了，这房子……真的是齐晓成买的？他哪来的那么多钱付首付？"

"当然是齐晓成买的，我骗你干吗？"吴雪飞娇嗔地瞟了倪伟刚一眼，"不是已经跟你解释过了吗？崔颖儿要变更婷好的监护权，齐晓成为了让我答应下来，这才想给婷好买一套房子。至于钱嘛，齐晓成没分寸，他妈可是个精明的人。"

"那房子写你的名字……"倪伟刚还是不能相信。

"不写我的写谁的？"吴雪飞笑道，"写婷好的能行吗？她的监护权还在齐晓成那里呢，要是写她的，那不是全露馅儿了吗？你那么疑神疑鬼的，那我们先去银行，我把卡里的余额给你检查好不好？"

"算了算了，我也不是不相信你。"倪伟刚摆摆手，尴尬地说道，"是最近手头真的有点儿紧张……"说到这里，发现吴雪飞的脸色阴沉了下来，忙转口道，"当然啦，再紧张也不能委屈了你，放心，答应你的钱我一定及时到位，毕竟，这生意也有我的一份不是？"

"知道就好。"吴雪飞睨了他一眼，招手叫了辆出租车，直奔齐晓卉那里。

刚一进门，齐晓卉就将自己根据海鲜楼的菜单草拟的一张菜单递给她看。

每个菜品的下面，是齐晓卉对每道海鲜菜肴的详尽分析，有成本价格和制作方式。

只看了寥寥数行，吴雪飞就被吸引住了，啧啧赞叹道："晓卉，我这步棋可真是没走错啊，除了你，没人能够想出这么详细的菜单来了。而且能够把成本控制得这么好，除了时价菜，其他菜价的平均成本不超过三十元，真是不简单啊。"

齐晓卉不以为然地笑了一下，许俊平和齐晓成都是做水产生意的，她对海鲜的价格最熟悉了。而且对外地客人来说，他们不像本地客人那么挑剔，对海鲜的大小、重量、新鲜程度都没有那么苛刻的标准。对他们来说，吃海鲜就是尝鲜，所以第一是口味，第二就是特色。自己也正好利用外地游客和本地游客不同的要求，在满足客人食欲、不影响饭店声誉的同时，尽量降低成本，来保证利润额。

吴雪飞指着菜单笑道："晓卉，这道川烧蟹螯你是怎么想出来的？很有川菜的特色啊。"

"本来就是根据川菜的辣子鸡丁想出来的，不过蟹螯跟鸡丁不一样，不容易入味，所以要事先腌制一下才好。"

"这个麻辣蛏子呢，是不是湘菜的灵感？"吴雪飞指着另一道菜问道，"不过海鲜一向以清淡为主，味道这么重，会不会有客人怀疑我们的海鲜不够新鲜啊？"

"海鲜是不是新鲜，口味是一方面，另一方面，从肉质上也可以分辨得出来。譬如螃蟹，新鲜的螃蟹肉都是一丝一丝的，不新鲜的螃蟹肉就有点儿糊了，这跟味重不重关系不大。"说着，齐晓卉又有些信心不足，"不过你说的也不是没有道理，内陆来的客人，大多不知道怎么分辨海鲜是否新鲜，我们这样做，容易被竞争对手钻空子。"

吴雪飞见她沉思的样子，笑道："不要着急，我们这不是在商量嘛，慢慢来。"说着，她看到下一道菜，便指着说道："来吧，先解释一下这个海马蛊。"

齐晓卉笑道："这个海马蛊打的主要是特色牌，海马的功效你当然是知道的，而且它还跟一位历史名人有关系，你知道吗？"

吴雪飞眼睛一亮，随即开心地笑了起来："晓卉，我真的没想到你还有这样强的广告意识呢，不错，不错。我听大倪说，明朝的名相张居正当年服用的海马，就是产自我们这里的，这可是真实的历史哦。"

齐晓卉微微一笑："我要的就是这个名人效应，就'张居正'这三个字，一碗海马蛊，标价七八十元都没问题。这里海马的收购价是多少，中间的差额又是多少，你算算看，这利润不是一下子就出来了吗？"

"喂，海马是要加党参、当归等中药一起炖的，那些中药也不便宜吧？"

"只要不是野山参，一般药材都贵不到哪里去，我上网搜索过了。还有……"齐晓卉指着冷菜系列说道，"这些冷菜最好能够自己做，要是去买，那利润就会少很多。譬如糖醋梅鱼、风鳗、糟鱿鱼、花鱼干。还有，点心中可以增加一道紫菜卷饭，就是日本人的寿司，我们这里的紫菜可比日本的正宗多了。"

吴雪飞连连点头，齐晓卉却说道："雪飞姐，虽然菜单看着挺详细的，可是我总觉得好像少了什么，可又想不出到底少了什么。"

吴雪飞略一沉思，说道："没事，这两天你就不要烧饭了，跟我一起到其他饭店里先去尝尝别人的手艺吧。就算取经，找点儿灵感，顺便也找找差距。说不定哪一本菜单，或者哪一个菜名，突然让你福至心灵了呢，对不对？走吧，时间也不早了，咱们吃中饭去。正好我有几张锦绣假日宾馆的优惠券，不用就过期了，咱们先去那里吧。"

因为乐乐一般都是下午放学、晚上在家吃饭的，所以中午齐晓卉也就不烧饭了，一个人怎么都好应付。听了吴雪飞的话，她就不推辞了，带上门，两人一起出去了。

到了锦绣假日宾馆的中餐厅，吴雪飞找了个靠窗的位置坐下，马上有服务员送上菜单。吴雪飞一边打开菜单，一边说道："你们这里有什么小吃之类的，你先拿两个上来。菜单就放在这里吧，我们要慢慢点。"

服务员倒也爽快，推荐了两个小吃，得到认同后，便留下两份菜单离开了。吴雪飞一边翻看着锦绣假日宾馆中餐厅的菜单，一边问齐晓卉："怎么样？看出什么特色来没有？"

齐晓卉颇为失望地摇摇头："没什么特色，图片都是网上下载的。对了，我们所有的菜，图片都得自己来拍，另外，每一份菜后面都要注明主料和至少两种辅料。没有辅料的，加上制作方法和口味介绍，让客人吃完以后还有交流的余地。"

说着，齐晓卉把菜单翻了一下，说道："他们这个格式不好，我们可以把菜单的格式稍微改一下。分成冷菜、热菜、特色菜、时令菜四个版块，然后在特色菜上注明可以用不同配料做出的各种菜肴。譬如，像竹节虾，可以油爆、白灼、盐焗、铁板等，也可以炒芹菜、烧豆腐羹、做虾仁炒饭、虾仁水晶饺、油炸虾丸。"

"我的天哪，你是不是打算做旅游美食指南啊？"吴雪飞夸张地惊呼了一声，"这菜单该有多厚啊？"说着，她沉吟了一下，说道，"这么厚的菜单，肯定不适合海鲜排档的定位。不过这创意真的好，我舍不得丢了，得另外想办法做出来。"

齐晓卉颇有同感,问道:"那我们不用铜版纸印刷,而用普通纸张呢?"

"也不行,没有让人看了垂涎欲滴的视觉效果了。"吴雪飞摇摇头,说道,"你继续说,这件事我来想办法好了。"

齐晓卉于是看着菜单,继续说道:"另外,还要给客人留一点儿选择的余地。譬如在介绍葱油蛏子的时候,要注明蛏子还可以白煮蘸姜蒜吃、烧羹、做海鲜泡饭等。"

# 16 找一个对的人

吴雪飞点点头,正要说话,服务员进来了,把一份海鲜炒饭和一份绉纱馄饨放在桌上。吴雪飞忙把馄饨推到齐晓卉面前,说道:"看看,他们家的绉纱馄饨,一直是一个特色……"

"等等!"齐晓卉突然打断了吴雪飞的话,"特色,对了,就是特色。"她眼睛发亮,"雪飞姐,你希望我们的海鲜排档是什么特色呢?"

"你指的特色,是不是主打菜品?"吴雪飞笑着问道,然后扬了扬手中的菜单,"我刚才就已经注意到了,他们家的菜单跟别家餐厅的有点儿不一样。他们的菜肴里面没有一般餐厅都必备的炸鸡、烤鸭之类,而是主推炒饭和牛排,而且品种非常丰富。你看,光是牛排就有十来种;炒饭有三四十种,包括日本的、韩国的、印度的,几乎都全了。另外,休闲食品也增加了不少,还有饮料。这样一来,客人就餐的选择余地就大了,不同就餐需要的客人,都可以留住了。"吴雪飞指着菜单给齐晓卉解释:"而且休闲类食品也没有常见的干果、蜜饯之类,而是清一色换成了各色的海鲜小吃,知道他们为什么要这样吗?"

"海岛特色。"齐晓卉马上猜到了,"根据市政府的要求,打出海鲜特色品牌,对不对?"

"对啊。"吴雪飞笑道,"而且他们把主食一集中,也容易让人记住。反正吃炒饭和牛排,这里就是第一家了,这样就不会流于平常了。"

齐晓卉笑道:"你的意思是,我们也推行海岛特色,主打海鲜品牌系列的菜系,最好连小吃就能跟海鲜沾上边儿?"说着,她顺手在眼前的馄饨碗里,舀起了一个绉纱馄饨,举给吴雪飞看,"就像这个?"

吴雪飞一点头:"不错,怎么样,能行吗?"

"你让我想想。"齐晓卉说着，低头慢慢咬了一口馄饨，突然眉头一皱，看着馄饨摇头道，"虾仁里面加肉，味道全都重叠了，而且这虾又不新鲜，很明显的一股变质味，用姜末在掩盖。我们以后做馅儿的海鲜，可以买小一点儿的，但是必须新鲜，放冰箱里也不能超过二十四小时，拌过调料的必须当天用完，不然也像这样，味道全都变了。"

　　说着，齐晓卉放下馄饨，又一眼看见桌上的海鲜炒饭，便说道："你看看，这碗炒饭色彩没有搭配好吧？蛤蜊肉是白色的，虾仁就应该用那种红色的红丝头虾，而不能用白虾了。还有，蛋炒得太老了，应该是那种嫩黄的色泽，而不是褐色的。"

　　吴雪飞看着她，突然笑了起来，见齐晓卉被她笑得莫名其妙，才感慨地说道："晓卉，你真是一个很认真的人，不管是对待婚姻，还是对待工作，你都会把自己全身心融入进去。所以当婚姻或者工作失败的时候，你也就无法轻易脱身了。"

　　没想到吴雪飞说出来的居然是这么一句话，齐晓卉有些发愣。

　　"所以你的性格，找对了人一定会幸福。不过你放心，我不会让你后悔的。"吴雪飞说着，收敛了笑容，将自己刚才记着齐晓卉的设想的纸，推到了齐晓卉的面前，郑重地说道，"你的想法很好，但是这样做菜，你有没有考虑过另一件事情，那就是上菜的时间？"

　　"时间？"齐晓卉若有所思地重复了一句。

　　"是的，时间，客人等待的时间是有限的，他们不可能无限制地等你在后台慢慢做。"吴雪飞解释道，"而且我们的定位是排档，对时间的要求就更高了。"

　　齐晓卉怔了半天，自嘲地笑道："是了，把排档当作五星级酒店来做，我这也算是没有公主的命，却犯了公主病吧。"

　　"有点儿。"吴雪飞抿嘴一笑，"但是我喜欢你的认真劲儿，真的让人很安心。"说着，她将几张纸在手里翻来覆去地看着，也皱了眉头。"不过这主打菜肴还真是难定，定的档次低了，特色就很难体现；定的档次高了，原料渠道是个问题，成本也是问题。假如我们主推墨鱼系列的菜肴，那肯定就没戏，现在墨鱼基本找不到。当然，替代品是有的，但是用替代品，短期可以应付，长期就没信誉了。"

　　齐晓卉沉思着，无意识地拨弄着炒饭里面的虾仁，突然说道："螃蟹，咱们就推螃蟹为主的菜，你看怎么样？现在瀛洲市的黄鱼、墨鱼、鲳鱼差不多都已经枯竭了，原料确实不容易进到，而且价格昂贵。只有螃蟹是瀛洲市最大的特色，记得十年前，我们出口日本的海产品，就是以螃蟹成品为主的。还有就是养殖黄鱼，但是以养殖黄鱼为主的菜系很容易跟淡水鱼发生冲突，不容易形成本身固有的特色。"

吴雪飞一口否决："你疯了，黄鱼、墨鱼、鲳鱼价格昂贵，那螃蟹就是便宜的？你知道去年春节期间，螃蟹是什么价格？就算是在螃蟹捕捞的旺季，仅带一点儿小粉红蟹膏的，按收购价也要五六十元一斤。而饭店用的螃蟹，达不到半斤六两的根本做不了像样的菜。再说了，螃蟹能做的菜又有多少？蒸螃蟹、炝螃蟹、醉螃蟹、炒螃蟹，再来一个螃蟹青菜羹，或者是螃蟹蛋花羹就不错了，还能有什么菜？"

"你说还能有什么菜？"齐晓卉白了吴雪飞一眼，说道，"别忘了你家婷好，可是我用蟹肉蛋炒饭把她的嘴给喂刁的。"说着，又举起勺子里的绉纱馄饨说："譬如这个，不是可以用螃蟹剔肉来做馅儿吗？效果一定比虾仁好得多，你承认不承认？"

"那你知道螃蟹剔肉有多费事吗？"吴雪飞不可思议地看着齐晓卉，"你为了自家人值得这么做，可是开饭店给客人吃，这也太花功夫了吧？"

"在原料和烹饪手法都相近的情况下，我们要想做出特色，就只能通过细致的功夫来实现了。"齐晓卉坚持自己的想法，"而且我也想过了，你不要老是把螃蟹来个整体考虑，既然龙虾能三吃，那么螃蟹怎么就不能三吃，甚至四吃、五吃呢？"

"螃蟹三吃？"吴雪飞喃喃地重复着，突然兴奋起来，"对，三吃，把螃蟹分解了再说，本来它就是解虫。晓卉，你详细说一下！"

齐晓卉笑了笑："我也只是有一个模糊的概念，还要好好想一想，一时也说不清楚。我就先打个比方吧，比如做蟹羹的时候，我们一般都不把蟹螯放在里面，那么这些蟹螯怎么办呢？做成炝蟹螯固然是一个办法，不过是不是还可以有其他做法呢？比如，把蟹壳砸碎后腌制一会儿，做成椒盐蟹螯，那不是绝佳的下酒菜吗？"

吴雪飞眼睛一亮，催促道："还有什么，继续说啊。"

"还有就是……"齐晓卉夹起一个馄饨笑道，"若是用蟹肉来包馄饨，那么螃蟹大小就没有什么关系了，我们完全可以买小螃蟹来剔肉，这样成本也不高。而这蟹肉馄饨，有蟹肉在里面，要价应该不能太低了吧？具体参考城隍庙的蟹粉小笼哦。还有，蟹肉还可以烧海鲜羹，蟹籽咸菜汤是这里的特色菜吧？在这些菜里面，作为原料的螃蟹都不需要很大，价格上自然也可以便宜很多，但是成品菜的身价却不会掉。"

吴雪飞看着齐晓卉，许久，突然意味深长地笑了："晓卉，我有时候还真是想不明白你。说你笨吧，不管做什么事情，你都能想得出新意来，可是说你聪明吧，对自己的生活却不肯做丝毫变通。既然你知道螃蟹可以有很多种做法，难道就不知道人生的路也可以有很多种走法吗？谁都希望有一个幸福的家庭、一个温柔体贴的丈夫、一个乖巧孝顺的孩子、一份轻松高薪的工作、一套舒适安逸的房子、一辆大气安全的车子、一个健康强壮的体魄，可是又有谁能够完整地拥有这一切呢？所以当我们的生活出现残缺的时候，我们就应该学会适当地调整。"

齐晓卉听出了话里的意思，故意装傻："雪飞姐，说菜呢，怎么又说我了？"

吴雪飞用筷子拨着海鲜炒饭，笑而不语。齐晓卉心虚了，低着头只顾吃馄饨，心里正七上八下地瞎想着，吴雪飞突然又开口了："能告诉我那一束红玫瑰是怎么回事吗？"

"什么红玫瑰？"齐晓卉先是本能地否认，话才出口，知道自己否认错了。吴雪飞都亲眼看见了，而且红玫瑰是什么意思，地球人都知道吧，因此她赶紧改口，"没怎么回事。"

吴雪飞盯着她看了好一会儿，微微一笑："这么说，我猜对了，这花真的是苏睿文送的，他跟你说什么了？"

"雪飞姐。"齐晓卉尴尬地叫了一声，却没了底气。

吴雪飞笑道："咱俩好歹也是七八年的姑嫂、十来年的姐妹了，你那点儿小心思，想要瞒着姐姐我，还真是嫩了点儿。何况上洋集团的员工在本地找情人差不多已经成一个惯例了，能告诉我苏睿文给你开出的条件吗？"

齐晓卉不由自主地想到了崔颖儿对吴雪飞的评价，她太厉害了，什么事情都瞒不住她，什么事情都会被她看穿。

是的，吴雪飞确实是厉害，所以齐晓卉觉得，当初卖房子，她不太可能不知道那些债务大多数是齐晓成的赌债。就好像她承认了许俊平的说辞一样，即使知道也依然顺从了齐晓成。那么，她应该是爱他的吧？只有爱情才会让人丧失理智。

想到这里，齐晓卉只能乖乖坦白道："他说，他希望在瀛洲市能够有一个临时的家。在这个家里，除了那一纸约定，其他都跟正常家庭一样。如果我愿意，等他离开以后，这里的房子也会是我的，另外还会再给我一笔费用，让我暂时没有生活上的后顾之忧。"

"给多少，有具体数字吗？"

"他提到了一点，应该不会低于三十万。而在这里的六年时间，所有费用都由他来开支，包括乐乐的学费和生活费，都是他的。他说了，除了名分他给不了，其他所有作为老公应该承担的责任，他都会担负起来。”

吴雪飞意味深长地一笑：“这条件不错啊，那你怎么回答他的？”

“我……”齐晓卉一时语塞，苏睿文的这个条件，是他当初劝自己离婚的时候说的，她那时并不想离婚，所以理所当然拒绝了，“我说我不要钱，也不要房子，只要他能帮我查清楚许俊平的事情，我就给他做情人。”

果然，吴雪飞也是一脸的不可思议：“我说齐晓卉，你哪根筋不对啦，你没事老惦记着许俊平干啥？”说到这里，吴雪飞好似想到了什么，问道：“对了，你是不是想查清楚许俊平目前的经济状况，这样你跟乐乐就不用为生活发愁了？这倒也是一个办法，那么苏睿文怎么说的，是不是他不愿意，所以让你很犹豫？”

齐晓卉这才发觉，吴雪飞的思路跟自己的完全不在一个频道上，因此她怔怔地说道：“我不是要私家侦探查许俊平的经济状况，我是想……我是想知道他为什么要离婚。”

吴雪飞做了一个欲晕的表情，然后吐出两个字：“无语！”

齐晓卉突然不服气起来，她不愿意轻易放弃一段感情怎么了？那是她曾经真诚地付出过的。就像你吴雪飞，首先放手婚姻也不能证明你就很潇洒啊，要是真的潇洒，当初知道齐晓成欠下巨额赌债的时候，为什么不赶紧止损，知道倪伟刚不愿意离婚的时候，为什么还要苦苦等待？不过就是乌鸦笑猪黑罢了，因此甩给她一个白眼。

“你还说我，你又比我好多少？那天你自己也承认了，你卖房还债的时候，其实是知道真相的，知道那些欠款大多数是我哥的赌债，可你还不是帮他还了，还帮他瞒着我爸妈。你说，你这样做又是为了什么？”

吴雪飞没想到齐晓卉会说出这件事来，笑容凝住了，沉默了一会儿，才勉强笑道：“晓卉，我是在为你担心呢，你又扯上你哥做什么？这都什么时候的事情了。当初是希望婚姻还有挽回的余地，所以该舍的、不该舍的，都舍了。若是早知道到头来还是一场空，那我肯定也不会这么傻了。现在崔颖儿一心想把婷好赶出去，我又没有任何办法。”

齐晓卉也黯然了，虽然她能理解崔颖儿不愿意做后妈的心态，可是既然不愿意做后妈，你就不该找二婚带孩子的男人啊。嫁给人家的爸爸，却要赶走女儿，这叫什么事？这不成了既要马儿跑又要马儿不吃草了吗？

“崔颖儿一定要把婷好送过来，我妈跟我哥也没说什么？”齐晓卉真心不能理解，却又不知道该如何安慰吴雪飞。

吴雪飞淡然一笑："你哥说了，如果婷好不过来，崔颖儿就要另买房子结婚了。崔颖儿说，她可以接受跟公婆住在一起，但是不能接受跟婷好住在一起。因为她不想看到我，也不愿意齐家的任何一个人跟我见面。"说到这里，她瞟了齐晓卉一眼，笑道，"当然，根据'嫁出去的女儿泼出去的水'这个说法，你目前已经不是齐家的人了。"

　　齐晓卉当然明白崔颖儿现在越来越明目张胆地将她排挤出齐家，归根到底就是为了乐乐改姓的事情，因此也不做辩解，颦眉道："崔颖儿要另买新房，齐晓成有钱吗？"

　　"齐晓成有钱没钱我不知道，我只知道你妈已经把二十万元装修款都给了崔颖儿，她打算用这笔钱付首付。"

　　齐晓卉目瞪口呆："二十万元钱就想买房子？崔颖儿是不是以为买房就是一个首付啊？我爸妈已经过了退休年龄，根本就不能贷款的，崔颖儿的导游工作也是不固定的，收入证明能不能开得出来都不清楚，他们打算怎么办按揭啊？"

　　吴雪飞笑笑，"那我就不知道了。"说着，神色黯然了，"我只担心我的婷好，我本来想，转了茶室开排档，可以多赚一点儿钱。到时候看看，能不能先买一个单身公寓。有了落脚的地方，再把婷好接过来，没想到齐晓成连这样一个缓冲的时间都不肯给我。"

　　齐晓卉想了想，小心地说道："雪飞姐，那个……既然排档的租赁合同已经签好了，那么离开业就不远了。这么些年都熬过来了，这几个月也不会过不去的，你放心吧。"吴雪飞的态度已经表明了倪伟刚是不会跟她结婚的，所以齐晓卉也不想多问什么了。

　　"大倪给的钱加上我自己的一点儿积蓄，付了排档的租赁费和押金，现在我手头只有茶室转让的一点儿钱，十万都不到，不知道买第一批材料的钱够不够了。"吴雪飞恢复了常态，平静地说道，"我想让大倪帮我去问问扶持贷款的事情，也找不到他的人影。他说他们局里最近在做岗位调整，他希望能够再上一层楼，所以最近一直在省里奔波，也希望我能够理解他，这段时间不要给他添乱。说是后期的十万，等他从省里回来就给我。"

　　"哦。"从吴雪飞的叙述中，齐晓卉听不出任何不妥，因此注意力也就集中到了装修的事情上，默默地算了一下，说道，"这样算起来，你手头最多只有二十万，装修够了吗？开业以后还要有流动资金，你打算怎么办呢？"

　　"二十万哪够装修的。"吴雪飞疲惫地笑了笑，"光是买厨房用品还不知道十万能不能打住呢，加上流动资金，林林总总的，没有个六七十万，这排档别想开起来。"

"不是吧？"齐晓卉一头黑线，资金缺口高达四五十万，吴雪飞打算去哪里弄钱啊？"政府的扶持贷款最高可以贷多少？"

"三十万吧。"吴雪飞摆了摆手，"行了，你就别为这些事情烦恼了。实在不行，这不是还能借钱吗，多花点儿利息的事。"

"你是指个人借贷吗？"齐晓卉有些胆战心惊地问道。

自从许俊平生意亏本，卖掉了房子以后，齐晓卉就本能地对民间借贷心怀芥蒂。她永远也忘不了那一幕幕债主满座的情景，他们占据着原本应该属于她的私人空间，将她的三口之家所有的隐私都一览无余。因此这句话一出口，她首先想到的是可以求助苏睿文。

对苏睿文来说，别说三十万，就是六十万，怕也不是难事。可他会相信自己仅仅是在帮吴雪飞筹资吗？他会不会误以为这是自己开出的另一个条件呢？就算他相信了，吴雪飞也愿意支付利息，那么这一份人情，难道自己就可以视为理所当然吗？

想着，齐晓卉赶紧打消了这个念头，接上刚才的话题："个人借款就算了，一不小心借到了高利贷岂不糟了？"

吴雪飞说道："你放心，我会有办法的。装修的钱虽然多，但也不用一次性付清。到时候跟包工头说说好话，拖几个月也不是不行。至于流动资金，那就另外想办法吧。"

说着，见齐晓卉还云里雾里的，知道她对于这一系列投资、筹资的事情完全不懂，吴雪飞便笑道："筹钱是我的事，你就不要费心了。我现在就问你一件事，对于苏睿文，你到底是怎么打算的？真的要他去查许俊平离婚的原因吗？"

齐晓卉脸色一下子黯淡了下来，沉默不语。

"你啊，你啊，你让我说你什么好？"吴雪飞无奈地笑了，"许俊平要离婚的原因很重要吗？就算你查清楚了，那又怎么样？从今以后，你和乐乐就可以不吃饭，靠喝西北风过日子啊？还是许俊平怕你告他重婚罪，会把房子再买回来还给你啊？我说你醒醒吧，感情一旦破裂，那就跟钢化玻璃打碎了是一样的，根本就不可能再完整如初了。所以我一直在跟你说，婚姻已经死亡，你就不要跟着殉葬了，你怎么就不明白呢？"

齐晓卉幽幽地说道："你这个说法倒是跟苏睿文他们说的差不多。"

"那你自己的意思呢？"吴雪飞看着齐晓卉，"其实不管你答应不答应，我想说的是，再可靠的男人，也只能靠一时，不能靠一世。所以就算你现在打算接受苏睿文，你也要为自己的以后做好打算，同样的错误可不能犯第二次了。"

"我不想答应他。"齐晓卉打断了吴雪飞的话，"但是我现在租着他的房子，这句话说出去多少带了几分矫情。所以想等找好了新的落脚点再说，现在只能暂时先拖着。秦诺倒是跟我说过，如果我想换地方，她跟我合租，房租一人一半。"

"哟，这小姑娘放着家里好好的房子不住，为啥要来跟你合租啊？帮你承担房租吗？"吴雪飞有些感慨，这人和人之间的缘分也是奇了，齐家人没一个不欺负齐晓卉的，包括自己，很多时候也是心安理得地接受着齐母的偏心。可这个秦诺好像是上辈子欠了齐晓卉的一般，只要齐晓卉开口，她就没有不帮忙的。

"她说是被她妈妈催婚催得烦死了，不想在家住了。"齐晓卉笑了笑道，"当然，我也知道，她肯定也是存了要帮我的心。"

"可不是。"吴雪飞点头道，"那这样吧，你先在苏睿文那里住着，等我装修海鲜排档的时候，在二楼隔出一个房间来，给你们娘儿俩住。等我这边的租房合同期满了，咱俩再合租，去找个大点儿的房子，我把婷好也接过来。"

齐晓卉知道吴雪飞的意思，租房合同期没满只是借口而已，主要的原因应该是倪伟刚那边的事情还没有解决好，合租不方便。那么她说以后要跟自己合租，是已经对倪伟刚死心了吗？是了，她上次还说起过封口费。

齐晓卉正迟疑着要不要问一句，吴雪飞说道："好了，时间也不早了，我还要去学校一下。今天婷好的班主任给我打电话，说是小姑娘最近超级爱漂亮，上课不好好听课，总是拿个小镜子照来照去的，心思一点儿都不在学习上，成绩下降了很多。约我今天放学跟她见个面，沟通一下。"

"约你沟通……"齐晓卉感觉奇怪，齐婷好的监护权在齐晓成那里，所以老师一直都是跟齐晓成或者齐母联系的，自己也去过一两次。只是这一次老师为什么会给吴雪飞打电话，难道说她已经答应更改齐婷好的监护权了？

齐晓卉还想要多问一句，吴雪飞已经站起身来，笑着说道："你看着我干什么？乐乐放学的时间也到了，你不用去接他？"

齐晓卉"哦"了一声，也连忙站起身。

也许是自己一直对烹饪比较感兴趣的缘故，乐乐成了正宗的小吃货一枚。这不，一出校门，他就抬头问道："妈妈，我们晚饭吃什么？"

"你想吃什么？"齐晓卉边说边想。为了省电，冰箱没有开，所以家里几乎没有隔夜的菜，基本都是吃什么当天去买的。好在休渔期还没到，所以菜场里的海鲜当天也都能买到。早上买了几条豆腐鱼，下面条还是不错的。

"我要吃炒饭。"乐乐歪着头想了想，"海鲜蛋炒饭，里面要放好多海鲜。"

"那家里的豆腐鱼怎么办？放到明天就不能吃了。"齐晓卉佯嗔地白了儿子一眼，他说的海鲜蛋炒饭，就是放了蟹肉、虾仁的蛋炒饭，肯定好吃啦。

"豆腐鱼做汤，正好配蛋炒饭。"乐乐不假思索地说道。

"你个小馋猫！"齐晓卉笑着点了一下儿子的鼻子，"好了，服了你了，那就去菜场买螃蟹呗！你还要加什么？"

"加紫菜，加香菇，还要加蛋！"乐乐蹦蹦跳跳地说。

"加你这个小笨蛋呗。"齐晓卉被儿子感染了，不由得开心起来，也学着儿子的样子又蹦又跳地走了起来。

食材很快就买齐了，今天海鲜比较多，价格也划算，所以家里虽然没有开冰箱，齐晓卉还是多买了一点儿。盘算着烧熟了放在窗台上也不会坏，明天早上再做炒饭给儿子吃。

简单地吃完饭，乐乐看着电视，齐晓卉则慢慢整理着和吴雪飞商量出来的菜单。突然听到一阵敲门声，她有些奇怪，这个时候谁会来自己家呢？吴雪飞？还是秦诺？但是敲门声不像啊，难道是老妈找上门来了？齐晓卉冷汗都下来了，为了掩饰自己的不安，便问乐乐："宝贝，你听这是在敲咱们家的门吗？"

乐乐像煞有介事地听了一会儿，肯定地点点头，然后为了表现自己的勤快，不等齐晓卉开口，就跑到门边，打开了房门。

齐晓卉正暗暗叫苦，不想乐乐高兴地叫了起来："妈妈，是小顾叔叔。"

齐晓卉吃了一惊，忙走到门口，果然是顾林涛，看见她后不好意思地笑了笑。不知道为什么，齐晓卉突然觉得有些失落，她掩饰着指了指楼上，问道："你回来住了？"

"是啊，她回去了。"顾林涛似乎知道她的意思，不动声色地解释道，"是这样的，我接了点儿私活儿想回家来做，没想到家里的台式机坏了。我呢，又正好把笔记本放在公司里了。要是回去拿，一来一去最起码要一个多小时，我怕来不及干活儿。所以想借你家电脑用一下，不知道行不行？"

"行啊，有什么不行的。"齐晓卉连忙打开房门，又后退了一步，"我家电脑也没什么大用处，就是让乐乐看动漫用的，你只管用好了。"

顾林涛却没有进来，依然有些迟疑地说道："活儿可能会干到很晚，会不会影响你和乐乐休息啊？"

"不影响。"齐晓卉一口否认，想了想觉得自己的态度有些奇怪，于是放缓了语气解释道，"电脑是单独放在书房里的，不在卧室里，怎么影响啊？"

"那就好。"顾林涛歉意地笑笑，还想再客气几句，乐乐已经一把将他拖了进来，兴高采烈地说道："小顾叔叔，你要是工作得太晚了，那晚上就住我们家好了，明天早上妈妈会烧好吃的给我们吃呢。"说着，他夸张地用小手捂住嘴巴"哧哧"地笑。

齐晓卉和顾林涛面面相觑，禁不住也笑了起来。

## 🎣 17  瞬间心动

顾林涛这才对齐晓卉笑了笑道："那我就不客气了，我会尽量抓紧时间早点儿做好的，你放心。"说着，他摸了摸乐乐的头，说道，"乐乐，叔叔今晚有事，不能陪你玩了。等叔叔做完了工作，咱们再一起去捕鱼好不好？"

乐乐开心地连连点头，齐晓卉便将顾林涛让了进来，一边打开了书房的门，一边顺便开了灯："这个房间我没住过，平时窗户开得不是很多，所以还有点儿装修时留下的气味。你要是觉得不舒服，可以把窗户稍微打开一些，今晚不算很冷。"

"好的，没事的，我自己能行。晓卉姐，你忙你的去吧。"顾林涛说着，将肩上背着的公文包放下，说道，"不过我可能要在电脑里临时安装几个软件，可以吗？"

"可以啊！"齐晓卉笑了，顺手打开了电脑，"就是网速有点儿慢，不知道会不会影响你工作。"

顾林涛抱着一堆从公文包里取出来的图纸笑道："不会的。"说着，他将图纸放在了电脑的旁边。

齐晓卉也就不再说什么了，带着乐乐走出了房间，顺手将房门带上了。

趁着安装设计软件的空隙，顾林涛听着外面的声音，先是乐乐刻意压低声音跟妈妈说话，还时不时地"嘘"一下，让他忍不住莞尔。过了一会儿，顾林涛就听见有水声，大约是在给乐乐洗漱了。顾林涛轻轻叹了口气，想到自己目前的窘境，不觉皱起了眉头。

他一直奇怪沈琳是怎么知道那次活动的，在公司的邮件通知中，根本就没有提到可以携带家属，沈琳却口口声声说是自己带她过去的，还跟小乔她们像煞有介事地描述她跟自己的感情，甚至大言不惭地表示，他们很快就要结婚了。

顾林涛几乎要被她气死，忍无可忍之下，在小乔她们起哄要他确认婚期的时候，冷冷地说了一句："是女友，不过是前女友，还是跟别人结婚又离了婚的前女友。"

这句话让沈琳无地自容，她完全不能相信一直容忍着她的顾林涛，也有这样的决绝，顿时脸色惨白，冲出了烧烤城。顾林涛没有去追，只是给程新打了个电话，请他关注一下。正如程新所说，不管沈琳做错了什么，她罪不至死，他也不希望她在这里出什么意外。

程新真的是个好基友，一个晚上，他一直将和沈琳的对话截图发给他，通话录音也发给他，直到沈琳答应第二天就离开瀛洲市。即便是这样，他依然不敢贸然回家，怕沈琳言而无信。直到程新告诉他自己接到沈琳了，他才长长松了口气。没想到回到家后才发现，里面乱得就像被洗劫过一般，而且电脑也坏掉了。

自从父亲去世后，顾林涛为了还债，就一直托朋友帮忙介绍装潢设计的活儿，可以利用业余时间多赚一点儿钱。只是这是个私活儿，总不能拿到公司里去做吧？所以他在宿舍里准备了一台台式机，原以为沈琳走了，就可以安安心心在家工作了，没想到电脑坏了，偏偏笔记本又带去了工地，万般无奈之下，这才前来求助齐晓卉。

当外面的声音渐渐消失，周围都安静下来的时候，顾林涛也完全沉浸在了设计图纸中。这是一套四室两厅、面积达一百八十平方米的房间，业主对设计的要求很高，几乎需要完全变更原来的框架结构，所以顾林涛不敢掉以轻心。

工作中，时间流逝得特别快，当顾林涛揉揉酸胀的眼睛，终于从那些线条、平面的图案中回过神儿来时，电脑右下角的时间显示已经是夜里十一点半了。

顾林涛大吃一惊，这半夜三更的，他待在齐晓卉的家里，不是惹人闲话吗？瀛洲市不比上海，这里没有男女合租的风气，而单身女人的清誉也依然是一件很被看重的事。况且，从这些日子和齐晓卉的接触中，他也知道了这个小女人还是非常传统的。

想到这里，顾林涛慌忙拷出资料，关上电脑，然后打开房门，打算就此离去。不想一开门，只见齐晓卉正坐在餐桌前，涂画着什么。听见房门打开的声音，她抬起头来微微一笑："怎么了？事情做完了？"

"对不起！"顾林涛局促了起来，歉意地说道，"晓卉姐，实在是不好意思，这个活儿人家催得急了些，所以我一着急就没看时间……"

齐晓卉不介意地笑了笑道："你家不是就在楼上吗？回家也就是一步路的时间，早点儿晚点儿有什么关系。"说着，她站了起来，朝厨房走去。"反正已经很晚了，你在这里吃了消夜再走吧。我看你这么长时间还没有做好，怕你饿了。正巧呢，今天乐乐要吃蛋炒饭，我多做了一些，就给你当消夜吧。"

"不，不，不用了。"顾林涛忙抢前一步拦住了她，不好意思地推辞道，"我不饿。"不想话音刚落，就听见他的肚子好似抗议一般一通乱响，齐晓卉忍不住笑了。

顾林涛也不禁尴尬地笑了："晓卉姐，你真的不用忙，一会儿我自己下去买包方便面就可以了。"顾林涛说着，就想打开门出去。

"少吃点儿方便面吧。"齐晓卉柔和地劝道，"你又上班又接私活儿的，本来工作就忙，再不好好犒劳一下自己，这是打算未老先衰吗？"

顾林涛怔在了那里，不一会儿，一股香气就在房间中弥漫开了，带着海鲜那令人垂涎欲滴的诱惑。他忍不住转头看去，就见齐晓卉端着一碗饭从厨房里出来，放在桌上，笑道："快点儿吃吧，这是乐乐最喜欢吃的海鲜炒饭，要不是给小顾叔叔吃，他才舍不得呢，还要留着明天当早餐呢。你先坐下吧，我再帮你泡一碗紫菜汤。"

顾林涛身不由己地回到了桌边，仔细看着炒饭，白色的饭粒都已经被蛋液包裹成金黄色了，衬着白色的蟹肉、红色的虾仁、绿色的葱花，好一道色、香、味俱全的炒饭。顾林涛深深吸了一口气，坐下后笑道："既然是乐乐让给我吃的，那我还真不能辜负他这番好意了。"

说话间，齐晓卉已经端着紫菜汤出来了，放在桌上，温和地看了顾林涛一眼，柔柔地说道："慢点儿吃，没人跟你抢，乐乐已经睡着了。"

顾林涛先是点头，随即抬起头来，疑惑地看着齐晓卉，说道："我怎么觉得你说话的语气怪怪的呢？你是不是拿我跟乐乐一视同仁了啊？"

"难道不是吗？"齐晓卉仿佛占了天大的便宜一般，索性捂着嘴笑了。

顾林涛横了她一眼，说道："事有轻重缓急，等我吃完了再跟你计较。"

齐晓卉点点头，不一会儿，似乎想到了什么，小心地问道："小顾，住在你那里的那位沈琳小姐真的走了？"见顾林涛点点头，她便歉意地说道："这件事我要要跟你道歉，你们公司活动可以带家属是我说的，我也没想到她会过去。那天她突然出现，是不是让你很尴尬啊？我也是苏总的提醒，才意识到自己多嘴了。"

顾林涛吃饭的动作慢了下来，好一会儿才问道："苏总是想让你带着乐乐一起去，所以才这样说的吧？"

"我猜应该是这样的。"齐晓卉点点头。

顾林涛慢慢地舀着紫菜汤，似乎有点儿欲言又止，许久才说道："这样也好，闹一下把话都说清楚了，她也就回去了。"说着，他朝齐晓卉一笑，"从这个角度来说，我还得感谢你呢，要不然我还真的没有勇气跟她把话挑得这么明白呢。"

"为什么是你不敢见她？难道你们当初的分手是你不对吗？"齐晓卉试探道。

"也不算我不对吧。"顾林涛放下了筷子，抽了张纸巾笑了笑道，"用程新的话来说，我不想见她，是因为无法面对自己曾经的愚蠢。"说着，他见齐晓卉一头雾水的样子，便笑道："你不用奇怪，其实我当初比你还傻呢。你要是想听，我就说说也无妨。"说着，他的神情黯淡下来，夜的宁静勾起了绵长的记忆，他不由自主地沉浸在了自己的思绪之中。

校园里的爱情是纯净而真诚的，顾林涛和沈琳也不例外。顾林涛学的是土建工程，找工作并不算太难，只是要去偏远的地方，这一点让沈琳很不满意。因为她向往的爱情必须是朝夕相处的，她无法忍受没有爱人在身边的日子。

沈琳的这个要求，让这一段校园恋情差一点儿在顾林涛毕业时终结，但是房子挽救了爱情。当时上海的房价才刚刚起步，顾林涛作为对沈琳孤独的补偿，从父母那里要了二十万元钱，加上自己工作一年的积蓄，以及从同学、朋友那里借来的钱，以首付五十四万的价格，买下了上海普陀区一套七十多平方米的房子，而且房产证上写的是沈琳的名字，因为只有这样沈琳才能在上海落户，实现她成为大都市人的梦想。

顾林涛的这个举动，在他的朋友看来是疯了。只不过是女友，就买了一套房子送给她，不要说素来精明的上海人不会这样做，在当今连婚姻都不稳定的社会，随便问哪一个地方的男人，这样做的能有几个人。

尤其是程新，虽然借了五万元给他，但同时也骂了他一顿，因为不看好他这样的付出。当然，沈琳是非常感动的，她终于不再对工作挑三拣四了，也不再因为顾林涛的聚少离多而满腹牢骚了。她温柔地表示要踏踏实实找一份工作，为顾林涛分担房贷。沈琳的态度让顾林涛对于自己的付出十分满意，就好像当初齐晓卉将房款放在许俊平的手上，听着他的信誓旦旦一样。现在才知道，他们那毫无防范的付出，感动的只有自己。

不久，沈琳就凭借自己姣好的容颜、高挑的身材，成了一家品牌车行的前台小姐。不想沈琳只做了两个月的前台小姐，就在一次同学去澳洲留学的告别酒宴上，疯狂地迷恋上了出国。她认为自己之所以找不到合适的工作，就是因为没有留学这个背景。她希望顾林涛成全她，也成全他们的爱情。

毫无悬念的，顾林涛又是二话不说答应了，不顾程新的再三提醒，为沈琳申请了去加拿大留学。没想到就在他们积极办理留学手续的时候，顾母从老家打来电话，说是顾父病了，家乡的医院查出来不太好，他们想来上海的医院确诊一下。

　　顾林涛不敢说自己为了支持沈琳出国，已经将房子卖了。于是请求程新将房子借给他，暂时瞒过父母。没想到顾父在上海的医院被确诊是恶性肿瘤，这下顾林涛傻眼了。

　　顾父和顾母都是普通的企业职工，他们攒下二十万元钱并不容易。是因为儿子要买房子，这才将一生的积蓄都拿了出来。这回他们自己病了，顾林涛怎么可能眼睁睁地看着不做任何努力呢？因此他马上找到沈琳，希望沈琳可以把钱拿出来，先给顾父治病。至于出国，推迟一两年再去也没关系，反正他们都还年轻。

　　可是沈琳说什么也不肯，她瞒着顾林涛找到了主治医生，听说顾父的病已经是晚期了，最好的办法就是保守治疗，让病人多活一些日子。如果非要手术，很有可能就是人财两失。可是顾林涛根本就听不进去，他认为这是沈琳的自私，他找到了程新，表示就算是打官司也要将钱从沈琳手里拿回来。

　　这一回程新倒是站在了沈琳那边，劝顾林涛冷静，生老病死都是人生的必经之路，只不过每个人寿命不同而已。可是顾林涛一口咬定父亲希望得到抢救，就应该满足他，因为那是他自己的钱。无奈沈琳就是攥着钱不肯放手，顾林涛没办法，只好退而求其次，请沈琳将原先父母资助的二十万元钱还给他们，让父亲治病。如果这二十万都花了，病还是没治好，那他也就死心了。

　　"那种时候，我也知道不能都听我爸的，人走到这一步，谁是心甘情愿就走的，所以这钱扔下去，很可能就是打水漂的。可是作为儿子，难道你让我签下放弃治疗的声明吗？那是我的父亲，给了我生命，养育我长大的父亲啊，何况他还拉着我的手，说想要看着我结婚生孩子呢，我怎么忍心拒绝他？就当我扔下这些钱，给自己买个心安不行吗？"

　　顾林涛将头埋进了臂弯里："再说了，我不过是要她把我父母的钱拿出来，他们用自己的钱给他们自己治病，难道不应该吗？晓卉，如果是你，你父母病了，你能拿着他们的钱，心安理得地出国去吗？我不敢说二十万就可以救命，但是二十万至少是一个希望，至少可以让我再多陪陪父亲，多尽一点儿孝道，少一点儿'子欲养而亲不待'的遗憾。我错了吗？"

　　齐晓卉没想到顾林涛和沈琳竟然是这样的故事，一时不知道该怎么说才好，竟是呆呆地问了一句："那后来呢？"

"后来她就走了，去加拿大留学了。"顾林涛抬起头来，自己抽了张纸巾，"临走时对我说，等她在那边站稳了脚，就想办法把我也弄出去。我没理她，再后来她通过程新问我来要过几次生活费。我让程新告诉她，我已经死了。"

"那……你爸爸呢？"

"去世了。"顾林涛顿了顿，"就在沈琳走后的第十天，过世了。"

"是因为没钱不治了吗？"

"不是。"顾林涛缓缓地摇了摇头，"沈琳走后，我疯了一样向所有熟悉或者不熟悉的人借钱，一共借了将近四十万，连治病加上后来的葬礼，用了二十几万。剩下的钱我都留给我妈了，告诉她这是他们自己的积蓄。"

"那……你一个人要还那么多债吗？"齐晓卉觉得有些不可思议。

顾林涛默默地点点头。

"那你没跟她把那些钱都要回来吗？"

"要不回来的。"顾林涛突然抬头看着齐晓卉，"跟你一样，我没有证据可以证明沈琳手上的钱都是我的。就连房子，写的都是她一个人的名字。当初付款，也是我把钱打进她的账号，她去付的款。我知道这样做很傻，可我真的是把沈琳当作要相伴一生的人，我对她没有任何防备。后来……也就是在那个时候，我从程新那里了解到了一些相关的法律知识。只是那时她已经在国外了，涉外案件，对她的影响会很大。再说，我爸已经走了，钱拿回来也没啥意思了。我相信自己，能够还清那些债务。"

"只是相关吗？"齐晓卉想到那张离婚协议，由衷地敬佩道，"你知道吗？你写的那份离婚协议，都让秦诺佩服得五体投地了，哪里只是学到了一些呢，简直是太精通了。"

"是吗？"顾林涛一笑，"如果我告诉你，那个其实不是我写的，是我请教了程新才写出来的，你会不会觉得我是在贪程新的功啊？"

"啊？"齐晓卉又是一个意外。

顾林涛反倒放松了，自嘲地笑了一下："就是因为你的离婚协议，沈琳知道了程新跟我一直有联系，逼着他来这里找到了我。"

"哦。"齐晓卉木然地应了一声，怎么也没想到自己跟沈琳还能以这种方式产生关联。可是细细地回想一遍顾林涛的话，似乎也找不出沈琳罪大恶极的证据。顾父的病本来就是无药可治了，不惜代价地救治，只不过是顾林涛的孝心。所以沈琳最大的错误是她不该连顾林涛父母的那二十万也都拿去了，还是在顾父需要治病的情况下。

"那她现在回来找你做什么呢？是不是来叫你也出国呢？"见顾林涛不再说话，齐晓卉小心地问道。如果真的是这样，那就说明沈琳还是爱着顾林涛的，应该劝他们和好。齐晓卉挣扎着想着，如果有一个人能够这样爱着自己，自己也会感动的，不是吗？

"不是的，她这次回来，是在国外离婚了，所以才回国的。"顾林涛淡淡地说道。

"她在国外结婚了？"齐晓卉大惊道，"她不是说等她稳定下来，就把你弄出去吗？怎么会在国外结婚了呢？"

"不结婚，她怎么能留下呢？"顾林涛的语气中带了几分说不清的感觉，"她这次回来倒是不想出国了，是听说我还没有结婚，想要跟我复合。但是经历了这么多，你认为还有回头的可能吗？我不想再见她，永远都不想，就算她说得天花乱坠，对我来说，曾经的伤害都是一道过不去的坎儿。我不是一个大度的男人，我可以放手，但是做不到释怀，你能理解吗？"

"我能理解，但我觉得逃避不是个办法。"齐晓卉认真地说道，"你完全可以直接跟沈琳表明你的态度，也许她会一时想不明白，但不可能永远想不明白。你看，我曾经是多么不甘心，现在还不是离婚了？"

"她的情况跟你不一样。"顾林涛想了想，正色道，"假如你的前夫现在回来了，要求跟你复婚，你会愿意吗？"

齐晓卉怔了一下，坚决地摇摇头："不会，一个品行恶劣的人是没有爱情的。"

"那你觉得沈琳当初的行为不恶劣吗？你觉得我跟她之间还能有爱情吗？"

齐晓卉被问住了，这话可不好说。要说有可能，当初沈琳在顾父病重的情况下，不体谅顾林涛的父子之情，坚决不肯拿钱给顾父看病的行为，显然对顾林涛伤害极大。但是你要说沈琳完全错了，好像也不能够。毕竟顾父的死亡是因为生病，而不是因为没钱。顾林涛借来的钱，并没有都花掉。

既然顾父不是因为没钱治病而去世的，那么将顾父过世的责任全都推给沈琳，就未免不太公平。何况顾林涛和沈琳的校园之恋，当初也是纯真的。不然，顾林涛怎么肯在自己首付、自己还贷的房产证上，只写沈琳一个人的名字呢？那不就是已经完全将两个人视作一个人了吗？

那一种毫不设防的信任，足以证明顾林涛当初对沈琳的感情有多深了。就好像当初，如果自己也和吴雪飞一样，将剩下的钱牢牢抓在手里，说不定现在也不会那么憎恨许俊平了吧？正是因为奉上了最真诚的心意，所以被糟蹋时才会痛不欲生。

齐晓卉默默地低了头，顾林涛的目光落在了桌上的驱蚊草上，突然一笑："晓卉，你有没有觉得，其实爱情也像种花一样，我这种就是属于施肥不当把花种死了的。你那种呢，是发现盆里的花半死不活了，想移植到外面让它长得好些，结果不小心就被人偷走了。程新在等着他的稀有品种，而你说的秦诺则觉得种花是一件麻烦事，所以干脆就不种了。"

齐晓卉怔了一下，仔细想想，好像确实有些道理，不觉笑道："我的已经被偷了，也追不回来了。你的呢，那么长时间不去管它，想来肥效已经过去了，现在看来，花开得还不错，你也不要了吗？"

顾林涛皱了一下眉头，"我说晓卉姐姐，你的语文是不是门卫大爷教的？我说的花指的是爱情、双方的感情，不是指一个人。你觉得我跟沈琳之间还有感情吗？"说着，他背起了背包说道，"好了，活儿也干完了，消夜也吃过了，我也该回去睡觉了。拿到设计费再请你跟乐乐吃饭吧，算是补偿我吃了他的早餐。"

"好啊，那我们可就等着吃大餐了。"齐晓卉被顾林涛说得尴尬一笑，见时间确实已经不早了，也就不客气了，站起来将顾林涛送出门去。

重新回到自己家里，面对满地的狼藉，顾林涛只有无奈。沈琳回去的时候，他正好在测绘船上加班，因此除了和程新联系，让他帮忙关注一下沈琳之外，还真是抽不出身来。原以为沈琳再恨他，总不至于拿房间里的东西出气，要知道这可不是他的房子，而是公司统一安排的宿舍。没想到沈琳依然是这样的性格，不能按照常理去推断。

顾林涛小心绕到了卫生间，才想到一件事，不知道淋浴房还能不能用了。下班发现电脑坏了，心一急，其他地方也没来得及检查，就跑去齐晓卉家里了。这要是淋浴房不能用了，也是麻烦，虽然将就一个晚上也没什么，问题是明天还得上测绘船，难道要一大早再去楼下借用淋浴房吗？

顾林涛苦笑着打开了淋浴器，谢天谢地，没有坏。冷、热水都有，应该算是沈琳手下留情了吧？他松了一口气，但是沐浴到一半，才发现自己想多了。淋浴是没有问题，有问题的是，下水道堵了。于是一时大意的顾林涛，此刻面临的就是卫生间的满地汪洋。他更担心的是，水会不会渗到楼下，毕竟这里是老小区。

顾林涛手忙脚乱地想要找东西把水清理了，可是单身住在这里的他，东西显然备得不怎么齐全。他找了一圈只找到了一个塑料盆，盛了水也不能就往楼下倒吧？只好随意套了一件衣服，端着盆到楼下去倒水。

等他上楼的时候，就看见齐晓卉站在楼道口，问他："怎么了？这大半夜的不睡觉，你明天不上班啊？"

顾林涛都不知道该怎么解释了，苦笑着说道："下水道堵了，我不知道，直接就洗澡了，结果就这样了，水漫金山。要是不及时排掉，怕会漏到楼下去，那可是苏总的房子。"

"都这个时候了，你还有心情开玩笑。"齐晓卉横了他一眼，返身走进家里，拿了一个塑料桶和一把扫帚，说道，"我来帮你，你也不用把水拎到楼下去倒，就拎到我家来倒好了。"

顾林涛刚要推辞，齐晓卉推着他说道："时间不早了，速战速决，不然把别人都吵醒就更不好了，快点儿！"

看着齐晓卉娴熟地收拾着，顾林涛一边听着使唤，一边奇怪道："你家以前经常进水吗？看你这么熟练的样子。"

"可不是。"齐晓卉头也不抬地说道，"我爸妈家是私房，地势又低，每年台风季节家里总会进水，所以我已经收拾习惯了，也比较有经验。"

顾林涛笑了，将塑料桶挪了一下后，说道："晓卉，我说一句话，你可千万别生气啊。我觉得跟你在一起让人很安心，也很轻松。所以我不明白，为啥乐乐的爸爸会跟你离婚。"

齐晓卉擦地板的动作滞了一下，随即若无其事地反问："很安心也许是因为我不太喜欢出去交朋友游玩什么的，但是很轻松怎么说？我一直都没有正经上过班，家里全靠许俊平一个人赚钱，他一直在说压力很大，怎么到你这里就成轻松了？"

"我不觉得有压力啊。"顾林涛不以为然道，"赚钱本来就是男人的事情。再说了，就算你从来没有赚过钱，但是看你这么娴熟地做家务，还有那一手好厨艺，我觉得有你这样的女人在家，任何一个男人都会很努力地去赚钱，并且把赚钱当作是一件很开心的事情。"

"你真是这样想的？"齐晓卉说着，不相信地回头看了他一眼，想了想问道，"那你跟沈琳在一起的时候，她不做家务吗？"

"怎么说呢，不太做吧。"顾林涛学着齐晓卉的样子，用毛巾吸着地上的水，然后绞到水桶里，"我们俩都是独生子女，属于被家里养娇了的孩子。她不太做家务，其实我也不是很会，所以就觉得没资格去说她。开始想着结婚后让我妈过来教教她也许就会了，可是她非说不要跟公婆住在一起，所以也就算了。加上那时正忙着要出国，也没想这么多吧。今天看见你又是烧饭又是打扫卫生的，那么有条不紊，跟当初和沈琳在一起时的感觉完全不同，觉得这才是我想象中的家庭、想要的生活，所以才那样问你。"

"你说什么呢？"齐晓卉突然提高了声音，还瞪了顾林涛一眼。

顾林涛一怔，这才想到自己刚才那句话的意思，确实不妥。可是看着齐晓卉涨红着的脸，又觉得有些话说出口其实也没那么难，于是正色道："我说的都是真心话。"

齐晓卉没有回答，只是加快速度擦完了地，然后将毛巾和水桶归拢一处说道："太晚了，别弄了，这些先放着，明天再说吧。你明天要是去上班，可以把钥匙给我，我让物业过来帮你把东西都修好了，我明天不接团。"

"好的。"顾林涛说着，忙走到茶几边，拉开抽屉拿了一把备用钥匙递给了齐晓卉，看着齐晓卉拉开门就要离开，顾林涛突然喊了一声，"我能去你家洗个澡吗？刚才才洗了一半，又忙了大半宿。"

## 18  爱的尊严

得到齐晓卉的许可后，顾林涛来到房间里，打算拿了换洗衣物去洗澡，这才发现床上，包括衣橱里的被单、床铺也都被沈琳弄得乱七八糟，根本就无法睡觉。当齐晓卉看见他手中的半截毯子时也是目瞪口呆，终于答应让他在自己家书房的沙发上留宿一晚。

等顾林涛从卫生间出来，整个屋子里都已是静悄悄的了。他蹑手蹑脚地走进书房，在沙发上躺下，恍然觉得今晚就像是做了一场梦一般。

顾林涛躺在沙发上，伸了伸懒腰，长舒了一口气。也许是太累了吧，经历过这样一次刻骨铭心却又一败涂地的恋爱，他早已改变了对爱情和婚姻的期望。恋爱中的那些浪漫、婚姻里的那些风光，那都是给别人看的。他只希望身边的那个女人是他最安全的港湾，是他一身疲惫下班回到家里时，能让他感到所有的辛苦付出都是值得的女人。

他早已过了用身边人去跟别人比较、去向他人炫耀的年龄了，他只想要自己的生活，平静、安稳、温馨，虽然平淡，但是让人放心。不是说君子之交淡如水吗？那么最好的婚姻，也应该只是平淡而宁静的。就好像跳舞一样，你进我退，我进你退，在时间的引导下，去磨合、去适应、去配合，完成人生最和谐的华尔兹。

顾林涛微微地笑了，蒙眬中好像听见有窗户关上的声音，又好像有物品移动的声音。怎么了？是乐乐进来了吗？这个聪明而又让人心疼的孩子，跟他的妈妈一样，能让人萌生一种情不自禁的怜惜。他是真心喜欢乐乐，跟孩子在一起，好像自己重新成长了一次。他喜欢乐乐的乖巧，却又心疼他的乖巧，男孩子是不是应该再锋芒毕露一些？

不知道自己到底是什么时候睡着的，顾林涛是被手机闹钟叫醒的。他一下从沙发上坐起，眼前的陌生让他有一瞬间的茫然，随即才想到昨晚的事情。于是他穿好衣服，走到书桌前收拾着自己的东西，发现窗户被关得严严实实的。

昨晚自己好像没有关窗啊，顾林涛一回头，想到昨晚自己也没有锁门，不觉有些尴尬。这时，厨房传来了轻微的响动，顾林涛迟疑了一下，起身朝厨房走去。刚到门口，只见厨房门打开了，齐晓卉猛地看见顾林涛站在眼前，吓得她连连拍着胸口，嗔道："干什么啊，一大早就来吓人，真是被你吓死了。幸好我没拿东西出来，不然你们连早饭也不用吃了。"

"你在烧早饭？"顾林涛朝厨房一探头，"嗯，好香，烧的是什么？"

"你这么早起来干什么？还能再睡一会儿呢。"齐晓卉答非所问，"我记得你们公司是有班车的，一会儿你坐班车去公司就好了。"

"我知道，昨晚……"顾林涛想到了窗户的事情。

"昨晚半夜起风了。"齐晓卉似乎知道他要问什么，"我们这里就这样，春夏之交的时候，半夜南风很大。我从主卧的阳台上看见你那边窗户没关，就走过去想提醒你关窗。没想到你连门也没关，所以我就自己帮你把窗户关上了。"

顾林涛等齐晓卉解释完了，突然促狭一笑："我不是问这个，我想说的是，谢谢你昨晚收留我。哦，对了，还有那碗海鲜炒饭。"

齐晓卉还没有回答，乐乐不知从哪里蹦了出来，说道："小顾叔叔，原来我妈妈给我留的海鲜炒饭是给你吃了啊？"

"是啊！"顾林涛赶紧蹲下来，笑道，"放心，叔叔吃了你的炒饭会还你的，下次带你去吃好吃的还给你。说吧，你想吃什么？"

乐乐看着他，突然哈哈大笑起来："小顾叔叔，你知道吗？我们家的海鲜炒饭又叫作宝贝炒饭，是妈妈专门做给我和姐姐吃的。妈妈说，只有宝贝才能吃宝贝炒饭，难道你现在也变成我妈妈的宝贝了吗？"

这句话让顾林涛和齐晓卉面面相觑，随即彼此又飞快地移开了目光，不由自主地红了脸。

吃过早饭，顾林涛坐公司的班车走了，齐晓卉将乐乐送进了幼儿园，想着顾林涛昨晚的那半截毯子，猜想他家里肯定还有其他东西也都被沈琳破坏殆尽了，不如先帮他去收拾一下，有需要赶紧添置的，趁着今天有空就帮他买好了吧，不然又来自己家借宿也不是回事啊。

刚走到单元楼下面，就听见了汽车喇叭的声音，她转过头看去，苏睿文正好摇下车窗，探出头来对她笑道："有人给我送了点儿海鲜过来，我不会弄，最近也不回家。想着你是在家里烧饭的，也许用得上，就给你送过来了。"

齐晓卉怔在了那里，半天才说道："我……我可能也用不了，我没开冰箱。"

苏睿文奇怪了："你怎么知道东西很多要放冰箱啊？"说着，他下了车，一边开后备厢一边说，"冰箱家里不是有吗？开一下很方便的，就算没有，买一个也容易，这算什么借口？一会儿上去就打开了吧。"说话间，他果然拎出一大袋海鲜，笑道，"也不知道是些什么，真的很重，你们瀛洲人还真是客气，这得吃多少天啊。"

齐晓卉也笑了："你说送来的是海鲜，那肯定就是瀛洲人送的。我们瀛洲人送礼就是这习惯，不求最好，但求最多，所以东西肯定少不了。"

苏睿文笑道："那你还在一边当导游介绍风俗？还不赶紧过来拿。"

神情自然，言语平常，让齐晓卉拒绝都不知道该怎么开口，只好走过去帮着拎起一袋，和苏睿文一起走回了家里。

放下东西，苏睿文第一件事就是帮齐晓卉打开了冰箱，问道："为什么不开冰箱？你的工作时间本来就不确定，家里有冰箱可以储存些东西。不然万一晚上回来晚了，菜场、超市又都关门了，你去哪里买东西？带着乐乐喝西北风吗？"

齐晓卉笑着道："那倒不至于，方便面还是买得到的。"

苏睿文看着她，微微摇了摇头："晓卉，日子不是你这样过的。就算所有人都不在意你了，你自己也得在意自己，不能应付着过日子，那就太对不起自己了。再说了，这世上还是有在意你的人的，譬如乐乐，譬如……我。"

齐晓卉收拾着苏睿文带来的海鲜，答非所问地道："苏总，这些海鲜稍微处理一下，是可以放很长时间的，譬如这鳗鱼、鲅鱼，都可以做成鱼鲞的，我帮你弄好了，你还是带回家里去吧。这些螃蟹就没有办法了，这么几个，做成蟹松也没多少。当然，如果你喜欢，我也可以帮你做好，多少不论，带回去尝个鲜吧。"

苏睿文走过去，握住了齐晓卉的手，温和地说道："先放着吧，我有话跟你说。"

"不，不行啊。"齐晓卉只觉得心慌意乱，"这是海鲜，不及时处理好，是很容易变质的。苏总，你有什么话，等我弄好了再说可以吗？"

苏睿文松了手，看着齐晓卉："是关于乐乐的，你也不想听吗？"

最终，齐晓卉放下抓在手里的鱼，换了个水槽洗了手，乖乖地跟着苏睿文，在客厅的椅子上坐了下来。苏睿文看出了齐晓卉的局促，坐到了她对面的椅子上。

"儿子是你心中最重要的那个人，对吗？"苏睿文看着她，脸上一直带着笑意，"他能左右你对任何事情的决定，是吗？那我能不能问一下，你和你的前夫在离婚协议上关于儿子是怎么约定的？"

这个问题，让齐晓卉几乎落下泪来。是的，给儿子改姓，虽然当时是出了一口气，可是她既不能割裂亲子关系，也无法逆转法律关系。她觉得自己就像是一只母猫，随时防备着来自外界的对小猫的伤害，却忽视了很多时候对儿子的伤害可能会来自她自己。

因此她迟疑了好一会儿，才说道："他不肯付生活费，我又没本事找到证据证明他有抚养能力，所以一气之下，就把儿子的姓氏给改了，现在乐乐跟我姓，监护权也归我。虽然离婚协议中规定了他得支付抚养费，实际上我知道他一分钱也不会拿出来的。"

苏睿文有些奇怪地说道："法律规定抚养未成年孩子是父母的义务，这个不存在他有没有能力的说法啊。就算他一分钱也赚不来，法院一样会判他支付抚养费的。"

"苏总，你说的这个是理想状态。"齐晓卉自嘲地笑了一下，"我目前是处在现实状态。法院判了就有用吗？拒不执行法院判决的案例还少吗？还是苏总觉得我有这样的闲功夫，可以每个月都出去找他要钱呢？法律规定，法律还规定不能杀人放火呢。"

苏睿文看着齐晓卉一脸的沮丧，倒觉得好笑起来："如果我没有记错，你跟我说起过，乐乐明年就可以上小学了吧？你想过让他在哪里上学吗？"

"在哪里上学？"齐晓卉觉得这个问题莫名其妙，"当然是在这里上学了，还能去哪里啊？"

"你不是说你的前夫不愿意支付抚养费吗？那你一边工作一边带着孩子，真的没有问题吗？"苏睿文环视了一下房间，接着说道，"我听说你去海鲜楼应聘了，你觉得这是一个好办法吗？不要说没有厨师证在海鲜楼是无法立足的，就算我愿意帮你去说情，让季永年留下你，你觉得自己能够一边上班一边照顾乐乐吗？"

齐晓卉摇了摇头，终于说出了自己跟吴雪飞的打算："我的一个朋友，要在政府部门扶持的海鲜一条街项目中开海鲜排档，已经邀请我合伙了。她是一个可靠的人，又不要我出钱入股，又允许我带着乐乐上班，所以我就答应了。当然了，我也知道这只是权宜之计，不过我也想过了，乐乐会慢慢长大，就算我有时间，只怕也照顾不了他。你想想看啊，小孩子上了学，就需要辅导功课了，我哪有那个能力。所以我只能努力赚钱，至于照顾乐乐，我想我也只能花钱了，到时候就让乐乐住在老师家里，请老师帮我照顾了。好在乐乐是男孩儿，早点儿离开妈妈，培养独立能力，也没有什么不好。"说到这里，她有些无奈地笑了一下，"当然，我承认经济压力大了不少，不过正好，也算是让我有了工作的动力吧。"

苏睿文耐心地听完，问道："既然你不介意乐乐离开你，那我这里有一个更好的方案，你愿意听一下吗？"

齐晓卉懵懂地问道："什么？"

"自从我跟你提出那个要求后，我也仔细分析了你的现状。"苏睿文不紧不慢地说道，"我知道对一个妈妈来说，最重要的就是她的孩子。是的，乐乐现在还小，你我如果生活在一起，他可能还无法理解我们的这种关系。正如你所顾虑的，他会长大。而且他现在不理解，并不等于他没有印象。童年往往是留在一个人心底最深刻的记忆，所以我们在他的童年记忆里留下任何负面的东西，都是对孩子的不负责任。"

齐晓卉瞪大了眼睛，她有点儿不相信苏睿文会说出来这样一番话。她承认苏睿文说出了她心中最无法排解的顾虑，同时也感受到了苏睿文对这件事的用心。

"所以我这次去上海，特意打听了一下上海民办寄宿学校的一些情况。"苏睿文继续说道，"我原来还担心你舍不得让乐乐离开，没想到你居然已经有了这种打算，这就好办了。上海有很多民办寄宿学校，也就是俗称的贵族学校，学校里从幼儿园一直到高中都有。既然你舍得让乐乐寄宿在老师家里，那还不如送他去上海的寄宿学校。你不会以为上海的教育质量还不如瀛洲市的吧？"

齐晓卉瞪大了眼睛："苏总，你不是在说笑话吧？把乐乐送到老师家里去寄宿，对我来说已经有不小的经济压力了，将他送到上海的贵族学校，我哪里付得起学费啊？"

"你看，你看，"苏睿文怜爱地摆摆手，打断了她的话，"学费的事情不用你来考虑，我早就说过，能用钱解决的事情，就不是事情。你只需要好好想想，如果这个办法可行，我就请朋友帮忙联系学校了。联系好以后，你带着乐乐去实地考察一下，没有问题的话，等今年九月份开学的时候，就可以把乐乐送过去了。可以先让乐乐在那里上幼儿园，熟悉一下环境。"

齐晓卉看着苏睿文，突然笑道："苏总，你开什么玩笑？如果乐乐无法在上海参加高考，那么在上海上学对他来说绝对不是一件什么好事。你也知道，上海市每年高考试卷的难度，在全国范围内来说还是比较低的，至少低于浙江。所以在上海读书，回浙江参加高考，那简直就是一件愚不可及的事情。"

"你说的没错。"苏睿文一笑，似乎齐晓卉的疑问早就在他预料之中了，"果然，孩子是你心中最重要的存在。你的顾虑，我在联系学校的时候，就已经了解到了。所以跟着这个方案的还有一个辅助方案，你听我说完再做决定，可以吗？"

齐晓卉很想拒绝，转念一想，也许苏睿文是花了一定的精力和时间去打听的。像他这样的人，钱不是最重要的，时间和精力才是最重要的，而他居然肯为了自己这样费心费力，就算要拒绝，也总该听他说完，算是不枉费了他的苦心。因此，她不好意思地一笑："嗯，苏总，那你说，我听着呢。"

"好。"见齐晓卉不再抗拒，苏睿文也非常高兴，"乐乐明年才读小学，也就是说，距离他高考至少还有十年的时间。我们暂且不管这十年里国家的高考政策会发生什么变化，我们就按照现在的高考政策去办。首先上海已经稍稍放开了外来人口参加高考的限制了，如果你是上海的外来务工人员，而乐乐的中小学教育又是在上海完成的，那么按照政策，参加上海市高考也不是不可能。"

听起来似乎很合理，但是齐晓卉马上发现了漏洞："苏总，不是吧？你是要我送乐乐去上海上学，还是要我陪着乐乐在上海上学啊？"说着，自己不觉红了脸，"你不是说你帮助我的条件，就是在这里拥有一个临时家庭吗？"

这句话让苏睿文以为齐晓卉已经开始接受他的建议了，他心里是说不出的喜悦，甚至后悔自己不该坐到她的对面来，因此笑道："你啊，都经历了这么多，怎么还没有学会变通呢？外来务工人员，不等于你就只能在上海务工了啊。只要我帮你找一家在上海的民营企业，让你在里面挂个名，请他们帮忙，给你在上海市缴纳三金，不就行了吗？"

说到这里，苏睿文沉思了一下："不过现在上海这一块查得还是比较严的，挂两三年没问题，时间长了就不太好了。这样吧，先送乐乐过去，等他在那边生活、学习都习惯了，我再想办法给你在浦东或者闵行那边买套房子吧，这样稳妥一些。"

齐晓卉要晕了，因为自己是导游，而来瀛洲市的游客也是以上海人为主，所以她对上海的情况并不陌生，知道浦东和闵行、松江那边的房价相对还算便宜。但是不管怎么说，那里也还是属于上海，那个房价依然不是她齐晓卉所能承受的。

而且接受了苏睿文这样的安排，她还能脱身吗？她承认儿子对她来说确实很重要，但是如果她以出卖自己去为儿子换得前途，她不知道儿子长大以后知道了，会是什么样的想法，会有什么样的感受。

因此齐晓卉一边感慨苏睿文的用心良苦，一边也后悔自己当断不断，没有在第一时间就退租回绝他，反而给他留下希望，造成现在这样湿手沾面粉的状况。所以听完后，她轻缓却又坚毅地摇了摇头："苏总，谢谢你的用心，真的非常感谢。但是我现在还不想让乐乐离我太远，毕竟，他从小都没有离开过我，一下子就送他去外地上学，他不习惯，我也不习惯。"

"你是不相信我吗？"苏睿文看着齐晓卉，猜测着她的真实想法，"我知道，现在我说什么于你而言都是空话，但是你总得给我时间和机会，让我去实现对你的承诺啊。也许，那天我跟你说的话是直接了一些，因而引起了你的反感。但是你那么聪明，真的就一点儿也感觉不到我对你的好感吗？"

"苏总……"苏睿文的话让齐晓卉回想起那天的问题，心里更加懊恼，"我为我当初的问题向你道歉，现在我想说的是，很多事情过去了就是过去了，有很多人错过了也不可能再重来。何况我们之间……苏总，我非常庆幸自己能够遇到你，是你让我知道了，这个世界上还有许许多多像你这样顾家爱儿女的好男人，而不是都像我遇到的那样不堪。"

说完这句话，齐晓卉突然有了一丝淡淡的嫉妒，是的，嫉妒，也是羡慕，羡慕他的妻子能够遇到这样一个不离不弃的男人，虽然算不上完美，但却是可靠的。当爱情的长跑接近尾声的时候，可靠比浪漫重要多了，不是吗？

苏睿文意味深长地看着齐晓卉，突然一笑："晓卉，你知道吗？你真的很聪明，你拒绝了我，却让我无法恼火。是的，我承认我帮你是有条件、有要求的，这可能让你在心理上难以承受，好像在出卖自己一样。可是你想想看，如果我真的只是想要一个女人，我出的这个价钱，不要说在瀛洲市，就是在上海、杭州那种大城市，也不见得找不来一个女人，我又何必在你这里费这么大劲呢？难道你真的不明白，我现在是恨不相逢未娶时吗？"

苏睿文语气中的诚恳让齐晓卉除了窘迫，更多的却是羞惭。她承认她现在身陷困境，她也承认她确实需要帮助。许俊平的绝情、齐晓成的自私、父母的无暇兼顾，都让她挣扎其中而难以自拔。可是因为这样就出卖了自己，她还是不能接受。

因此她难堪地避开苏睿文炙热的目光，缓缓地说道："苏总，我知道你是真心想帮我，我也知道就目前的情况来说，你的帮助于我而言，无异于雪中送炭，要说我不需要，那是假的。可我现在不仅仅是一个单身女人，更是一个母亲。我可以不在意别人异样的眼光和鄙夷的议论，可是我的儿子会在意。他会长大，他会知道这些眼神和话语中包含的是什么，到了那个时候，我又该怎么去面对我的儿子？"

"所以我觉得让乐乐去上海读书，是一件深谋远虑的事情。这不仅有助于孩子开阔视野，接受更优质的教育，也可以将一些影响他成长的负面因素，消除得更加彻底。上海不是瀛洲市，上海很大，没有人会知道你我是什么关系，更没有人会去告诉乐乐，这一切都是怎么发生的。"苏睿文似乎是找到了问题的症结所在，郑重地保证着。

"我知道苏总的好意，可是我做不到一边出卖着自己，一边教育儿子要做一个堂堂正正的人。真的，我做不到，苏总。离婚已经让我欠了乐乐很多，我连一个完整的家都给不了他。如果在若干年后，再让他因我而蒙羞，我会无地自容的。"

这真是一个固执到不可思议的小女人，苏睿文长叹了一口气，试图挽回些什么："可离婚并不是你的错，而且，我个人认为，家庭是否完整和对孩子的爱是否完整，完全是两个概念。一个不负责任的父亲，他不仅给不了孩子父爱，还会带来负面的影响，所以我并不认为，离婚是你对乐乐的亏欠，我倒觉得，这是你给乐乐选择的一个更好的、更适合他健康成长的途径。"

苏睿文做着最后的努力："其实你也已经看到了这一点，只是纠结于世俗的观点，无法坚持而已。就好像你在衡量我的建议的时候，也混淆了感情和责任的关系。以为我既不能给你一个光明正大的婚姻，当然就算不得是一个有责任、有担当的男人了。"

"难道不是这样吗？"齐晓卉反驳道，"如果你依然爱着你的妻子，那么你对我的表白，就是不负责任的表现；如果你已经爱上我了，那么维系着和你妻子的没有感情的婚姻，也是一种不负责任的表现啊。"

苏睿文看着齐晓卉，淡然一笑："年轻真好，可以在婚姻的阳光中，享受着爱情的惬意。可是你知道吗？有一天，你到了我妻子那样的年龄，就会明白，婚姻中有的不仅仅是爱情，甚至爱情没有了，我们也必须维系一段婚姻。"

说到这里，苏睿文环视了一下客厅，感慨道："婚姻走过了二十几年，其间的盘根错节，已经不仅仅是'爱情'两个字可以概括的了。二十几年的夫妻，我的生活中已经处处都留下了她的痕迹。就算撇开感情的因素，难道我就不需要顾及她的感受吗？让她在即将白首偕老的时候，再去经历那份难堪，我也做不到啊。"

说着，苏睿文站了起来，在房间里走了几步，接着伸手从茶几上拿起了一个山竹，端详着说道："知道吗？我妻子和我结婚的时候，我家的经济条件并不好。记得女儿刚出生的时候，我们一家三口，加上我父母，还挤在一套只有二十几平方米的一居室里，一个十六平方米的房间、一个五平方米的厨房和一个三平方米的卫生间。"

"一个房间？十六平方米？"齐晓卉有些不可思议，这样一个房间可以住得下一家五口？就是打地铺，这媳妇跟公公住在一起也不方便哪，因此她不相信地看着苏睿文。

"是啊，就是一个房间，你能想象吗？"苏睿文笑笑道，"想知道我们是怎么住的吗？"

齐晓卉不由自主地点点头。

苏睿文笑了道："你知道壁橱吧？我们把壁橱做成两层，上层放衣物，下层就可以睡人了。那时，我妻子带着我女儿睡在壁橱里，我就睡在地板上。"

齐晓卉低下头，他的妻子付出过，他记得。她也曾经付出过，当她郑重地将卖房款交到许俊平手里的时候，同时交出的是她全部的真心。她到现在也不明白，是什么让许俊平拿着她全部的真诚和信任，那么决绝地离开了家，离开了她，也离开了儿子。

真的是因为她偏袒娘家的缘故吗？可他不也一样偏袒自己的父母吗？当他的母亲没理由地干涉他们小家庭的时候，他又何尝说过一句公正的话？那时他说，家里没有原则性的错误，可为什么事情到了自己这里就成了致命的错误？

曾经在哪里看见过这样一句话：浪漫需要观众，那么爱情是不是也需要知音。没有知音，再多的付出，换来的只能是更深的伤害。或者吴雪飞说得对，女人的善良、女人的柔情、女人的宽容，都需要男人的理解和欣赏，否则，就会变成男人放纵的最好理由。

"我们一起度过了人生中的风风雨雨，现在女儿也长那么大了，马上要结婚了，就算我不能给她更多的关心和照顾，总要顾及她的面子吧？所以'离婚'这两个字，我是无论如何都说不出口。而我能给你的，除了真心，就只有经济上的帮助了，你能明白吗？"

"我明白。"齐晓卉突然笑了，点了点头，"我想知道的是，你的妻子……她明白吗？她……愿意继续维系这样一段没有了真心的婚姻吗？"

"她明白，她也愿意！"似乎对齐晓卉的问题感到好笑，也似乎想说明自己在家庭中的权威和地位，苏睿文坦然地说道，"我们之间已经不是爱情了，你知道吗？我们之间是一种亲情，一种割不断的血缘关系，她是我女儿的妈妈，永远都是，无法改变。"

齐晓卉相信他的话，他有钱有地位，还能够这样惦记着妻子曾经的付出，能够这样顾及妻子今后的生活，真的算得上是一个好男人了。譬如许俊平，如果他能够想到夫妻曾经的患难与共，如果他能够给儿子一份完整的父爱，那么这么多年的漂泊在外，对于他的出轨，对于他的不忠，她也许会睁一只眼闭一只眼地过去了。

"可是，我还是不能理解……你们夫妻之间所谓的默契。"齐晓卉感到一种说不出的苦涩，不知道是为了守不住婚姻的自己，还是为了那些守着一份早已变味了的婚姻的女人，她甚至不知道，哪种女人更加可怜。

"我说过，我只是需要一个家，当然，是一个临时的家！"齐晓卉的困惑在苏睿文看来是可笑的，所以他把每一个字都说得那么理所当然，"男人的辛苦需要女人的认可，我希望我一身疲惫地下班回来，有一张明媚可爱的笑脸在等着我，有一桌精心烹制的饭菜来迎接我。那么我一天的辛苦，此时此刻都会变成幸福，你明白吗？"

"不明白！"齐晓卉依然觉得不可思议地摇摇头，"难道你对着另外一个女人的笑脸的时候，就不会想到你的妻子此时此刻会怎么想吗？"

"我给了她所有女人都梦寐以求的一切，美满的婚姻、完整的家庭、足以让她自豪的丈夫和女儿，还有富裕的生活。这些，可不是每一个男人都能做到的。"苏睿文的语气中透着骄傲，"就好像我为你准备的一切一样，让你生活无忧，让你的孩子有一个跟别的孩子一样的童年，甚至会比别人更好的成长环境，良好的学校教育、富裕的生活条件。晓卉，难道你不觉得和爱情的专一比起来，这一切更加切合实际吗？"

## 19　卷土重来

齐晓卉不得不承认，苏睿文的话很有诱惑力，也非常实际。七年的婚姻，她守着家，守着孩子，守着一份对丈夫的深情，最终得到的却是一场噩梦。她的善良、她的付出、她的不设防，都成了丈夫欺骗和背叛的温床，让他离开得那么绝情，又是那么顺利，顺利得没有半分留恋、一丝牵挂。

泪水顺着脸庞潸然而下，心酸、委屈、失落、无助。这几年来，种种艰辛和不如意，此刻就像渐渐上涨的潮水，怎么也无法退去。

苏睿文抽了几张纸巾递给齐晓卉，看着她轻拭泪水的样子，目光柔和而暧昧："答应我好吗？虽然我给不了你想要的名分，但是我可以给你一份衣食无忧的生活，给乐乐一个健康良好的成长环境。虽然我没有办法成为乐乐的父亲，但是我可以保证，至少在这六年的时间里，我会承担起一个父亲应尽的所有职责，我绝不会让你后悔认识我！"

这是他的承诺吗？比起那些一辈子的海誓山盟来，这样的承诺似乎太单薄了一些，可是对于她这样经历过惨痛婚姻的女人来说，这种承诺无疑更加值得信任。她不得不承认，苏睿文很懂女人的心思，他是一个做事非常有分寸的男人。这样的男人，你只能遗憾没有在正确的时间遇到他，却无法对他产生不信任。或者，信任和可靠，才是她现在最需要的。

那么，要答应他吗？齐晓卉的目光漫无边际地逡巡着，最后落到了窗台的花盆上。不知为什么，突然想起了顾林涛那关于花的比喻。那么自己跟苏睿文之间算是什么花呢？不，不对，顾林涛说了，花是指爱情，而自己跟苏睿文之间有爱情吗？

"时间过得可真快，知道吗？那天看见乐乐，我竟不由自主地想起了苏晴。"也许是为了弥补自己刚才步步紧逼给齐晓卉造成的紧张感，苏睿文适时地转移了话题，"记得苏晴小的时候，常常喜欢问一些莫名其妙的问题。比如，她问我，爸爸，为什么我们身上长的是鸡肉（肌肉），而不是鸭肉呢？再比如，她会问，为什么猫咪可以钻窗户，你却不许我钻窗户呢？问得我哑口无言啊，比项目攻关课题还难。"

齐晓卉轻轻扯了一下嘴角，笑了一下，是的，小孩子都喜欢问这样的问题。捕捉到齐晓卉瞬间的笑容，苏睿文趁热打铁，笑着问道："乐乐是不是也有很多这样的问题？要是有的话，那我得好好准备准备功课了，不能到时候被他问瘪了，可是很没有面子的。"

齐晓卉忍不住回答："没关系，如果你回答不出他的问题，他会主动给你答案的，绝对不会为难你的。"

"是吗？这可真是个善解人意的好孩子。"苏睿文饶有兴趣地问道，"你能不能举个例子给我听听啊，我很好奇呢。"

提起儿子，齐晓卉的心情好了不少，略一歪头，想了想说道："记得那时，我们还住在我妈家里。有一次，我妈在念经，乐乐跑进去问，外婆，你念经念给谁听啊？我妈就说，当然是念给菩萨听啦。乐乐又问，那这个经上面写的是什么啊？我妈说，写的是菩萨说的话啊。乐乐就皱眉头了，说，这个菩萨真奇怪，自己说的话，怎么还要别人念给他听！"

苏睿文忍不住笑了起来："说得好，外婆怎么回答的呢？"

齐晓卉忍着笑说道："我妈早被他搅糊涂了，哪里还有话说。倒是一直反对我妈念经的我爸乐得不行，说我妈活了这么大岁数，还不如小外孙懂道理呢！"

看着齐晓卉忍俊不禁的样子，苏睿文不禁有些心动，忍不住走到她身边，轻轻拥住了她的肩膀："晓卉，难道你的人生中，除了儿子，就没有别的美好回忆了吗？这样的人生是残缺的、不完美的。答应我，不要把所有的希望都维系在儿子身上，这对他来说，未必就不是一种压力。给自己留出一点儿空间吧，在属于你自己的空间里，你会比现在更快乐的。"

齐晓卉一惊，挣扎了一下，想挣扎出来，却感觉到苏睿文在用力，听他说道："出去散散心好吗？我不喜欢看你心事重重的样子，我想看你笑。女人的笑容是男人最值得骄傲的成就，明白吗？等忙完这一阵子，我就去请年休假，带着乐乐，我们一起出去玩玩。不管他叫我什么，我都愿意给他一份父爱，不会比给苏晴的少。"

"我……"齐晓卉不知道这一刻是什么样的感觉，有感动，有委屈，也有羞辱。她真的要用这样的方式来为自己争取未来吗？她明明听见那个有着灿烂笑容的大男孩儿对她说过，和你在一起很安心、很轻松。

泪水不争气地落了下来，落在苏睿文宽大的掌心间。齐晓卉的无助显然激起了苏睿文加倍的怜爱，他取过纸巾，这一次，他没有递给她，而是想要直接替她拭去泪水，爱怜地说道："就哭这一次，最后一次了，以后，不要再哭了好吗？至少和我在一起的时候，不要哭，你的泪水会让我不安的。"

齐晓卉却趁着苏睿文去拿纸巾的时候，站起身来闪到一边，然后伸手接过了纸巾，低着头低低地说道："苏总，谢谢你为我安排的一切，尤其是对乐乐的安排，真的非常感谢。可是……如果我说，己所不欲，勿施于人，你有什么想法？"

"什么意思？"苏睿文愣在了那里，就在他以为一切即将水到渠成的时候，齐晓卉的这句话一下子推翻了他所有的自信。

"我的意思就是……"齐晓卉抬起头来，迎上了苏睿文的疑惑，"我所遭遇的婚姻背叛，不希望另一个女人也遇到，至少不希望她是因为我而遇到的，这对她太不公平了。"

"是这样吗？"苏睿文在齐晓卉的脸上寻找着答案，多少年了，他每走过一个地方，都会找一个心仪的女人，和她度过一段短暂的美好。这些女人有很传统的，也有带着几分迷糊的，甚至有很独立的。但是没有一个女人认为他的行为是背叛，更没有人认为这对他的妻子林秀媛是不公平的。

"是这样的。"齐晓卉大胆地说道，这一刻，她觉得苏睿文其实和顾林涛也没有什么不一样，都是不敢大胆说出自己想法的男人，"如果你依然爱着你的妻子，那么就不应该跟我说那些话，那样对她不公平，对我也是一种羞辱；如果你已经不爱你的妻子了，那么就请放开她，你要相信她的美好不是你一个人才懂得欣赏的。"

苏睿文的目光一直停留在齐晓卉的脸上，微微地皱起了眉头，许久才问道："对你来说，名誉很重要吗？"

"不单单是名誉的问题，我希望爱一个人，可以毫无顾忌、没有任何负罪感地爱他，而他，也不会因为我的爱而遭受道德的谴责。"齐晓卉避开了苏睿文的眼光，"对不起，苏总，我是一个女人，但更是一个妈妈，我相信潜移默化的影响，比任何教育都重要。"

"我知道了。"苏睿文点了点头，并没有企图进一步说服齐晓卉，他看着厨房的水槽，笑道，"那行，你先把那些鱼蟹处理一下吧，我想办法近期回家一趟，把这里的海鲜带给她们娘儿俩尝尝。对了，你说的那个什么蟹松好吃吗？好吃就帮我做一点儿吧，螃蟹不够我一会儿买了再送过来。"

说着，苏睿文就朝门口走去，打开门出去了，留下还在发愣的齐晓卉，就这样结束了？他接受了自己的说法，不再来示好了？那么，自己还要不要退租呢？

果然是仓廪实而知礼节，瞧自己这点儿出息，人家刚刚退了一步，马上就想起眼前的好处了。不，不行，不管苏睿文还有没有那个意思，自己都不能继续住下去了。这样吧，他不是还要过来拿海鲜带回家吗？那就等他下次过来跟他说吧。

齐晓卉叹了口气，走回厨房，看了看那两堆海鲜，决定先把螃蟹烤上："下午天气好的话，就可以晒干做蟹松了。"

将鱼都剖开后，齐晓卉就将它们浸在了盐水里，然后上楼去查看沈琳的破坏程度了。打开衣橱才发现，顾林涛的衣服几乎都被剪坏了，而他放在床头的一张照片，更是被涂得根本看不清是什么了。这让齐晓卉有些心惊肉跳，几乎有一瞬间，她觉得顾林涛是在骗她，那个拿了对方的钱出国、混不下去又回来的人不是沈琳，而是顾林涛，沈琳才是被辜负了的那个人，这样才能解释她的愤怒和仇恨吧？

幸亏顾林涛是在公司食堂吃饭的，厨房并没有在用，所以没有什么东西可以被破坏。而卫生间的淋浴器，客厅的茶几、沙发什么的，估计是公司统一配置的，沈琳没有下过手，但顾林涛的私人用品就无一幸免了。

就在齐晓卉告诉顾林涛，物业已经疏通了管道时，顾林涛让她帮忙把电脑拿去修一下，"晓卉姐，我下午要出差，没空回家。你要是有空，就帮我把电脑送去修一下吧。另外……"他在电话里迟疑了一下，才说道，"你能不能让人帮我把门锁换了，沈琳走的时候，很可能带走了钥匙，我怕她再回来，那我就真的没办法住下去了。"

听说他出差，齐晓卉本来还想问一句，难道不用回家拿换洗衣物了吗？转念想到衣橱里的那些衣服，觉得回不回家也无关紧要了，她忍不住问道："以前你们在一起的时候，她也这样吗？"

顾林涛沉默了，许久才说道："那倒没有，那时候只是有些任性，不依着她就会生气，一生气就出去买东西，并没有发现有打砸抢的行为。"

齐晓卉忍不住一笑："好了，我知道了，一会儿我帮你都弄好就是了，你安心出差吧。"


程新的办公室里，他将一份资料放在沈琳面前，头疼至极地说道："这就是那个齐晓卉所有的资料，沈琳，我求你放过我吧。为了你，我该做的、不该做的都已经做了，你也给我留点儿余地啊，我是律师，我有职业操守的啊！"

沈琳的目光迅速地在纸上溜过，然后阴沉着脸说道："你的意思是，是她的遭遇让阿涛想到了自己，所以才帮助她的？真的就这么简单？"

"那你以为呢？应该有多复杂？"程新用手指按着太阳穴，"难道你认为阿涛后来放弃起诉你，是因为他心里还爱着你吗？错了，他是没有证据，他是在为他曾经的愚蠢埋单，而不是因为对你余情未了。沈琳，你就放弃吧，这世上除了顾林涛，还是有别的男人的。尽管能够容忍你的人真心不多，但也不至于就顾林涛一个吧？你至于这样一条道走到黑吗？"

沈琳看着程新，痛心疾首道："你知道吗？那天阿涛一直带着她的孩子，都不理我。"

"所以呢？你临走前就把他的家给砸了？"程新的脸色已经很不好看了，"我告诉你，你把阿涛的宿舍给砸了，他没法儿住在家里，只好借宿在齐晓卉那里了。沈琳，我是真的搞不懂你，你不想跟顾林涛再有瓜葛的话，你回国都不用告诉我们的。阿涛自从他爸过世以后，就完全没有再打听过你的消息。他不会去找你算账的，更不会和你破镜重圆。"

"你的意思是，他的心里已经完全没有我了？"沈琳难以置信地自语道，"不，这不可能。他要是真的不在意我了，为什么一直躲着不愿意见我呢？都说爱有多深，恨就有多深，那么反过来难道不是一样的吗？程新，求你了，再陪我去找一次阿涛吧，我保证这一次好好和他说话，不任性，也不胡闹了。"

程新扫了沈琳一眼，不动声色地思索着。沈琳完全不考虑他人的骚扰行为，已经给他的工作带来了极大的影响，他觉得确实有必要跟顾林涛说清楚，就算是再好的朋友，也没有义务为他做这样的善后吧？他有些后悔，上次去瀛洲市就不该独自匆匆回来，至少应该让他们当着他的面做一个保证，不管这件事是什么样的结果，都不要再把他给牵连进去了。

"这样吧，你也别在这里瞎猜了，我陪你再去一次瀛洲市吧。"程新站起来说道，"放心，这次去我一定让顾林涛跟你见面，有什么事情你们当面说清楚。复合也好，不复合也罢，这是我作为朋友的最后一次帮忙，结果如何跟我无关。"

沈琳眼睛一亮："你保证能让他和我见面时和我好好说话吗？"

"我可以保证，但这个保证是有前提的。"程新走到自己的办公桌旁，关上了电脑，"这个前提就是，你得首先保证自己要好好说话，不能三句话没说完就撒泼。"

"我保证！"沈琳赶紧说道。

但是这份保证在第二天来到顾林涛宿舍以后就失效了，因为沈琳发现自己的钥匙怎么也打不开房门。她再次抓狂了，用手砸，用脚踹，甚至用头去撞。程新根本拉不住她，更没法儿劝，只好去敲邻居的门，希望搞清楚是怎么一回事。

对门倒是有人在，可能是被沈琳的动静弄醒的，程新才敲了一下，门就打开了。一个年轻男子出现在门口，看着程新的脸色很不好看。

"请问，你知道对面的顾林涛在不在家？"程新只能赔着笑脸，"是这样的，我们是他的朋友，上次来的时候他给过我们一把钥匙，不知道为什么，这钥匙打不开门了。是不是他搬到其他地方去住了，这里换别人住了？"

也许是程新诚恳的态度，也许是他有条不紊的问话，男子的脸色终于缓和了一些，平静地说道："没听说小顾搬走，不过昨天我好像看见对面在换锁。"

"是顾林涛让人换的吗？"

"不知道啊，陪着换锁师傅的是一个女的，挺面熟的，在哪里见过呢？"男子挠了挠头，努力回忆着。

"可能是阿涛委托他同事换的吧，你们都是一个公司的，所以看着面熟也正常。"程新善意提醒着，打断了男子的思索，"那谢谢你啊，我们先走了，等阿涛回来我们再过来吧。"

对面的门关上了，沈琳也停止了发泄，呆了片刻，她转身往楼下跑去。程新一惊，忙叫住她："你要干什么？你答应过我不胡闹的。"

"我不胡闹，我去找钥匙来开门。"

"去哪里找？"

"还用问吗？当然是楼下了。"沈琳冷笑着道，"你没听见对门说，是个女的陪着换锁师傅吗？阿涛的性格我还能不知道，不是他信得过的人，他根本就不会去使唤人家的。"

程新一把拉住她，正色道："既然你知道是阿涛让她做的，那你去找她的麻烦干什么？沈琳，你想清楚了，顾林涛现在跟你没有任何关系，你无权干涉他的生活。"

沈琳怔住了，许久才回头看着程新，潸然泪下。程新有些不忍，放开她说道："算了，晚上我再跟阿涛联系一下吧，看看什么时候方便，你们见个面，也省得我天天夹在你俩中间，跟个风箱里的老鼠似的，不得安宁。"


沈琳已经在岛心公园的假山上站了快两个小时了，按照她上次打听到的顾林涛的上下班时间，这个时候他应该已经下班，坐班车从公司回来了啊。可是整整两个小时，她看见上洋集团的员工陆陆续续走进了小区，就是没有那个她熟悉的身影。

难道又是加班？沈琳紧紧攥着手机，有些愧疚地想着。她知道自己的号码早就被顾林涛拉黑了，所以上午去开了一个新号码，她一定要找到顾林涛，不能让他这样躲着自己。

昨天程新联系上了顾林涛，故意说自己有朋友想要过来尝尝海鲜，问他在不在瀛洲市。顾林涛只是简短地说明自己在出差，然后就很高兴地表示自己楼下就有一位专门做海鲜的烹饪高手，只要程新出得起价格，海鲜管够。

沈琳在一旁听着，几次想要抢过手机说几句，都被程新严厉禁止了。她闷闷不乐坐在那里，一直到程新结束通话。

"你听见了吗？阿涛很为他的邻居骄傲，就好像你当年一举考过托福的时候，他比你还高兴。"

沈琳自然明白程新的意思，顾林涛的言语中已经将齐晓卉视为自己人了，所以才会替她担心，为她骄傲，爱屋及乌地照顾她的孩子。

"你是想告诉我，我这次根本就不用来，是吗？"沈琳看着窗外的树荫，已经遮住了窗户，"我要听他亲口说出来。"

"也好。"破天荒的，程新第一次赞成她的想法，"尽管我也感觉这个齐晓卉比你更适合他，不过让他亲口承认这一点也没错，是男人就要有点儿担当，追的时候要有诚心，断的时候也要有魄力，你说对吗？"

想到这里，沈琳深深叹了口气，背靠着假山蹲了下来。还要继续等下去吗？刚才程新已经打过电话了，顾林涛确实今天回瀛洲市，但是他也说了今晚没空，要将出差的事宜和同事做一个传达，明天可能又要上测绘船了。

沈琳再度将目光投向了绿漾小区，单元楼已经陆续亮起了灯。那个曾经让她满怀希望的窗户，依然是一片黑暗。沈琳有些无趣地低下头，准备沿着石径走下假山，就在这时，她看见一辆出租车停在了小区门口，从车内出来的人，正是那个让她心心念念的身影。

沈琳又惊又喜，稍一愣神儿，就赶紧走下假山，朝小区门口跑去。单元楼门口早就没了顾林涛的影子，沈琳并没有停留，只是稍作迟疑便朝楼上跑去，他一定是回家了。沈琳加快了脚步，就在路过三楼的时候，她听到了那个熟悉的声音。

"你上次说喜欢吃鲜肉粽子，我这次出差前就特意给我妈打了个电话，让她裹了几个，我回来前顺便回了一趟家，就带回来了。"

"我喜欢吃粽子，你买几个就是了，怎么还让你妈妈亲自裹，真是的，也不怕把你妈累着。行了，快坐下吧，菜都好了，就等你了。"这分明就是齐晓卉的声音。

"没事，儿子要吃的东西，老妈做起来肯定特别开心，是吧？"另一个女孩儿欢快的声音响起，是谁？顾林涛的同事吗？

"不是。"顾林涛的声音中有着她曾经熟悉的温暖，那么贴心，带着让人安心的温馨，"我跟我妈说，是我的一个朋友喜欢吃。"

"朋友？谁啊？"还是那个女孩儿的声音。

"当然是我啦！"孩子的声音响起，不用问，是齐晓卉的儿子。

顾妈妈是一个聪明人，她肯定已经明白了，能让儿子如此费心地打电话提前安排，又不嫌麻烦地绕道去取粽子的人，能是普通朋友吗？沈琳的心如同沉入了深不见底的大海。不是他喜欢的人，他是绝不可能千里迢迢地去麻烦自己的妈妈的。沈琳不顾一切地扑到了房门上，用力捶了起来："顾林涛，你在里面吗？你给我开门，我有话要跟你说！"

话音未落，门就打开了，除了齐晓卉，旁边还有一个长发圆脸的女孩儿，一脸诧异地看着她："你是谁？找顾林涛怎么找到这里来了？还这样敲门，你家着火了吗？"

沈琳根本就不想搭理秦诺，一把推开她就冲进了房间，果然看见顾林涛正坐在桌边，乐乐则趴在桌子上，手里还拿着一只大虾，抬着头奇怪地看着她。

虽然从那次渔家乐就知道了顾林涛和齐晓卉的关系有些不同寻常，但是眼前的一幕依然让沈琳无法接受，她看着顾林涛，手却指着齐晓卉："你为什么会在这里？你没有问过她红玫瑰的事情吗？你明知道她和别人不清不楚，居然就这么傻乎乎地一头扎了进去。"

她边说边走近了顾林涛："阿涛，我承认我对不起你，为了出国我鬼迷心窍了。可是在感情上，我从来都没有背叛过你。哪怕在那边结婚了，我也打电话跟你说明了一切。你没法儿给我生活费了，我只能自己打工去挣，可没有绿卡，我又能怎么办？阿涛，你怎么就不能理解我呢？你心里真的认定你爸的过世是我害的吗？还是你认为我会放弃你爸，以后肯定也不能和你患难与共呢？可你怎么就不想想看，你和你爸，对我来说，是意义完全不同的两个人啊。"

齐晓卉低下头，关于沈琳和顾林涛之间的纠葛，她听顾林涛提起过，因此觉得沈琳说的也未必完全不对。但秦诺是一头雾水，她看看顾林涛，又看看沈琳，最后看向齐晓卉："晓卉，你知道她都在说些什么吗？什么红玫瑰，你跟谁不清不楚了？她又是顾林涛的什么人？"

齐晓卉苦笑道："苏总上次过来送了我一束红玫瑰，正好被这位沈琳小姐看到了。恰好我住的又是苏总的房子，所以她有这个想法也不奇怪。至于她的身份嘛，你没听出来吗？她是小顾的女朋友。"

"前女友。"顾林涛冷漠地纠正道，"已经没了任何关系的前女友。"

"阿涛！"沈琳尖叫了一声，"阿涛，你怎么能这样说呢？我们怎么会没有任何关系，半个月前，我还帮你还掉了五万元的债务。可是这个女人，她为你做了什么？只是因为她遇人不淑，让你有了同病相怜的感觉，所以你就以为自己爱上了她，对不对？阿涛，你应该明白，那不是爱情，那只是同情。你同情她被丈夫抛弃，一无所有还要带着孩子，这些我都能理解。可是你也要想想看啊，一个没有学历、没有工作、没有任何经济基础，还带着一个孩子的单亲妈妈，她带给你的，除了累赘还有什么？阿涛，你就是再恨我，也不能拿自己的人生赌气啊。和一个单亲妈妈纠缠在一起，不为你自己，也该为你妈妈想想啊，她会答应吗？"

这句话让齐晓卉脸色发白，单亲妈妈，单亲妈妈是她愿意选择的吗？哪个做妈妈的，不想给孩子一个完整的家庭、一片完整的天空，可是她遇人不淑，这难道就成了她低人一等的原因？而且沈琳说这句话的时候，根本就不顾及乐乐也在这里，这就更让齐晓卉愤怒了。她几步走到乐乐身边，将儿子搂住，然后冷冷地对顾林涛说道："小顾，有什么事情，你们到自己家里去说吧。这里有乐乐在，恐怕不适合让你们讨论感情问题。"

沈琳冷笑一声："哟，现在你想起来自己还有一个儿子在啊？那你勾引阿涛的时候，有没有想过自己配不配啊？你看看你有什么？要容貌没容貌，要学历没学历，这工作恐怕也不是那么光明正大的吧？啧啧，一口一个苏总，叫得真顺口，既然已经有苏总在关照着你了，你这二奶是不是也应该敬业一点儿，不要吃着碗里瞧着锅里，不然可就太不道德了。"

"你胡说八道些什么？"沈琳的话让顾林涛顿时怒不可遏，一把抓住她就往门口推，一边向齐晓卉道歉："晓卉，不好意思，是我连累了你。你不要听她胡说八道，她已经疯了。"不想就在他转头和齐晓卉说话的时候，沈琳用力关上了房门，然后大声尖叫道："难道我说错了吗？如果那束红玫瑰还说明不了什么，那么这里的房子呢？你觉得这套房子是她能够租得起的吗？还有那次渔家乐，阿涛，我承认，可以带家属是我从她这里知道的。那么，你作为员工不知道，她却知道了，还不足以说明一切吗？你就这样鬼迷心窍！"

"沈琳，你自己卑鄙，不要把所有的人都想的跟你一样卑鄙好不好？"顾林涛眼看沈琳紧紧扣着门把手，根本无法将她推出门，只好停了手，"那次活动，晓卉是导游，不是员工，她能不能带家属是她的事情。再说了，就算员工可以带家属，你是家属吗？"

沈琳哑口无言，紧紧咬住了下唇，狠狠地瞪着齐晓卉。

顾林涛拿出手机，给程新打电话："你什么时候有空，我有事情想要咨询。我想辞职了，但是跟公司签了五年合约，所以想问问你，现在辞职需要支付多少违约金。什么？你在瀛洲市？太好了，这就是拜你所赐了，现在我离开这里，可以了吧？以后能不能继续做朋友，看情况吧。"说完，他挂了手机，看着沈琳："这下，你满意了？"

沈琳靠着门框，颓然坐在了地上。

趁这个机会，齐晓卉将顾林涛和沈琳的事情跟秦诺说了一个大概，所以看着沈琳一脸的凄楚，秦诺一点儿都同情不起来，还走到她面前讥讽道："哟，我还以为是哪里来的冰清玉洁的仙女呢，这样嫌弃单亲妈妈。敢情你也不过是个离异妇女嘛，怎么嫁给外国人比嫁给中国人高贵啊？不见得吧，我怎么就看见有中国人死活不要你呢？"

齐晓卉拉了拉秦诺，示意她别说了。秦诺一把甩开齐晓卉，不满道："你还当包子当上瘾了是不是啊？是个人就可以欺负你。被自己家里人卖掉也就算了，她算个什么东西？莫名其妙跑来这里把你嫌弃一通！"

　　说着，秦诺走到顾林涛面前，一挺胸，严肃地问道："顾帅哥，你是不是像她说的那样，真的喜欢上我家晓卉了？要是喜欢，你就大胆地追，有什么事情我帮你。要是不喜欢，你也别害晓卉，羊肉没吃到惹一身臊，坏了我家晓卉的名声，我可饶不了你！"

## ❤20　奇思妙想

　　顾林涛有些发蒙，沈琳却在那里笑了起来："齐晓卉，你不要看我追着阿涛，就以为他千好万好了，其实根本就不是这样的。他现在不仅是个穷光蛋，还是个负翁呢。据我所知，单是程新那里，他就还有十万元的欠款。你一个单亲妈妈，带着孩子，再嫁难道就不为孩子考虑一下吗？他以后上学深造、结婚买房，哪样是不要钱的？你要是真的跟了阿涛，不要说再要一个孩子，就是眼前这一个，恐怕也要养得捉襟见肘了吧？"

　　一番话说得顾林涛沉默不语，他悄悄用眼角余光去看齐晓卉，却发现她也正看着自己，不由得心中羞愧。他想了想，走到客厅，拿起椅子上的背包，准备离开。没想到一拉开门，程新就站在那里，看着他："我跟你说过，躲避不是办法。"

　　顾林涛盯了程新半天，转身放下背包，看着沈琳道："行，那就在这里说吧。这里没有外人，刚才争吵的时候她们也都在，已经知道是怎么回事了。"

　　"我不知道。"程新一步跨进门来，环视了一下众人，然后很职业地问道，"在座的哪一位能告诉我刚才这里发生了什么事吗？"

　　"你是谁？"秦诺反问道，"在你问别人问题之前，难道不应该先介绍一下自己吗？"

　　"你不知道我是谁？"程新打量了一下秦诺，转向齐晓卉，"那你应该知道我是谁吧？你的离婚协议还是我起草的呢，怎么样，是不是让你狠狠地出了一口气啊？"

　　"哇！原来你就是帮晓卉写离婚协议的人啊！"秦诺惊喜地叫了起来，一下子跳起来紧紧地拥抱住程新，开心地嚷道，"你真是太棒了，你的协议书差点儿没把许俊平给气死，真的是太爽了，我爱死你了！我要请客，请你吃海鲜，请你去海钓，请你玩水上漂移！"

秦诺这一突如其来的举动，将程新的职业形象瞬间打破。他张着双臂，不知如何是好，只好一个劲儿地去看顾林涛。顾林涛却装作没看见，轻轻抚摩着乐乐道着歉。就在这时，乐乐突然说道："秦诺阿姨，你也答应过请我玩水上漂移的！"

一句话惊醒了秦诺，她才看见程新满脸的尴尬，这才察觉不妥，赶紧放开了他，挤出满脸的笑容道歉道："对不起啊，我是太激动了，你是不知道啊……"

"好了秦诺，现在不是说我那个事情的时候，你让小顾他们先把话说清楚吧。"齐晓卉说着，将秦诺从程新的身边拉开。

秦诺这才走到乐乐身边，刮了一下他的鼻子，笑道："好，到时候咱们一起去！"

齐晓卉趁机低声对顾林涛说道："我们回避一下吧，还有乐乐在呢，有些话可能不适合让小孩子听到。"

"是吗？"秦诺却不以为然，一挑眉梢，对顾林涛说道，"顾帅哥，一会儿说到恋情的时候，打下马赛克可好？少儿不宜呢。"话音未落，她就被齐晓卉一把拖进了房间，乐乐随即跟进来，关上了房门，对着秦诺扮鬼脸。

看着齐晓卉她们走进房间，顾林涛觉得有些好笑，正要跟程新介绍秦诺，一转头只见他的目光也落在房门上，一副若有所思的样子。顾林涛心里有些异样，于是悄声说道："那个女孩儿是晓卉的闺密，在海鲜楼大酒店的餐厅当领班。"

程新回过神儿来，掩饰地咳了一声，这才对沈琳说道："好了，机会就在眼前，你自己好好把握吧，我给你做见证。"

沈琳已经站了起来，坐在了椅子上，听了程新的话，苦笑道："阿涛，你真的爱她吗？真的不是跟我赌气吗？一个单亲妈妈，你能告诉我你爱她什么吗？"

这句话显然让程新也很吃惊，看着顾林涛有些不可思议。一直以来，他都以为顾林涛对齐晓卉只是同病相怜，再加上他一贯看不得别人受委屈的作风，所以才仗义为她出面。没想到沈琳居然问出了这句话，因此他看着顾林涛的目光中也充满了疑惑。

"是的，我爱她，因为她能给我一个家。"顾林涛很平静，也很坦然，不像是在撒谎，更不像是在赌气。

"家？阿涛，我也能给你一个家。"沈琳似乎抓住了什么，急切地承诺道，"还是一个完全没有外人的家。"

"外人？谁是外人？乐乐吗？"顾林涛看着沈琳，嘴角露出一丝嘲讽，"沈琳，到现在你还是不知道什么叫作家，你还敢说你能给我一个家？我可以负责地告诉你，连乐乐都比你更懂什么才是家。不是有钱、有房子、可以随心所欲生活的地方就可以叫作一个家的。那是一个安全的地方、一个团圆的地方、一个时刻不忘让人牵挂的地方，你懂吗？晓卉能给我，她不仅能给我，还能给所有她爱着的人，你能行吗？"

沈琳呆呆地看着顾林涛，突然露出一丝残忍的微笑："所有她爱着的人，是不是也包括你们公司的苏睿文总经理啊？"

程新皱起了眉头："沈琳，你到底是来请求阿涛原谅你的，还是要逼他离你更远啊？"

顾林涛脸色阴沉，一字一板地说道："沈琳，你要说我什么，都请随意。可是如果再让我听到你编派晓卉的话，你信不信我饶不了你？告你证据确实不足，但是不等于没有。你想想看吧，你留在我这里的都有些什么，如果这些被我们曾经的朋友知道了，最终会是什么结果，我想你应该也能预料得到吧？"

顾林涛的这几句话让沈琳摇摇欲坠，几乎晕倒。她手捂在胸口上，大口地喘着气，她突然站起来走到了卧室门口。顾林涛大吃一惊，正要阻止，就听见沈琳哀怨地说道："齐晓卉，请你出来一下可以吗？你放心，我绝不找你麻烦，我只是想求你一件事。"

房间里的齐晓卉和秦诺面面相觑，齐晓卉要出去，被秦诺一把拉住，朝她摇摇头。齐晓卉倒笑了，低声说道："外面有两个大男人在呢，她还能把我给吃了？你在里面看着乐乐，不要让他跑出去就好了。"

说着，她打开房门走了出来，谁知还没等她说话，沈琳拉着她的手臂，竟然跪了下来："我们的事情，阿涛肯定都跟你说过了。我知道这件事是我做错了，错得那么离谱，险些把阿涛逼上了绝路。按理，我怎么也没脸再来请求他的原谅的。可是回国以后，程新，还有我们其他的同学，跟我说了阿涛这几年的情况，我就想，这是我造的孽，我得自己偿还了才行，所以我才不顾一切地找过来。我不是想要请求阿涛的原谅，我是想请他给我一个改正错误的机会，让我的下半辈子能够过得安心一点儿。齐小姐，请你成全我好不好？"

这一番话让房间里所有的人，包括在卧室里的秦诺都呆住了。想着沈琳也许会发疯，也许会胡闹，甚至想过她可能会以死相威胁，却不曾想到她会说出这么一番话来。

程新朝顾林涛使了个眼色，将他拉到一边，低声说道："不管她说的是真心话还是台词，你都得给她一个机会解决这件事。你不是说你喜欢齐晓卉是因为她能给你一个家吗？那你也得给她一段没有拖泥带水的感情才公平吧？你不觉得沈琳的冥顽不化，跟你一直避而不见的态度有很大关系吗？"

顾林涛默然，许久，才拉起沈琳说道："行了，我们到楼上去把话说清楚吧。"

看着顾林涛和沈琳走出了家门，程新关上门，问齐晓卉："齐小姐，你对这件事怎么看？我是指，你对阿涛对你的表白怎么看？"

"啊？"齐晓卉蓦然觉得脸上热成一片，她躲避着程新的目光，支吾道，"还能怎么看？小顾不过是想利用我摆脱这一段感情而已。他帮了我那么多的忙，让他利用一下，我觉得也很正常，我一点儿都不怪他。"

"你觉得他是在利用你？"程新若有所思地看着她，"你真的是这样认为的？齐小姐，在我面前你没有什么可掩饰的，难道你不知道心理学是司法考试的必修课吗？"

"哇哦，好怕怕哦！"齐晓卉还没有回过神儿来，秦诺的声音突然响了起来。齐晓卉吓了一跳，转头去看，只见卧室的门被打开了一条缝儿，露着秦诺的半边脸。而在她下面，乐乐正拼命地将小脑袋钻出来，一边问道："小顾叔叔呢？小顾叔叔去哪儿了？我妈妈知道小顾叔叔今天回来，特意烧了宝贝羹给他吃呢。"

齐晓卉大为尴尬，正要阻止乐乐说下去，秦诺却是喜笑颜开，点着乐乐的鼻子问道："这么说，小顾叔叔也是你妈妈的宝贝了？好啊，我过来都没有宝贝羹吃，你妈妈太偏心了，简直就是重色轻友，我不喜欢她了！"

"别闹了！"齐晓卉在程新意味深长的目光中窘得不知如何是好，只好将矛头对准了秦诺，"还没问你呢，你今天心急火燎地跑过来做什么？不会单单是蹭饭吧？"

"就是蹭饭啊，乐乐告诉我今天家里有客人，妈妈烧了一桌子好菜，我怎么能不来呢？"秦诺理所当然地说着，一眼看见齐晓卉拉下了脸，忙赔笑道，"当然，还有别的事情要跟你商量，所以就心急火燎地赶过来了。结果呢，正主儿走了，留下我这个偏客，可以大快朵颐。"说着，她还不忘招呼程新，"来，大律师，择日不如撞日，你看你腿多长，晓卉难得费心费神烧了一桌子好菜，怎么就让你给赶上了呢？快来吃点儿！"

"说吧，什么事，废话那么多！"齐晓卉白了秦诺一眼，又让程新也坐了，怕秦诺再说出些什么来，忙继续追问道。

程新倒也不推辞，就在秦诺旁边坐了，然后在乐乐的指点下，舀了一勺羹慢慢品尝着，听着秦诺的抱怨："晓卉，我觉得我在海鲜楼没法儿做下去了。

你知道吗？这个月餐厅结算员工的提成，我发现办公室的周婷把上洋集团的业务都算到她那里去了，就给删了。你是知道的，上洋集团那就是酒楼的VIP客户，领导再三强调的。没想到这个周婷居然告到了季副总那里，说我克扣她的提成。你说我没事克扣她干啥？扣下来的钱也不进我的腰包啊。没想到季副总就把我叫去训了一顿，说我太死板了。上洋集团虽然是酒楼的客户，但是他们每个月的消费超过平均消费的部分，还是要给提成的。毕竟，为了提高消费，周婷也是付出了努力的。我就不明白了，这办公室拉业务不就是介绍到酒店来消费就完了吗？难道还要保证消费额？那怎么保证啊？做酒托、饭托、菜托？"

程新被秦诺的三个"托"说得笑了起来，放下勺子说道："酒托、菜托也就算了，这饭托算什么？你们酒店的饭很贵吗？还值得别人去托？"

程新原本是顺口一句玩笑，不想秦诺顺口应道："是啊，我们酒店的饭就是特别贵，别家都是算大碗的，我们是算小碗的，盛一碗算一碗，吃没吃都算，你咋知道的？"

程新笑道："我知道什么啊，我就是蒙的！"

齐晓卉问道："那你打算怎么办？就为这事不做了？"

秦诺为难道："我也不知道，虽然这就是一件小事，但我总觉得季副总最近一段时间对我的态度完全不一样了。对了，就是你去应聘以后开始的，本来你没聘上，我想帮你去求求情的，但是你说要和吴雪飞一起去做生意，我想着那样也好，就没有去求季副总。从那以后吧，他看见我就鼻子不是鼻子、眉毛不是眉毛的了。"

齐晓卉叹了口气，心想，吴雪飞还真是没有说错，这个只长年龄不长心眼儿的姑娘。看来海鲜楼确实不适合她，她不想做了也是好事，于是问道："如果离开海鲜楼，那你想去哪里做呢？要知道天下乌鸦一般黑，到哪里都不可能不受委屈的。"

"所以啊，我觉得还是你的主意好，自己开排档。"秦诺笑道，"我来就是想让你帮我问问吴雪飞，能不能算我一份？我入股好了。你不是说吴雪飞投资不够，在想办法贷款吗？那就不要贷了，我来投资。"

齐晓卉看着她："你有钱？"

"有！"秦诺信誓旦旦地说道，"就是不在我手上。"

这下程新终于忍不住笑了出来，秦诺瞪了他一眼，说道："你笑什么，我这是孝心，孝心知道不？所以才把工资卡给了我妈，谁知道这就成了她的撒手锏，我不结婚她就不把钱还给我了。"

程新忍着笑说道："既然你妈要你结婚才把钱给你，那你就结婚好了。秦小姐这么漂亮，人也直爽，性情也不错，难道会没有人追求你？"

秦诺没好气地瞪了他一眼："谁告诉你我没人追了？我是不想找男朋友，不想恋爱，不想结婚，知道不知道？"

"不想恋爱，不想结婚？为什么？"程新感到奇怪地问道，"难道也跟顾林涛一样，被情所伤，就此封闭了自我？"

"啧啧啧，酸死了！"秦诺嫌弃地看着程新，往外挪了挪，"我可没那么文艺，我就是不想结婚。原因很简单，因为婚姻是男权社会的产物，是为男人服务的，是男人剥削女人的一种手段。女人在婚姻中除了付出还是付出，所以我不想结婚，不想付出，我只想过我自己的清静日子，不想跟男人纠缠在一起，明白了？"

"不明白。"程新摇摇头道，"那你以为，男人在婚姻中就没有付出？"说着，他下巴朝着门口方向略微一抬，"那你说，顾林涛和沈琳是怎么回事？"

秦诺愣了一下，然后挑衅地看着程新，讥笑道："你的意思是，让我去找顾林涛结婚？"

"你这什么理解能力啊？"程新皱了一下眉头，"难道你认识的男人中，除了顾林涛，就没有别的男人也在付出吗？"

秦诺一脸深思状地说道："不知道啊，好像还真的没有。我认识的男人中啊，要么是不负责的，譬如许俊平；要么是花心大萝卜，譬如我的上司季永年；要么就是永远长不大的，譬如晓卉的哥哥齐晓成；要么就是我那个财大气粗、直接把我妈买回家的爸……"

"秦诺，"齐晓卉打断了秦诺的话，含嗔地白了她一眼，"那是你爸妈之间的事情，轮得到你这个当女儿的胡说八道吗？再说了，你爸亏待你了吗？他要是真的嫌弃你，怎么能答应你妈只生你一个。"

"什么叫作他答应，生孩子是女人的权利，不是义务好吧？我妈想生就生，不想生就不生，干吗要我爸答应啊？他喜欢儿子自己去生好了！"秦诺不服气地说道。

"越说越放屁了！"齐晓卉沉了脸，秦诺这才不服气地闭上了嘴。

"这么说，秦小姐一直都没有恋爱了？"程新的目光在齐晓卉和秦诺之间逡巡着，"我能问一下为什么吗？我是说，秦小姐为什么会有不婚的想法呢？"

"这个啊。"齐晓卉勉强笑了笑，"跟她爸妈有点儿关系吧。"说着，她揉了秦诺一下，"说说看吧，都说当局者迷，你也让外人来评价一下这段故事，看看你爸到底是哪里错了，连你这个当女儿的也这样嫌弃他。"

"好吧，说就说，不就是狗血了点儿吗，有什么啊。"秦诺说着，端起橙汁喝了一大口，这才慢慢说了起来。

话说三十年前的秦妈妈，那也是青春靓丽、清秀可人的可爱少女一枚。虽然那时的女孩儿都保守，婚姻大事听从父母安排，所谓的自由恋爱不过就是一起散散步，拉拉小手。但只要是女孩儿，心里总会对未来的那个人有所期盼。秦妈妈也一样，她希望自己未来的丈夫是一个能够比父母更疼爱她的人。

"我妈家里是三女两男，我那两个舅舅结婚、盖房子什么的，都是我阿姨跟我妈赞助的。我外婆那叫一个重男轻女，比晓卉她妈还要过分。所以我当初遇到晓卉，就觉得她很可怜，情不自禁地就想要帮她了。"

秦妈妈二十岁那年，秦诺的外公病了，按照瀛洲市的风俗，父母都是由儿子赡养的，而且一般是已婚的儿子作为赡养的主力。那时秦诺的大舅舅已经结婚，小舅舅还在恋爱中。因为不甘心承担赡养的主要责任，所以秦诺的大舅舅就躲到外地去了。

"那时我小舅舅还没有结婚，家里的压力不是一般的大。这要是外公不在了，留下外婆一个人，怎么撑得起一个家。外婆没办法，只好四处去借债。可那时大家都没钱啊，何况我外婆家又是这么一个状况，谁不怕借出去的钱有去无回啊。所以奔波了好几天，也没有借到多少钱，外婆都快疯掉了。这时有人给她出了一个主意，让外婆把我妈聘出去，用拿到的聘礼给外公看病。外婆也是走投无路了，所以就答应了，然后我那傻爸出来了，一口答应了我外婆的要求，甩出两千的礼金，跟我妈订了婚。"

"三十年前，那时万元户刚刚兴起，两千聘礼那就是巨款啊。"程新沉思道，"这么说你爸应该是很喜欢你妈的了，怎么你反而讨厌他呢？"

"喜欢一个人，难道不是应该给她充分的选择权吗？"秦诺反驳道，"我爸喜欢我妈是不假，但是我妈不喜欢他啊。"

"你妈不喜欢你爸，那她也收下了聘礼。在我们的父母那一辈，收下聘礼就是答应婚事了。所以就算这件事错了，那也是你妈的错，怎么你反而怪你爸呢？"程新不解道。

"本来这件事确实不能怪我爸。"秦诺解释道，"可聘礼是我外婆收下的，不是我妈收下的。我妈知道了以后，还特意找到我爸，说聘礼她会慢慢还，希望我爸能取消婚约，还清清楚楚地告诉我爸，她不喜欢我爸，但我爸就是不答应。"

"这确实是你爸不对了。"程新点点头道，"既然你妈说会还钱的，那就找个机会把钱还给你爸，这婚约不就自动解除了吗？为啥不这样做呢？"

"是这样的。"秦诺一时语塞，顿了顿才说道，"我妈那时是有工作的，一个月就五六十元钱。所以她的意思呢，就是每个月还一点儿，保证还清就是了。"

程新有些瞠目道："那你觉得你妈这想法对吗？那两千元应该就是你爸为结婚准备的钱，他给了你妈，你妈却不肯嫁给他，甚至连钱都不还，那你说让你爸怎么办？等着你妈一点儿一点儿把钱还清，他还有机会结婚吗？"

秦诺怔住了，一直以来，她都是站在母亲的角度去看待这件事的，还真没有从父亲的角度为他考虑过呢。正如程新所说，按照老妈当时的收入，这两千元估计得还好多年呢，要知道外公病好了以后的恢复和营养费用，还指着老妈的工资呢。

这么一想，秦诺觉得老妈的做法确实有些不太地道，但她还是不服气："婚姻不是应该以爱情为基础吗？我妈已经明确表示了她不爱我爸，我爸还要强迫她结婚，我觉得就是不对的，这能算婚姻吗？"

"这样说来的话，你妈最好的办法就是找一个她喜欢的、又愿意帮她还了两千聘礼的男人，而不是一边拒绝你爸，一边拿着钱不还。"程新笑了笑道，"对了，那么收了这笔聘金并且把钱花了的你的外公和外婆，他们是怎么表态的呢？"

"外公外婆还能怎么办啊？吃人的嘴软，拿人的手短，自然是我爸说什么就是什么了。"秦诺无精打采地说道，"最可恨的还是我舅舅，说我妈脑子不清楚，说什么这样的男人不嫁，你还想嫁什么样的，以为自己是倾国倾城的大美人，等着嫁皇帝呢。所以我妈一气之下自己收拾了几件衣服就来到我爸家里，说结婚就结婚，谁怕谁啊。"

程新险些没笑出声来，看起来秦诺这脾气果然得了她妈的亲传，于是接着问道："然后呢？他们结婚了，就有了你？这么说来，也不是你爸逼的你妈啊，明明是你舅舅逼的，怎么你把账都算到你爸身上了呢？还真是女生外向。"

"什么女生外向，你知不知道我爸后来是怎么折腾我妈的？"秦诺怒道，"每次他有些不顺心的事情就回家来找我妈的麻烦，说我妈看不起他。然后又说我妈有什么好看不起他的，还不是他花钱买回来的？你说，他是不是精神分裂？"

"你的名字很别致，是谁起的，这里面有什么意义吗？"程新突然转移了话题。

秦诺怔了一下，有了几分自豪："这名字不错吧？我爸起的，他说他谢谢我妈没有悔婚，一诺千金，又正好是个女儿，所以就起了这个名字。"

程新看着秦诺，有些好笑道："难道你没有感觉，你的名字就已经包含了你爸妈的爱情了，怎么你会觉得他们之间没有感情呢？难道你对事物的判断就只是听别人说，而不是用自己的脑子想的？"

"我凭脑子想的婚姻也是男权的产物！"秦诺振振有词，"需要通过婚姻拥有后代的一直都是男人，而不是女人好不好？要是《婚姻法》规定女人不结婚也可以正常生育，我看一大半女人都不会愿意结婚的。干啥啊？买房结婚的时候要男女平等，那生孩子的时候怎么不说男女平等？你要说那是因为男女的生理特点不一样，那好啊，孩子生下来都跟妈妈姓好了，为什么给孩子冠姓的时候，非得跟着男方姓，而不说男女平等了？"

程新饶有兴趣地看着秦诺："说你爸妈的事情呢，怎么绕到男女平等上去了？"

"我爸妈的事情就是因为男女不平等引起的。"秦诺正色道，"你想想看啊，要是男女平等，为什么在我妈不答应的情况下，我外婆他们还能顺利收下聘礼，逼着我妈嫁给我爸，我爸还能口口声声地说我妈是他花钱买来的呢？"

看来让秦诺最为不满的就是秦爸爸的这句口头禅了，齐晓卉也听出了名堂，不免嗔道："老一辈的人都有些稀奇古怪的想法，那是他们那个时代决定的。你既然觉得这些说法是不对的，不去理就是了，你还杠上了，我也是看不懂你的脑回路了。"

"怎么看不懂了？"秦诺瞪大了眼睛看着齐晓卉，"让人看不懂的是我妈好不好？她一边说自己被我爸欺负，一边又催着我赶紧结婚。她也不想想看，她不结婚能被我爸欺负吗？还说为我好，那她咋不说当初外婆也是为了她好呢？"

"打住！"齐晓卉制止了秦诺的愤愤不平，困惑地问道，"听你这话，你并没有改变不想结婚的想法，对吗？那你说要投资吴雪飞的海鲜排档，你拿什么投资啊？要知道，你上交你妈的钱可是要看着你结婚她才肯拿出来的。"

"所以这就是我来找你商量的原因啊。"秦诺撇开程新，拉着齐晓卉嬉皮笑脸道，"就是上次乐乐闹失踪，我第一次遇见顾林涛，你还记得吧？我就那么一看，哟，又白净又帅气，很符合我妈理想中的女婿形象。再一看他对乐乐的态度，以后肯定是个超级奶爸，绝对能讨得我妈的欢心，所以……"

"你想追顾林涛？"程新忍不住插嘴道，然后看着齐晓卉笑了，"这才叫防火防盗防闺密呢，你就不该让她看到阿涛才对。"

"闭嘴！"秦诺回头怒斥道，"谁告诉你我要追顾林涛？就他那蔫了吧唧的样子，一个前女友都摆不平，还值得我去追他？你没听见我说吗，他是符合我妈的标准，跟我的要求差着十万八千里呢……嗯？不对，我又不要男朋友，没标准，都被你带歪了！"

"你是想让顾林涛配合你在你妈面前演场戏，让她相信你要结婚了，然后把钱拿出来？"齐晓卉平静地问道。

"对啊！对啊！"秦诺一下子抱住了齐晓卉，拍了拍她的后背说道，"生我者父母，知我者晓卉姐姐也！就是这个意思，怎么样，你觉得顾林涛会答应帮忙吗？"说完，见齐晓卉不答，转而问程新："喂，你说呢。你这人真怪，让你说了你不说，不让你说闲话来得这个多！"

## 21 风波乍起

程新笑道："你确定顾林涛符合你妈的标准？要知道他现在没房没车，还欠着我的钱呢，你妈舍得让她的宝贝女儿去受苦？"

"你这人怎么回事啊？欠你钱怎么了？人家小顾又不是不还，他这不是正在努力工作挣钱吗？"秦诺没好气地横了程新一眼，又兴奋地加了一句，"对了，顾林涛还有一个好处，他是学工程的，我妈最喜欢有技术的男生，说那才是铁饭碗呢。"

说完，见齐晓卉和程新都看着她，这才有了点儿异样的感觉。她想了想对程新说道："你也不用替小顾打抱不平，我也不白请他帮忙。他不是喜欢晓卉吗？到时候我就帮他把晓卉追到手就是了！"说完，她自己也觉得这话怎么这么怪，于是赶紧改口道："他不是喜欢晓卉吗？我拿了钱就是帮晓卉投资的，他帮我怎么了？"

"没什么，就是想起'巧舌如簧'这个成语了。"程新说着，低了头掩饰地咳了几声，然后才说道，"根据我对顾林涛的了解，你这个计划他会帮忙，但是百分之百会露馅儿。你可千万别以为你爸妈吵吵闹闹一辈子，他们就不懂爱情。两个人之间有没有感觉，以你妈妈的阅历，那是绝对能够看出来的。再加上顾林涛那蹩脚的演技，基本可以说是不费吹灰之力了。"

"那怎么办哪？"秦诺傻眼了。

"你可以考虑我啊。"程新一副以逸待劳的样子，让秦诺很想一脚把他踹出门去。

那天晚上，为了不妨碍齐晓卉母子休息，秦诺和程新将谈话地点从齐晓卉家里挪到了海鲜楼大酒店，秦诺用自己的员工优惠卡在酒店里给程新开了一个房间。至于两人商量到什么程度，齐晓卉懒得管，也不想管了。

齐晓卉躺在床上，轻轻拍着儿子，又想起了刚才的情形。顾林涛和沈琳上楼以后就没了动静，她几次翻看着手机，想发一条短信过去问问情况，却是写了删、删了写，无论如何也按不下"发送"那个键。沈琳的百般阻挠固然让齐晓卉很不舒服，但是顾林涛的坦然承认，无疑让她陷入了更为尴尬的境地。

她不是秦诺，没有恋爱过，更没有结过婚，所以对程新的有意试探一概懵懂不知。她能够感受到顾林涛对她的好感，不管是因为同病相怜，还是被情所伤之后的逃避，她都可以接受。但是她也更加明白，很多感情，难的不是接受，而是坚持。

当激情澎湃的时候，确实可以将很多世俗的观念都置诸脑后，但是等到激情褪去以后呢？正如秦诺所说的，婚姻从来就不是为了爱情而存在的，所以再多的爱情也经不起婚姻的琐碎。就好像当初许俊平和自己，你能说他从未爱过自己吗？

思绪越飘越远，齐晓卉仔细聆听着楼上的动静，好像也已经没了声响。是沈琳出去了，还是顾林涛出去了呢？还是……他们已经有了共识？

第二天，顾林涛依然没有任何消息，秦诺倒是兴奋地打来电话，说程新已经为她设计了一个非常好的登门拜访的方案，现在他要回上海去稍作准备，以免露馅儿。

"他要直接向你求婚吗？"齐晓卉简直哭笑不得，秦诺胡闹也就罢了，怎么这个程新也有这么大的耐心，陪着她胡闹啊？虽然她隐约能够感觉到程新是对秦诺有心了，但是两人的距离似乎太过悬殊。一个是精明老辣、城府深到看不到底的律师，一个就是傻白甜……不对，应该是傻白辣，秦诺的毒舌还是堪称一绝的。

所以齐晓卉绝对不看好他们，说实话，这要是两个人以后出点儿什么问题，秦诺绝对是被人卖了还要给人歌功颂德的那个。因此她小心提醒道："傻姑娘，你可千万不要弄假成真啊，人家可是律师事务所的合伙人，把你卖个高价还是没有什么问题的。"

"我知道！就是他这个职业有点儿吓人，我怕我妈不喜欢。"秦诺根本就没有听出齐晓卉的意思，或者说，她此刻的思路，跟齐晓卉不在一个频道上，"所以呢，其实顾林涛是最合适的，可程新说他不会说谎。晓卉姐姐，你跟他接触得比我多，你觉得他会撒谎吗？"

"他……"齐晓卉不知道怎么回答才好，"反正乐乐被他哄得就跟个小傻瓜似的，别人嘛，没试过。"

"好吧，那我就先用程新试一下吧，实在不行再来找顾林涛。"秦诺思索了一下，严肃道，"我想过了，我先利用程新争取一点儿时间，你想办法好好调教一下顾林涛。我总感觉吧，还是顾林涛比较符合我妈的要求，程新的职业是个大问题啊！"

说着她就挂了电话，留下齐晓卉看着手机发蒙。这个秦诺，她这是哪根筋搭错啦？叹了口气，齐晓卉正要将手机放进包包里，突然又一个电话进来了。齐晓卉来不及想就接起了电话，以为是顾林涛，没想到居然是父亲。

"晓卉啊，你有空吗？有空就过来一下吧，家里出事了，唉！"齐父有气无力地说完，电话就挂了，这让齐晓卉脑子里顿时一片空白。父亲一向要比母亲沉得住气，能让他这样心力交瘁的，那就一定不是小事。

齐晓卉马上转身朝家里跑去，跑到楼梯口，才想到，家里出大事了，要不要带着乐乐去？不行，带着乐乐怎么都不方便。最近事情真的太多了，跟自己有关系的、没关系的，一出接着一出，乐乐避不开那叫没办法，难道自己还要主动让孩子也卷入其中吗？

想到这里，齐晓卉看了看手机上的时钟显示，应该还早，让乐乐一个人在家待着，自己把握点儿时间，不要太晚了就行。这样想着，她两三步上了楼，将还没有烧的菜收拾了一下，放进冰箱，然后把烧好的竹笋炒肉和蒜香空心菜放到餐桌上，又盛了一碗饭，让乐乐过来吃饭，顺便告诉他自己去一下外婆家里，有点儿事情。

"妈妈把手机留在家里，你要是有事就打外婆家里的电话。万一打不通，你就打秦诺阿姨的电话，让秦阿姨来陪着你，知道吗？你可以看着手机上的时间，如果没什么大事，妈妈会赶在八点之前回家的，因为这是你睡觉的时间。如果有事情不能回来，妈妈也会打电话告诉你，然后让秦阿姨过来，知道了吗？"

齐晓卉嘱咐一句，乐乐就应一句，应到后来不耐烦了，说道："妈妈，你走吧，我要是害怕了，我会上楼去找小顾叔叔的，你放心好了。"

齐晓卉一怔，看着乐乐问道："找小顾叔叔？难道小顾叔叔不要去上班吗？再说了，最近小顾叔叔家里有个阿姨在，你去找他会不方便的。"

"是昨天来我们家吵架的那个阿姨吗？"乐乐吐了吐舌头，怪模怪样地笑道，"秦诺阿姨说了，她脸白白的、头发长长的、嘴唇红红的、指甲黑黑的，不像女人，倒像个妖怪。"

齐晓卉想起沈琳那黑底白花的指甲，笑了起来，于是佯嗔道："不许跟着你秦诺阿姨胡说八道，人家喜欢打扮成什么样子，跟你有什么关系？"

"那好，我知道了，我不上楼去就是了。"乐乐乖巧地说道，"妈妈，你放心去外婆家里吧，我会乖乖管着我们家的，谁来也不开门。"

齐晓卉笑了一下，在儿子脸上亲了亲，然后起身开门出去了。行色匆匆的她，没注意顾林涛正站在楼梯口，看着她的身影在楼层中消失。

匆匆赶到娘家，眼前的情景让齐晓卉吓了一跳。楼下的客厅里颇有些人满为患的样子，地上则是一片狼藉，从碎片上判断，这应该是齐晓成第一次结婚时，别人送的那个花瓶。原先放在齐晓成卧室的窗台上，崔颖儿住进来以后，就被挪到了客厅的冰箱上。齐晓卉的眼光偷偷扫向了冰箱，果然，那里已经是空空如也了。

父母和齐晓成都在，这很正常，不正常的是，吴雪飞也在，抱着女儿大模大样地坐在沙发上。大约是有妈妈在，齐婷好一改往日怯弱的模样，坐在妈妈的怀里，两个乌溜溜的眼珠骨碌碌地看着眼前的一切，虽然不知道是怎么回事，但是没有一丝慌乱的神色。

崔颖儿还在哭，边哭边捶打着自己的肚子，絮絮叨叨地骂着："谁家的孽种，生得出养不活的，明天老娘就去打掉他，凭什么连个窝都没有，老娘就给你生孩子啊！"

崔颖儿的话让齐晓卉很不解，就算她要结婚，父母不同意另买新房，老房子的装修款不是已经给她了吗？而且在老房子里结婚，也是崔颖儿自己愿意的啊，怎么能说没有窝呢？她困惑地看了看父母，齐家父母一声不响地坐在背光的角落里。

吴雪飞轻轻一扬嘴角，鄙夷地瞟了一眼崔颖儿，轻轻抚摸着女儿，跟齐晓卉打了招呼。齐婷好则乖巧地叫了一声："姑姑。"

"怎么了？"眼前的一切，让齐晓卉越看越觉得诡异，终于忍不住问了一句。别人都没有说话，只有吴雪飞歉意地说道："晓卉，这件事情其实跟你无关，不过有人非要把你拖进来，我也没办法。这样吧，我先向你道个歉，一会儿，你就多担待着点儿。"

这几句话让齐晓卉更加是丈二和尚——摸不着头脑了，正想再问一句，崔颖儿先冷笑道："吴雪飞，你不用在这里装好人了，齐晓卉跟这件事情有没有关系，她自己心里明白得很，不用你提醒的。"说着，看着齐晓卉的目光就带了敌意："既然吴雪飞说你对这个事情不知情，那好，我姑且相信她一次。那么你来评评这个理，我跟你哥结婚用的新房，预售合同上的名字，不是我也不是你哥，甚至不是你爸妈，却是这个女人，你说世界上有这种道理吗？"

说着，崔颖儿抬起右手，直直地指向了吴雪飞。这下齐晓卉也瞠目了，新房子的预售合同上写的是吴雪飞的名字？齐晓成发疯了？她半信半疑地去看吴雪飞，只见吴雪飞不无得意地一点头："对，预售合同上就是我的名字，怎么样？你有本事改过来吗？"

　　"为……为什么啊？"齐晓卉觉得自己舌头都在打结，连话也说不利索了。

　　"没有为什么，我和晓成约好了，这套房子是要留给婷好的。不过婷好未成年，不能做房产证，所以就暂时写我的名字。等咱们婷好长大了，我就把房产转给她。"说着，吴雪飞怜爱地抚摩着女儿，"宝贝，你放心，就算妈妈不在你身边，我也会给你安排好一切的。谁想要欺负你，那就是搬起石头砸自己的脚，门儿都没有！"

　　是了，是了，这才是吴雪飞，你对她客客气气的，那她对你也客客气气的。你要是胆敢招惹她，她拼死也不让你好过。

　　奇怪的是，齐晓成怎么会顺着她？房子是自己家里出钱买的，要不是齐晓成愿意，吴雪飞就算有天大的本事，也不可能买通开发公司的人，把别人的房子换成她自己的吧？齐晓卉疑惑地去看齐晓成，只见他龟缩在父母身边，垂着头一声不响。

　　齐母锁紧了眉头，见崔颖儿和齐晓卉都不作声了，这才憋着气说道："雪飞，我知道以前的事情，晓成也有对不起你的地方。颖儿看不惯婷好，让你生气，我也理解。可是这件事情搞成这样，你要说是晓成跟你商量着办的，这未免太挑拨离间了吧？难道说，你的孩子是孩子，颖儿肚子里的孩子就不是孩子了？你非要拆散他们夫妻，伤了这个孩子，也是你的罪过不是？为了逞口舌之强，你犯得着吗？"

　　吴雪飞脸色一冷，随即笑道："妈教训得是，预售合同的事情，齐晓成虽然愿意写我的名字，那是因为我告诉他，我有朋友在房产公司，房价可以便宜一点儿。只不过人家的便宜是给我的，不是给别人的，所以只能写我的名字。当然，我也答应他了，等房子做产权证的时候，我会还给他的，条件就是，产权证上写上齐婷好的名字。"

　　吴雪飞的解释让崔颖儿呆了呆，不由自主地转头去看齐晓成。齐晓成这时才抬起头，一副沉冤昭雪的模样："颖儿，这下你相信了吧？我是真的没有跟吴雪飞复婚的意思啊。"

　　话音刚落，他就被崔颖儿当面啐了一口："我相信，我相信什么啊？我相信你不会骗我，所以我才没过问署名的事情。是的，我可以不在意房子写谁的名字，你写爸妈的、写你自己的都行，可是你写上这个女人的名字是什么意思啊？"

齐晓卉听明白了，原来买房子的时候，崔颖儿想要撇清自己，所以没有向齐晓成要了预售合同来看，就付了房款，没想到被吴雪飞钻了空子。当然，也有可能都是吴雪飞教唆齐晓成设下的陷阱。记得以前吴雪飞有什么事情，也都是教好了齐晓成让他出面的。这两个人大约是习惯成自然，这默契还没有改过来吧，齐晓卉觉得有些好笑。

吴雪飞看着齐母说道："妈，预售合同上名字的事情我说清楚了，海鲜排档的事情，我也再声明一下，这件事跟晓卉完全没有关系，我只是看上了她的厨艺。你也知道，瀛洲市的旅游人数一年比一年多，饭店也是越开越多，不要说厨艺好一点儿的厨师，就是负责一些的厨师都不好找。我找晓卉，也是我们这些年的姑嫂关系，我知道她的厨艺，也相信她的为人。"

齐母摆摆手："你不要叫我妈，也不用跟我解释晓卉的事情。既然你刚才说了，你答应过晓成，做产权证的时候会把名字换回的，我只想问你，这话算不算数？"

吴雪飞看看崔颖儿，然后目光落在了齐晓成的身上，突然问道："那我能不能问一下，除了首付，你们打算怎么付剩下的房款？"

"这跟你有关系吗？"崔颖儿毫不客气地反驳道。

"当然有关系！"吴雪飞的目光像剑一样看着崔颖儿，冷笑道，"虽然我跟齐晓成只做了七年的夫妻，但是在这七年里，我自问没有对不起齐晓成，没有对不起齐家。我离开齐家的时候带走的东西，你不知道，齐晓成心里最清楚，林林总总加起来，也就是一包衣服，加一床被子。不要说我们结婚七年辛苦买下的房子，都填了他的赌债窟窿，齐晓成还把我们结婚时的金戒指也赌输了，还是妈看不下去，又给了我一个。"吴雪飞说着，伸出手来，小指上戴着一个细小的戒指，价值大约不会超过一千元。

齐晓卉有些哭笑不得，这个戒指是许俊平生意最好的那年，自己买给母亲的生日礼物，没想到母亲又给了吴雪飞。怪不得这两年一直没见她带，问她还不肯说。她有意无意地瞟了母亲一眼，昏暗的光影下看不出母亲的表情。

齐晓卉心里有点儿酸酸的，不管怎么说，老妈作为婆婆，还是合格的。自己的婆婆若也能这样，说不定自己也不会离婚了。正想着，突然听见吴雪飞叫她的名字："晓卉，当年卖房子的时候，你是爽快，二话没说，把房子就卖了，把钱给了许俊平。那我吴雪飞有没有迟疑过半分？你心疼老公，我也心疼。可是卖了房子以后呢？齐晓成往家里拿过一分钱吗？到我的茶室里去替我关照过一天吗？"

"晓卉，你不要怪我那时跟你吵架，一时口快也说过你在家里吃白饭这种话。我是真的累了，你是亲眼看见过醉汉在茶室里闹事的，我除了拼命挡着不让那些杯、碟砸到客人，我还能干什么啊？我很想找一个人来帮我，哪怕他就只会说几句甜言蜜语哄哄我也行！可是齐晓成那样子，你们也都看见了，他有半点儿做男人的样子吗？"

说着，吴雪飞笑着睨了崔颖儿一眼，说道："齐晓成是什么样的人，我肯定比你更清楚。其实我也是蛮同情你的，你说你一个好好的姑娘，找一个没钱的不说、连赚钱的心思都没有的男人，你图他什么？不要去相信他的鬼话，说什么我在外面偷男人对不起他，他要是一心一意养家、顾家，我会放着女儿不养，还去偷男人？我吴雪飞是什么样的人，别人说的你可能不相信，那你怎么不问问爸妈跟晓卉呢？问问我在齐家的时候是怎样的？说不定你还没我做得好呢！当然，你也不要以为你的眼光比我好，我告诉你吧，被女人甩掉的男人，没几个好的。好男人是个女人都喜欢，你喜欢我也喜欢，我干吗要甩给你？我又没病！"

这几句话让崔颖儿暂时停止了哭泣，不服气地看着吴雪飞。吴雪飞理也不理她，轻抚着女儿说道："其实呢，如果你不来招惹我，我也不想做得这么绝。毕竟，婷好是判给齐晓成的，以后也要你帮着养她。我就算看见你没好脸色，可是女儿在你手里，我总要顾忌一些吧？没想到你居然跑到我茶室来跟我说，让我把女儿接回去，你要跟齐晓成生孩子。"

说到这里，吴雪飞冷哼了一声，脸色就阴沉了下来："怎么？你会生孩子很了不起啊？你给齐晓成找一百个女人去睡，我保证他能在每个女人的肚子里播下种。你要生孩子，你生出来的孩子是齐晓成的，我家婷好就不是齐晓成生的了？

"有句老话怎么说的，上半夜想想自己，下半夜想想别人。别一天到晚想的都是自己，你要过日子，人家也是要过日子的。你以为我不知道你打的好算盘？买新房子用老房子抵押按揭，还不出了就把老房子一卖，齐家房子的产权，就稳稳落到你崔颖儿的名下了，是不是？行，既然你不为婷好着想，那你也就怪不得我吴雪飞把事情做绝了！

"实话告诉你，对付齐晓成，我比你的办法多，该哄的时候哄，该吓的时候吓，该捧的时候捧。男人嘛，骨子里都是男孩儿，能长大的没几个，手指头都扳得过来。

所以我就跟齐晓成说，给女儿一个保障，不然，他别想过安生日子！"

齐晓卉苦笑了，吴雪飞说得对，对付男人，像崔颖儿这样的没有经历过婚姻的女孩儿，怎么可能是吴雪飞的对手。话说回来，这事好像也不能全怪吴雪飞，正如她自己说的，要不是崔颖儿百般看着齐婷好不顺眼，想把她赶走，吴雪飞确实不会把事情做得这么绝。

如果真的是要钱，那么当初生意亏本的秘密被揭开后，她可以名正言顺地要求齐晓成将夫妻共同财产分给她。齐晓成不是许俊平，吴雪飞也不是自己，她要是真想那么做，有的是办法，不怕齐晓成不乖乖就范，就算是自己的爸妈，恐怕也只有干瞪眼的份儿。

"我告诉你吧，男人哪，大多数是死要面子活受罪的东西。你别看他自己没本事，一分钱不拿回家，但女人要是敢嫌弃他的家里人，他马上就会对你起了防范心，早就一层一层都算计好了。"吴雪飞一副长辈教育晚辈的模样，看着崔颖儿，"真是不明白你们这些女孩儿是怎么想的，说什么喜欢成熟的男人。成熟的男人早就成精了，你有本事抓得牢吗？三十多岁的男人，有过家庭，当了父亲，他什么没见过，还能被你们牵着鼻子走？你还想知道齐晓成为什么会把预售合同写成我的名字吗？不错，我是骗了他，可是他为什么愿意受骗，你想过没有？就是因为你不要婷好，所以他宁可相信我，也不愿意相信你了，明白了？"

明白了，齐晓卉不知道崔颖儿是否明白，但是她明白了。男人其实很胆小，一点点风吹草动都会让他们把自己藏进一个他们认为安全的地方。所以他们不喜欢嫌弃他们家庭的女人，因为家庭对他们来说，是一个值得信任的、安全的地方；他们也不会要一个欺骗、算计过他们的女人，因为这个女人已经在他们的面前失去了最重要的资本——信任！

"现在你知道了吧？想跟我斗，你还嫩了点儿，想嫌弃婷好，你都没这个资格！我老实告诉你吧，这购房款里，还有我的五万元钱呢，齐晓成跟你说了没？你是不是觉得我很傻，傻到会出钱给你们俩买新房？哈哈……那五万元是我的诱饵，没这五万元，我怎么让齐晓成相信我？再说了，我那是给自己的女儿买房子，出点儿钱也是应该的不是？"

说着，吴雪飞轻抚着女儿的脸蛋儿，半是得意半是宠爱地说道："宝贝，妈妈没本事，嫁了一个没用的男人，可妈妈不会让你也跟着一起受委屈的。你要记住了，以后有什么事，都来跟妈妈说，不许动不动就哭鼻子，学你爸爸那没出息的样子。"

原来吴雪飞当初居然还给齐晓成凑了钱，齐晓卉感觉有些晕，于是下意识地甩了甩头。这里吴雪飞跟女儿说完，又讥笑地看着崔颖儿："你不是爱齐晓成吗？那你就慢慢地爱吧，你就嫁鸡随鸡、嫁狗随狗，跟他一起睡到大街上去。不过记得把你们的结婚证随身带好哦，不然，被人当嫖娼抓了，罚款还是小事，瀛洲市很小，传出去可是很丢脸的哦！"

崔颖儿几乎抓狂了，她猛地站起身来，大口地喘了几口气，突然平静了下来，神情怪异地看着吴雪飞说道："我说呢……我当初要买房子，齐晓成就跟要了他的命一样反对，发誓一定要说服你，把齐婷好带走。怎么到你那里晃了一圈回来，居然答应买房子了，还能借到钱给我凑首付了。好，真好！怪不得人家说，二手的男人不能要。哼，你放心，我也不会让你得逞的……我不找你算账，我就跟齐晓成算账！"

说着，崔颖儿一步一顿地走到齐晓成面前，威严地说道："去叫车，今晚我住宾馆去，明天你陪我回娘家，把这件事情好好谈一谈。"

齐晓成小声地恳求道："颖儿，就在这里谈不行吗？"

"在这里谈？"崔颖儿伸手环指了一下众人，冷笑道，"这里怎么谈？你的爸爸、你的妈妈、你的妹妹、你的女儿，还有……你最心爱的女人，连她偷人你都舍不得放手的女人，我跟谁谈，你说啊？"

齐晓成被崔颖儿最后的那一声怒吼吓了一跳，赶紧跳起来朝门口疾步而去，说道："别生气，颖儿你别生气，我这就去叫车，我给你开宾馆去。"

崔颖儿跟在齐晓成身后，一步步踱了出去。见她走远了，吴雪飞才说道："爸、妈，房子是我的，后期的房款我自己也会付，你们的老房子不会被卖掉……"

"那套房子首付三十万吧。"齐母看着吴雪飞，突然缓缓地说道，"二十万是我给崔颖儿的装修款，五万是崔颖儿问娘家拿来的，还有五万是你的吧？"说着，她落寞一笑，"按说，当初你们的房子卖了七十万，茶室里只投了十万，其余都给晓成还债了。所以你现在拿走二十五万，也不能说你过分了。可是拆散了晓成夫妻，颖儿肚子里的孩子也不知道还能不能保住，雪飞，你真的不亏心吗？"

吴雪飞的神色也暗淡了下来，苦涩地问道："妈，难道这都是我的错吗？"

"我没说都是你的错，我只是说，你这么做，难道忘了齐晓成是我的儿子，是婷好的爸爸了吗？"齐母依然隐在光影里，声音那么沧桑。

"妈，你不能这么说！"吴雪飞似乎此刻才明白，这个她一直以来当作家的地方，其实除了女儿，已经不再有她的亲人了，"爸、妈，算是我最后一次这样叫你们吧，我也知道在你们的心里，儿子是高于一切的，你们对我好，是因为我首先是齐晓成的妻子，然后才是你们的儿媳。就算后来我们离婚了，那也是因为我心甘情愿替齐晓成还赌债的缘故。

"在你们看来，儿子赌博是可以原谅的，但儿媳妇偷人是不应该的；儿子撒谎骗钱是迫不得已，而女儿被骗想要争取自己的权益也是不应该的。我知道你们对婷好好，但是我也知道你们的心里，其实非常想要一个孙子，所以才会什么都答应崔颖儿，甚至不惜把女儿赶走，给儿子买房。只是……你们真的以为这样的儿子，以后能靠得住？"

"靠不住，那也是儿子！"齐母冷冷地说道。

"是，这话您说对了。"吴雪飞朝齐母笑了笑，"对你来说，齐晓成再不争气，也是你的儿子，那么对我来说，婷好再不好，那也是我的女儿。我能骂她、打她，可是我不会允许别人嫌弃她。再说了，现在你们只有婷好一个孙女，所以对她还算不错，但是我也不能保证，等你们再有一个孙子或者孙女的时候，是不是还会这样对待她。作为妈妈，我没能给她一个完整的家，已经很亏欠她了。假如连她以后的生活都不能保证的话，那我还怎么做一个妈妈。妈，你也是做妈的，是一个有一双儿女的妈妈，希望你能够理解我的做法。"

"我不能理解！"齐母突然发火了，"我只知道婷好是我的孙女，颖儿肚子里的还是我的孙子呢！你又凭什么为了婷好，让我的孙子不能出世？雪飞，这么多年来，我真是错看你了！"

吴雪飞愕然，正要说话，眼角余光下意识瞟向齐晓卉的时候，只见她伸出右手轻轻地摇了摇。吴雪飞似乎明白了什么，将婷好放了下来，自己也站起来，说道："妈，您是长辈，我不跟您生气。我要说的是，其实您错看的不是我，而是您的儿子齐晓成。他明明是一摊烂泥，您非得把他当作水泥去造房子，现在房子塌了怪谁呢？"说着，牵起了婷好："宝贝，跟爷爷奶奶说再见，今晚你跟着妈妈去睡，妈妈今天哪儿也不去了，就陪着你。"

婷好看看妈妈，似乎有些胆怯，远远地站着说了一句"爷爷奶奶再见"，就再也不敢去看齐父齐母了。吴雪飞也不在意，牵起女儿的手离开了齐家。

等吴雪飞的身影消失在夜色里，齐晓卉才问道："怎么回事？"想了想，又觉得不对，怎么回事刚才都已经知道七七八八了，于是转口问道，"现在怎么办？"

"晓卉，你去问问秦诺，或者你们旅行社里的同事，看看有没有人认识房产开发公司那边的人，能不能在做房产证的时候，不用跟吴雪飞说，就直接把名字改过来。"齐母沉思了许久，对齐晓卉说道。

## ♥22 剪不断 理还乱

产权证直接撇开预售合同？开什么玩笑，要是产权证可以这样乱写名字，那不是都乱套了？说不定什么时候崔颖儿就能直接把自家的老房子也卖掉了。因此齐晓卉摇了摇头："产权登记都是有严格规定的，不可能撇开预售合同，随便乱改名字。除非你有证据证明预售合同登记人存在欺骗行为，那还差不多。"

"晓卉，你还没听明白吗？"齐母对女儿的若无其事有些恼火，"吴雪飞自己也承认了，是她骗了晓成，不然，晓成再不懂事，也不会把一套房子送给她。被人骗了签订的合同不是无效的吗？颖儿去问过了，我就是想让你再去问问清楚。"

齐晓成受骗？齐晓卉不以为然地轻哼了一声，吴雪飞不是已经说得很明白了吗？就算他受骗，那也是他自己送上门去心甘情愿的。倒是吴雪飞的这句话千真万确，齐晓成明明是烂泥，可是母亲一直认为他是水泥，所以才造成了今天的状况。远了不说，崔颖儿提出不要婷好的时候，如果他能拿定主意，不让崔颖儿一而再、再而三，甚至自己也跑去找吴雪飞，要赶走女儿，吴雪飞能想出这个办法来吗？

因此齐晓卉笑笑："合法不合法，要讲证据，吴雪飞可是有证据证明首付是她付的。妈，你有证据证明这首付的钱是吴雪飞从我哥那里骗去的吗？"

"事情明摆在那里，还要什么证据？"齐母急了，"若不是吴雪飞骗人，你哥会那么傻，把房子给一个不相干的人？"

跟母亲，有时候真是说不通，尤其是钻进了牛角尖的母亲，你的任何一句话，在她看来，都是在顶撞她，跟她唱对台戏。齐晓卉懒得再跟母亲辩论，想到乐乐还一个人在家，她便站起身来，说道："那你让我好好想想，明天再去问问秦诺好不好？我现在要回去了，乐乐还一个人在家待着呢。"

"我就知道女生外向，不管你怎么疼女儿，家里有了事情，她想到的还是只有自己的儿子。好，你走吧，走吧，管你的儿子去，反正我也指望不上你了！"齐母终于走出了光影，步履有些蹒跚，背似乎也佝偻了一些。

齐晓卉瞬间感到心疼，但很快就把这情绪压了下去。你能想着自己的儿子，怎么我就不行了？齐父看着女儿脸色的骤变，终于开口说了一句话："你这是什么逻辑，就许你把儿子捧得天一样高，晓卉就不能去照顾自己的儿子了？"说着，他体谅地对齐晓卉说道，"快回去吧，也不早了，乐乐一个人在家，你也放心？刚才蛮好带他过来的。"

齐晓卉笑笑："没事。"说着，又看了母亲一眼，这才出去，不想父亲跟了出来。

走到门口，齐父才迟疑地对女儿说道："晓卉，你妈这人，唉，怎么说呢？成事不足，败事有余，你哥又没用。我看，这件事情还是得你出个面，跟雪飞再好好谈谈吧。不管怎么说，雪飞现在已经跟我家没有关系了，你哥是要跟崔颖儿过日子的，况且崔颖儿肚子里还有一个孩子呢。晓卉，你跟雪飞关系一直还不错，对婷好也挺照顾的，说不定她能听你的话，那你就劝劝她，让她把预售合同上的名字改过来吧。那五万元钱，我们会还给她的，给利息也行啊。不然……不要说你哥的婚事，我怕颖儿肚子里的孩子也是保不住了。"

"爸。"齐晓卉为难了，心里也有一丝不满。齐晓成有事了，要她帮忙，当初崔颖儿要结婚，提出要她住的那间房做儿童房的时候，怎么就没人想到她是齐家的女儿？

因此齐晓卉推托了："爸，你让我怎么跟吴雪飞说？这件事本来就是崔颖儿自己错在先，谁让她不要婷好的？哪一个当妈的，听到自己的女儿被人嫌弃不生气啊？崔颖儿不是怀孕了吗？等她把孩子生下来，自己也当了妈，她就明白了。"

"是啊，是啊。"齐父连连点头，"那总要有房子才能结婚，结了婚才能把孩子生下来啊，你说是不是？"

父亲的避重就轻让齐晓卉哑然，只好默默地离开了家里。


回到出租房，推开房门，首先听见的是乐乐开心的笑声。齐晓卉阴霾的心情开朗了不少，心里暗想，这小家伙，难道又在看《猫和老鼠》了？都不知道看了几百遍了，每次都会这样开心地笑，一点儿也没有因为预知剧情而减少半分快乐。

齐晓卉想着，关上房门，正要叫乐乐准备洗洗睡了的时候，才感觉到声音的来源不对，好像不是从房间里传出来的，倒像是从卫生间里传出来的，而且偶尔还伴随有水声。虽然知道儿子喜欢玩水，但是小孩子一个人在卫生间玩水可不是什么好事。

齐晓卉三步并作两步走到卫生间门口，诧异地发现，卫生间的门是关上的。乐乐已经六岁了，会关门当然不稀奇。可因为自己一直是单身，齐晓卉怕出意外，曾经教过乐乐，一个人在家的时候，尽量不要关门，尤其是洗澡什么的。

那么，今天是怎么回事？还没等齐晓卉想明白，卫生间里传出了另一个人的声音，正是顾林涛："宝贝，这两天有没有想过叔叔啊？"

"想啊，我一直都在想着叔叔呢。"

"小马屁精，又骗我是不是？想叔叔为什么不上楼去找叔叔？"

"妈妈说，叔叔家里来客人了，小孩子不要去打扰人家。"

"不会吧？乐乐这么绅士啊？是不是刚刚想出来骗我的？不过呢……"顾林涛顿了顿，"你要是真的敢骗我，那也没关系，我就把你光屁股的照片放到网上去，让大家都看见你的小屁屁！我刚才给你脱衣服的时候可是拍了照片的哦。"

这句话让齐晓卉忍俊不禁了，没想到乐乐得意地说道："你要是敢把我照片放到网上去，我就把你的手机号码也放上去，下边写上，照片上的人就是这个电话号码，这样别人就会以为照片上的人是你了，哈哈……看你还敢不敢欺负我！"

齐晓卉拼命忍着笑意，走回客厅，这才发现，桌上摊着乐乐画画的纸笔，还有两块拼图，一块已经完工，一块还只是半成品。

齐晓卉若有所思地在桌前坐了下来，摆弄着桌上拼图的图片，心里是暖暖的感动。她不知道是顾林涛的关爱让乐乐愿意亲近他，还是乐乐的可爱让顾林涛由衷地喜欢他。不管是哪一种，都是上天安排的缘分，不是吗？

在乐乐失去父爱的时候，他还能得到这样的快乐和关心，不管怎么说，她都应该感谢顾林涛，是他让她知道了，乐乐只是不要爸爸，并不是不需要父爱。

无端地，她又想起了苏睿文的提议，他所不能给的，只是一个爸爸的身份，而父爱，她相信苏睿文绝对不会吝惜。不，不对，如果没有爸爸这个身份，苏睿文所能给的，只是宠爱、疼爱，绝不可能是父爱。

齐晓卉自嘲地笑了起来，每当她想给自己的不良行为找借口时，总会有另一个想法马上跳出来，将其全盘推翻。正想着，听见后面有动静，回头一看，果然是顾林涛出来了。

看见齐晓卉，顾林涛也是一愣，随即很自然地就打了招呼："回来了？"顿了顿，他解释道，"我看见你出去了，就让乐乐开门。乐乐说，你去外婆家了，我也不知道你什么时候回来，就自作主张留下来陪乐乐了。后来看看时候不早了，你的手机又留在家里了，也没办法问一下，所以……我就先给乐乐洗澡，免得等下他瞌睡来了不肯洗。"

齐晓卉看着他，慢慢地绽开了一个笑脸，然后轻轻地说道："谢谢你。"

这让顾林涛很意外，竟然有些局促起来，踯躅了好一会儿，才不好意思地笑笑："哪里，那天……给你惹麻烦了。"

一句话提醒了齐晓卉，她凝神听了听楼上的动静，然后朝上一指："没关系吧？"

她根本就没把顾林涛那天的表白当作一回事，她以为那是他为了拒绝沈琳，而拿她当了一回挡箭牌。既然自己的事情曾经得到过他那么热心的帮助，现在被他当一回挡箭牌，似乎也无可厚非。

顾林涛平静地"哦"了一声，然后说道："她走了。"

"走了？你们谈好了？分手了？"不知道为什么，在为顾林涛高兴的同时，齐晓卉又有那么一点儿遗憾，"其实，每个人都会有做错事情的时候，她的本性……应该也不坏吧。"

顾林涛低头看了看自己的鞋尖，突然一笑："你觉得她不坏吗？那天我们回到楼上，她可是说了你一个晚上的坏话。"

"坏话？"齐晓卉想起沈琳因为那束红玫瑰质疑她和苏睿文的关系，于是笑笑，"其实她说的也没错，苏总确实一直在关照着我，就算我不能答应他的要求，但是对他的照顾，还是应该心存感激的。"

说着，乐乐出来，看见妈妈非常高兴，一头就扑进了妈妈的怀里，然后想到什么似的，连忙表功："妈妈，今天我的小裤子是自己穿的，衣服也是自己穿的。你看你看，我没有穿错吧？叔叔说，大的泰迪熊在前面，小的泰迪熊在后面。"

齐晓卉笑了，在乐乐脸上亲了一下，然后歉意地对顾林涛笑笑："我先哄他睡了吧，你……"见顾林涛没有要走的意思，齐晓卉以为他还有事要自己帮忙。可是这个时候了，自己出言留他似乎也不太合适，于是想了半天，咳了一声，笑道："你就自己看着办吧。"

顾林涛也觉得好笑，朝齐晓卉摆了摆手，示意她先带乐乐去睡觉，自己就坐在刚才齐晓卉的对面，慢慢地继续刚才乐乐拼了一半的拼图。

餐厅的窗户装的是百叶窗，风在微微开着的缝隙间穿梭着，百叶窗便发出细碎的撞击声，在沉寂的夜晚中，听着很有几分静谧的感觉。从百叶窗的缝隙中穿入的夜风，还夹杂着花木的清香，丝丝缕缕的。

顾林涛不由自主地站起来，走到窗前。拉起百叶窗，夜空中，有寥寥数星点缀着，清冷而悠远。小城市的夜空，还给自然留了些空间，比不得大都市的夜空，此时此刻，装点夜色的应该是流光溢彩的霓虹，还有那或激越或悠扬的乐声。哪里还有这样如水的月色，醉人的星光。就好像被欲望掩盖了的人心，再也找不出半分真情。

顾林涛长舒了一口气，正要转身，一回头，只见齐晓卉不知道什么时候站在了他的身边，见他回头，便笑道："在想什么？"

"在想……"顾林涛重新看向窗外，远处，五彩的光束在树梢间穿梭着，也许用不了多久，这里的繁华也会将星光淹没。因此他喟叹道，"这年头，天上没有了星星，世上也没有了真情，倒是步伐一致啊。"

齐晓卉想了想，缓缓念道："'上邪！我欲与君相知，长命无绝衰。山无陵，江水为竭，冬雷震震，夏雨雪，天地合，乃敢与君绝！'这首诗，你读过吗？"

顾林涛笑道："很有名的一首诗啊，言情小说里的常客，你想说什么？"

齐晓卉淡然一笑："那时候，许俊平离开家里，杳无音信，连个电话都不肯留给我。我就常常想，人怎么可以薄情到这样的地步呢？连自己的亲生儿子都没有一丝牵挂。于是夜里睡不着的时候，想到当初恋爱的情形，就想起了这首诗。一对照啊，你还别说，现代人的薄情寡义还真跟这首诗有关系呢。"

"跟诗有关系？有什么关系啊？"顾林涛不解，好奇地问道。

齐晓卉笑着解释道："这首诗的意思是说，如果那女子发誓的那些事情都发生了，那她就跟情人断了关系，也就是说恩断义绝了，对不对？那么我们来想想看，如今到处垦荒造房，是不是已经将很多的高山夷为了平地，所谓山无棱，不是已经实现了吗？江水为竭就更好解释了，黄河断流，长江枯水期延长，不就是江水为竭吗？冬雷震震，你不会没有听到过吧？夏雨雪，当然也看到过，现在的媒体已经那么发达，是不是啊？现在就剩下一个天地合了，不过应该也快了，那么多宇宙飞船都发射成功了，这天地合一应该也是迟早的事情吧？那女子的誓言，如今一件件都实现了，所以人就只好无情了。"

顾林涛愣了半天，突然笑了起来："听着还是有些道理的，你怎么想出来的？"

"没怎么想出来的！"齐晓卉觉得眼中有些湿润，"就是闲着无聊的时候，想出来安慰自己的。你看，并不是只有你一个人有着不幸的遭遇，所以你就不必那么在意，也不要那么伤心了，就这样。"

是一种什么样的心酸在心底慢慢地蔓延开去，生活中有太多的失意，也有太多的委屈，不是每个人都能得到公正的对待，也不是每一次伤心都可以挥手抹去。但是就算整个世界都已经抛弃了你，你自己也不能抛弃自己。

暮春的夜风带着湿润的暖意，也带着花叶的芬芳，在昏暗的路灯间穿梭，挑逗着含羞的树叶，轻抚着娇艳的花瓣。间或掠起发丝，也拨动着人的心弦。

"你……"顾林涛突然迟疑着开口了，"怎么认识苏总的？"

齐晓卉淡然一笑，这不是一个很难回答的问题，只是后来苏睿文的举止，让这件事情复杂化了。既然顾林涛也是上洋集团的员工，听到一些什么也就很正常了。因此略加思索，她便平静地解释道："我哥要结婚了，我妈让我从家里搬出来，秦诺帮忙租了房子，正好就是苏总的这一套。说实话，第一次来到这里的时候，我自己也不相信能租到这么一套房子，我一直怀疑是不是秦诺隐瞒了一半的房租。"

　　"是的，我忘了你租了苏总的房子。房东和租客怎么可能不认识呢，至少签协议的时候也是要见面的，对不对？"顾林涛有口无心地说着，他心里想问的并不单单是这些，可是他不知道该怎么问，才不会伤到齐晓卉，"你当时没有觉得苏总会在这里买房子是一件很奇怪的事情吗？"

　　"不觉得，当时我根本就没有工夫去想别人的事情。在走投无路的时候能够找到这样一个安身立命的地方，我谢天谢地还来不及，哪里还管得了奇怪不奇怪呢？"齐晓卉嫣然一笑，似乎是知道了顾林涛的想法，她缓缓地继续说着，"其实如果只是租房子，我跟苏总也不过就是认识而已。是许俊平提出离婚，我去找律师咨询相关事宜的时候遇到了苏总，他知道了我的事情，这才慢慢熟悉起来。后来，苏总又让你们公司的法律顾问帮我分析案情，再后来……"说着，齐晓卉自嘲地笑了一下，"你也知道，我这个事情，再厉害的律师都没有用，所以苏总就劝我，要解决生活上的困难，并不一定要去维系那段已经残破不堪的婚姻，完全可以换一种方式，譬如……"齐晓卉转过身，靠在窗台上，看着房间，"譬如，在这里给他一个临时的家，那么六年以后，等他离开了，这里就可以是我的安身之处了。"

　　顾林涛也转过身来，若有所思："上洋集团在建筑行业中算得上是一个规模很大的公司了，因为很多时候，工作地点都需要远离家庭，所以公司里对这种事情也都习以为常了。我记得我刚进公司不久，苏总在找新员工谈话的时候，就曾经说过，希望员工能够跟家属解释清楚工作的性质，以免因为个人原因影响工作。"

　　齐晓卉微微皱起了双眉，"你的意思是，苏睿文其实没有骗我，他在这里的所作所为，他的妻子都是知道的？"说着，转过头看着顾林涛，"为什么？"

　　顾林涛却是答非所问："这里的房子大多是公司租下来给员工当宿舍的，按理，苏总不用跟我们租在一起。不过他看上了这里的地段不错，所以在租下的房子里挑了这一套，自己出面跟业主谈判，买了下来。公司很多人都知道苏总买房的目的，所以当初你说这是苏总租给你的房子，我都不能相信。"

　　怪不得第一次见面就对自己那么不屑，齐晓卉不觉苦笑："那你后来为什么又跟我说对不起？你凭什么相信我是租的房子呢？"

"就是那一次在渔家乐的时候啊。"顾林涛语气中带了几分得意，"你是不是以为我在躲避着沈琳，就注意不到你了？有乐乐在，我想不注意你也难啊。好歹我也是谈过恋爱的人吧，从你跟苏总的互动中，还是能看出点儿什么来的。"

齐晓卉好笑起来："这话说的，你看出什么来了？"

"看出来苏总的条件，并没有让你动心。"顾林涛颇为自信地说道。

"当然没有动心，我跟苏总谈的是一场交易，不需要动心，只要敬业就可以了。"齐晓卉故意曲解道。

"你要这样说的话，那我就没有办法了。"顾林涛故意叹了一口气，装作不在意地说道，"但是我看出苏总动心了，你可千万别说你没感觉哦。"

齐晓卉有些尴尬，皱了下眉头嗔道："你不要胡说八道，苏总在我面前，一直都在说他的妻子有多好。他有那样的想法，也是因为怀念自己的家，绝不是要抛弃家庭的意思。"

"你是想告诉我，苏总之所以动心，是因为把你当作他的妻子了？"顾林涛看着齐晓卉，好半天，突然笑了起来，"是苏总跟你说的，还是你自己以为的？"

齐晓卉沉了脸，她并不想继续这个话题，尤其是和顾林涛，因此别转了脸去说道："说点儿别的吧，等吴雪飞的海鲜排档装修好，我就过去当厨师。毕竟是自己的生意，所以前景可能会好一点儿。当然，一开始收入可能不是很高，所以这里的房子也会退掉。毕竟，排档刚刚开始，收入不高，能省点儿是点儿吧。"

果然，顾林涛吃了一惊，问道："退租？那你要住到哪里去？和吴雪飞合租吗？"

"也算是吧，我们就住在海鲜排档的二楼。"齐晓卉笑笑，"我先搬过去，雪飞姐房租到期了也会搬过来的，这样两个人在一起可以互相照应，两个孩子也可以做个伴。"

"这样方便吗？排档二楼能住人？楼下那么吵，不会有影响吗？乐乐马上就要上小学了，你能保证在这之前会换地方吗？"顾林涛有点儿不相信她的话，一连串地问道，沉思一下又说道，"不过也确实有必要离开这里，不然会一直让苏总误会的。只是住到排档二楼去绝不是一个好办法。这样吧，你看看排档附近有没有好一点儿的房子出租，去租下来，工作区域跟生活区域还是分开来比较好。"说着，他伸手拥住了齐晓卉的肩头，"房租我来付，算是我给乐乐的一份关心吧。"

齐晓卉像是触了电一样地跳开了，不安地说道："不，不行，我知道那天你是为了摆脱沈琳才说的那些话，你放心，我不会当真的。"

顾林涛眼疾手快地抓住了她的手，正色道："不，我说的都是真的。第二次遇到乐乐的时候，他跟我说了很多你们母子俩在一起的事情，那时我就有这个想法了。但是正如程新说的，我没房没车，还有一堆债务，这个时候向你表白，难免会被你误会，所以我想至少等债都还清了再说，也算是一份诚意。但是沈琳过来了，我不得不把话提前说明，我也知道在那种情况下，你不相信也很正常，所以现在我重新说一遍，我喜欢你、我爱你，可以吗？"

这番话让齐晓卉顿时涨红了脸，她惊慌失措地躲避着顾林涛的目光，期期艾艾地说道："对不起，小顾，我……我们真的不合适。对于你的帮助，我一直很感激。但是事情误会到这种地步，我觉得……我觉得你一定是搞错了。你以后……我已经给乐乐找好了可以寄宿的老师家了，以后就不麻烦你照看乐乐了。"

顾林涛却不以为然："为什么不合适？如果你我不合适，那么你说，我跟谁比较合适？沈琳吗？我可以很负责地告诉你，其实沈琳心里非常清楚，我跟她之间已经永远不可能了。所以她才拼命激怒你，无非就是想要借你来贬低我，给自己找回一点儿自尊而已。"

齐晓卉摇了摇头，并不认可顾林涛的说法："我不觉得沈琳已经认输了，她如果认输，为什么要替你还债？其实她的心里，对你们的感情还是很有信心的，对于你们的复合，也是抱了很大希望的。我觉得……她那天说的话，应该也是真心的，你不妨试着原谅她，经过了那么多事情，她应该学会珍惜了。"

"原谅？"顾林涛怪异地笑了一下，"你知道吗？有一种伤害永远不能被原谅，那就是欺骗。没有被骗过的人，根本不会知道被骗瞬间的感受，更何况这欺骗还是来自自己最心爱、最不需要设防的人，这种痛苦，刻骨铭心！"

齐晓卉怔住了，是的，当她孤身一人抱着乐乐，在风雪交加的冬天赶到上海去看病的时候，没有那么伤心；当她顶着烈日，在骄阳当头的夏天带着旅游团体去海钓，摔在布满牡蛎壳的礁石上的时候，也没有那么痛苦；当她在寒风凛冽的冬天，为了赚钱补贴家用，枯坐在案板前剖着一条条鳗鱼，分不清手上是自己的血还是鳗鱼的血的时候，也没有那么无助；甚至和许俊平进行离婚谈判时，竟然还有几分解脱的愉悦。

可是当她得知了卖房的骗局时，那一刻的绝望是那么刻骨铭心，只要轻轻触摸，便会痛彻心扉。齐晓卉不愿意再去回忆，每一次的回忆，带来的都是最深的伤痛。因此她希望结束话题："你把这话告诉了她，所以她走了？"

"你说的没错，她没有那么轻易就认输。"顾林涛笑道，"她去我家找我妈了。"

"啊？"齐晓卉吃了一惊，"那你妈妈知道她曾经的所作所为吗？"

顾林涛沉默了，半晌，才摇摇头："不是很清楚。当初为了不让父母伤心，我没有说给我爸治病的钱都是借的，我只是说我们拿出了所有的钱还不够，因为有一部分已经给沈琳办出国手续的时候用了。而沈琳出国的事情，我爸妈也是知道的，他们甚至以为，沈琳是因为手续已经办好，所以才不得不离开的。"

"这么说，在你妈的印象中，沈琳并不是一个绝情的人了？"齐晓卉不可思议地看着顾林涛，"那你跟沈琳分手，你妈妈知道吗？"

"分手的事情我妈知道，但她一直以为是因为我没钱了，无法帮助沈琳完成学业，沈琳是不得已才在国外嫁人的，所以对她并没有太坏的印象。而且为了不让我难过，我妈在我面前极少提到沈琳。"

"那你……你会跟你妈说明真相吗？"

"事实上，我上次出差，特意绕道回家，就是跟我妈说了你的事情。"顾林涛含笑看着齐晓卉，"我跟她说，你喜欢吃粽子，尤其是鲜肉粽子……"

"这样啊……"齐晓卉有些不好意思，背过身去，"小顾，你这样做会伤了你妈妈的心。我也是妈妈，我也有儿子，在妈妈的眼中，自己的儿子都是最优秀的。所以我们之间的差距，不是你妈妈可以接受的。你的失意是一时的，而我，永远都无法改变单身妈妈的身份，所以……小顾，你不能因为一时的失意，就仓促决定自己的一生，这是对自己的不负责任。"

"你这么说，是不是也相信沈琳所谓的退而求其次？"顾林涛略微直起了一些身子，坦然地说道，"是的，我是没有结婚，但是这没有结婚，只不过是没有去领那张结婚证而已，其时，我和沈琳，我们那时跟夫妻没什么区别。而我们不领结婚证的原因，是沈琳怕已婚的身份会给她的出国带来不必要的麻烦。所以在这一点上，我的未婚，甚至不如你的离婚。至少，你是合法同居，而我是非法同居，对不对？

"是的，我没有孩子，可是没有孩子能证明什么？证明我比你纯洁？比你高贵？比你更懂得享受生活？而且我不认为一个把孩子当作累赘的女人会是好女人，也不认为一个把没有孩子当作高人一等的条件的男人，会是一个对家庭负责的男人。

"至于年龄，不错，你是比我大，但那只是生理年龄，在心理年龄上，我不会比你小，甚至可能比你更大。而且你在自己的心里，至少还为乐乐保留了一份美好的童年，可是在我的心里，早已经是沧桑一片了。知道吗？晓卉，是你让我重新看到了希望，我原来以为自己永远也走不出感情的泥潭了，是你让我知道，在这个世界上，除了感情，还有责任，除了爱情，还有亲情。"

## 23　婚姻的底线

齐晓卉被他说糊涂了，不解地反问道："我什么时候跟你说过这些？对了，是不是因为我拒绝了苏总的要求，所以你觉得……"

说到这里，齐晓卉似乎找到了答案，不觉苦笑了："小顾，我是一个孩子的妈妈，凡事都不能只想到自己，这才拒绝了苏总的要求。如果你因此对我有好感，认为我是一个不会在困境中迷失自己的女人，那就完全错了。何况好感也罢，敬佩也好，这些都不能代表爱情。思想上的认同，并不意味着生活上也一定能够合拍。因为对你来说，单身一人，无牵无挂，一切可以重新开始，没有任何后顾之忧。可是对我来说，重新开始的希望已经很小很小了，因为我要找的不仅是一个丈夫，他还必须是乐乐的爸爸，你明白吗？"

说到这里，齐晓卉顿了一下，才接着说道："就算我相信你对我的好感是真的，可是我也告诉你了，我不再是一个十七八岁、爱做梦的女孩子了，对我来说，爱情已经不再是风花雪月，而是一份沉重的责任。在这份责任里，我不能只想到我自己，我还要考虑到孩子，还有以后的那个他，包括他的家人、他的同事、他的朋友、他以前不属于我时的一切的一切，你明白我的意思吗？"

"明白，你的意思就是，假如你接纳了我的感情，那就是接纳了我的一切，不管是好的还是坏的，包括我晚上爱说梦话，遇事喜欢生闷气，你也会一并接受，不会嫌弃，也不会挑剔，对吗？"顾林涛平静地回答道。

齐晓卉叹了口气："小顾，你不要代入感那么强好不好？虽然我的话里有这个意思，可是另外的意思难道你没有听出来吗？你完全可以找一个让你的家人、你的朋友、你的同事都满意的女友，你不必来找我，我能带给你什么？除了别人怪异的目光，我什么也给不了你啊。婚姻是需要门当户对的，你觉得我们哪里对得起来呢？"

"那你觉得我们哪里对不起来了？"顾林涛毫不客气地反问道，"对爱情、对婚姻、对家庭、对孩子，待人接物、处事原则，你不觉得我们的想法非常一致吗？难道门当户对不是指生活理念和原则上的一致，而只是指社会地位、金钱权势一致吗？"

"话是这样说，可有些事情不是光凭你说就可以改变的啊。"齐晓卉郁闷道。

"我不想去改变别人，我只希望跟你的想法一样就好。再说了，我是跟你过日子，我去在意别人的想法干什么？"顾林涛的语气婉转了一些，"现代社会，人和人之间的关系已经没有你想象得那么密切了，我有必要把我们俩的事情向每一个人公开吗？每一个人都有过去，你有我也有，怎么见得我的过去就是光荣的，你的过去就是不堪的？是因为那一张结婚证书，还是因为有了乐乐？"

"我们生活在人群中，就得在意别人的想法。"齐晓卉有些恼火，这个看起来挺幽默豁达的大男孩儿，怎么比驴子还倔，"你以为我们是生活在真空里的吗？"

"那好，你说有什么不方便的？"顾林涛也有些火了，"我现在所在的公司，如果不是沈琳的出现，那些同事根本连我的婚姻状态都不清楚。只要我自己不说，他们怎么知道我们是怎么回事？而你比我更自由，连工作的束缚都没有。如果你觉得这里知道我们隐私的人太多，那好，我们可以回家去，回我的老家。现在哪里都在搞建设，凭我的专业，我不会找不到工作的。而你呢，你拥有这个世界上最赚钱的手艺，民以食为天，知道吗？所以只要我们有计划、有信心，生活绝对不是问题。除非……"

追求一个人的时候，总可以找到很多理由，可是这些理由又能够坚持多久呢？齐晓卉自嘲地一笑，下意识地问了一句："除非什么？"

"除非你嫌弃我，因为到目前为止，我还有很大一笔债务没有还清，是为了给我爸爸治病而欠下的。所以在最近的两三年时间内，我可能什么也给不了你，也无法帮你分担养育乐乐的责任。如果你因此而拒绝我，那我无话可说。"

"这跟钱没有关系好吗？"齐晓卉真心纠结了，"养育孩子，需要的不仅仅是钱，我说的是我们的客观条件根本就不相配。婚姻需要门当户对，这不是势利，也不是市侩，而是现实，你明白吗？"

"不明白！"顾林涛盯着齐晓卉，"我不管别人的事，我只要你告诉我，你喜欢我吗？愿意让我走近你吗？愿意让我成为乐乐的爸爸吗？相信我，我会成为一个好爸爸的。至少，你可以尝试着先给我一个机会，譬如，别把乐乐扔到什么老师家里去，行不行？"

齐晓卉怔怔地看着顾林涛，真的不明白他们之间的谈话，怎么会发展到这个地步。她唯一明白的是，如果他们一直就这样暧昧地僵持下去，那么事情的发展肯定会南辕北辙。因此她避开了顾林涛的目光，说道："已经很晚了，我要睡了。"

顾林涛似乎从她逃避的目光中发现了一些什么，于是坦然一笑："是的，时间不早了，你也该休息了，明天一早还要送乐乐去幼儿园呢。我那里还有好几张拼图，当初是一套十张买来的，咱们明晚继续。"说着，他就在齐晓卉愕然的目光中，拉开房门走了。

齐晓卉失魂一般地走到沙发边坐下，只觉得脑子里一片空白。模糊中，似乎又回到了以前自己的家中。那时，乐乐还在肚子里，也是这样静谧的夜晚，自己躺在沙发上等待着晚归的许俊平。有时候等着等着，就迷迷糊糊地睡过去了，然后不知道过了多久，猛然醒来，就会发现许俊平正蹲在自己面前，兴奋地压低着声音说道："晓卉，晓卉，你看，我们的儿子在动呢。"

他爱过自己吗？若是爱过，为什么只有短短三四年的时间，爱情就烟消云散了呢？若爱情这么容易变质，那以后自己还要去相信爱情吗？

或者他根本就没有爱过自己，结婚只是一种水到渠成的习惯，他们认识了，比较谈得来，于是周围的人就觉得他们应该结婚了，而他们也就顺其自然地结婚了，就像秦诺说的那样；那么他爱孩子吗？如果不爱孩子，为什么结婚后那么心急火燎地要她生孩子；如果爱孩子，又为什么骗走了所有的财产以后，在离婚的时候不肯支付一分钱的抚养费呢？

感情真是最不可靠的存在啊，不管是爱情还是亲情。或者，这并不是感情的错，只是人心变了，变得自私、狭隘了，只能容下自己，容不下别人了。哪怕是为自己的亲人，也不肯留出方寸之地。

迷迷糊糊中，齐晓卉不知道自己是什么时候睡着的。睡梦中，仿佛走在一片无垠的草原上，怎么也走不到尽头，而手中的行李越来越沉重，她想放下，可是总有一个声音在告诉她，不能放下，不能放下。就在这时，一双手伸了过来，拿起她的行李，扔进了小车的后备厢。齐晓卉一惊而醒，梦境历历在目，只是不知道帮她的那个人，到底是谁。


站在包厢门口，吴雪飞稳了稳心绪，从最后一次见面到现在，算起来已经有一个多月了。虽然在这一个多月的时间里，自己无时无刻不在期盼着和他相见，可是当这一刻真的来了，就在眼前时，却又不敢相信了。

一个多月的电话不接，短信不回，人影不见，真的如他自己解释的，是在为工作的晋升而奔波吗？那为什么自己威胁他，如果再不见面，就把手里的证据送去举报，结果第二天，他就打来电话相约见面了呢？是忙，还是躲，这不是已经很清楚了吗？

经历了那么多，还在相信男人的感情吗？吴雪飞苦笑了一下，暗暗骂自己没出息。今天跟他不是谈情说爱来了，而是算账来了，一定要记住！吴雪飞给自己打着气，然后信心十足地推开了包厢的房门。

纵然是早有预料，知道他不会那么轻易就范；纵然是早有准备，知道今天的见面是谈判而不是约会，但是当包厢里的那个人缓缓转过头来的时候，吴雪飞还是惊呆了，一瞬间，整个人就像是被定格了一样，怔在那里一句话都说不出来。

是的，这是一个她并未见过却绝不陌生的女人。永远高高扬起的头，一丝不乱地绾在脑后的长发，居高临下睨视红尘的目光，轻抿的嘴唇最完整地诠释了她的个性。是的，她是孙水玉——倪伟刚的妻子，吴雪飞曾经仰视，而今欲与之一较高下的女人。

"来了？"孙水玉轻描淡写的一句话，吴雪飞的反应完全在她的意料之中，"来了就坐下谈谈吧，站在门口，别人以为你是迎宾呢。"

吴雪飞在内心挣扎了许久，才警惕地问道："怎么是你？"

"为什么不能是我？"孙水玉不以为然地反问道，"我跟倪伟刚还没有离婚呢，所以他的事情就是我的事情。我现在就我丈夫受到你威胁的事情，想来跟你谈谈，难道没有这个资格吗？"

"这么说，倪伟刚把事情都告诉你了？"吴雪飞的心瞬间沉底，果然，这世上男人靠得住，除非母猪会上树，她为自己的幼稚感到可笑，"他说我威胁他了？"

"坐下再说不行吗？"孙水玉斜斜地看了她一眼，"你是想站在那里做反腐倡廉演讲报告吗？"

吴雪飞忍着气，走进了包厢，顺手关上门，然后在孙水玉对面坐了下来，看着她说道："那你说吧，我们怎么谈？"吴雪飞不甘心被孙水玉压上一头，于是反讥道，"是不是先谈谈你跟倪伟刚，你们打算什么时候离婚？"

"婚姻是一件非常私人的事情，只适合夫妻之间谈判。"孙水玉讥诮地看着吴雪飞，"所以除了我和倪伟刚，任何人都没有权利就我们的婚姻问题进行谈论。不要说是你，就算是我们双方的长辈都无权过问。而且我们无论谈出什么样的结果，也都不需要告诉你。当然，如果有人想要犯贱，那就不在你我讨论的范围之内了。"

"既然你跟倪伟刚是否离婚跟我无关，那你要找我谈什么？"吴雪飞强撑面子，站了起来，"对不起，我今天要谈的这件事，也只跟倪伟刚有关，跟你，我无话可谈。"

"是吗？"孙水玉冷冷一笑，"你的意思是，要我报警，然后让检察院来找你谈？"

"你什么意思？"吴雪飞觉得隐隐有汗水从手心渗出。

"你自己发的短信，你不知道内容吗？"孙水玉不屑地说道，"说说你的条件吧，我知道倪伟刚答应给你三十万，还有十万没有兑现。这十万元，我带来了。"说着，孙水玉顺手从里侧的沙发上提起一个黑色的袋子，放在茶几上，"除了这十万，你还有别的要求吗？"

吴雪飞沉默了，半晌，才苦涩地问道："他跟你……就说了这些？"

"不然……你以为呢？"孙水玉看了她一眼，目光中充满了同情。是的，同情，在两个女人的博弈中，最终她还是赢了，她依然可以居高临下地看着她，不吝惜自己的同情，也可以不屑于回答她的问题。地点和内容，都是他们商定的，她还会想不明白吗？

吴雪飞低下头去，从自己的包里拿出了那张存折，放到茶几上，然后慢慢地推到了孙水玉的面前。孙水玉看着吴雪飞的手指按在存折上，并没有拿开的意思，也就不伸手了，只是淡淡地扫了她一眼。

空气似乎也在这一刻凝固了，咖啡在壶里翻滚的声音被无限放大，就好像吴雪飞此刻的心情，心潮起伏，不能平息。

孙水玉提起咖啡壶，先在她的咖啡杯里添上咖啡，然后再给自己添满咖啡，这才说道："奶精和糖，你自己加吧，我不知道你的口味。"

这一句话，似乎将吴雪飞所有的希望和憧憬都击得粉碎。她缓缓地收回了压在存折上的手，似乎是自言自语："其实我……只是想吓唬吓唬他。"

孙水玉拿起了存折，展开扫了一眼，依旧淡然地说道："我说呢，他这么害怕，看起来金额不小啊。这要是真有人存心去查一下，那么倪伟刚升职是不可能了，坐牢倒是有可能的。所以，你不是在吓唬他，你只是在提醒他。"

"怎么可能！"吴雪飞叫了起来，"这不过是一张存折，一张存折而已，能说明什么？说明他贪污？说明他受贿？还是说明他偷盗公款了？就算名字是他的，就算往来金额大了点儿，那又怎么样？这里面的钱，是他一个人用的吗？公司里的事情，不能责任都是他一个人的吧？他算哪根葱啊？是一把手，还是法人代表啊？"

孙水玉看着突然激动起来的吴雪飞，不易察觉地皱了一下眉头，等她嚷嚷完了，才慢条斯理地说道："私设小金库，金额过大的话，也是犯罪行为，你懂吗？如果这是公司集体决策的，那就是集体在犯罪，每一个当事人都必须承担责任。倪伟刚也是当事人，你凭什么认为他可以不承担责任呢？”

“所以他没办法了，才让你出面，来要回这张存折，对吗？”吴雪飞似乎抓住了什么，自我安慰地点点头，“我知道了，东西已经给你了，你还给他吧。这个钱，我不能要，我早就对他说过，我不是为了钱。既然他选择了你，那么，我尊重他的选择。”

说着，吴雪飞站起来，几步走到门口，拉开房门，走了出去。

孙水玉看着茶几上的钱，沉默着。过了许久，她才从自己的包里拿出了一支录音笔，迟疑了一下，还是按下了删除键。

受不了父亲的一再恳求，齐晓卉终于答应去找吴雪飞谈谈。可是电话打过去，吴雪飞的情绪竟然低落得让人不敢相信，因此她一答应见面，齐晓卉就直奔她租住的那间单居室的小房间。推开房门，齐晓卉就感受到一股扑面而来的酒气。

“正好，我也有事找你。”看见齐晓卉进来，吴雪飞疲惫地一笑，脸上是通宵未眠的痕迹，地上是心情恶劣的证据，“我要出去一段时间，你看，你是不是帮我看着点儿排档。”

“出去？”齐晓卉不明白排档还在装修，齐婷好无人照看，崔颖儿也还没有善罢甘休，在这样的情况下，有什么重要的事情，能让吴雪飞扔下这一切出去呢？“有要紧事吗？”

“是的。”吴雪飞淡淡地应了一句，俯身抓住齐晓卉要去捡空酒瓶的手，“别管它了，一会儿我自己会收拾的。”说着，她拉着齐晓卉坐到了床上，“是这样的，排档的投资资金出了点儿问题，我想出去找朋友借借看。要是借得到最好，要是借不到……咱们这排档，还不知道开不开得起来呢。”

“这么严重？”齐晓卉暂时忘了自己来找吴雪飞的目的了，也跟着着急了起来，“那……我也不懂装修啊，怎么帮你看着？要不，你把装修图纸，还有装修工人的电话什么的，都给我，我每天空了就过去看看，你看这样行吗？”

齐晓卉心里愧疚了，虽然知道吴雪飞拉她合股，是觉得当年卖房有对不起她的地方，但是更多的，还是想要帮她一把。再说了，当初卖房的骗局，若是真要寻根究底的话，终究也不能算是她的错。自己的家人都瞒着自己，她能在隐瞒的同时，还帮了自己一把，就已经不错了。这样想着，就觉得自己一直不怎么关心排档的事情，实在是不应该。

不想吴雪飞摇了摇头，“不用去看着了，现在装修停着呢。”她苦笑了一下，“没钱了，装不下去了。你只要有空去看一下，别让人把店里的材料偷走了就行。

另外，我已经托朋友透了点儿口风，说是排档要转让，如果有人来问，你帮我留意一下就行。"

"转让？"齐晓卉大吃一惊，"你不是说去借钱吗？怎么又要转让了？"

"这不是两手准备嘛，借不到钱，可不就是转让了……你知道吗？那些装修材料，都是我亲自去宁波，一件件、一块块，精挑细选买来的，你以为我就舍得啊，可是，我舍不得有用吗？"吴雪飞前言不搭后语的，说完自己还笑了，笑着笑着，突然看着齐晓卉诧异道，"对了，你不是在电话里说找我有事吗？"

"是啊。"打电话的时候，齐晓卉可没想到吴雪飞是这个状况，因此就觉得有些难以启齿了，"我爸让我来问问你，房子的事情……是不是找机会再商量一下？"

"房子？哦，房子啊！"吴雪飞突然笑了，"是的，你爸跟我说起过，说崔颖儿的父母第二天就赶过来了，站在你家的院子里，骂了都快两个小时了。最后扔下一句话，说是房子必须得买，婚也必须得结，这才走人。这下你妈可以放心了，崔颖儿愿意结婚，她的孙子也可以平安降生了。"

"雪飞姐，你不是说，崔颖儿的爸妈是要求房子必须得买才能结婚的吗？"齐晓卉字斟句酌地说道，"你说，现在我爸妈哪里还有钱再买一套房子呢？不买房子，崔颖儿能答应结婚吗？不结婚，孩子怎么生下来啊？"

"崔颖儿不是说，只要婷好离开齐家，她就愿意在老房子里结婚吗？"吴雪飞不以为然，"现在我已经把婷好带回来了，那她还要买什么房子啊？你可别告诉我，她以前说的话都是放屁，她赶走你、赶走婷好就是为了独吞齐家的房产。要是这样的话，你还替她来求情？我说齐晓卉，你这个包子也未免太好吃了吧，简直就成狗不理了。"

齐晓卉尴尬了："雪飞姐，瀛洲市的风俗，房子一般都是给儿子的……"

"我知道你想说什么。"吴雪飞打断了齐晓卉的解释，目光炯炯地盯着她，"你的意思无非是，你这个做女儿的，齐家的房子都没你的份儿，何况婷好这个孙女，你的心里，其实是在责备我贪心。可是晓卉，你真的觉得这样公平吗？"

齐晓卉有些无语，她知道不公平，但是她无力去扭转这种不公平。这种父母脑子里根深蒂固的观念，不是她窘迫的处境可以改变的。那么吴雪飞的不甘心，又怎么可能是她区区数言可以打消的呢？因此沉默了半晌，她苦涩地问道："雪飞姐，你恨我哥吗？"

"恨？"吴雪飞似乎愣了一下，随即摇摇头，自嘲地笑笑，"恨也罢，不恨也罢，现在说这些还有用吗？赌博是他错在先，出轨是我错在后，他感激我卖房帮他还赌债，我感激他众目睽睽之下为我保留了一份女人的体面。这么多年的夫妻，很多事情早就都已经模糊了对错爱恨。你要说一本离婚证就把一切都断得干干净净了，这也不可能。而且……晓卉，你知道，我的性格就是这样，别人敬我一尺，我敬别人一丈。所以，你不用跟我来说崔颖儿怎么怎么样，事情是她挑起来的。"

"我知道，崔颖儿不要婷好，这是她的错。但是婷好是齐家的孙女，要不要也不是她说了算的。妈为了留下婷好，才那么爽快地将二十万的装修款一次性都给了崔颖儿，她也不容易。我哥的性格你也知道，他就是个墙头草，谁的喉咙响一点儿，他就倒向哪一边，你把他当回事干吗啊？你看你好歹也比崔颖儿大了一些，经历也多一些，你跟她较什么劲？"见吴雪飞的语气婉转了一些，齐晓卉忙趁热打铁地劝说着。

"我不跟她较劲。"吴雪飞笑笑，"我只是替我女儿留一条后路，免得到时候被人看作眼中钉、肉中刺的，我这个做妈的看着心里也不痛快，是吧？"说到这里，吴雪飞环视了一下房间，说道："要是能给婷好一个家，我又何尝不想把她接回来。六月的日头，后娘的拳头，谁不知道后娘手下的日子不好过啊。"

这几句话说得伤感至极，齐晓卉默然了。


吴雪飞走后的第三天，齐晓卉就接到了装修工的催款电话，她匆匆赶到现场，发现那里除了装修工，还有装修材料店的老板也在，大约是听到了什么风声赶过来的。众人一看见齐晓卉，马上问道："你是谁？老板娘呢？"

齐晓卉忙赔笑解释道："老板娘出去拿钱了，因为要写借条，你们也知道的，现在借钱有多难，银行直接转过来，人家不放心嘛。对了，老板娘交代了，这两天不用干活儿了，等她拿到了钱，再通知你们来干活儿，不然欠着钱让你们干活儿，老板娘也不好意思。"

"拿钱去了？"一个包工头模样的人挤到了齐晓卉面前，上下打量了她一番，冷笑道，"你骗谁呢？这里一条街的人都知道了，你们这个排档要转让。既然借到钱了，干吗还要转让啊？不是没钱走人了吧？那可对不起了，这些材料我们要拿走抵工钱，伙计们，搬！"

说着，那人一挥手，原本站在门口的几个人便上来搬东西。齐晓卉急得团团转，正要上前阻止，那个装修材料店的老板拉住了她："我说这位大姐，老板娘欠我的钱真心不多，而且我拿材料抵账也没什么意思。你看，既然她让你来看着店，自然是你跟她的关系不错，你看看你手头是不是方便，把我的一万多元钱先给结了？"

"一万多？"齐晓卉头大如斗，眼看着堆在地上的地砖、地板都被搬了起来，连忙说，"好好好，一万多我有，我先给你。但是你能不能帮我劝劝他们别搬了？这个排档我们是花了大心思的，你看这些材料就知道了。而且不瞒你们说，当初为了拿到合同，我们走关系托人也花了不少钱。再说了，这么大一个店放在这里，她能逃到哪里去？你们再宽限几天好不好？这些材料，你们搬去了也没有用啊。三钱不值二钱地卖掉了，万一老板娘真拿钱回来了，这账又该怎么算？"齐晓卉情急之下，也有些口不择言了。

包工头先是听见齐晓卉愿意付装修材料款，已经有点儿心动了，再听齐晓卉这么一分析，也觉得有点儿道理，于是让人先把东西放下，然后和颜悦色地说道："这位大姐啊，要是事情好商量，我们又何必做得这样绝？这样吧，我们相信你的话，不过你也得给我们一点儿保证是不是？你看看你还有没有钱，先给我们结掉一点儿工钱。我们不贪心，老板娘欠了我们快六万的工钱了，你先给结掉三万，我们就再等一个星期，你看行不行？"

齐晓卉已经焦头烂额了，可是算算自己这些年存下来的私房钱，还真没那么多。怎么办？找谁借钱去？找娘家？肯定不行。找顾林涛？他自己都没钱，就算他愿意帮忙，也无非是找人去借钱。不行，不能把他牵连进来。

找苏睿文？是的，自己认识的人中间，苏睿文绝对可以算得上是有钱人了，不要说几万元，就是几十万元，就是这个排档的投资全部由他来，他也拿得出吧。可是……真的可以借吗？租了他的房子，收下了他的玫瑰花，已经让他误会重重了。如果今天再去借钱，那不就是明摆着自己离不开他了吗？

不行，不行，还有人能帮忙吗？齐晓卉紧张地思索着，突然想到了秦诺，她眼睛一亮。是了，这家伙在海鲜楼大酒店，工资加提成，收入一向不低。但随即又神色黯然了。工资是不低，但是她的钱不在自己手上啊，不然也不会想出那样的馊主意来投资了。

对了，她跟程新商量得怎么样了？有没有拿到钱，万一拿到了，先借来救救急还是可以的，投资不投资的，等吴雪飞回来再说吧。想着，齐晓卉已是无暇顾及更多，马上拨通了秦诺的电话。

"跟你商量件事情。"齐晓卉也顾不得寒暄，直白地问道，"你现在手头方便吗？我想借点儿钱。"

"方便啊，你要借多少？"秦诺倒是蛮干脆的，一口答应。

齐晓卉不觉松了一口气，大约盘算了一下，说道："先借五万吧，现在就有吗？"

"五万？"秦诺鬼叫了起来，"我哪有那么多钱啊。对了，晓卉，你要借那么多钱干什么？是不是你家又出什么事了？你好好告诉我。"

"没有，没有。"齐晓卉连忙否认，偷眼看了众人一眼，暗暗叫苦，"那你能不能随便从哪里先给我转五万元钱过来啊，我急用呢。"

"不用随便，我妈就有，不过她说了，我结婚要用的，怕是不能借给你了。"秦诺的语气古里古怪的，"这样吧，你那里要是实在困难，我看看能不能说服我妈，买房的首付款我们少出点儿，先借给你了。"

这个秦诺，自己在火里，她在水里，这说的都是什么啊。而且当着那么多人的面，齐晓卉又不好解释，只好自言自语："你妈那里有啊？那也行啊，你帮我去转，我这就过去给你写借条好不好？"说着，她不顾秦诺在那里气急败坏地乱叫，赶紧挂了电话，对众人说道："我朋友答应在她妈妈那里先给我转五万元钱过来，这样吧，明天早上，明天早上我们还在这里碰面，你们把结账的单子带过来，我先付一部分钱给你们，可以吗？"

众人互相看了一眼，总算是点头同意了。看着他们在半信半疑的嘀咕中陆续离开，齐晓卉总算是长舒了一口气，然后一屁股坐在了散落的地板上。

## 24 反客为主

还没等齐晓卉缓过气来，秦诺的电话又进来了："喂，我说晓卉，你怎么回事啊？我都说了我要结婚借不出钱来，你发那么大火干什么？大不了我再跟我妈商量一下啊，难道就为了这个，这么多年的姐妹就不做了？"

齐晓卉这才有点儿转过弯来，秦诺的话不对劲啊。她要结婚了？难道她跟程新的计划圆满完成了？不对啊，这才几天呢，秦妈妈就算再急着嫁女儿，也不可能什么都不打听就这样答应了吧？因此她警觉地问道："你在干什么？我这就过来，电话里有些事情说不清楚。"

"在相亲啊。"秦诺似乎松了一口气，马上说道，"是这样的，晓卉姐，我总算想明白了，这一个人怎么可能不恋爱、不结婚呢？现在年轻，当然是没什么感觉，可是年纪大了怎么办？别人家是子孙满堂团团圆圆的，我呢，身单影只孤苦伶仃的，那也太糟糕了，是吧？所以我妈很高兴我想通了，这不是马上就安排我相亲了吗？我正跟人聊着呢，你那边有什么事情，等我聊完了再说，可以吧？"

"那程新呢？"齐晓卉有点儿发蒙，脱口问道。

"他啊？他不是本地的，我妈肯定不会同意我跟他在一起的。"秦诺换了哭腔，随即声音就低了下去，"妈，晓卉有事要跟我说，我出去一下可以不？"

"不行！"手机里传出秦妈妈的怒吼，"你别想找借口逃走，这个小戴可是妈妈托了多年的老姐妹给介绍的，跟你很般配。你给我好好坐着，有什么事情相亲完了再去处理也不迟。你也不看看自己几岁了，对你来说，现在还有比相亲更重要的事情吗？"

齐晓卉更加奇怪了，不是说好了程新冒充秦诺男友登门拜访吗？怎么秦妈妈给安排相亲了呢？这又是唱的哪一出啊？齐晓卉还没有想明白，秦诺的声音一下子大了起来，几乎是哭出来的："晓卉姐，你跟程新说一下吧，要分手是我的不对，是我对不起他！"

电话在齐晓卉完全搞不清的状况下挂掉了，她从头到尾就听到程新、分手，这到底是怎么了？不行，得打电话问问清楚。秦诺那里是不能问了，秦妈妈在一旁，就算再问秦诺也没有办法说实话的。程新的电话她没有，那就打给顾林涛吧。没想到号码刚刚拨好，就听见手机铃声响起，齐晓卉看着顾林涛，简直不敢相信自己的眼睛："你……你从哪里过来的？我正想找你要程新的手机号呢，想问一下他和秦诺是怎么回事，为什么秦诺在和别人相亲。"

"我就在隔壁。正好程新这几天也在瀛洲市，那我给他发条短信，让他到这里来找我们。"顾林涛说着，环顾着四周，"那边最后两间是同一个老板承包的，他要打通了，请我做的设计，今天过来就是最后定设计稿的。怎么，这就是你要做的排档吗？刚才这里闹起来的时候，我也听到了一点儿事情，你们……资金出现问题了？"

齐晓卉怔怔地看着顾林涛，许久，似乎才想起他就是做设计的，也一直在请朋友介绍私活儿，所以从隔壁过来也很正常。可是不知道为什么，听他说已经知道了一些原委，竟然一下子觉得很委屈，坐在材料堆上就掉泪了。

顾林涛蹲了下去，有些愧疚地问道："晓卉，我能帮你什么？"

齐晓卉摇了摇头，"我不知道，我只是在想，自己还能坚持多久。"说着，抬起头来看着顾林涛，含着眼泪笑了，"你说我有这世界上最赚钱的手艺，可是现在你也看到了，有手艺有什么用呢？巧妇难为无米之炊，何况我还算不上是巧妇呢。"

顾林涛也陷入了沉思，许久，站起来说道："这样吧，当初我在我妈那里还留了一些钱，我问问我妈，看看是不是先问她借一点儿。"

齐晓卉急了，一下子跳起来，按住了顾林涛打电话的手，怒道："你开什么玩笑？那是你留给你妈的防身钱，她一个人在家里，万一有些什么事情，有钱还能挡一挡。那是你宁可背着债务都不肯动用的钱，我有什么资格借用？"

顾林涛想了想，点头道："那这样吧，我卡里还有五万元钱，原来是想凑够十万还给程新的，要不你先拿去用吧。反正那家伙也不结婚，不等着这钱用。"

话音未落，就听见旁边有人不满道："你怎么知道我不等着钱用？"

齐晓卉回头一看，来人正是程新。齐晓卉问道："不是说好了你冒充秦诺的男友？怎么又让秦诺相亲去了，你们俩怎么回事啊？"

"是这样的，"看着程新故作淡定的样子，顾林涛笑着解释道，"秦诺希望两个人先商量好分手的理由，然后再让程新冒充自己的男友登门拜访，这样钱一到手就可以各奔东西了。但是程新认为还是先登门比较好，万一被识破了，就不用费那个心思了。秦诺就觉得他居心不良、图谋不轨，于是骗钱计划搁浅。"

"哟，这傻白甜这会儿倒是不傻了，看出你对她图谋不轨了？"齐晓卉调侃着程新。

"乐乐妈妈，你不能因为我带沈琳来找顾林涛就这样报复我吧？"程新故作不满地皱起了眉头，"别忘了，你的离婚协议还是我起草的呢。"

这下轮到齐晓卉尴尬了，马上转移了话题："那你现在打算怎么办呢？秦诺刚才在电话里已经求饶了，她说要分手是她的不对。"原来这句话是这么个意思，齐晓卉边说边回想着刚才的情景，暗自好笑起来。

"什么怎么办？当然是英雄救美了。"程新镇定自若地说着，转头看着顾林涛，正要说话，却顿住了，想了想说道，"算了，你那里哪有什么好衣服，我还是找家看得过去的店现买吧。这样吧，晓卉姐姐，你帮我打听下秦诺在哪里相亲，然后再准备一束玫瑰。我跟阿涛先去买身衣服，一会儿联系。"

齐晓卉想了想，还是给秦诺发了一条信息，为了不露馅儿，就两个字"哪里"。不一会儿，秦诺的回复就过来了，六个字"廊桥碧海银沙"。齐晓卉知道这是文化广场旁边新开张的一家西餐厅，于是赶紧告诉了程新。

没多久，程新就和顾林涛一起出现在了廊桥西餐厅，在服务生的指点下，直奔碧海银沙。顾林涛趁机退了出来，他还惦记着要帮焦头烂额的齐晓卉处理排档装修的事情呢。至于秦诺和程新两个人，他想他是肯定不适合夹在他们中间的。

包厢里，秦诺百无聊赖地咬着饮料的吸管，根本就不想跟对面的这位小戴说话。刚才为了给齐晓卉通报地址，手机已经被秦妈妈没收了。虽然她赔着笑脸再三解释齐晓卉是有急事问她借钱，但是秦妈妈根本就不相信。

万般无奈之下，秦诺只得消极怠工，反正基本情况已经由自己的老妈和她的那位老姐妹都介绍完了，接下去应该是两个人聊天儿的时间。可是秦诺一脸不耐烦的样子，让秦妈妈怎么也不放心她，因此就坐在那里监督着，而秦诺只好用惜字如金来应付了。

"海鲜楼大酒店在瀛洲市也是排得上名次的酒店了，秦小姐在那里工作，收入还不错吧？工作时间长吗？加班多吗？"这位小戴看起来也算是彬彬有礼的，虽然他说话的语气中带着那么一丝让人不怎么愉快的自负。

"还好。"秦诺无精打采。

"你认真点儿行不行？"秦妈妈火了，瞪着女儿。这个样子还说想明白了要结婚，骗谁呢？不过能把女儿拖出来相亲，也算是不错了。因此她忙笑着对小戴说道："收入还可以，我家诺诺不乱花钱的，工作时间也不算长，虽然晚上是晚了点儿，但是早上上班的时间也晚。至于加班嘛，就旅游季节忙点儿，其他时候也就那样，不会特别忙的。"

小戴露出了一丝不屑的表情，秦妈妈的回答分明就是告诉他，秦诺的收入不高，但是工作也不轻松。要不是看在这个女孩儿长相甜美的分儿上，小戴是没有兴趣跟她聊下去的。因为父母的要求是让他找一个老师或者公务员，这种服务行业的女孩子，爸妈是不会满意的。不过这女孩儿长得是真不错，要是还会点儿别的特长，说不定爸妈就答应了呢？

因此小戴挤出一丝笑容问道："除了上班，秦小姐平时还做些什么呢？"

"没做什么啊。"手机被老妈没收了，秦诺只好无聊地玩自己手腕上的珠串了，"上班赚钱，下班逛街；网上购物，网下聊天儿。"

小戴的脸色略微一冷，马上又恢复了正常："听说秦小姐是酒店餐饮部的主管，那厨艺一定非常出众吧？"

秦诺诧异地看着他："戴先生有没有搞错啊，我是餐饮部主管，又不是餐饮部主厨，这两个岗位的职责范围是完全不一样的。非常遗憾的是，我对烧饭一窍不通。"

"哦。"小戴的回答中带了明显的失望。

秦诺暗自得意，想叫姐姐我下厨，也得看你配不配。是个人我就烧饭给他吃，当我是早餐店的老板娘啊？

"其实，我们诺诺是会烧菜的。"秦妈妈连忙解释着，同时狠狠瞪了女儿一眼，正要说下去，就听见有人轻轻敲了两下房门。

秦诺心中一喜，看起来齐晓卉是听懂她的话，找人来救驾了。但来的会是谁呢？程新那天晚上被她挖苦了一顿，第二天一早就走了。就算是他想来，这么快也来不了吧。好吧，顾林涛也行，虽然程新说他在老妈面前不用一分钟就会原形毕露，但是能气跑眼前这个讨厌鬼也值得了。所以她赶紧起身去开门，还假装抱怨道："一定是晓卉，也不知道她那里出了什么事，这么心急火燎地就跑了来。"

　　她一边说着，一边拉开了包厢的门，只见一束玫瑰花挡在门口。随即她就感觉身子向前一倾，两边脸颊上分别被亲了一下，接着就是一个温和的声音："亲爱的，喜欢吗？"

　　秦诺昏头昏脑地用力摇了摇头，才发觉自己不是在梦中，站在她眼前的，实实在在就是程新。不知道为什么，她竟然觉得无限地委屈，冲着程新就嚷嚷开了："骗子，不负责任，说话不算数。谁要你过来了？你来干什么？"说着，她一甩手，怒气冲冲回到了座位上。

　　程新一脸坦然地跟着秦诺走了进来，将玫瑰放在秦诺面前的桌子上，这才朝秦妈妈微微一弯身。秦妈妈莫名其妙地打量着程新，这是她见过的第一个跟女儿有如此亲昵举止的年轻人，而女儿的态度似乎也说明了他们之间的关系一定不简单。

　　难道说，这一次女儿没有骗她，真的是有了男友想要结婚了？要真是这样，那自己今天死活把她拖来相亲可就太不应该了。

　　秦妈妈想着，上上下下打量着程新。只见他一身休闲打扮，随意中透出的儒雅气质，让人不禁眼前一亮。因此她不由自主地问道："你……哦，我是秦诺的妈妈，你是谁啊？跟诺诺认识很久了吗？我们诺诺好像从来没有提到过你啊。"

　　"阿姨好！"程新微微一笑，随即自我介绍道，"我叫程新，目前在上海工作，和秦诺是前年来瀛洲市游玩的时候认识的。我们一直聊得不错，最近也已经聊到结婚的事情了。但是诺诺说了，她爸妈不希望她远嫁，所以就一直不同意我登门拜访叔叔阿姨。"

　　"哎哟，你这孩子，上海算什么远嫁啊，瀛洲跟上海一共才三个小时的车程，这也能算远嫁啊？"秦妈妈数落着女儿，一边给程新让座，一边开启了调查模式，"小……哦，小程啊，你在上海是做什么工作的呢？爸妈也都在上海吗？"

　　"你自己说的不要外地人！"程新还没回答，秦诺就赌气说道，"你还问他做什么，说出来吓死你，他是律师，专门打官司的。以后他要是欺负我，我被他卖了都不知道！"

"去去去！卖你能值几个钱啊，当律师那可都是赚大钱的，哪个稀罕卖你！"还没等程新回答，秦妈妈直接就把女儿堵回去了，"还真以为自己是七仙女下凡呢。小程啊，你是在哪个律师事务所的？收入还可以吧？"

程新瞄了一眼气得柳眉倒竖的秦诺，忍着笑说道："一开始收入不是很好，不过现在已经做出一点儿名气了，所以收入还行。"

"那你们领导一定是个有名的大律师，对吧？"秦妈妈还想多套点儿话。

"他就是领导！"秦诺翻了个白眼，没好气地说道。

"阿姨，不是什么领导，你不要听诺诺胡说，就是事务所合伙人。"程新看着秦妈妈惊讶的样子，解释道，"我跟我的同学合伙开了一家律师事务所，注册资金两百万，这在上海也就是一个小事务所，实在是算不上什么。"

"哟，你自己开的事务所啊，那可真是不简单了。"秦妈妈眼睛发亮，一旁的小戴看得却是酸溜溜的，有些怀疑起自己刚才的清高来了。当时听介绍人说秦诺是在酒店工作的，戴妈妈还一肚子的不乐意呢，出门前再三嘱咐自己一定要说服她辞了工作，不然就赶紧闪人。

"剩女剩着，总是有原因的。像这个秦诺，在酒店上班，一说出去，人家不想歪了才怪。你可要想好了，你是找老婆，不是找交际花。"临出门时，戴妈妈还在　如此叮咛着。可是事实上呢，人家根本就不是什么剩女，人家只是挑花了眼。这不，眼前的这个男人，就比自己强了不知道多少，在上海拥有自己的律师事务所。

想到这里，小戴再也坐不下去了，看起来，继续留在这里，自己就只有给这位光彩照人的大律师当陪衬的份儿了。因此他站起身来，朝秦诺微微一点头，笑道："看来秦小姐不是没有男朋友，而是你们之间出了点儿误会。既然这样，那我就不打扰你们了。认识秦小姐非常高兴，也祝愿你们有情人终成眷属。"

小戴的这几句话，说得大方得体，跟他刚才的态度截然不同，极大地改变了刚才他留在秦诺心中的印象。秦诺想到这一次相亲，人家至少也是诚心而来的，就算自己是被老妈强迫的，那也跟他没关系。请了程新来搅局，不管怎么说，总是对他的不尊重。因此她站起来道歉了："对不起戴先生……要不，我送送你吧。"

"不用，不用。"小戴边说边起身走了，快到门口的时候，突然返身问程新："程律师，方便留一个联系方式吗？"

秦诺这才明白，这位小戴态度的改变，根本就是冲着程新来的，而不是因为自己。她不由自主地翻了一个白眼，这么势利，也不知道老妈哪里找来的。

这么一想，再去看程新，就觉得顺眼多了，似乎他的居心不良也成了可以炫耀的资本，禁不住笑了一下。

秦妈妈更是觉得扬眉吐气，一见小戴出了门，马上就兴致勃勃地问起程新跟秦诺的"恋爱过程"。秦诺有些担心，虽然她相信程新肯定不会露馅儿，但是老妈现在这个样子，根本就已经不是露馅儿的问题了。她现在要担心的是，老妈是不是会直接让他们上民政局登记去，那不是惨了？可是不登记，老妈会拿钱出来吗？

哎哟，这可怎么办啊？这个齐晓卉，为什么会让程新过来？他不是回上海了吗？怎么会出现在瀛洲的？齐晓卉啊齐晓卉，你真是太不够意思了。就算你喜欢顾林涛，顾林涛也喜欢你，那也不用这么紧张的，借用一下也不肯啊，又不抢了你的，犯得着藏这么严实吗？明明知道程新居心不良，你还让他来，好了，这回我要是跟他登记了，接下来的洞房花烛夜，是不是你帮我过啊？对了，程新为什么会在瀛洲？秦诺似乎抓住了问题的核心，马上振奋起来，打断了秦妈妈的调查，不客气地问道："你不是回上海了吗？怎么还在这里？"

"诺诺，你怎么说话呢？"程新还没有回答，秦妈妈先不满了，"一个女孩子怎么可以这样霸道？小程他爱去哪里，还要跟你汇报啊？再说了，人家小程是真心实意的，就是你一直在为难人家，还不兴人家回家散散心、消消气啊！"

秦诺目瞪口呆，指着程新不服气道："老妈，他是你什么人啊，你就这么护着他？你知道他是谁啊，我可是你的亲生女儿啊！"她一边说着，一边对程新就没有好脸色了，怒目而视道："说，你刚才都跟我妈说什么了？"

"我在跟阿姨承认错误呢。"程新一脸的诚恳，"当着阿姨的面，诺诺，我再次向你保证，等贷款还完了，我一定在房产证上加上你的名字。你放心，再给我三年的时间，虽然提前还款是要承担一定的违约金的，但是跟我们之间的感情比起来，这些违约金真的不算什么。你一定要相信我，诺诺，我是个男人，结婚房、车本来就应该都由我来，怎么能让你找娘家要钱呢。我这人就是大男子主义，也爱面子，所以，请你包容一下好不好？"

秦诺简直不敢相信，这三言两语的，要钱的理由就找到了？还那么诚恳，她简直就要放声大笑了，再给他一个大大的拥抱。这思路，真不是一般人能有的，可惜是演戏。秦诺的脸色稍稍黯淡了一下，偷眼看了一下程新，又疑惑起来，难道自己希望他是真的吗？自己不是一直在嫌他居心不良吗？怎么又会有这样的期望？

一定是被齐晓卉带歪的，一定是的，她秦诺从来都不想结婚，她利用程新就是想得到财务的自由，因为跟老妈无法沟通。想到这里，秦诺积极配合："谁跟你说我找家里要钱了？那就是我的钱，我放在我妈那里的。不出钱就让你加名，我才没那么不要脸呢！"

"对，对，对，诺诺说得对！"秦妈妈自以为解开了小两口儿的心结，连忙表态，"小程啊，你的心意，诺诺和阿姨都知道，就算结婚，那也不能白要你的房产啊。上海的房子那是什么价啊，我们就算出钱，也就是一小部分，按说诺诺已经沾光了。"

"阿姨，结婚以后，女人要生儿育女，作为男人，如果连一个落脚之地都没能准备好的话，怎么有脸让女人生儿育女呢。"程新说着，看向秦诺，"诺诺，其实你说得对，你我都不小了，太晚生孩子身体确实不容易恢复。唉，说来说去总是怪我没用，早两年买房子就好了，也许现在我们都有孩子了。"

提到孩子，秦诺的眼前不由自主地出现了乐乐的样子，她忍不住一笑，随即就觉得不对了。怎么又转到孩子上面去了？有这个必要吗？她又要怒视程新，只见秦妈妈拉着程新的手，语重心长："小程啊，阿姨知道你是个有担当、有责任心的孩子，又时时处处体贴着诺诺。但是诺诺说得也对，结婚是两个人的事情，怎么能把压力都放在你一个人身上？这样吧，我回去就跟诺诺她爸商量一下，看我们能拿出多少。哦，对了，你那房子多少钱啊？"

不是吧，老妈要来真的啊？秦诺吓了一跳，赶紧说道："妈，房子多少钱跟你们没关系，你就把我这些年放在你那里的钱给我就行了，其他的你们留着养老。"

"我养个屁的老，你再嫁不出去，我都快被你气死了，用不着养老了。"秦妈妈没好气地说着，站了起来，和颜悦色地对程新说道："小程啊，你跟诺诺先聊着，我回家找诺诺她爸去。诺诺被我们惯坏了，一点儿规矩都没有，你不用太依着她，该你做决定的你就自己决定，跟阿姨来说一下就行。"

"阿姨，既然您这么说了，那我就不客气了。"程新边说边站了起来，将秦妈妈送到门口，"您看看什么时候方便，我陪我爸妈过来看看你和叔叔。"

"哎哟。"秦妈妈大喜，男方家长上门，按照瀛洲市的风俗，就是婚事定下来了。这小伙子真不错，办事一点儿都不拖泥带水，因此她马上拍着程新的手背说道："我回去问问我家老头子，马上就给你答复。对了，你回家替我问你爸妈好，帮诺诺说说好话。"

秦诺跳起来就朝她妈嚷道："我要他说什么好话？我有那么差吗？是不是亲生的啊？气死我了！"说着，她见程新缓慢关上包厢门，顿时气不打一处来：

"你很得意是吧？你很开心是吧？便宜占多了长肉是吧？说吧，多少钱？"

程新见她拿出钱包，不觉一笑："你要埋单？不用了，刚才我进来的时候，已经埋单了。对了，你还需要点些什么吗？"

"不是，我是问你，这束玫瑰花要多少钱？"秦诺冷着脸说道，"这不在我们约定的预算范围之内，所以我不想欠你什么。"

程新目不转睛地看了她一会儿，突然笑道："你真要付钱？那行，具体多少我也不清楚，不过为了让朋友帮我从云南带来这束花，他的回程机票是我给买的。时间有点儿紧，所以打折幅度小了一点儿，打折后的机票价格大概是一千二，你付账？"

秦诺气结，瞪了程新半天，三下五除二，从钱包里抽了十二张人民币，气呼呼地扔在茶几上，举步想走。没想到程新眼疾手快，一下子抓住了她的手腕："坐下来聊聊吧，看在我陪你演了这么一场戏的分儿上，你以为我的出场费真的只有这一点儿啊？既然知道我是律师，那你也总该知道，律师是按时计费的吧？"

"你问齐晓卉去要吧，又不是我让你来的！"秦诺气结，"再说了，这句话你是不是应该事先跟我说明白，现在说，你不觉得太迟了吗？我完全可以拒付的！"

程新忍不住一笑："不错，有进步，还知道预先告知了。"

秦诺没好气地白了他一眼，一把甩开程新的手，依然坐下来，气了半天，突然疑惑："对了，你那天不是说回上海了吗？怎么还在这里？"

"我这不是担心你吗？你看我不在，你求救都找不到人。"程新泰然自若地说道。

"谁说我找不到人？顾林涛不是在吗？找他帮忙不见得就比你差！"秦诺横了他一眼。

程新看着她，忍着笑，故作惋惜地摇摇头："唉，怪不得现在的女生都说，防火防盗防闺密呢，看起来经验果然来自教训啊。"

秦诺莫名其妙："防什么闺密？晓卉干吗要防我？我把她怎么了？"

程新玩味地看着她："我说姐姐，你是忘性太大啊，还是没长心眼儿啊？你没听见那天顾林涛都已经直接跟齐晓卉表白了吗？你还横插一脚。"

"表白什么啊？"秦诺指着程新讥笑道，"我看你才是没长心眼儿吧，那是顾帅哥为了摆脱沈琳使的障眼法。你不用佩服本小姐的睿智，这不是我说的，这是晓卉告诉我的。"

"齐晓卉说什么，你就信什么？"程新看着秦诺，一脸的好笑，"那好，诺诺，你要不要跟我打个赌？"

"赌什么？"

"赌顾林涛会和齐晓卉在一起的。"程新自信道，"要是我赢了，你就答应让我追你，要是我输了，帮了你这个忙我就消失，怎么样？"

秦诺开始带着防备，一直提醒自己不能跟程新打赌，可是后来听说程新帮了忙之后消失，她动心了。仔细想了想，觉得就凭顾林涛的条件，他现在应该正好是在情感创伤期，所以才会迷恋齐晓卉的温柔。等他恢复过来，自然会有更好的女孩儿等着他，他何必去做一个六岁男孩儿的爸爸呢？所以这个赌还是值得打的。至少赢了她就可以顺利地拿到钱去投资，以后在海鲜楼想做就做下去，不想做就走人，有了后路就不用受气了。

这样一想，秦诺一捋袖子道："好，赌就赌！"

程新含笑看着她，想了想说道："古话说：'知己知彼，百战不殆。'你都不了解顾林涛的性格，你就跟我赌上了？"

"我不了解顾林涛，但是我了解齐晓卉啊。"秦诺得意地说道，"乐乐是晓卉的心头肉，她才不会带着儿子冒这个险呢。虽然我也很看好顾帅哥，但是我更相信他在齐晓卉那里肯定会碰壁。来，让我先为顾帅哥点一支蜡烛吧。对了，程律师，要不要顺便也给你来一支？因为就算你赢了，你也只有追我的资格，而我，则一样有拒绝的权利，对不对？"

程新笑而不答，看着秦诺喝瑟够了，才问了一句："诺诺，告诉我你为什么不愿意结婚？是什么让你如此害怕婚姻？"

"不想结婚就是害怕婚姻啊？程律师，你的逻辑思维也不怎么样嘛。"秦诺嗤之以鼻，"我不想结婚，是因为不想被男人剥削，婚姻是男权的产物，这一点你总不能否认吧？"

"如果仅是从起源来说，婚姻确实是男权的产物。但是这么多年来，婚姻一直都在与时俱进，作为群居动物的人类，我认为我们仍需要婚姻。所以，你为什么会觉得结婚就是被男人剥削呢？"程新若有所思地看着秦诺。

"很简单啦，第一，社会不承认家庭劳动的价值；第二，孩子的冠姓权现在还掌握在男人的手里；第三，职场依然在排挤女人。就从这三点上来看，婚姻就是男人剥削女人的一种手段。他们把女人从职场上赶走，然后又不承认家庭劳动也是有价值的，最后通过孩子的冠姓权，将女人的生育权利也抹杀了。"

"你说得有点儿道理。"程新沉吟道，"但是我觉得，这种现状用不结婚的方法是无法改变的。而且你还得承认，人是群居动物，也是社会动物，婚姻不仅是男人需要的，也是女人需要的。你所指的不公平，并非男女以婚姻的形势结合在一起的制度不合理，只不过是婚姻中男女权利、义务分配得不合理。所以我们要改变的，是婚姻的内涵，而不是婚姻这种形式。"

## 25　弄假成真

秦诺一头雾水，待了半天，才说道："我听不懂你的绕口令，反正我不结婚就是不结婚，你别妄想会说服我。对了，今晚我还有事，先走一步了。"

说着，秦诺站起来就想走，只听见程新不紧不慢地说道："好的，我先回宾馆去。让我的合伙人把所有资料的扫描件发过来，明天送去你家。对了，你明天在家吗？"

"什么扫描件？"秦诺停住了脚步，不相信地问道，"你认识我家？"

"事务所营业执照、出资证明，房产证、贷款协议等资料扫描件，我让合伙人发过来，求婚用得着，不是吗？"程新微笑着说道，"至于你家……去户籍中心很容易查到的，还有疑问吗？"

秦诺一头撞在门上："我为什么会遇见你？"

被迫带着程新回家吃饭，被迫赔着笑脸哄老妈开心，被迫装出娇羞的样子将演戏进行到底，秦诺觉得这一餐晚饭，是她有生以来吃得最痛苦的。因此齐晓卉一出现在她家门口，她就好像见到了救星一样，马上就跳了起来，一把拉住齐晓卉，说道："你来了！我都等你好久了，我们这就走啊。"说着，回头朝老妈打个招呼："妈，晓卉有事情找我，我们要出去一趟，你让程新陪你吃饭，我一会儿就回来啊。"

说完，她拉着不明就里的齐晓卉出了家门，一口气跑到楼下，这才长长出了一口气。齐晓卉奇怪地看着她："你这是怎么了？程新也在你家，那天相亲，他帮你解围了？"

"晓卉姐姐啊，我惹上大麻烦了。"秦诺哭丧着脸抱住了齐晓卉，"你可要永远记住我的好，忘了谁也不能把我给忘了。你不知道为了你，我做出了多大牺牲呢。"

齐晓卉被她说得一头雾水，正要问个究竟。秦诺的手机响了，她连忙接了起来，是酒店副总季永年的电话，她忙朝齐晓卉做了一个噤声的手势，然后马上恢复了职业状态："季总，你好，有事吗？"

"小秦啊，今天上洋集团在这里招待上级公司，要不你改天再休息，今晚先来上班吧。"季永年在电话里的声音和蔼可亲，很难和他训斥自己的声音联系起来，秦诺舒了一口气。"行，好的，没问题。"平时对紧急加班最讨厌的秦诺，今天却答应得格外爽快。她合上手机，跟齐晓卉说道，"要不你跟我一起去酒店，钱的事情，我们一路走一路商量。"

齐晓卉无可奈何，只好跟秦诺上了出租车，直奔海鲜楼大酒店。因为上洋集团今晚在这里订下了十来个包厢，所以大厅里格外热闹。秦诺带着齐晓卉进了更衣间，让她换上酒店的工作服，去前台那里等着自己。

"等客人都进了包厢，我就过来。"秦诺说着，又嘱咐小郑关照着齐晓卉，自己匆匆朝包厢走去。不多时，大厅里的客人陆续都进去了，齐晓卉探头看了一下，冷菜基本上齐了，知道秦诺也快出来了。

果然，又过了十分钟左右，秦诺优雅地退出包厢，朝大厅走来。走到前台，她才朝齐晓卉和小郑扮个鬼脸，说道："好难伺候的客人。"然后才问齐晓卉："你那里现在怎么样了？吴雪飞还是没有找到吗？是不是跟崔颖儿闹起来了？"

齐晓卉苦笑道："这次还真不关崔颖儿的事情。"说着，把那天见到吴雪飞的情景说了一遍，"我猜应该是和倪伟刚的关系出了问题，不然崔颖儿还真没那么大本事，能让吴雪飞这样失魂落魄的。不过是什么问题呢，雪飞姐已经做好和倪伟刚分手的准备了啊。"

说到这里，齐晓卉叹了一口气，她本来也是想把排档转让掉的，就是想借秦诺的钱周转一下。可是顾林涛帮她去打听了一下以后，劝她不要转让，因为这确实是一个比较抢手的项目。吴雪飞看男人的眼光不准，做生意的眼光真心不错。

"今天我去装修现场看过了，说实话，转掉真是可惜了。所以下午又跟装修工人沟通了一下，好不容易说好了，先给他们几万，不要搬装修材料了。这不，我也想问问你，你说的投资到底算不算数。要是实在拿不到钱没法儿投资了，那我就听程新的，想办法去办贷款，程新说他愿意给我担保。"

"切，他还真是好心，还担保。"秦诺鄙夷了一句，随即张开双臂，欢快地对齐晓卉说道，"亲爱的晓卉姐姐，你放心，现在一切都不是问题了。等我妈检验了程新的房产证，她就会把钱打到我的卡里来，金额不会低于五十万。够不够？够不够？"

齐晓卉不敢相信："秦诺，我没听懂你的话，怎么还要检验程新的房产证？为什么啊？还有，五十万？不会吧，你妈一下子这么大方了？我还以为有个十万二十万就很不错了。"

　　"姐姐，你要记住了，这是我的卖身钱。"秦诺瞬间笑脸变哭脸，"你拿到了钱一定要好好做生意，争取早点儿赚到钱，把我从程新那里赎回来。"

　　齐晓卉更加糊涂了："你倒是把话说清楚一点儿啊，这五十万到底是你妈的钱还是你向程新借的，为什么要去程新那里赎你啊？我可没让你向程新借钱，咱们才认识他几天啊，怎么张得开这种口？让他怎么看我们啊？"

　　"钱是我妈的，但用这笔钱的条件是，我要跟程新在一起。"秦诺一脸委屈地扑倒在齐晓卉的肩头上，"晓卉姐姐，你想啊，要拿这么一大笔钱，总要有个理由，对不对？程新的理由就是，他要把我的名字加到他的房产证上去，但是贷款没到期，不能加，所以要等贷款到期了加了名字再结婚。"

　　"我知道了。"齐晓卉打断了秦诺的话，这就对了，依着秦妈妈的性格，这样一个风度翩翩又有担当的准女婿，怎么肯轻易放手。为了防止夜长梦多，自然是赶紧出钱还清贷款然后加名结婚啦。再说了，这加名说到底占便宜的还是秦诺啊。

　　这主意可真是绝了，齐晓卉想笑又不敢笑，因为摸不透秦诺心里到底对程新有没有感觉，所以轻轻拍着她问道："你妈这就相信了？"

　　"是啊，我妈信得一塌糊涂。程新说，我赌气出来是因为跟他吵架，吵架的原因就是我要出钱他不让出。就这种理由，我妈居然也信。晓卉姐姐啊，你说程新是不是学过降头术啊？"秦诺突然被自己的想法提醒了，放开齐晓卉，一本正经地说道，"我得找个机会套出他的话来，看他有没有去过泰国。如果去过了，那就很有可能，我得提防着他一点儿。"

　　秦诺要套程新的话？齐晓卉抬头看了看窗外，没错啊，现在升上来的是月亮，不是太阳啊。因此她没好气地说道："你天天嚷嚷着男女平等，程新就是根据你平时的言行举止推测出你的性格，再根据你的性格编造的理由，别说你妈，连我都信。"

　　"所以啊！"秦诺一脸的惊恐，"如果有一天，他不爱我了，那我不是惨了？"

　　齐晓卉忍不住笑了："那你是承认他现在是爱你的了？"

　　话音未落，正好小郑过来，听了个下半截，忙问道："啊，秦诺姐，有人爱上你啦？你有男朋友啦？是谁啊，怎么从来没有听你说起过？这保密工作做得也未免太好了吧？赶紧介绍介绍，不然，小心你结婚的时候，我们联手把新郎给灌醉了，让你们过不了洞房花烛夜！"

　　齐晓卉终于笑了出来，秦诺又气又恼，拿起手边的纸巾盒就去砸小郑："你才要结婚了，那么喜欢结婚，你就天天结婚、夜夜洞房吧。"

　　正闹着，季永年从包厢里出来了，过来见此情景，也忍不住笑问道："哟，齐小姐也在，这么开心啊，谁要结婚了？"

　　秦诺还来不及回答，小郑抢着说道："是秦诺姐要结婚了，季总，秦诺姐找好了男朋友都不说一声，她的婚宴你别给她优惠了。"说完，往季永年的身边一躲，朝秦诺扮了个鬼脸，赶紧溜走了。

　　"哦，小秦要结婚了？"季永年显然也很意外，"确实没听你说起过有男朋友了啊，什么时候带过来看看嘛。男朋友就是要大大方方地带出来的，藏在家里算什么名堂啊？"

　　"季总，我真没有男朋友。"秦诺暗暗叫苦。她知道酒店的规矩，一旦女员工准备结婚了，就会在她们完婚以后，被找各种借口辞退。因为酒店不想承担女员工的生育费用，还有孕期和哺乳期的工资。这要是季永年当真了，自己估计真要做好离职的准备了。

　　她不是舍不得离开，她只是不甘心给周婷让位。万般无奈之际，秦诺只好拿齐晓卉当挡箭牌了："季总，小郑话听半截的，你别理她。是这样的，晓卉姐遇到了一点儿麻烦，来问我借钱。我就跟她开玩笑，说是让她早点儿结婚嫁人，就不用那么辛苦，什么都一个人撑着了，结果不知道小郑听到哪里去了。"

　　"哦，原来是这样啊。"季永年打量着齐晓卉，关切地问道，"是了，我记得小秦找律师就是为了你的事情，那次苏总好像也帮忙给你找了律师，怎么，已经离婚了？你看上次你来应聘厨师我也没有多问一句，是经济出现问题了吗？"

　　齐晓卉万般尴尬地点点头："是，上次的事情，还没有谢谢季总呢。"

　　"没关系，没关系，你跟小秦是朋友，也就是我的朋友。唉，单身妈妈确实不容易啊，那你现在还要不要来我们酒店工作？我可以给你安排合适的岗位。"

　　秦诺有些难以置信，这还是当初一口回绝了齐晓卉的那个季永年吗？这才多长时间，怎么态度就来了个一百八十度的大转弯呢？发生什么事了？

　　她疑惑地看向齐晓卉，不想齐晓卉也是一脸的局促，慌忙说道："不用，不用，秦诺都已经帮我解决了。"说着，还推了秦诺一下，秦诺忙点点头，表示她说得没错。

　　"那就好。"季永年笑着朝她们点点头，对秦诺说道，"今晚可能会比较忙，你辛苦一下，晚一点儿回去吧。"

秦诺忙应了一句，等季永年走进了包厢里，这才轻轻拍着胸口说道："好险，他怎么会突然出现的？我们说话没让他听去吧？"

"怎么了？你们这个季总不是对你很好吗？"齐晓卉不解，"你不是说，苏总的那个房子，也是他帮忙找的吗？"

"就是找了那个房子以后，我就觉得事情怪怪的了。"秦诺皱眉道，"每次遇到他，只要没有外人，他就动手动脚的，我现在真是怕看见他了。"

"你的意思是，他虽然一直帮你，但是态度也很暧昧，是不是这个意思？"齐晓卉沉吟道，"那他知道那个房子不是你自己要租吗？"

"他知道啊，我跟他说了是你要租，只是后来加了一句，说我被我妈催婚催得烦死了，可能会去跟你一起住。"说到这里，秦诺看着齐晓卉，担心道，"晓卉，你说会不会是我这句话说错了，让他误会了什么啊？"

"也不是没有可能。"齐晓卉若有所思地点点头，"所以你要给自己留后路，随时准备离开海鲜楼，是不是也是这个原因啊？"

"有这个原因，但不全是。"秦诺说着，有些失落，"是因为周婷一直在排挤我，而季总好像也不像以前那么信任我了。特别是那次上洋集团业务提成的事情，明明错的是周婷，他却训斥我，我真的是从来没有受过这样的委屈。"

如果说季永年对秦诺有非分之想的话，那不是应该处处护着她吗？齐晓卉有些想不明白了，只好安慰自己，也许是她们想多了，可能季永年就是那样随意的性格，并不是对秦诺有什么想法了。这样一想，也就将这件事放下了。自己盘算着，既然钱的事情定下来了，那就没必要留在这里给秦诺添麻烦了。而且乐乐一个人在家，说不定又跑到顾林涛那里去了，也是不妥。于是就跟秦诺告辞，先回家去了。

走出海鲜楼大酒店没多久，一辆银灰色的奥迪就在齐晓卉身边停了下来。齐晓卉下意识地想避开去，只见驾驶座的车门打开了，随即就是苏睿文浑厚的声音："上车吧，我有事想跟你谈谈。"

齐晓卉不知所措："苏总……你……你们公司今晚不是有客人吗？"

"是啊，要不是今晚公司在海鲜楼招待客人，我还不知道你的事情呢。上来吧，放心，我没喝酒，不会害你的。站在这里，我们挡住人家的路了。"

齐晓卉向四周看了一下，果然车子和人正好都在路口转角处。无可奈何，她只好上了车。关上车门，苏睿文启动了车子，这才问道："晓卉，遇到困难了为什么不告诉我？"

"啊？"齐晓卉大吃一惊，苏睿文怎么会知道的？还是他随口一说在试探自己？因此连忙否认，"没有，我现在很好啊，哪有什么困难。"

"晓卉，你就这么信不过我？"苏睿文的语气有些不高兴了，"告诉我，为什么不愿意接受我的帮助？"

因为这份帮助的代价太大了，我还不起啊，齐晓卉心里想着，嘴上却说道："苏总，人总是要独立的。现在你在瀛洲市，我有事可以找你帮忙，但是你又能帮我多久？你自己设定的时间也只有六年。六年，不要说对我来说很短暂，对你来说也不算太长啊。我们都还有许多个六年要过呢。这个六年里，你帮我，那以后的每一个六年，我又找谁去？"齐晓卉还有一句话没有说出来，那就是"难道你要我每隔六年就把自己卖掉一次吗"。

"如果你愿意，我们可以把每一个六年都延续下去啊。"苏睿文毫不犹豫地回答道。这么晚才遇到她，本来就是一种遗憾了。如果能够在后半生一直有她的相伴，那么对他来说，就是命运的恩赐了。

可是苏睿文的回答并没有让齐晓卉放心，她甚至嘲笑起自己的天真来了。现在是什么时候，是他买欢的时候。这个时候，不管她提出什么要求，他回绝的可能性都是不大的，只要自己的要求不触及他的底线，譬如离婚。

当然，自己答应了他的要求以后，他确实不会马上变脸。任何物体的运动都有惯性，男女之间的情感也一样。顺着惯性，他们可以携手走过一段人生。但是这段人生到底有多长，他的设定期限是六年，她却不知道这个设定是不是能够实现。

不要说像他们这样明码标价的交易，就是像吴雪飞和倪伟刚那样，放弃了自尊和名誉的所谓的爱情，又走了多远呢？围城里，也许很辛苦，也许不好过，但是至少它可以帮你抵挡住流言蜚语；围城外，也许很浪漫，也许很惬意，但是当流言来袭的时候，会将你所有的遮羞物都剥得一干二净，将你的自尊和人格打落在泥淖中。

齐晓卉突然知道了自己在担心什么了，她担心的是，没有原则的爱情，结出的会是一枚让自己追悔终生的苦果。爱情如同鲜花，当每一种花都盛开的时候，人们看不出哪一种花更美丽，甚至罂粟花会比桃花更艳丽，而无花果则很容易被人忽视，可是有谁会认为，罂粟果比无花果好呢？

因此齐晓卉微微地笑了一下，轻声问道："苏总，是不是若干个六年之前，你对你的太太，也曾许下这样的承诺？要跟她一起，将人生的每一个六年都走完。"

这句话让苏睿文在略加沉思后，明白了什么，他问道："晓卉，你拒绝的不是我的帮助，而是我所期望的我们之间的关系，对不对？"

齐晓卉做了一个深呼吸，既然苏睿文已经挑明了，那么自己也没有什么好遮着藏着的了，因此她坦然地说道："是的，苏总，我是一个很小气的人，希望和我在一起的那个男人，是我的唯一，而我，也是他的唯一。我不喜欢分享，尤其是爱人。"

苏睿文若有所思地笑了笑："晓卉，你知道红玫瑰和白玫瑰的故事吗？对男人来说，感情上的唯一是一件非常困难的事情，这是男人和女人的区别。你认为一个过度看重感情的男人，会有出息吗？"

"会！"齐晓卉肯定地点点头，"一个看重感情的男人，才会把家庭的幸福当作他奋斗的永恒动力。就譬如苏总，你的奋斗，难道不是为了你的家人？假如你不是因为心疼妻女挤在狭小的空间里，连转个身都费事，也许你奋斗的动力就会减少很多。"

"是吗？"苏睿文似乎有些动容，沉默了片刻，才问道，"晓卉，告诉我，是不是你心里……有人了？告诉我，我会祝福你的。"

有人？有谁？齐晓卉有些愕然，不知道苏睿文为什么会这样问，她心里会有什么人？是顾林涛吗？不，这怎么可能，不管怎么说，他还是个未婚的大男孩儿，不管他曾经和沈琳同居过多长时间，从法律层面上来说，他就是未婚。而自己呢？离异，带着一个六岁的孩子，怎么看怎么不般配。他那些动听的话，不过是失恋后的一时迷糊，哪里能当真。

就算他当真，自己也不能当真，就算自己当真，双方的家人能当真吗？就算双方的亲戚和朋友都接受了，那么社会上的各种质疑呢？所谓众口铄金，脑子发热的时候也许会不管不顾，可是等一切都安静下来了，各种矛盾就会因此产生。浪漫的爱情只存在于小说家的笔下，并不适合实践。

想到这里，齐晓卉微微摇了摇头："现在还没有……但是，我相信我可以等得到他。"

"那么……不考虑我的建议？"

齐晓卉坚决地摇摇头。

"假如我愿意等你呢？"苏睿文似乎下了很大决心，"我是说，假如在我离开瀛洲市之前，你还没有找到你要等的那个人，你愿意考虑我吗？"

这句话让齐晓卉有片刻的迷醉，随即，她微微地扬起了嘴角，露出了一个恬静而迷人的微笑："苏总，我承认你很好，很优秀，也很有魅力，但是……

你是属于你的妻女的,你已经不能爱别人,也不能被别人爱了。于我而言,你就是那个雷池,我无法跨越。因为跨越雷池,我所要付出的代价,会远远高过我的承受能力。我无法接受由此带来的后果,我也不想……让我的孩子因我而蒙羞!"

苏睿文沉默了,过了良久,突然问道:"那么,你愿意接受我的帮助吗?"

"不。"既然话已经说到这个份儿上了,那就不要再有所保留了吧,齐晓卉很坚决地否定道,"对不起苏总,谢谢你的好意,但是我不接受任何名不正言不顺的帮助。"

黑暗中,听得见苏睿文轻微的叹息声,然后他缓缓地说道:"晓卉,我不知道遇到你是我的幸运还是不幸,你知道吗?当你问我会不会离婚娶你的时候,我真的很后悔脱口而出的那句话……其实我早就该知道了,我在你心目中的好印象,有很大一部分是建立在我对家庭的态度上的,对吗?告诉我,你不愿意答应我,有一部分原因是不是你自己的婚姻遭遇了背叛,所以你觉得这对女人来说,是一种莫大的伤害?"

"是的。"数月来如同阴霾一般模糊的暧昧,此刻似乎被双方平和的心境和明朗的态度驱散了。这就是不曾越过雷池的好处,你能够掌握自己,掌握主动权。想到这里,齐晓卉爽快地承认了:"己所不欲,勿施于人,爱情的美好,在于它接受了道德的束缚。就好像被约束在蜿蜒河道中的水流,是生命的起源,而决堤的江河,是生命的灾难。"

苏睿文心有所动,这真的是一个不同寻常的小女人,他只能遗憾。生活,有时候真的很残忍,它会让你遇到无数个你喜欢的、你欣赏的、你适合的,或者是喜欢你的、欣赏你的、适合你的,但是,你的选择只能有一个。至少,在同一个时间段,你只能选择一个。

而许多时候,不是每一次的选择都是无悔的。所以我们面临诱惑的时候才会迟疑、才会越轨。所以很多时候,比选择更重要的,是担当、是责任、是尊重自己的选择。就好像自己,年轻时遇到了林秀媛,她是一个好女人,陪伴自己度过了创业阶段最艰难的时光,为他赡养父母、抚育女儿,没有林秀媛,不可能有现在的自己。

而在即将步入晚年的时候,他遇到了齐晓卉,这个年轻而倔强的小女人,有着她自己的处世原则和方式,让他不得不另眼相看。她的存在,打破了他一直以来以为有钱就可以得到一切的想法,她让他遗憾,却又让他感慨,这是一个让男人感到安全,同时也让女人感到安全的小女人。

想到这里，苏睿文微笑着问道："如果我收回我曾经说过的话，那么，你愿意跟我以另一种方式相处吗？就当作朋友，接受我的帮助，名正言顺的帮助。"

齐晓卉愣了一下，随即俏皮地回答："只要你的太太没意见，那我就愿意。"

苏睿文又是一个意外，随即，坦然地往椅背上一靠，微笑道："我想，如果我的太太知道你说的这些话，那么她会很放心我们之间成为朋友的。"

只是瞬间，齐晓卉突然明白了一个道理，一个女人，让男人喜欢并不难，难的是让男人欣赏，更难的是，让女人也欣赏，而最难的是，让女人放心。她做到了吗？好像……是吧，他坦然而赞许的目光，不是对她的最大肯定吗？

第一次，齐晓卉面对苏睿文，露出了恬美的微笑，那是女人最让男人心动的笑容，只有让女人放心的男人，才能看到如此纯真而美丽的笑容。

"谢谢苏总，有机会我一定会去你家拜访你太太的。"

"那……你还愿意接受我的帮助吗？只是朋友之间的帮助。"苏睿文从后视镜里看着她，"我早就说过，能够用钱解决的问题，都不是大问题。你为什么要这么固执呢？"

"苏总，你从来没有为钱烦恼过，所以才会这样认为。但是这个世界上还有许多人在为钱烦恼，所以在他们的眼里，钱还是有着许许多多其他含义的。"齐晓卉淡然一笑，"很不幸的是，我就生活在他们之中。"

苏睿文沉默了，第一次遇到齐晓卉时，见她纠缠于婚姻财产，纠缠于孩子的生活费，死活不肯离婚，甚至不惜以自己为代价，请他找私家侦探。那时候，他认为她跟别的女人一样，对婚姻的需求也就是一个"钱"字。他只是同情她的不幸，同情她曾经的善良被无情地践踏了，所以才提出用钱来帮助她。

现在他明白了，她确实需要钱，但是她只需要属于自己的钱，她不要别人名不正言不顺的帮助，更不要用名誉和清白换来的利益。私家侦探？苏睿文微微一笑，这或许是一个好办法，可以试一试。

车在绿漾小区门口停住了，苏睿文甚至连车都没有下，平静地跟齐晓卉告别。齐晓卉回到家里，果然乐乐不在，打了个电话给顾林涛，说是带着他在广场上学溜旱冰呢。"我让同事带了双旱冰鞋回来，今天刚带到，在试鞋。你等下，我们一会儿就回家。"

放下电话，齐晓卉的心中涌过些许暖意，随即陷入了沉思。乐乐从小就不提爸爸，所以一直以来，自己都以为，在孩子的心中，爸爸并不是家里必不可少的一员。但是她真的没有想到，原来在乐乐看来，爸爸是坏人，正因为爸爸是坏人，所以家里才没有爸爸，因为我们不需要坏人。

孩子的逻辑没有错，许俊平也确实不是一个好爸爸，可是这样的观念留在孩子的心里，对他的未来显然会有很大影响。最明显的就是，他无法准确定位爸爸这个称呼。她可以独立抚养孩子长大，也可以让家里没有爸爸，但绝不希望儿子认为爸爸就是坏人，顾林涛说得对，乐乐会长大，他也会成为爸爸的。

齐晓卉有些后怕，果然孩子有自己的观点、自己的认知。很多事情，并不能如她所愿，就算她所做的一切都是为了儿子，也不能百分之百地保证，孩子会按照她的设想去成长，就譬如现在这个关于爸爸的问题。

那么顾林涛的出现，对乐乐来说，是不是一种幸运呢？是的，他对乐乐很好，父亲该做的一切，他都很努力、很用心地在做。只是，这一切对乐乐来说，可能会非常短暂，一年？半年？三个月？甚至再过几天，这份父爱就会消失。到那时，自己又该怎么办呢？

## 26　女儿的作文

第二天下午，齐晓卉和秦诺一起，将四万元钱先付给装修工人，同时告诉他们，店面是绝对不会转让的。秦诺甚至信誓旦旦地表示，最多再等一个星期，这里就可以开始继续装修了，因为资金马上就到位了。等工人们走了以后，秦诺才问齐晓卉，排档的经营到底怎么办，毕竟，租赁协议上写的不是她们的名字。

"晓卉，我觉得你还是应该设法找到吴雪飞，不然就算资金到位，装修确实没问题了，但是开张呢？要知道吴雪飞只是签了一个租赁协议，什么营业执照、税务登记、卫生许可、消防安全，一个也没有。更糟糕的是，租赁协议是她的，我们想办都办不了。所以就算排档装修好了也没用，一定要吴雪飞在啊。"

说着，秦诺打量着房间，这个地方名义上叫作海鲜排档，其实就是一长排房子。每个铺面大约六十平方米，上下两层，一共可以放六七个席面，算是不错了。

她又走到堆放装修材料的地方，仔细看了看，叹息道："这些材料质量真是不错啊，看起来吴雪飞也是下了决心要做起来的。真不知道到底出了什么事，能让她就这样扔下一走了之了。晓卉，婷好还在你妈那里，吴雪飞也没有打个电话来问一下？"

齐晓卉苦恼地皱了眉头，秦诺说得没错，找不到吴雪飞，就算排档装修好了也没用。她们办不出营业执照，根本就没办法开张。她猜到吴雪飞为什么会失踪，也猜到倪伟刚应该会有她的消息。但是怎么去问倪伟刚，倪伟刚会不会据实以告，她是真的不敢保证。

"婷婷好在老师那里，吴雪飞付了一学期的寄宿费，估计是早有准备的。"齐晓卉苦恼道，"你说，要不咱们把排档的租赁人换了，你觉得怎么样？"她也知道这样做不厚道，但现在不是没办法了吗？不要说找不到吴雪飞，她现在都不知道该怎么找吴雪飞。

"变更租赁人难道不用吴雪飞签字？"秦诺瞟了齐晓卉一眼，"你还是好好想想有什么线索吧，想到了我就让程新帮忙去找，他说过他还认识私家侦探呢。"

齐晓卉看着秦诺，突然笑了："居然还能使唤程律师了，秦诺，你是不是假戏真做了？"

"你还说呢！"秦诺蓦地红了脸，"要不是我拼命拦着，今天就是程新爸妈上门提亲的日子了。不过也怪哦，他那天去我家吃了一顿饭，居然把我爸妈给劝和了，这本事也是没谁了。所以我后来想了很久，觉得自己被他坑了似乎也不算什么委屈了。"

秦诺说着，一转头见齐晓卉拼命忍着笑，以为她不相信，忙强调道："真的，晓卉，我不骗你。那天我不是被季永年叫去加班，下班有点儿晚嘛。一进门就看见我爸妈并排坐在沙发上，正说着什么。我妈对我爸的态度，那是大有改观。不再是从前的金刚怒目式了，好像带了点儿春回大地的感觉。我妈还说，程新的话很有道理，这么些年，是她自己想偏了。"

齐晓卉终于忍不住笑了出来，指着秦诺说道："秦诺啊秦诺，你自己听听你说的都是些什么话，有当女儿的这样说自己爸妈的吗？真不知道程新喜欢你什么。"

"切！"秦诺没好气地白了她一眼，"程新喜欢我什么要你知道干啥？你只要知道顾林涛为什么喜欢你就可以了。"

齐晓卉顿时收敛了笑容，转移了话题："吴雪飞这次失踪，我一直觉得和倪伟刚有关系。可是我有什么资格去问倪伟刚呢？所以，我现在不仅仅是担心排档的装修开业问题，更担心的是她。一个人在外面，万一有个什么事情，那不是糟了？"

"谁说不是呢？"秦诺也是长吁短叹，看着装修了一半的铺面说道，"梅雨季节马上到了，如果不能赶在下雨前把木工都做好，估计得拖很长时间了。"说着，突然想到了什么，看着齐晓卉问道，"你说，我们去报失踪好不好？现在吴雪飞的手机也打不通，也没有人知道她在哪里，应该算得上失踪了吧？"

"手机没有打不通啊。"齐晓卉犹豫道，"就是打过去没人接，发了无数条短信也不回，所以我才担心嘛。"

"打不通和打通了不接有什么不一样吗？"秦诺一脸的鄙视，"依我看，这就是失踪了。等等啊，我问下程新，让他再确认一下。"

齐晓卉看着秦诺，突然有些恍惚。这是不是就是恋爱的感觉了？无论遇到什么事，很自然地就会想着去跟那个人商量。那么自己呢？不愿意麻烦顾林涛，是因为对他没有感觉吗？还是说有过一次失败的经历，心境已经不一样了？

秦诺去问程新的结果是，她要请一个星期的假，去程新家里考察新房，顺便定下设计方案。如果顺利，可能会连装修材料都定下来。秦妈妈笑得合不拢嘴，去菜场买菜时打招呼的声音都比平时高了八度，生怕别人不知道秦诺要结婚了。

而秦诺的投资款，自然也在第一时间打到了齐晓卉的账户上。她还不忘留言：这可是我的卖身钱啊！顾林涛也是哭笑不得，不明白这两个人到底是怎么凑到一起去的。

有了钱，事情自然就好办了。在齐晓卉结算完第一笔装修款以后，装修工人就马上回来了。排档里一片热火朝天。包工头满面笑容地打包票，一定会在旅游季节前赶出来，不影响她们开业。

"这不，有了钱人就叫得到了，工期也快多了。最多一个星期，管道泥水全部完工，木工也要赶在梅雨季节前做完，不然今年的旅游季节就赶不上了。"包工头一边说着，一边跟齐晓卉保证，"你放心，反正这段日子，我天天都在这里监工，一定给你保质保量地完成。"

齐晓卉和顾林涛相视一笑，走出了排档。顾林涛突然拉住了齐晓卉的手，笑着说道："接乐乐还早，我带你去看一个地方。"

"看什么地方？"齐晓卉羞涩地看了看周围，想甩开顾林涛的手，没想到被他抓得更紧了，"这里是新开发的住宅区，又不是景区，有什么好看的？"

"就是看住宅。"顾林涛很自然地回答道，"我请朋友帮忙，在这附近找了个单身公寓，给你跟乐乐住正好。今天带你去看看，要是没什么问题，我就租下来。说真的，排档二楼哪是住人的地方，就算你自己可以将就，那乐乐呢？"

"可是……苏总那里的房子我还没退呢。"齐晓卉为难了，虽然她已经有了退租的打算，但是按照瀛洲市的风俗，一般都是租一年的，自己住了几个月就这样退租，会不会给苏睿文造成损失啊，"苏总体谅我没钱，答应我可以先住后付款，甚至连押金都没有收。我这样突然退租有点儿不太好吧？"

"也对。"顾林涛停下了脚步，对齐晓卉说道，"那这样吧，你给苏总打个电话，就说你另外找了地方。这里离排档比较近，以后上下班方便一点儿。"

齐晓卉觉得哪里有些不对头，却又说不上来，只好在顾林涛的关注下，给苏睿文拨了电话，然后简要说明了原因，也表示了歉意："苏总，实在是对不起，才租几个月就要退了，给您造成损失了。"

"损失？"苏睿文笑了，"晓卉，我记得一开始我就告诉过你，我买下这套房子不是为了赚钱吧？既然这样，那又有什么损失呢？再说了，你退租也好，我也正想着把这套房子卖了。本来想过一段时间再跟你说，现在既然你提出来，那正合我意。对了，你新租的地方还好吗？要是家电什么不齐全，就从我那里搬过去也行，反正我是要卖房的。"

"你要把房子卖了？为什么？"齐晓卉脱口问道，还看了顾林涛一眼。

"作为瀛洲人，你都不想留在瀛洲市，那我留在这里干什么？"苏睿文平静地说道，"既然不想留在瀛洲市，那留着房子又有什么用呢？你说对吗？"

这话就跟顾林涛说的一样，每一句都很有道理，就是连在一起感觉怪怪的。齐晓卉不敢再说下去了，只是低声说道："苏总，这几个月的房租我会尽快给你的，你把银行卡账号发给我好了。"

"不急，慢慢来，我最近不在瀛洲市，等我回来再说也来得及。"苏睿文没有让齐晓卉为难，挂断了电话。

齐晓卉收起手机，怔怔地对顾林涛说道："苏总说，他想要卖掉那套房子。"

"是吗？"顾林涛隐隐猜到了一些原因，却不敢确定。就算齐晓卉不答应他的条件，难道他就不去找其他人了吗？公司里这些位高权重的上司，早就已经习惯用如今的成功来弥补曾经的艰苦了。很多时候，他也会想，自己以后会不会也这样。答案似乎很渺茫，渺茫得让他有些恐惧，没办法去究根问底。

吴雪飞做梦也没有想到，当她失魂落魄地回到瀛洲市，见到的居然是装修一新的排档。更让她吃惊的是，一脸惊喜地从里面快步走出来迎接她的那个人，居然是齐晓卉。

"你……"吴雪飞苦涩地笑了，"新的老板也要你做厨师吗？"

"喂，你怎么了？"齐晓卉拍了拍她的脸，"什么新的老板，我正愁找不到你，办不出营业执照，没法儿开业呢。"齐晓卉边说，边将她拉进了店内，"我没有办法，正跟秦诺商量，是不是先开起来试营业，等你回来办好了营业执照再正式开业呢。"说着，她将店里的几个人一一介绍给吴雪飞，笑道："我们正在给饭店起名字呢，你也提供一个？"

吴雪飞好似在做梦一般，看着饭店不敢相信："你是说，你把饭店装修好了，要开业了？你……你怎么办好的？"

"我借了三十万。"齐晓卉放开吴雪飞，收敛了笑容，"所以你一定要好好做生意，不然还不了钱，我……我想，我大概就得把自己卖了。"

"这样的话，咱们的顾帅哥得来找雪飞姐算账了。"秦诺耸耸肩，一本正经地接了一句，引起店里的小姑娘忍不住想笑。

吴雪飞站在那里，浑然不觉。齐晓卉想了想，朝秦诺摆了摆手，示意她不要开玩笑了，自己拉着吴雪飞进了一楼的包厢，倒了一杯茶给她，这才问道："雪飞姐，这么多日子，你到底去哪儿了？你知不知道，我没钱付装修款，工人们要把你辛辛苦苦买回来的装修材料都拉走，我……当时我真的急疯了。"

吴雪飞似乎此刻才回过神儿来，泪水潸然而下："我找他去了。"

"找他？谁啊？"话才出口，齐晓卉马上明白了，"你是说倪伟刚？"

吴雪飞点点头，再也忍不住，趴在桌上哭了起来。

每个人都认为自己的感情跟别人的不一样，其实每一段感情都比历史的相似度还要高。只是有几个人能想明白呢？譬如当初自己离婚的时候，吴雪飞那样劝自己，可是现在，她不是也一样想不明白吗？齐晓卉瞬间无语。

如果不是秦诺的投资，那么等她回来，排档应该就没有了。没有了排档，就没有了收入，她又怎么去还买房的贷款？还不出贷款，那房子就不是她的了。为了一段露水姻缘，为了一个不负责任的、出轨的男人，将自己的一生都葬送进去，看起来，她比自己还要傻。

齐晓卉轻轻地推了推吴雪飞，劝道："雪飞姐，回来了就好。那个男人，不值得的，真的不值得。你想想看，他对自己的家庭都不负责任，怎么可能对你负责呢？没有责任心的人，比没有爱心的人更可怕，你不知道吗？"

"我只是不甘心，不甘心，你知道吗？"吴雪飞抬起头来，看着齐晓卉，神色迷离起来，"崔颖儿来找我，让我把婷好带走的时候，我就跟他商量了，问他什么时候能够离婚跟我结婚。你知道吗？这些年来，我一直不忍心这样问他，我从来没有问过他。可是……我不想让婷好没有家，我希望婷好看到的家都是正常的，而不是残缺的。

"从那时起，他就开始避着我了。他说他也有女儿，不希望这件事情伤害到她的女儿；他说公司里有升职的机会，他要去争取；他说现在提离婚不划算，作为过错方，离婚会让他一无所有的，他让我们分开一段时间再谈离婚。

"其实我心里明白，这些都是借口，就好像男人喜欢你了，可以闭着眼睛将无盐女夸成西施；不喜欢你了，就是天仙下凡，也有审美疲劳。可我还是选择了相信他，其实我除了相信他，也没有别的选择了。我没想到的是，到了最后，他还是把我卖了。"

　　说到这里，吴雪飞深吸了一口气，似乎是将所有的泪水都咽回了肚子里，然后抽了几张纸巾揩干眼泪，露出一个淡然的微笑，像是在讲述别人的事情一样，对齐晓卉说道："你知道吗？他让他老婆出面来跟我谈判。"

　　"啊？"齐晓卉显然也大感意外，"就算他要跟你分手，也完全可以自己来跟你谈判啊，为什么要他老婆出面？是不是让他老婆来骂你、羞辱你的？"

　　"就算是羞辱，我想我也是活该。是我破坏了她的家庭，她有权利羞辱我。"吴雪飞摇摇头，似乎要把所有不愉快的回忆都抛在脑后，"可是人家根本就不屑于羞辱我，人家就是觉得，跟我没什么好说的。她拿出十万元钱，从我这里买走了倪伟刚违纪的证据，然后告诉我，结婚也好，离婚也好，那是夫妻之间的事情，有本事等我跟倪伟刚成了夫妻，再来说离婚、结婚，否则，永远没资格。"说到这里，吴雪飞忍不住笑了起来，泪水却潸然而下。

　　齐晓卉一头雾水："什么十万元钱，又是什么证据？雪飞姐，你说的我怎么听不懂啊？你有十万元钱，那为什么还欠了那么多装修款啊？"

　　"我没拿那十万元，就算曾经的付出是错的，那也是一个美丽的错误，我不想让金钱把仅存的美丽也埋没了。"吴雪飞长叹了口气，"其他的，你听不懂最好，反正也不是什么光彩的事情。对了，你刚才说你借了三十万，向谁借的？究竟是怎么回事？"

　　齐晓卉倒笑了："说借钱那是哄你的，实际情况是，秦诺投资了三十万，她说她要跟你抢老板娘来做。"

　　"怎么？她从海鲜楼辞职了？"吴雪飞有些惊讶，随即又释然，"谢天谢地，这个傻姑娘总算是开窍了，知道在季永年的手下饭不好吃吧。不过，她哪里来的那么多钱？是不是把她妈妈给她攒的嫁妆钱都哄来了？"

　　齐晓卉笑了，"你猜得真准，还真是哄来的。"说着，就把秦诺和程新的事情说了一遍，顺便也就带出了顾林涛，还欲盖弥彰道，"你也知道，装修的事情我是一窍不通，所以这一个多月的装修，都是小顾帮忙看着的，他还帮着修改了一些设计上的瑕疵。"

　　那吴雪飞是什么人啊，怎么可能被齐晓卉的几句话忽悠过去，因此等齐晓卉说完，便意味深长地问道："这位小顾，应该是你的男朋友吧？"

"哪有，没有，不是！"齐晓卉慌乱得都不知道怎么回答才好，"雪飞姐，你怎么想的，人家就是帮个忙，怎么到你这里就成男朋友了？你的想象力也太好了。"

"是吗？"吴雪飞意味深长地看着她，"我觉得我的想象力还是太差了，远远低估了你这个狗不理包子的魅力。"

"胡说八道！"齐晓卉故作生气地转过脸去，不敢看吴雪飞，"你也不想想，他还没有结过婚，我却带着一个六岁的男孩儿，完全就是不相配的两个人，也不知道你是怎么把我们想到一块儿去的，还说自己的想象力不够。这要是想象力再丰富些，你是不是觉得我会跟世界首富发生点儿什么故事啊？"

因为吴雪飞刚到，饭店的一些执照还在办理中，所以吴雪飞决定先试营业几天，以便执照一办下来就可以开业。这个提议得到了众人的赞同，只是在邀请客人的时候有了一些分歧。吴雪飞想邀请苏睿文，作为上洋集团的总经理，他的关照显然对小排档的生意有着极大好处。但是齐晓卉犹豫了，前几天才说自己不要名不正言不顺的帮忙，现在又去请他，这样出尔反尔，难道不会被他看轻了吗？

顾林涛笑道："前几天你不是还说，这么匆匆忙忙地退租，总觉得对不起苏总，现在雪飞姐给你机会可以当面向苏总道歉，你还犹豫什么？"

齐晓卉眼睛一亮，有些不好意思地低了头。吴雪飞看着两人，微微笑了一下，转身走了。齐晓卉这才对顾林涛说道："那你也给程新打个电话，邀请一下吧，我都崇拜他很久了，咱们这个傻姑娘也是一个字不说，不会真的是过河拆桥把人家给甩了吧。"

此时已经是六月底了，瀛洲市的旅游渐渐热闹了起来。崔颖儿虽然没有辞职，但是也没说要回来上班，这让海天旅行社的贺经理非常恼火。齐晓卉审时度势，觉得这个时候自己提出辞职，就未免太没有人情味了。

为了照顾齐晓卉的工作时间，吴雪飞没有将请客的时间选择在周末，而是选择了星期二。这个时间，正好是上一批游客送走，下一批游客还没有过来的空闲时间。于是这天齐晓卉把乐乐送进幼儿园，就直接去了小饭店，碗碟厨具几天前就已经送过来了。

让齐晓卉没想到的是，秦诺居然也来凑热闹了，在大厅里忙进忙出，指挥着服务生在大厅一角的休闲座上摆设各种装饰品，同时查看着刚刚送过来的装饰画，老板娘的架子端得挺足的，看得几个服务员都在那里笑她。

齐晓卉走过去问道："请问领班小姐，今天的客人有几桌啊？"

秦诺吓了一跳，一回头见是齐晓卉，便亲昵地在她肩上捶了一下，"证照都没出来，还没开业呢，哪有那么多客人。"说着，凑近了齐晓卉，神秘地说道，"上洋集团要了两个包厢，雪飞姐的客人一个包厢，我也要了一个。"

"你要一个包厢干什么？"齐晓卉诧异地问了一声，随即低低笑道，"是不是要给程新一个意想不到的浪漫啊？"

"关他什么事！"秦诺一撇嘴，"你也太瞧不起我了吧？做了这么多年的酒店领班，难道我就没有客人？这是我自己认识的客人，他们几乎每年都会过来，而且会很巧妙地避开周末高峰过来。这一次是我跟他们说的，我朋友的排档试营业，请人品菜，价格优惠，他们就让我联系了一个包厢。"

"真有你的。"齐晓卉捏了捏她的鼻子，"私藏客人，小心你们领导炒你鱿鱼。"

"哼，这你就不懂了吧？"秦诺不以为然，"有客源的才不会被炒鱿鱼呢，你们旅行社难道不是这样的？如果你手上有二三十个固定的客源，看你们贺经理不盯紧了你。"

说笑着，齐晓卉去了更衣间，不一会儿，吴雪飞就进来了，看见她就说道："一共五桌客人，所有的菜都是现配的，不点菜。等下你去看下菜单，如果有麻烦的，要及时换菜。"

"我知道。"齐晓卉边说边换上厨师服，一转身，才发现吴雪飞的神色有些不对劲，忙问道，"怎么了？是不是昨晚准备食材太晚了？要是累着了，你先去休息一下吧，厨房里有我，秦诺今天休息，她也会在大厅帮忙的。"

吴雪飞慢慢地摇了摇头，迟疑着从身后拿出一本小学生的作业本，神色凝重地递给她说道："你先看看这个。"

"什么啊？"齐晓卉莫名其妙，"怎么了，这是婷好的作业本吗？"

吴雪飞的神情中似乎有一种后怕，略略点头道："是婷好的作业，你看了再说。"

齐婷好的作业给自己看？齐晓卉猜不出吴雪飞葫芦里卖的是什么药，忙低头看作业，是一篇作文，题目是"我的理想"。

这种小学生千篇一律的作文，自己小时候好像也写过，反正要当科学家、宇航员、老师、演员、飞行员、解放军的，想当什么的都有，谁也不当一回事。没想到二十多年过去了，小学生写的还是这样的作文。齐晓卉有些无语，可是当她把目光投向下面的内容时，大吃了一惊。

婷好稚嫩的笔迹，清清楚楚地写着："我要当一个最漂亮的女人，这样就会有很多男人喜欢我，他们会给我买房子，会带我出去玩，还会给我很多钱，这样我就不用工作了。只要我漂亮，我就可以要什么有什么，所以我一定要做一个漂亮的女人。"

齐晓卉目瞪口呆，不相信地问道："这是齐婷好写的？"

吴雪飞无力地点点头："开始我也不相信，她们忻老师把这篇作文给我看的时候，我还以为是谁的恶作剧，但是……"

"你……婷好一直是跟她爸爸在一起的，你的事情她也不可能知道啊。"齐晓卉嘴上虽然这样说，心里却已经猜到了一个可能，只是不好说出来。

"你……难道不知道啊，俗话说得好，牛的嘴能绑，这人的嘴能绑得住吗？"吴雪飞收起了作业本，自嘲地笑了一下，"晓卉，你说这算不算报应？既然你喜欢做第三者，那好，你就一直做下去，连你的女儿都一起做，是不是这样的？"

"雪飞姐，你胡说些什么！婷好还小，她根本就不知道这些，不过是随口乱说的。小孩子的话，有几句能当真的？"齐晓卉连忙打断了吴雪飞，"再说了，你跟倪伟刚……你们不是已经断了吗？就算以后你把婷好接到身边来，这事也不会对她有影响了。你放心，不要想太多了。"

"是啊，我现在是彻底放心了。"吴雪飞突然笑了一下，"想明白了，还有什么不放心的。其实，从他不愿意离婚开始，我就应该想明白了，男人哪，嘴里说的，跟心里想的完全不一样。所以说嘛，相信男人那张嘴，还不如相信母猪会上树。"

吴雪飞说着，站了起来，顺手从墙角的啤酒箱里拎出一瓶啤酒来，打开，倒了两杯，推给齐晓卉："陪我喝一杯吧，我想好好静一下心。别跟我说你不会，你有多少酒量，别人不知道，我还能不知道？"

齐晓卉无可奈何地接了酒杯，问道："那你今天不用我掌勺了？"

"那怎么可能？"吴雪飞突然怪异地一笑，"我们最重要的客人都在里面呢，人家可都是冲着你那一手好厨艺来的。我就是想用别人冒充，也行不通啊。"

齐晓卉想到苏睿文的态度，没有出声，默默地喝下了杯中的酒。因为秦诺也是投资人，所以这两天吴雪飞都带着她一起去办理各种证件。想来自己跟顾林涛的事情，吴雪飞肯定也从秦诺那里听了个七七八八了。

"晓卉，你知道吗？其实我没有你看到的这么坚强。"吴雪飞说话的时候，已饮下了第二杯酒，酒遮了脸面，泪水也就下来了，"我争强好胜了半辈子，齐晓成不争气，我以为自己能改变他，倪伟刚有野心，我以为自己能征服他，谁知道到头来都是一场空。且不说自己一无所有，就连婷好，我也没有教育好她，晓卉，你说我是不是很失败啊？"

齐晓卉有些无语，半晌，才劝道："雪飞姐，你把婷好接回来，放在老师那里也不错。你看，排档已经开起来了，好好做，我就不相信我们会过得比别人差。"

吴雪飞斜看着她，突然笑道："你这个小包子，有时候我见你被人家欺负得狠了，忍不住想要帮你。你倒好，狠起来比我更厉害。苏睿文，多好的条件，你咬紧牙关说不要就不要。就像那乌贼鱼，看着软绵绵的，肉团似的，那里面的墨鱼骨，却也硬得很呢。"

齐晓卉白了她一眼："你能不能别给我起外号了？一会儿说我是狗不理包子，一会儿又说我是乌贼鱼。我看你才是海蜇头呢，看着挺大个儿，盐一抹，啥都没了。"说着，她放下酒杯，径自去了厨房。

吴雪飞眨眨眼睛，晃着酒杯自言自语道："海蜇头？好像是有点儿像哦，盐一抹，啥都没了，可是价格上去了啊，你知道三矾海蜇现在卖多少钱一斤了？"说着，自嘲地一笑，将杯中酒又一饮而尽，然后眼神迷离地冲着她的背影问道："那么顾林涛呢？你怎么考虑的？"

齐晓卉横了她一眼，转过身来一把夺过她手中的酒瓶，正要说话，只见服务小妹进来了，恭恭敬敬地说道："老板娘，大厅有客人请您去一下。"

吴雪飞一下子清醒了，将酒杯一放，问道："今天是试营业，大厅哪来的客人哪？"

"我不知道。"服务小妹老老实实地回答，"他说他认识老板娘，让你过去就是了。"

"哦。"吴雪飞跟着小妹下楼，就在楼梯拐角处，她停下脚步朝大厅的休闲吧看过去，那个曾经再熟悉不过的身影，正在那里，恍如梦中一般。

## ❤ 27  来的不是客

等齐晓卉匆匆赶到楼下时，场面已经差不多被控制住了。倪伟刚被两个服务员按着，坐在休闲吧的沙发里。秦诺捧着一盒纸巾，正在给吴雪飞擦身上的酒汁儿，冲着倪伟刚喊道："我说你什么意思呀？有话就好好说，你动手动脚的干什么？还是跟一个女人动手，你还是不是男人哪？"

倪伟刚根本就不理睬秦诺，只是不住地冷笑："好，吴雪飞，好！我总算认识你了，见过狠毒的女人，没见过你这么狠毒的，你这一刀捅得好。现在你满意了？你舒坦了？你怎么不去死？"说着，倪伟刚又要跳起来。两个服务员吓了一跳，赶紧加大了手上的力度。

秦诺急了，推着吴雪飞说道："雪飞姐，你倒是说一句话呀，这到底是怎么回事？"

吴雪飞冷眼打量了倪伟刚一番，淡然一笑："有什么好说的，我是活该，你不也是活该吗？每个人都要为自己做错的事情承担后果，这不是很公平吗？说我狠毒？那好哇，我哪里狠毒了，你说出来让大家听听嘛。什么事情也不能都是你一个人说了算的，对不对？"

"行，吴雪飞，算你厉害，我认栽了。"倪伟刚一把扯开两个服务员的手，看着吴雪飞，"好合好散不行吗？弄死了我，你又有什么好处？不管怎么说，跟你在一起的时候，我没有对不起你吧？就算我已经打定主意要分手了，我也没有把你往死里整吧？如果你觉得这样做心安理得，那我也没有话说，咱们……后会有期。"

说完，倪伟刚一把推开服务员，站起来就朝门口走去。秦诺生怕他会对吴雪飞不利，连忙拉着吴雪飞后退了一步。只见倪伟刚头也不回，扬长而去。

"怎么回事？"齐晓卉陪着吴雪飞走进包厢，见服务员都退了出去，这才问道，"他说你背后捅他一刀？什么意思？是不是你上次提到过的违纪证据什么的？你不是说，那些东西都被他老婆拿去了吗？"

"是的。"吴雪飞抬起手臂闻了闻衣袖，皱了一下眉头，"就是因为私设小金库的事情，他被局里处分了。不仅没能升职，连现在的位置也没保住，现在调到下面的县里做市场去了。像他这个年纪，因为这种原因受到处分，想要东山再起，基本就是一件不可能的事情了。所以他才会失态，跑到这里来闹事，因为他怀疑这件事是我举报的。"

"你证据都没了，还举报啥？"

"真要举报，账号也是可以当作证据的呀。"吴雪飞笑笑，"再说了，他当初跟我提及的也不仅仅只有一个账号，还有小金库资金的来龙去脉，我们俩好的时候，他也都跟我说起过。只是我当时没想那么多，也就没留意。后来为了逼他拿出钱来，吓唬过他一下，说他跟我说的那些事情、那些人，我都记下来了。"说着，吴雪飞苦笑了，"其实，我真的什么都没有记下，只是因为气不过，偷出了他们公司小金库的存折，后来还给他老婆了。"

齐晓卉一转念，半信半疑道："既然证据被他老婆拿走了，那这件事情肯定就是他老婆做的。雪飞姐，那你刚才为什么不说清楚了？"

"我猜也是他老婆做的。"吴雪飞说道，"我为什么要说清楚呀？你不觉得这件事情正是我想做又下不了决心做的吗？现在有人替我做了，我感激她还来不及，我还有什么好解释的？你不觉得这个黑锅背得很解气吗？老天的安排，真的是让人心惊啊。"

齐晓卉也是默默无语，幸好倪伟刚来得突然、去得匆忙，并没有影响到包厢里的客人。齐晓卉完成了全部菜肴的烹饪后，吴雪飞过来了，说是按照饭店待客的惯例，对于熟客，老板娘有必要去敬个酒，拉拉关系，以确保下一次的生意。

"如果你觉得不方便，不去也没关系，苏总那里，我来解释，他应该不是蛮不讲理的人吧。"吴雪飞善解人意地说道。那天打电话邀请苏睿文以后，吴雪飞就提醒齐晓卉，苏睿文很有可能并没有像她以为的那样，已经放弃了这段感情。他的刻意保持距离，只是在为下一步做准备。

"下一步？"齐晓卉当即就吓了一跳，虽然对于顾林涛，她也并没有完全认可，但这绝不意味着她想跟苏睿文在一起，因此紧张地问道，"什么下一步？"

"我不知道，我只是有那么一种感觉。"吴雪飞淡淡地说道。

就是吴雪飞的这个感觉，让齐晓卉不敢再面对苏睿文，也不得不接受顾林涛的建议，尽快从出租房里搬了出来。只是坚持她要自己来承担租房的费用。

"那我还是不去了吧。"齐晓卉苦着脸说道。她细细回忆着自己和苏睿文之间的交往，并没有留下什么还不清的人情。这样一想，坦然了不少。自己已经拒绝了他，他也没有离婚的打算，那么最大的可能就是另找他人。不过如果另找，那他为什么要卖掉房子呢？

试营业两天后，饭店暂时关门，消防、环保、卫生、工商、税务，一系列的验收证件办下来，吴雪飞估算了一下，就算是顺顺利利的，最起码也得半个月，还有店员的卫生许可证什么的，前期的工作还有很多。她让齐晓卉抓紧这段时间，争取顺利辞职。

"你可千万不要跟你们贺经理闹翻了，我个人对他的印象还挺不错的，这人蛮讲义气，也不难相处。"吴雪飞说道，"以后他们旅游团的客人餐饮，如果可以带一部分到这里来，也算是一个重要的客户呢。"

见说到了辞职的事情，齐晓卉便问道："最近我哥和崔颖儿一直没来找你吗？"

"我已经把婷好接过来了，他们还来找我干什么？"吴雪飞不以为然地说道，

"对了，崔颖儿辞职了没有哇？"

"我也奇怪着呢。"齐晓卉说道，"崔颖儿没辞职，也没上班。虽然说像我们这种小旅行社，没上班就算辞职了，可是崔颖儿正怀着孕呢，旅行社当初又是跟她签过合同的，所以现在她不辞职，贺经理就得每月给她交社保。为这事，贺经理也烦着呢，最近旅游团又开始多了起来，临时叫来的导游，哪一个不是漫天要价的？所以我不想辞职了。"

正说着，小萍的电话就来了："晓卉姐，明天有团，人数比较多，经理说了，让你接，让我跟着你一起去。"

"为什么要你跟着呀？"齐晓卉不解，小萍不是前台吗？什么时候要跟团了？

"颖儿一直不上班，现在游客越来越多了，我不去，谁去呀？"小萍有气无力地说着，突然又开始八卦了，"晓卉姐，我听说你跟别人合伙开了一家排档，真的假的？"

"排档是有的，不过不是合伙的，我只是帮忙而已。"齐晓卉笑笑，还没有正式辞职，她不想让贺经理太难堪了，"那你跟团去了，前台谁来管呢？"

"老板娘说她会来管的。"小萍一字一板地说完，继续八卦，"我听说，那个排档的老板娘就是你的前嫂子，说她是骗了你哥的房子才有钱开饭店的，是不是这样呀？"

齐晓卉明知道这话的来源，还是忍不住皱眉了："胡说八道，你这又是听谁说的？"

"哎呀，你就别管谁说的了。"听齐晓卉话里有话，小萍兴奋起来，"晓卉姐，你说你哥也真是的，怎么自己家买房，名字会写别人的呢？我听说，好像跟你离婚那事也有点儿关系，说是你把乐乐的姓给改了，就是盯上娘家的财产了。"

这都什么乱七八糟的？齐晓卉真是火了，这个崔颖儿，警惕性未免也太高了吧？因此她忍着气问道："看上娘家的财产？你觉得我有这个资格吗？"

小萍故作神秘地说道："难道不是你说要你哥还钱，不然就要把家里的老房子一人一半吗？不然，颖儿也不会想到去买新房，再将老房子卖掉啊。"

齐晓卉总算理清楚了，原来崔颖儿跟自己家里人说，买新房是因为吴雪飞不愿意带走齐婷好。而跟外人则是说，是自己为了分齐家的老房子，所以将乐乐改姓，她不得已才想出来转换产权的办法。

崔颖儿这算盘打得真不错，把自己打扮成了一个各种委曲求全的可怜女人。只是自己怎么这么倒霉，平白无故又被当了一回挡箭牌。齐晓卉兴致索然，没精打采地说道:"行了,我知道了。你把旅客名单和行程表拿好了,明天咱们直接在码头碰头。对了,客人几点到?"

"上午十点半,汽渡过来的。"

这个旅游团因为人数多、时间长,所以不仅配了两个导游,旅行社还包下了一辆37座的大巴。毕竟瀛洲市的很多景点都是在海边,而游客又多是外地的,为了安全起见,只能多配导游了。

在码头等候的时候,小萍几次想找齐晓卉聊天儿,都被齐晓卉以正在熟悉行程和客人为由而回绝。她只好百无聊赖地东张西望,突然看见刚刚靠岸的快艇上下来的一个人有点儿眼熟。再仔细一看,她就忍不住推搡着齐晓卉,大惊小怪地叫起来:"晓卉姐,晓卉姐,你快看,那个是不是你老公啊?啊,不对,是不是乐乐的爸爸呀?"

齐晓卉莫名其妙,顺着小萍手指的方向看去,只看见络绎不绝的人群从船舱里出来,那些人里,熟悉的和不熟悉的都有,就是没有小萍所谓的"乐乐的爸爸"。她有些不耐烦,因此说道:"管他呢,他跟我们早就没有关系了。"

"哦。"被齐晓卉一说,小萍的兴奋劲儿也去了一大半。也是呀,没人规定许俊平离婚了就不能来瀛洲市了,毕竟,这里还有他的父母呢。

就在快艇上的客人快走完时,汽渡也到了。齐晓卉和小萍接上客人,时间才到中午。按照游程,这批游客先去海滨浴场旁边的渔家宾馆吃午饭,然后休息片刻,就在海滨浴场游泳。傍晚时分回城,在宾馆放好行李以后,去海鲜排档吃晚饭。

当齐晓卉把行程安排告诉游客后,一个戴着宽边墨镜、穿着得体的女人,突然问道:"导游小姐,如果我们不想跟团行动,想要自己走走看看,可以吗?"

这个要求让齐晓卉有点儿为难,和小萍交换了一下眼色,才说道:"这好像不行……游客离开旅游团,我们就没办法确保你的安全了呀。对了,请问这位女士,你为什么不想跟团走呢?要知道,你们的团费里是包含了景点门票的,如果你们不跟团走,自己单独行动,那么门票就需要另外买,而团费也是不能退还的。"

"没关系,我们在这里有朋友,所以想自己走走看看,这样行程可以轻松一些。"女人说到这里,见齐晓卉依然一脸的疑惑,便笑着说道,"我知道导游小姐有疑问,这里有朋友,为什么还要跟团。其实我们跟团完全是因为在这个季节,散客的船票太难买了。"

这个理由让齐晓卉释然，是的，瀛洲市虽然在旅游季节会增加很多航班，但这些航班因为大多是临时的，所以船期非常难以掌握，外地散客会觉得船票难买，也是合情合理的。只是为了一张船票，而支付比船票高出三倍多的旅游团费，齐晓卉还是觉得有钱人的思维难以理解。因此她笑笑："既然你坚持要单独行动，那我们恭敬不如从命。不过要麻烦你到我们旅行社里签一份单独行动的协议。另外，你还要明确一下，到时候要不要跟团一起回去，我们得考虑回程票是不是要帮你买，对吧？"

"对的，对的，导游小姐考虑得很周到。"女人想了想，说道，"如果没什么意外，我们会跟团回去的。另外，协议要签两个人的，我和我的女儿。"

齐晓卉这才注意到，女人身边还有一个女孩儿，长长的披肩发随意绾起，一绺刘海儿一直垂到脸上。跟她妈妈一样，也戴着宽边墨镜，只是自始至终没有说话，脸上也没有笑容，给人的感觉非常清冷。虽然墨镜遮住了女孩儿大半的脸，齐晓卉还是有一种似曾相识的感觉。

齐晓卉让小萍和其他游客先出发，自己则带着那位女游客和她的女儿去了旅行社。

"因为你们是个人的原因离开，所以景点门票和餐费都是不能退的。另外，住宿还要吗？"齐晓卉拿出一份声明，根据上面罗列的事项一个一个地问，"如果需要住宿，得麻烦你们自己去宾馆了。如果是一个人，自行离团住宿费也是不能退的，不过现在你们是两个人，正好一个标房，到时候我跟经理请求一下，退还一部分吧。"

"没关系，没关系，住宿费不用退。我们的联系方式就在这上面，导游小姐到时候把住宿的饭店告诉我们，我们自己过去就可以了。"

"那行，那我的联系方式也告诉你们，你们可以随时联系我。"

从离团声明中，齐晓卉知道了这位女游客的名字叫林秀媛，而她的女儿叫苏晴。这个名字让齐晓卉有似曾相识的感觉，只不过思绪一闪即过，无暇细想。按照流程填好了声明书，齐晓卉正要礼貌地告别，不想林秀媛叫住了她，恳切地问道："导游小姐，能不能麻烦你陪我去找一个地方？"

找地方？不是说她在这里有朋友吗？要找朋友的住处难道不是电话联系吗？齐晓卉有些奇怪，刚要拒绝，转念一想，可能是要找一个不想让朋友知道的地方，这也正常。只是不知道那是个什么地方，如果顺路，不妨陪她一起去。于是含笑问道："不知道林大姐要找什么地方，如果顺路，我可以陪你去的。如果不顺路，那我就只好帮你叫个车子，让你自己过去了。当然，车费也得你自己付。"

林秀媛显然很高兴，连连点头："那当然，那当然，请问导游小姐，你知道上洋集团公司在哪里吗？"

"上洋集团哪。"齐晓卉疑惑地问道，"你要去上洋集团哪里啊？是他们的办公楼呢，还是工地呀？要是工地，那是很远的，而且路也不好走。办公楼虽然不算很远，只是跟去海滨浴场的方向正好相反。我可以帮你们叫一辆车过去，不过他们的门禁出入管理很严格，如果没有熟人在里面，你们不一定进得去。"

林秀媛和她的女儿对视了一下，试探地问道："导游小姐，那你知道上洋集团的员工宿舍在哪里吗？既然他们的办公楼和工地都不方便，那我们去宿舍找人也没关系的。"

"宿舍倒是在市中心，就在岛心公园的旁边。"齐晓卉说着，看了看天色，"不过这个时候，宿舍里有人的可能性不大，你们可能会找不到人。"

"没关系，没关系，我们可以等。"林秀媛客气地说道，"就算等不到，导游小姐那边，不是还给我们留了宾馆的房间吗？"

齐晓卉也笑了："那行，那你们自己叫车过去吧。那个地方叫绿漾小区，你告诉司机就行，司机都知道。到了小区，你可以问保安上洋集团的员工下班没。我们这儿地方小，一般只要是小区里的人，保安大多认识的。"

"好的，谢谢导游小姐。"林秀媛礼貌地道了谢。于是齐晓卉就在旅行社门口跟她们分了手。她丝毫也没有想到，这母女二人，正是为她而来的。

齐晓卉赶到海滨浴场的时候，小萍正焦头烂额，原因是游客要求增加看日出的项目。在岛上看日出，不仅浪漫，而且难得，所以齐晓卉完全能够理解游客的想法。但是，日出的要求比较严格，多云和有雾的早上都是看不到日出的。因此为了避免游客投诉，大多数旅行社都不把看日出当作常规项目。海上的天气变幻莫测，谁能保证第二天老天爷就一定会赏脸，让太阳光芒四射地从海面上一跃而出？

齐晓卉耐心地解释道："看日出是自费项目，因为不能保证每天都可以看到日出，所以是不做常规项目安排的。不然万一哪天老天爷不赏脸，你们还不投诉我们哪。"

游客中传来不少叹息声，有几个还说起了刚刚攀爬过的礁石，遗憾地说道："刚才我们问了龙嘴礁景点的工作人员，说那里是看日出最好的地点。远远望去，一望无际的大海上，零星点缀着几个岛屿。灰暗的云彩渐渐亮了起来，然后太阳从海天交界处跳出来，把周围的云彩渲染得绚丽多彩，那情景真是美不胜收啊！对了，导游小姐，你看过日出没有？"

齐晓卉应付地笑了笑，对本地人来说，大海的危险远胜于浪漫。但是这些外地游客，有可能一辈子就来这么一次。就算是一年来这里旅游一次的人，能认识到大海的危险性的，也是极少数。他们拿海岛当成名胜来看，这里拍照，那里游览的，感叹着海洋的广阔、海水的清澈，却不知道自己的脚下、身边，危险随时存在。

当然，对某些游客来说，或许危险也是一种吸引力吧。就好像对某些人来说，在婚姻中出轨，就是一种危险的浪漫。无端地，齐晓卉突然想起了倪伟刚，不知道在这样的浪漫中，他最终获得了什么？人都是这样，希望能够享受更多的，却不知道珍惜已有的。

从海滨浴场回来已经有点儿晚了，途中，齐晓卉出于责任，给林秀媛母女打了个电话，确定了她们需要住宿，就把宾馆的地址和名称告诉了她们。同时通知她们，第二天宾馆不变，她们如果留在城区，可以把行李放在宾馆里。

排档开业在即，旅行社又无法辞职，齐晓卉分身无术。幸好顾林涛说到做到，最近一段时间都没有接私活儿，公司的测绘工作也因为海底地形过于复杂而暂停，听说桥墩的线路好像要重新调整。所以这段时间他上下班就准时多了，就主动承担了接送乐乐的任务。没了后顾之忧，齐晓卉也就不急着回家了，在宾馆安顿好游客，又设法跟林秀媛母女见了一面，确保她们没事，这才回家去了。

不想才走到小区门口，只见顾林涛远远地迎了上来。齐晓卉不由自主地停下了脚步，等他走近了，才问道："你在等我？有事吗？"

"乐乐在兴趣班，还要等会儿才能接。"顾林涛答非所问，"晚饭吃了吗？"

齐晓卉点点头："吃了，带团都是跟游客一起吃的，怎么了？"

"吃了就好，我有件事情跟你说。"顾林涛说着，很自然地牵起齐晓卉的手，拉着她朝旁边的岛心公园走去，说道，"我妈刚才打电话来了，告诉我，沈琳走了。"

"走了？"齐晓卉吃了一惊，她一直以为，沈琳这样满怀希望地去找顾母，必定是不达目的誓不罢休的。没想到在顾家住了两个月，就这样悄无声息地走了，这也太不符合沈琳的性格了吧。因此她不解地问道："是你妈跟你说的吗？沈琳给你打电话了吗？"

顾林涛沉默了一下，说道："她没有打电话，但是发了一条短信给我。昨天发的，我原来还以为她是故作姿态呢。"说着，顾林涛拿出自己的手机，递给齐晓卉。

齐晓卉低头一看，上面写着："阿涛，我走了，对于曾经给你造成的伤害和困扰，我表示深深的歉意。不要恨我，为了我们曾经爱过。"

是的，曾经爱过，因为爱过，所以才会受伤。齐晓卉有些心酸，将手机还给了顾林涛。就算沈琳的千里追爱最终还是没有结果，但也并不意味着，自己和顾林涛就有可能。爱情或者只是一种感觉，但婚姻，它就是一种世俗的存在。

当你踏进了婚姻，也就是踏进了爱人的世界。在那个世界里，你必须接受你熟悉或者不熟悉、你认识或者不认识的人的评价。因为从婚姻的角度来看，从今以后，你就跟他们都有关系了。所以我们才会说，爱情是自己的，婚姻是别人的。

而在别人的眼里，顾林涛跟自己，显然相差了十万八千里。未婚和离异的区别，就足以在他们之间筑起一道永难逾越的高墙，更何况，还有孩子呢。这一点，秦诺确实说的没错，现在的婚姻依然是偏向男人的。所以人们很自然地排斥着和自己没有血缘关系的孩子。

思绪好像天边的彩霞，随着夕阳的下沉愈加地灿烂，渐渐暗下来的天色，没有对齐晓卉的视野造成任何障碍，只是林梢间的鸟声渐渐地平息下来，不复嘈杂。

"你在想什么？"顾林涛突然问道。

"我在想……"齐晓卉抬头看了看公园内的小广场，悠扬的二胡声缓缓响起，越剧的旋律在夜色中愈加婉转而绵长，"能说服沈琳，可不是一件容易的事情。"

"是的。"顾林涛深有感触，"那段日子，我跟我妈通过电话，跟沈琳也通过好几次电话，告诉她我们真的已经不可能了。三年前，带着我的钱，头也不回地去了，说那是她的青春损失费；三年后，又拿着钱，希望能够买来她所谓的爱情和婚姻。我从来不认为，一个觉得金钱万能的女人，能够成为爱人和伴侣。所以……我妈说，前几天中元节，她和沈琳一起去了我爸的墓地，她说……她们娘儿俩聊了好久。"

"娘儿俩？"儿子的前女友，曾经在自己家最无助的时候绝情而去的女人，顾母居然说"娘儿俩"，这是怎样的一位老人家呀？齐晓卉感慨着。

"是的，我妈说，人只有走到了最后一步，回过头再去想，才知道曾经这样、那样的要求，都是多么奢侈、多么可笑。我爸在医院里的时候，最大的愿望就是，睁开眼睛，能够看见我妈的身影。不管这个身影是窈窕的还是臃肿的，是高挑的还是矮小的，是靓丽的还是普通的，都已经不重要了。重要的是，那是自己熟悉的，值得信赖的、可以依托的。"

说到这里，顾林涛将齐晓卉的手抓得更紧了："经历过了生死，才知道无论多么精彩的人生，都是带不走的，唯一能带走的，只有爱人那深深的牵挂。我知道，在这个物欲横流的社会，也许没有多少人会在意爱人的牵挂了，但是我在意，非常在意。因为我目睹过，也一直期盼着自己能够拥有。"

从沈琳口中知道了真相的顾母，不知道是因为心疼儿子背负的沉重债务，还是看到了沈琳优越的条件，也曾经有过一点儿心动，婉转地劝儿子，是不是能够尽释前嫌，和沈琳重归于好。可是顾林涛真的不能相信，沈琳会是那个和他患难与共的人。人和人之间，最悲哀的不是没有了感情，而是没有了信任。

人生的路很长，谁也不知道自己的将来会遇到一些什么，所以他要找一个有心的女人，而不是有钱的女人。因为钱可以赚到，可是心要靠缘分才能得到。五百年前的一个回眸，也只换得了今生的擦肩而过，而同枕共眠的缘分，那该是前世多少次深深的凝眸。

"晓卉……"顾林涛慢慢俯下身去。

"可是……我们之间的路，还很漫长呢。"齐晓卉突然说道，"特立独行，注定要受到关注和质疑，甚至可能要将自己的情感生活，展现在人们的面前接受检验。这压力太大了，你完全可以不必做这样的选择。阿涛，相信我，你会遇到很多好女孩儿的，只要你愿意去接近她们。相信她们当中，会有比我更适合你也值得你爱的女孩儿。"

话还没有说完，齐晓卉就感觉顾林涛的手放开了。她的心中掠过一丝不安，她强迫自己镇定，再镇定。不能再犹豫不决了，不能再模棱两可了，这样会害了他，也会害了自己的。

"如果……不考虑别人，不考虑各自的经历，甚至不考虑乐乐的存在，只考虑你自己的感觉，你……喜欢我吗？"

"你说的那些让我不要考虑的人和事，都是现实存在，必须考虑的。"齐晓卉缓缓地说道，"如果我们现在不考虑，那么以后，就会连考虑的机会都没有了。"

时间似乎凝固了，柳叶也停止了摆动，夜色模糊了人们的神色，也模糊了时间。不知道过了多久，齐晓卉才听到顾林涛轻声的叹喟："好吧，既然你认为，婚姻要得到家人的认可才行，那我就照你说的去做。"说着，顿了顿，苦笑道："你看我挑了一个多么糟糕的时间来跟你表白，这下，我都不知道该怎么解释清楚了。程新说得真没错，我是一个永远不会正确利用机会的人。晓卉，再给我一次机会吧，别这么快就说不行，好吗？"

这适得其反的结果让齐晓卉始料未及。看着顾林涛落寞离去的身影，她又有一种心酸的感觉，似乎他的声音，一直在耳边回响着："你……喜欢我吗？"

## 28 天道好还

齐晓卉是接到吴雪飞的电话匆匆赶到饭店里去的，因为尚在试营业期间，除了朋友，饭店并未正式对外营业，也没有做过任何宣传推广。所以吴雪飞说，来客指名点了一道她烧的"红粉佳人"，就让人非常奇怪了。

这一道菜，她曾经在苏睿文送来海鲜的那天提到过，然后就是在试营业期间，苏睿文说心仪已久，点名让她烧了一次。这其实是一道很普通的鱼羹，唯一不同的是，所使用的鱼肉蒸熟以后都剔骨去皮了，不能留半点儿鱼刺，因为这道菜一开始就是为了儿子想出来的。而名字则是吴雪飞在玩笑中取的，说这雪白的鱼肉、粉红的虾仁、碧绿的葱花、透明的芡粉，合起来就是红颜绿鬓、雪肤凝肌，活脱脱就是红粉佳人。所以在客人问起菜名的时候，就这样报上了。只是这位客人，真的是因为"红粉佳人"才慕名而来的吗？

走进饭店，吴雪飞就迎了上来，严肃的神情中，也带了几分不解："客人说是苏总推荐过来的，推荐的时候，又力荐了这道菜。所以我也不好拒绝，说这道菜太烦琐，我们不对外供应。不过我总觉得有些怪异，晓卉，你最近跟苏总没啥事情吧？"

齐晓卉缓缓地摇了摇头："我都已经搬出了苏总那里，还会有什么事情呢？"

吴雪飞叹了一口气："那好吧，那你小心点儿，我总觉得有些来者不善呢。"说着，不觉一笑："大晚上的，都进饭店了，还戴着墨镜，让人不起疑心都难。"

不知道为什么，齐晓卉无端地想起那对戴着墨镜的母女，也是一笑，匆匆换了衣服，就进厨房去了。幸亏客人点了菜吴雪飞就把鱼蒸上了，所以齐晓卉进去没多久，鱼就熟了，菜也很快烧好了。不想吴雪飞又过来说，客人想见见厨师，所以请她亲自送过去。

吃了鸡蛋想看生蛋的母鸡，这也是一种人之常情的好奇心。因此齐晓卉并未介意，她将鱼羹放在托盘里，端上就朝二楼的小包厢走去。

走到包厢门口，齐晓卉轻轻敲了两下，然后就推开了包厢的门。坐在桌边的两个人同时转过头来，双方都吃了一惊，竟然就是离团的林秀媛母女。

"导游小姐？"林秀媛吃惊地问道，"是你？你就是齐晓卉？"说着，自己恍然，"对了，在车上的时候，你介绍过你自己姓齐。"

"齐晓卉"三个字让苏晴好像是触电一般，看着齐晓卉的目光顿时充满了鄙夷："原来你就是齐晓卉？又是做导游又是做饭店小妹的，这么努力呀？怎么，我爸给你的钱不够用吗？在这里装可怜，好挑唆我爸离婚跟你结婚吗？"

齐晓卉瞬间明白了，为什么"苏晴"这个名字会给她那么熟悉的感觉，因为苏睿文曾经提起过。当然，她也知道了眼前这位林秀媛的身份，应该就是苏睿文口中那位贤淑善良的苏太太了。知道了来人的身份，齐晓卉反而平静下来。她走到桌前，小心地放下鱼羹，然后看着苏晴，一字一板地说道："苏小姐，请你说话要有证据。不管我是什么人，你都没有权利仅凭猜想就污蔑我的人格。"

"你要证据吗？"苏晴冷笑一声，随即从自己的包里拿出几张纸，"啪"的一声拍在了桌上，"这个不是证据吗？"

齐晓卉低头一看，不觉吃了一惊。这居然是一张贵族学校的报名表，表格中的名字就是自己的。而这张纸的下面，则是一张楼盘开盘的宣传单，有两个户型上画了圈，看得出是有意向了。送乐乐去上海上学，在上海买房落户？难道苏睿文果然是说到做到吗？

齐晓卉倒抽了一口冷气，一时间不知道该怎么解释了。

而她的沉默，在苏晴看来那就是"你奈我何"的示威，因此一把抓起那两张纸，冲着齐晓卉冷笑："齐小姐，这个算是证据吗？你不想解释一下吗？"

林秀媛制止了女儿，看着齐晓卉平静地说道："齐小姐，你知道吗？一个多月前，苏晴的爸爸向我提出了离婚。不久，我就在他的包里发现了这两张东西。齐小姐，我就是想问一下，你跟晴晴爸爸之间，已经有什么样的约定了？因为你们的约定已经损害了我和我女儿的利益，所以我想，我们应该也有权利知情吧？"

离婚？齐晓卉大吃一惊，看着林秀媛怎么也无法相信。那天在车上的一番深谈，自己还以为苏睿文死心了呢，没想到他居然要离婚了。二十余年的婚姻，贤惠顾家的妻子，俏皮可爱的女儿，这不是让他觉得骄傲、感到幸福的一切吗？为什么突然就要放弃了？

怪不得他要卖掉绿漾小区的房子，怪不得他说给他一点儿时间，他根本就不是死心，而自己居然觉得吴雪飞是在杞人忧天。齐晓卉心中无限感慨，忍不住打量着眼前的林秀媛。这个女人，果然当得起"贤良淑惠"这四个字，言行举止无不优雅得体，待人接物更是端庄大方。这让她不能不打起十二分的精神，提醒自己千万要保持清醒。自己带给苏睿文一时的清新心动，怎么可能比得上他和林秀媛二十余年的相濡以沫呢？所以，当苏睿文的新鲜劲儿过去以后，她真的无法保证，自己依然能够和眼前的这个女人一较高下。

"怎么样，无话可说了吧？"见齐晓卉沉默不语，苏晴不屑道，"这么多年了，我爸一直在外面，遇到的女人也不少。要钱要房子，甚至要出国的都有，就是没有人敢让我爸离婚。齐晓卉，我是要佩服你的与众不同呢，还是该鄙视你的至贱无敌呢？"

齐晓卉不知道该说什么，她明白苏睿文的意思，却不能将这个意思告诉林秀媛。正如苏晴说的，这么多年了，苏睿文身边来来去去那么多女人，都没能动摇她苏太太的位置，如今在女儿即将成婚的时候，她的婚姻却出现了问题，这对她该是一个多么巨大的打击。

虽然自己拒绝了苏睿文的要求，但是对他的帮助还是应该心存感激的。至少，她不能伤害他的家人，哪怕这伤害不是她造成的。

因此在深思熟虑了之后，齐晓卉深吸了一口气，抬起头来说道："林大姐，我承认我曾经跟苏总提起过想把孩子送出去上学，但是这份报名表格我是真的不知道。我也确实提到过想要离开瀛洲市，但是从来没有想过要去上海安家。我想，可能是苏总误会了我的意思，因为他曾经说过，可以帮助我离开瀛洲。至于离婚，一直以来，我从苏总口中听说的，都是他对你的尊重和感激。不瞒你说，我刚离婚的时候，对自己没有一点儿信心，曾问过苏总，如果他在没有结婚的时候遇到我，会不会想要跟我结婚。"

"他怎么说？"林秀媛的神情略微紧张了一些。

"他说……"齐晓卉看着林秀媛，慢慢说道，"如果没有遇到你，也许会。"

林秀媛的脸色缓和了，齐晓卉暗暗松了一口气，不想苏晴插了进来："照你这么说，让我爸提出离婚的人不是你了？你拉倒吧，连这么敏感的男女情感问题你们都交流上了，还敢说不是你。不是你，他为什么要帮助你离开瀛洲，要帮你在上海买房啊？你以为上海的房子是大白菜呀，随随便便就买了？对了，你是怎么认识我爸的？"

齐晓卉迟疑了一下，说道："我租了苏总的房子，后来我在跟前夫离婚的时候，苏总又帮我找了律师咨询，就这样认识了。"

"呵，这话说得好听，什么你离婚我爸帮你找律师，你确定你不是在我爸面前演戏？"苏晴一脸的不屑，"不然我爸跟你素不相识，为什么要帮你呀？"

"这么说，苏晴爸爸的房子是你住着了？"林秀媛的神色突然黯淡了下来，她制止了苏晴的一连串诘问，"晴晴，别闹了。要跟我离婚的是你爸，又不是这位齐小姐。"

"妈！"苏晴不服气地叫了一声，"要不是她，我爸能跟你离婚吗？这么多年我爸一个人在外面都是好好的，偏偏遇到她就要离婚，不是她的原因，那你说是谁的原因？"

林秀媛沉默了一会儿，才说道："晴晴，你听齐小姐把话说完好不好？既然我们特意来到瀛洲市，就是为了来找齐小姐核实情况的，那就先听齐小姐说。不要人家还没说话，你就先给人家定性了，那我们还过来干什么？"

齐晓卉彻底服气了，丈夫要离婚，二十余年的婚姻面临解体，对面坐着的是疑似第三者，这位苏太太居然还能这么气定神闲、思路清晰，这一份淡定的修为让人不叹服都不成。因此齐晓卉笑笑："既然苏太太这么说，那你一定也愿意相信我的话了。不然，也就没有必要特地过来找我谈了，是吧？"

"当然，我来找你，就是愿意相信你，同时我也相信自己的丈夫，他的眼光应该不会那么差，找一个着三不着两、满口谎话的人。"林秀媛沉静地说道，"所以齐小姐请放心，我相信你说的每一句话，如果有疑问也会当面提出来的，你只管说好了。"

林秀媛这几句话说得四平八正，抬高了苏睿文，也没有贬低自己，真不愧是苏睿文的贤内助啊。齐晓卉淡然一笑，也就大大方方地将自己如何委托秦诺寻找出租房，无意中租下了苏睿文的房子，后来又在离婚咨询中得到了他的帮助，一一说明。甚至连苏睿文提出让自己做他在瀛洲市的情人，也毫不避讳地说了出来。她记得苏睿文曾经提到过，这些事情，他的太太都是知道的，也是默许的。

林秀媛静静地听着齐晓卉的述说，也相信她说的这些情况都是真的。结婚前，她知道了丈夫的工作性质，就是在全国各地奔波，也知道了自己的婚姻生活，只能是在夫妻两地分居的状态下度过。

这三十多年来，丈夫去过的大小城市，少说也有三四十个，遇到的各种女人，没有二三十个，也有十来个。虽然偶尔也会从丈夫口中听到他对某个女人的赞赏，或者是怜惜，甚至还有念念不忘的，但是能让他起意离婚的，真的没有。所以时间一长，林秀媛也就习惯了。丈夫丈夫，一丈之内，方是尔夫，古话不就是这么说的吗？

她一直以为，丈夫对她的承诺和对婚姻的坚守，足以让她感到欣慰和体面了。所以她一直相信自己的婚姻是圆满的，自己的家庭是幸福的。直到一个月前，丈夫告诉她，他爱上了一个小女人，想跟她结婚。

二十余年的婚姻，她以为经历了寒暑春秋，经历了风风雨雨，经历了患难与共，他们将会在夕阳下重温新婚的甜蜜了。她甚至想到了结婚三十周年、四十周年、五十周年，她多么希望她能够拥有钻石婚，和自己生命中这个唯一的男人，延续一辈子的浪漫哪。

可是眼前这个小女人的出现告诉她，梦想终究是梦想。林秀媛端起红酒杯，终于忍不住将杯中酒一饮而尽。她不想在这个小女人面前落泪，更不想在这个小女人面前示弱，她仔细推敲着她的每一句话，希望能够从中找回一点儿自己的尊严和自信。

"老苏只是说……要你做情人？"林秀媛一字一板地问道，"那么你知不知道，离婚到底是谁的主意？"难道说，除了眼前的这个小女人，老苏还有其他人？但是不对呀，如果不是她，为什么老苏的房子是她住着呢？苏睿文买房子的时候，她就知道那房子的用处，也知道住在那里的女人，会跟苏睿文有什么样的关系。

"我不知道。"齐晓卉坦然说道。自己连苏睿文的情人都不想做，遑论挑唆苏睿文离婚。可是看见林秀媛眼中那深深的失落，转念一想，如果离婚是苏睿文一个人的决定，那么对林秀媛来说，难道不是一个更大的打击吗？"我只能说，我从未有过这样的想法。"

"我想也是。"林秀媛看着齐晓卉的目光柔和起来，她微微一笑，"齐小姐这么聪明的人，怎么可能想到这么糟糕的主意呢，对吧？"

吴雪飞为了解气情愿背黑锅，那么自己也无妨为了感激背一次黑锅吧。毕竟，这些日子以来，苏睿文帮了她那么多，就算不能认同他的某些想法，但是感激之心还是应该有的。因此齐晓卉笑笑："林大姐，你是不是搞错了？我从来没听苏总说起过他要离婚哪。"

"也许，他是想给你一个惊喜吧？"林秀媛看着齐晓卉的目光中带了几分鄙夷，心里却也生出了几分希望。他从未在这个小女人面前透露丝毫口风，这么说，他的心里还是舍不得这段婚姻的，不是吗？

想到这里，林秀媛有了信心，打量着齐晓卉说道："齐小姐，说真的，我一点儿都不觉得老苏离婚，对你来说有什么好处。你知道老苏离婚的条件吗？他说他愿意净身出户，将自己三十余年的奋斗结果都留给女儿和我。你想想看，老苏今年已经五十二岁了，做完了瀛洲市的这个工程，他就该退居二线，等待六十岁退休了。也许你不知道，做他们这一行的，一线和二线的收入是相差很多的。而老苏年纪又大了，人老了，什么毛病都会出来的，何况他一直都在四处奔波，一旦退下来，百病缠身也不是不可能的。所以，他的退休工资能否维持他自己的日常生活，都是个问题的。难道说，齐小姐这么年轻，愿意早早去伺候一个风烛残年的老人？"

　　如果爱他，这些都不是问题呀。齐晓卉心里暗想，我们之间的问题是没有感情，而不是不愿互相扶持。不过她嘴上说道："林大姐，你误会我的意思了。我是说，我并没有让苏总离婚，也从来没有听苏总说他要离婚。你这一大段的话，是不是会错意了呀？"

　　齐晓卉的婉转，在林秀媛听来，那就是底气不足，就是在退缩了。因此她愈加有了信心，含笑道："是吗？那老苏要你做情人，你愿意吗？"

　　齐晓卉笑笑："说实话，我还真是不愿意的。"

　　"哈，那你还说不是你挑唆我爸离婚的。"苏晴打断了齐晓卉的话，冷笑道，"这下露出马脚了吧？明明是你不想当情人，明明是你看上了我爸有钱，想要登堂入室，所以利用我爸暂时被你迷惑的机会，挑唆我爸离婚，难道不是这样的吗？"

　　这下齐晓卉真是火了，她冷着脸反问道："苏小姐，难道我不愿意做别人丈夫的情人错了吗？难道我希望自己可以光明正大地结婚也错了吗？还是说，苏小姐觉得做人家的情人，比做人家的妻子要好。"

　　苏晴被堵得没话了，林秀媛的心却又提了起来。尽管她认为，齐晓卉说自己从未要求苏睿文离婚，不过是一种托词，但丈夫跟自己提出了离婚是事实。至少也说明了一点，那就是，他是真心喜欢眼前这个小女人的。

　　气氛沉闷了起来，林秀媛的目光落在了那一道鱼羹上，似乎回想起了什么，静静地笑了："那天吃饭的时候，老苏跟我说，他认识的一个女人，会做一道味道鲜美的鱼羹，菜名就叫红粉佳人。他说，红粉佳人就是红颜绿鬓、雪肤凝肌，多么新奇的菜名。那时我就想，能烧得出这道菜来，还不算什么。能想出这道菜名来，才是真正的心思灵巧。于是我就跟老苏说，什么时候，我也想见见这位红粉佳人。"

　　"林大姐，你知道吗？其实苏总跟我在一起的时候，谈论的最多的还是你。"齐晓卉知道林秀媛是在示弱了，她有些不忍，便缓缓开口道，"他说他忘不了你为他付出的一切，他说，这一辈子能够跟你在一起，是他最大的幸福。"

　　"我知道他对我好。"齐晓卉的话，勾起了林秀媛对往事的回忆，目光也渐渐地迷离了起来，"他的老家是一个偏僻的农村，公公婆婆重男轻女的思想很严重。我生下女儿后，婆婆就希望我们能够再生一个。那时老苏参加的都是国家基础项目的建设，单位里照顾一线员工，也给我们申请了一个二胎指标。指标都拿到家里来了，可是老苏说，他常年在外，里里外外都靠我一个人，照顾一个孩子就已经很累了,再生一个,把我累垮了怎么办?他在外面工作也不会安心的。就这样,他把指标还给了单位。为此,公公婆婆跟我们闹翻,回了老家。他们一直到去世,都在遗憾老苏没有儿子。"

林秀媛终于落泪了:"其实他说错了,这一辈子,我遇到他才是最大的幸福。他给了我女人所梦想的一切,温馨的家庭、体面的生活、体贴的丈夫、可爱的女儿,这是多少女人期盼而又无法得到的一切呀。齐小姐,你得到过吗?"

齐晓卉沉默不语,她确实羡慕林秀媛,羡慕她拥有的一切。但她无法想象的是,林秀媛口中的那个好男人、好丈夫,同时也是向她提出婚外情要求的那个男人。

她承认苏睿文是好男人,但是好丈夫……好丈夫,不是首先应该忠诚于婚姻、忠诚于自己的妻子吗?因此她淡然地一笑:"林大姐,你目前所拥有的一切,我确实望尘莫及。但是……我承认苏总是个好男人,不过我不认为他是一个好丈夫。是的,苏总确实对你很体贴、很关心,也很疼爱,但是,他尊重过你吗?"

林秀媛愣住了,尊重,是的,当他第一次告诉她,自己在外面有了女人的时候,她曾经是那么心如刀割,她也曾伤心过,也曾失望过,甚至对这段婚姻也产生过怀疑。可是想到他对自己的体贴,想到他独自奔波在外的辛苦,她又心软了。

"齐小姐指的不尊重,是不是说老苏在外面有女人?"林秀媛毫不介意地笑了一下,"对男人来说,家里的妻子,和外面的女人是不一样的。再说了,老苏也是正常的男人,长期夫妻分居的生活,对他来说是无法想象的。所以……我并不认为那是老苏对我的不尊重。夫妻之间要互相体谅,齐小姐还年轻,可能还体会不到这一点。"

齐晓卉看着林秀媛,想起了秦诺的厥词,微笑着问道:"我说一句话,林大姐别生气呀。苏总是正常的男人,那你是正常的女人吗?你想过也像苏总那样正常一下吗?"

果然,林秀媛变了脸色:"齐小姐,我想你还是没有明白我的意思。我想告诉你的是,男人和女人是不一样的。男人需要四处奔波、养家糊口,女人需要吗?"

"女人需要持家教子、孝敬长辈,这难道不是对家庭的贡献吗?"齐晓卉毫不客气地反驳道,"社会给了男人和女人不同的分工,但是这并不意味着男人就有资格凌驾于女人之上。林大姐,我之所以不愿意成为苏总的情人,就是这个原因。我觉得,苏总之所以会提出离婚,你是否也应该想想自己的原因。无底线、无原则地纵容,这不是对丈夫的爱,而是在挥霍他对你的欣赏和信任。

你可以将自己的行为理解成体谅丈夫，可是你怎么保证你的丈夫不会将你共享爱人的行为理解成对他的漠视呢？"

齐晓卉站了起来，镇定地说道："林大姐，我不在意把我曾经和苏总说过的话，对你再说一遍。我很小气，不喜欢分享，尤其是分享爱人。那个人是我的，就得全部属于我，我希望自己找到的那个人，是一个可以让我毫无顾忌、光明正大地牵挂着的那个人。至于苏总，他就是离了婚，我也不会考虑的。因为从他的每一句话里，我都听得出你在他心中的位置。林大姐，我不会蠢到拿苏总一时的新奇，去跟你二十余年的相濡以沫进行比较，因为这样做，风险太大了。我不会去冒险，更不会带着我的儿子去冒这个险。"

说到这里，齐晓卉朝门口走去，就在伸手要拉门的时候，她回头问了一句："林大姐，请让我再多问一句，明天的旅游行程，你们还参加吗？"

林秀媛怔了一下，脱口而出："我参加，听说……瀛洲市风景很美，也很独特。"

"好的，欢迎归团！"齐晓卉很职业地一笑，拉开门，走了出去。

站在走廊里，齐晓卉才发觉自己脑子里一片空白，刚才说的话，竟是一个字也不记得了，也不知道刚才是怎么说出来的。稳了稳情绪，她才慢慢地朝楼梯口走去，就在这时，她突然听见背后有人说道："说的比唱的还好听！"

齐晓卉吓了一跳，转过身去，只见顾林涛正靠在墙上看着她："你直接说自己有男朋友不就好了？一堆废话，我有那么见不得人吗，让你不愿意提起我？"

齐晓卉哭笑不得了，自己什么时候说要跟他谈恋爱啦？还男友？因此横了他一眼，问道："你在这里干什么？"

"我听雪飞姐说，来找你的人好像是苏总的女儿，怕你吃亏，所以上来看看。"说着，顾林涛走了过来，扶着齐晓卉的双肩，缓缓地问道，"你刚才说的那些话算不算数？"

齐晓卉有些发蒙："我刚才都说什么了？"

"我还没说什么呢，你就赖掉了，太不够意思了吧？"顾林涛看着她，似乎在纠结着什么事情，许久，终于放弃了，"算了，程新的办法一点儿都不管用，我还是先去接乐乐吧。"然后苦恼道：为什么我会觉得跟乐乐相处更轻松呢？真奇怪！"

看着顾林涛嘀咕着下楼去，齐晓卉也有些发蒙，一直到吴雪飞在楼下叫她，才匆匆下去。吴雪飞等在楼梯口说道："对不起，刚才我没提醒你，客人很有可能是苏总的太太和女儿。怎么样？她们没有为难你吧？"

"你怎么知道的？"这下轮到齐晓卉惊奇了，"是因为她们说是苏总介绍过来的吗？"

"也不全是。"吴雪飞笑笑，"而是那个女孩儿，摘下墨镜以后，那双眼睛，真的跟苏总很像。怎么样，我没猜错吧？她们难为你了吗？"

齐晓卉沉吟了一下，道："雪飞姐，我真的没想到，苏总居然提出了离婚。"

"他要离婚，跟你结婚？"吴雪飞显然也吃惊了，"你答应了？"

"没有。"齐晓卉摇摇头，说着，调皮一笑，"我的爱情是玫瑰花，不是罂粟花。"

吴雪飞也笑了，笑容中，若有所思。


回到出租屋，开了灯，齐晓卉静静地环视着屋里的一切。顾林涛接乐乐去了，估计没多久就会回来的，自己要不要准备晚饭呢？想着，齐晓卉打开了冰箱的门，拿出两个鸡蛋、几根小葱。一眼看到昨天拿回来的鱼骨架，便想打个电话问问顾林涛，是做鱼骨羹呢，还是做椒盐鱼骨。就在这时，手机响了，是秦诺打来的。

"晓卉，出事了，我妈住院了，她非让我把投资收回来，不然就死给我看，怎么办哪？"秦诺在电话里语无伦次，"我爸妈上个星期说要去上海走走，散散心，我也没想那么多，谁知道他们一去就找到了程新的事务所。然后程新那个笨蛋，就说我不愿意还款，非要等贷款还完再结婚，所以吵架吵到要分手。还说我把他的联系方式都拉黑了，险些没把我妈给气死。这不，她一回来就逼着我撤资，跟我大吵了一架，今天下午就住院了。"

程新这样说，其实已经是给秦诺留后路了。要是秦妈妈知道了这根本就是一场"骗钱计划"的话，恐怕直接就气倒在上海了。齐晓卉也束手无策了，虽然秦妈妈没错，程新也没错，但是排档怎么办哪？要知道目前排档的投资几乎都是秦诺的，她要是撤资，那排档就只有转让的份儿了。

虽然当初齐晓卉也觉得秦诺的计划不厚道，但她是真没想到能把秦妈妈给气病了。因此她马上说道："那阿姨的病要紧吗？你打算怎么办？有没有跟程新说过？"

秦诺抽噎道："我跟程新怎么说呀？这件事本来就是我利用他的，钱拿到手以后，我怕他有什么别的想法，所以一直没跟他联系，联系方式也都拉黑了。"

"真拉黑呀？"齐晓卉险些没晕过去，这小姑娘也是够绝的，就算不接受程新的追求，也没必要拉黑吧？这简直就是恩将仇报，因此不满道："这不结了？你都把人家拉黑了，还指望人家帮你保密呀？我算是服了你了！"

齐晓卉挂了电话，正要告诉顾林涛，一阵敲门声响起，顾林涛带着乐乐进来。乐乐一进门就拉着齐晓卉看自己的画，指着画上的人说道："妈妈，这是老师让我们画的一家人，你看我画得像不像？"

齐晓卉低头一看，问道："我们家只有两个人哪，另外一个是谁？秦诺阿姨吗？"

乐乐嫌弃道："妈妈，你什么眼神哪？秦诺阿姨是长头发呀，这个是小顾叔叔。"

"小顾叔叔怎么跟我们是一家人哪？"齐晓卉含嗔地捏了捏儿子的脸蛋儿。

"我问过小顾叔叔了，他说他愿意跟我们做一家人，所以我就把他画上去了。"乐乐理所当然地解释着，然后走进厨房，问道，"妈妈，今天做椒盐鱼骨吗？"

## 29　善良的原则

病房里，秦妈妈看着自己的女儿，简直就是气不打一处来。好不容易稳住了情绪，目光转到齐晓卉身上，痛心疾首地说道："晓卉呀，阿姨一直以为你为人沉稳懂事，又大方识大体，所以诺诺和你在一起，阿姨不知道有多放心。可这一次是怎么回事？你要是做生意缺钱，你好好说清楚了，阿姨就是自己没钱，也会帮你去借的，可你怎么能让诺诺连终身大事都不顾了来帮你呢？你明明知道诺诺的婚事一直是阿姨的心病啊。"

说到这里，秦妈妈潸然泪下。齐晓卉低着头，不知道该怎么解释。秦诺忙抽了纸巾递给母亲，辩解道："妈，你不要误会晓卉，投资是我自己提议的。你也知道，我现在在海鲜楼做得也不是很开心，想给自己留条后路……"

"闭嘴！你这是给自己留后路吗？你这是在断后路！"秦妈妈打断了女儿的话，一把推开了秦诺的手。程新见状，忙将纸巾盒递了过去，秦妈妈抽了两张，顺便指着身边的凳子说道："小程，你坐，阿姨想问你几个问题，你一定要老老实实回答我。"

程新不易察觉地瞟了秦诺一眼，发现秦诺正可怜巴巴地看着自己，不觉又好气又好笑。当初那么喇瑟地把自己的联系方式都删了，今天又装什么可怜？因此他装作怒气未消的样子避开了她的目光，对秦妈妈说道："阿姨，我知道您想问什么，其实我们第一次见面的时候，我就已经表明了我的态度，我真的不在意房子诺诺是否出钱，是诺诺一直不肯相信我。所以……阿姨，您也应该知道，两个人之间，不信任是会摧毁所有感情的。"

说着，他很诚恳地看着秦诺问道："诺诺，我也是不明白了，咱俩交往了这么长时间，我哪里做得不好，让你觉得我这么不可信任呢？”

秦诺被程新问得猝不及防，脱口道："我哪有不相信你……"随即看到程新的目光，只好硬生生地将下一句"不相信就不会跟你合作了"咽了下去，讷讷道："你不觉得自己的职业太可怕了吗？我这不是胆子小嘛。"

秦妈妈冷着脸问程新："小程，你当律师几年了？"

"哦。"程新应了一声，"我读的就是法律专业，所以一毕业就从事这份工作。如今算一下，也有将近十年了吧。"

"听见没有！"秦妈妈朝秦诺厉声道，"你是第一天才知道小程是做律师的呀？谈恋爱的时候不计较，要结婚了才来这么一句话，你就是想活活气死我，对不对？"然后她转向齐晓卉："晓卉呀，你也看到了，不是诺诺不帮你的忙，是你的这个忙，我们帮不起呀。你不会眼睁睁看着秦诺为了帮你，把自己的婚事给搅黄了吧？"

秦诺被母亲骂得哑口无言，不知道该从何解释。齐晓卉见状，和顾林涛交换了一下眼色，终于说道："阿姨，您别着急，这事是我不对，只听秦诺说要投资就很高兴，也没有多问一句钱是哪里来的。给秦诺带来的麻烦，我跟您赔礼道歉了。只是现在排档已经开起来了，钱自然也都已经花了，所以要拿出来，您得给我们一段时间去筹款，对不对？要不这样吧，我现在就给您写个欠条，限期一个月，您看可以吗？"

秦妈妈先是听到钱已经花了，未免着急，然后听齐晓卉说只要限期一个月，想想也有道理。齐晓卉要是有钱，估计也不用秦诺投资了。既然她说了一个月还，这孩子为人还算稳重，自己也不能逼得太紧了。

因此她点点头，刚要说"可以"，只听见程新说道："阿姨，我觉得您这样做有点儿本末倒置了。其实我跟诺诺吵架，根本就不是因为投资的事情，而是结婚的事情。而且我觉得诺诺的投资决定是非常正确的。"

"这话怎么说？"秦妈妈有点儿不敢相信地看看程新，又看看秦诺。

"阿姨您刚才也听见了，目前最大的问题，其实跟钱一点儿关系都没有，主要是诺诺不相信我。"程新不紧不慢地说道，"而她对我的不信任，以及对婚姻的恐惧，主要原因还是在您的身上。正是您一直将自己在婚姻中的处境描述成备受委屈的样子，才导致诺诺对婚姻产生了恐惧感，没办法让自己去完全相信一个人、一段感情。"

程新说着，避开了秦妈妈的目光，转而看着秦诺说道："我对你的投资其实是十分赞成的，反而对你出钱要求房产加名不能理解。或者，一直以来，你都没有搞清楚，该怎么在婚姻中掌握主动权，对吗？"

说着，程新打开自己的公文包，从中取出一沓资料："为了方便说明问题，你不介意我拿自己举例吧？房产是我的婚前财产，如果我们现在结婚，你也只能得到剩余三年还贷款的一半，这还得是在我有钱给你的情况下。如果没钱，或者你没有办法证明我有钱，就需要无限期地等待了。而这笔钱如果用于投资，那就完全是你的个人婚前财产。如果你足够精明，可能我都查不到你的收入或者分红有多少，这是不是比出钱加名安全多了？可能很多人会说，加名了之后，你还的钱只占房款总额的 10%，却可以拿到一半的房产，还是划算的呀。但是诺诺你想想看，你是这样的人吗？"

程新说着，目光转向了齐晓卉："就好像齐晓卉当年，为什么吴雪飞能够拿走剩余的房款，而齐晓卉一分也没有拿到，这跟每个人的性格有关系。人要根据自己的性格去寻找保护自己的办法。东施效颦肯定不行，但画地为牢也不见得是好办法，对不对？"

说到这里，程新似乎犹豫了一下，从那一沓纸里面抽了几张，递给秦诺，笑道："诺诺，让我来告诉你该怎么在婚姻中保护自己，好不好？我想，这应该比任何甜言蜜语更能让你安心吧？首先，这是我在事务所的出资证明；其次，这是我的营业执照和税务登记，知道怎么用吗？当然，如果你去查我的收入，千万别忘了把我带上。"

秦诺怔怔地反问："带着你干吗？你给查呀？"

程新一脸镇定地说道："不给查，我告诉你干吗？若是不带着我，人家才不给查呢。哦，对了，最好再带上结婚证，那就更稳妥了。"

秦诺这才听出程新的意思来，不由得一下子红了脸，低了头不敢去看他。秦妈妈马上看出了端倪，趁热打铁道："诺诺，小程已经把话说到这个份儿上了，现在妈妈要听你的表态。你好好跟妈妈说，到底要不要跟小程继续下去？如果你还是害怕，那就当面跟小程把话说清楚了，免得耽误了人家。你是一天到晚没事嚷嚷着不结婚的，人家小程可没你这么时尚，人家就是奔着结婚去的。"

程新忍着笑，秦诺几乎要将脸藏进秦妈妈的被单里面，瓮声瓮气地说道："那好吧，我再试试看，你得让他保证不能欺负我。"

齐晓卉这才知道程新这次赶过来的目的，于是指着秦诺假装大惊小怪道："程新，你快把被单揭开，看看里面是不是秦诺，我怎么觉得不对头呀？秦诺不是应该说'继续就继续，谁怕谁呀，能谈就谈，不能谈就扔海里去'？"

这下连秦妈妈也忍不住笑出声了。

这一场风波，终于以程新和秦诺相约出去旅游而告一段落。在程新的劝说下，秦妈妈也终于答应在秦诺结婚前不撤资，但婚期定下来后是一定要收回的，因为她要给女儿一个最风光的婚礼，来弥补自己曾经的缺憾。

吴雪飞坐在床边，一边给女儿梳着头发，一边听着齐晓卉描述那一场有惊无险的撤资风波，不觉好笑。秦妈妈确实是嫁女心切，也不想想秦诺和程新，一个全无心机，一个心思缜密，这差别也太悬殊了。不过程新的求爱方式着实出人意料，撇开了所有世俗的一切，他居然以教秦诺如何在婚姻中掌握主动权来表示自己的诚心，确实是别具一格。

吴雪飞给女儿换好睡衣，让她自己去床上睡着，然后看着齐晓卉笑道："你也别尽替别人操心了，也想想你自己吧。依我看，小顾就挺好，你顾虑那么多干啥？你看他跟乐乐不是挺合得来的？人吧，能够走到一起就是缘分了，不要想得太远。"

说着，她环视了一下房间，感慨道："能帮你租下这套房子，他也花了不少精力吧。这几天，我们娘儿俩住在这里真的没影响？小顾会不会不高兴啊？"

"雪飞姐，你说什么呢？"齐晓卉红了脸，掩饰地帮吴雪飞收拾桌上齐婷好的课本，"要说影响，就是婷好作业做得太晚了。你明天得去问问她们老师，小孩子这么晚睡觉可不太好。"

"行，我知道你嫌弃我们娘儿俩了，我找好地方马上搬出去，不耽误你们一家三口过日子。"吴雪飞笑着说道，自己先上了床。齐晓卉走到小房间，见上铺的乐乐已经睡着了，齐婷好也在下铺躺好了，便轻轻关上门，回到了自己的房间。

"说真的，你不觉得二年级的小孩子这么多作业不正常吗？"齐晓卉打了个哈欠，一面说着，一面关了灯，正要躺下，手机突然响了，她拿起来一看，不由得笑道，"这个傻姑娘，不好好准备出去旅游，给我打什么电话，真是的。"她一边说，一边接了起来，就听见秦诺在电话里乱叫："晓卉，出大事了，大快人心的事，你要不要听？"

齐晓卉感到哭笑不得，什么大快人心的事情，要半夜三更地打电话过来？因此逗她："什么大事啊？你俩直接结婚哪？这次就算蜜月旅行啦？这可糟了，我的份子钱还没赚够呢。"

"屁个蜜月旅行！"秦诺大为不满，"你这是什么态度，你以为我吃饱了撑的呀，这个时候给你打电话？我想让你早点儿开心一下，你就不能积极配合一下呀？这么半死不活的，什么意思嘛！快点儿叫声好听的，我就告诉你了。"

"我不叫，你爱说不说。"齐晓卉作势要挂掉电话，秦诺急了，"别，唉，算了吧，谁让我自己兴奋过度。我就告诉你吧，许俊平回瀛洲市了，你知道不？"

许俊平回来了？这么说，那天小萍在码头上看见的那个人真的是他？齐晓卉有些愣神儿，随即苦笑了。这个秦诺，发什么神经呢？许俊平回来关她什么事？还特意打个电话过来，还大快人心，分明就是没事添堵。

因此她没好气地说道："回来就回来了，瀛洲市又不是我家，还能不让他回来呀？"

秦诺的声音神秘起来："那你知道他为什么回来吗？"

为什么回来？她怎么知道？她还有必要知道？齐晓卉求饶了："秦诺，秦大小姐，你有事说事，没事睡觉好不好？我一边要管排档的事，一边旅行社还没法儿辞职，实在是没有精力大半夜的陪你聊天儿哪。尤其是许俊平的事情，这个人跟我还有关系吗？我也不想了解他的任何事情，就这样，等有空了咱们换一个话题聊天儿，可以吗？我要睡觉了。"

"晓卉，别！别挂电话，好，好，好，我不跟你卖关子了。你这人……唉，那我就告诉你吧，真是大快人心哪！我现在才相信，不要说老天爷没长眼，坏人没报应，那是不可能的。老天爷的眼睛亮着呢，不过是他老人家非常守时，所以一定要时间到了才报应。"

"秦诺，你到底要说什么呀？"齐晓卉彻底无语了。

"我要告诉你的是，许俊平这次回来是因为出车祸了！"秦诺的声音带着抑制不住的幸灾乐祸，"知道他为什么会出车祸吗？是因为他又要结婚了，他爸妈要去看新媳妇，许俊平就开车去火车站接人，结果……哈哈哈……"

这车祸出的，齐晓卉有些愣神儿，随即便不以为然了。出车祸怎么了？小萍看见他的时候，不是还好好的吗？小萍也没说他是让别人给抬上来的，也没说他是坐轮椅上来的呀。这就是说，就算是出了车祸，他现在也已经恢复如常了。老天爷就算是有眼，也不过稍微睁开了一道缝儿。于她而言，最多也就是个心理安慰。

只是不忍扫了秦诺的兴，齐晓卉无奈打起精神附和道："是吗？确实值得高兴，行，那谢谢你带来的好消息，我晚上可以做一个好梦了，也祝你做个好梦，再见。"

"喂，齐晓卉，你干吗这么不耐烦？我话还没有说完呢。"秦诺不满道，"都说生女儿的人心急，怎么你生儿子的心还那么急呀，乐乐是不是你生的呀？"

"还有什么事呀？"齐晓卉哀叹了，"大小姐，我已经说了，我明天还得上班，排档还有五桌客人。我哪有你那样的好命啊，旅游旺季还能请假去蜜月旅行。拜托，明天再说行吗？明天我打你的电话，让你说个痛快，啊，乖！"

"不行，非得今晚说，不然我会憋死的！"秦诺斩钉截铁地说道，随即声音又兴奋了起来，"告诉你啊，出车祸还是小意思，更让人高兴的是许俊平的车祸后遗症，知道是怎么一回事吗？简直太鼓舞人心啦！"

车祸后遗症？齐晓卉挑了挑眉毛，他失忆啦？忘了自己的情人，只记得她跟儿子，所以又回家来找他们了？拜托，这种狗血的电视剧情节，要是真的出现在她的面前，那她马上就去买彩票了，而且中的绝对不只是五百万大奖。

齐晓卉无奈地叹了口气，不再附和秦诺的话，而是关了灯，闭起了眼睛，打算等她独角戏自己唱得倒了兴，然后关机睡觉。

秦诺还在那里自说自话兴奋个不停："我让他不要乐乐，我让他不肯付乐乐的生活费，哼，现在好了，他不要乐乐，那就一辈子没孩子吧。或者，可以让他的情人去偷别的男人生一个，反正这种不要脸的女人能勾搭上他，也能勾搭别的男人，又不稀奇。这样他就替别人养着孩子吧，哈哈哈——晓卉，你说老天爷这报应报得好不好？解不解气？"

一辈子没孩子？替别人养孩子？齐晓卉一下子跳了起来："秦诺，到底是怎么回事？我怎么听不明白？你把话说得清楚一些。"

"你也来劲了吧？"秦诺得意地说道，"行，那你就好好听着，我告诉你呀。许俊平跟你离婚的时候，他那个相好的已经有身孕了，所以一拿到离婚证，许俊平马上就跑去和那个女人登记，还让他爸妈也赶去参加他们的婚礼……我说许家这两个老的也真是够不要脸的，还是老师呢，儿子干出这样的事情来，还屁颠屁颠就过去了。这下好了，许俊平带着那个女人，开车去接他爸妈，结果在环城高速上连环相撞了。不仅撞掉了那个女人肚子里的孩子，还把许俊平撞成了太监，哈哈哈哈——你说这事是不是大快人心？"

"你怎么知道的？"齐晓卉真的吃惊了。

"我怎么知道的，因为我就是007呀，为了我亲爱的晓卉姐姐，我会不遗余力地去收集所有情报。哈哈，你要不要谢谢我呀？"

这个消息确实太惊人了，齐晓卉几乎要怀疑自己是不是在做梦了，心里五味杂陈。你可以认为这一切都只是巧合，但是你能够否认这巧合不是老天爷安排的吗？

"晓卉，你知道吗？我已经高兴一个晚上了，就是因为在上班，不敢打电话。

这不是一下班就打给你了？因为再不告诉你，我会憋死的。现在好了，话说完了，我要睡个好觉。你也乖乖睡觉，搂着你的宝贝儿子，他是你的小情人哦。"终于把话都说完了，秦诺这才心满意足地挂断了电话。

这真的是一个惊人的消息，原来冥冥之中的安排竟然是这样的。正如秦诺所说，老天爷确实是公平的，既然许俊平不要孩子，那就让他一生得不到孩子；既然许俊平不愿意做爸爸，那就让他永远听不到"爸爸"的呼唤。这是多么公平的惩罚呀，公平得甚至让人后怕。

齐晓卉慢慢地躺了下去，手伸向一边，碰到了吴雪飞，才惊觉儿子不在身边。吴雪飞早已从齐晓卉断断续续的对话中听出了事情的经过，她幽幽地问道："你高兴吗？"

齐晓卉摇了摇头，突然想到黑暗中吴雪飞是看不见自己的动作的，这才说道："好像不是很高兴，反而觉得很不安。"

"我也是。"吴雪飞慢慢地说道，"我总觉得他回来是有目的的。"

其实不需要吴雪飞的提醒，齐晓卉也已经感觉到了。果然，第二天，她刚刚结束了渔家乐的项目，和渔庄的老板在商量午餐的菜单，许俊平的电话就过来了。

"晓卉，"电话里许俊平的声音是那么沧桑，仅仅不到半年的时间，是什么彻底打败了这个男人呢？"你有空吗？我想跟你聊聊。"

齐晓卉心里很想不屑地反问一句"我们之间还有什么可聊的吗"，然后优雅地挂断电话。可是话到嘴边，却成了："你想聊什么？"

真是改不了的包子性格！齐晓卉恨不得咬掉自己的舌头。不想许俊平又惊又喜，忙说道："当然是乐乐了，只要有乐乐在，我们就永远有关系、有话题，对不对？"

齐晓卉沉默了一会儿，虽然从秦诺告诉她许俊平回来的那一刻起，她就猜测他有可能是为了乐乐来。那一刻，她有那么一点儿后悔，就算拒绝了苏睿文，也可以请他帮个忙，送乐乐去上海上学，这样不就可以避开这个不要脸的男人了吗？

只是，避得了一时，避得了一世吗？齐晓卉思索着，不如见个面也好，可以问清楚他到底干什么来了，到底在打乐乐的什么主意，问清楚了才能想办法化解。所谓"知己知彼，百战不殆"。想着，她便说道："可以，你什么时候有时间，我们可以谈谈。"

"星期天吧。"许俊平没想到齐晓卉会答应，惊喜之下，马上说道。可是一转念，想到签离婚协议时对齐晓卉咄咄逼人，又有些心虚，于是他接着说道，"星期天乐乐不是放假嘛，你正好把他带出来，我想见见他。"

"恐怕不行。"齐晓卉想也不想就拒绝了，顺口撒谎道，"上次去你家给他造成的负面影响还没有完全消失呢。我请朋友帮忙咨询了上海的儿童心理学家，专家说，最好三到五年内，不要让乐乐跟你见面，否则对孩子的成长不利。"

许俊平愣住了，许久，才艰涩地说道："那好，那我们俩先聊聊吧。"

重新见到许俊平，齐晓卉真是大吃一惊。只大自己两岁的许俊平，头上的白发已经占据了半壁江山，一只手臂弯曲着放在身体前面，一动不动，想来应该是车祸后遗症。看起来，秦诺的消息还是漏掉了一些什么。

看见齐晓卉，许俊平也有些惊讶。以前因为没时间收拾自己，齐晓卉总是将头发剪到齐肩，然后随便找一根皮筋扎起来。衣服永远都是休闲衫，还得是那种面料便宜又好洗的，因为要抱孩子，好的面料经不起折腾。

眼前的齐晓卉，齐耳的短发，齐额的刘海儿，衬得她的小圆脸愈加青春而稚嫩。合身的白色小外衣，里面是粉色的蕾丝内衣。穿一条黑色休闲裤，整个人看起来不仅干净利落，而且信心十足。

这让许俊平有瞬间的时光错乱，似乎又回到了当年恋爱时。不，不对，恋爱时的齐晓卉，是羞涩而怯懦的，没有这样的自信，更没有这样的精干。岁月，果然是起伏的波涛，你不知道什么时候自己会在波谷，也不知道什么时候别人会在波峰。

许俊平回避着齐晓卉探究的目光，企图解释着什么："刚离开家的时候，我并没有想到要背叛你、背叛我们的家，真的，晓卉，请你相信我。"许俊平这样开始了他的述说："我只是恨你不相信我，恨你没把我当作最亲近的人，所以我想惩罚你。你不是喜欢替你哥承担责任吗？我就让你知道，承担责任是要付出代价的。"

刚到苏州的许俊平，憋着一肚子的气，虽然手中有近五十万的资金，只是无奈人生地不熟，不知道该做什么生意好。也算是机缘凑巧，正好就遇到了那个彻底改变了他人生轨迹的女人。"她的名字里有一个'霞'字，我就叫她小霞吧。"许俊平说着，苦笑了，"我真的不知道，她算是我命中的贵人，还是命中的克星。小霞的哥哥是房地产商，那一年银根收紧，他的日子不太好过，手上有几个项目，也因为没钱搞不起来。

"正好小霞遇到了我，在小霞的撮合下，她哥让我注册了一家公司，挂靠在他的公司名下，然后把项目分给我做。第一年的盈利几乎都被小霞的哥哥拿走了。这让小霞很恼火，她决定帮我自己找项目做。"

"她知道你有家庭吗？"齐晓卉看着眼前这个沮丧的男人，心里是说不清的感受。他曾是她所有的希望所在，但如今，她看他的目光已经有了居高临下的感觉。

"她不知道，她以为我单身，一个人出来闯事业，是一个有上进心的男人。"许俊平顿了顿，似乎自己也觉得有些好笑，"我告诉她，挣不到一千万，我绝不结婚，因为我要给我的妻子最豪华的婚礼，还必须是我亲手创造的。小霞很感动，她说她会帮我，也愿意等着我，做那个最幸福的新娘。"

齐晓卉释然，怪不得呢，情书里没有只言片语提到乐乐，离婚后也不愿意支付抚养费。这个女人能够帮许俊平找项目，精明强干是可想而知的。只是和吴雪飞一样，生意上够精明，看人的眼光实在是让人无语，或者这就是对"金无足赤，人无完人"最好的诠释吧。

想明白了，齐晓卉看着许俊平的目光就更加不屑："想法挺好的，这要是用在生意上，一年不赚个一千万，也有几百万吧？怎么，这次过来是良心发现，想要跟我重新分割离婚财产了，还是来看我的笑话，告诉我你有钱我也分不到？"

"不是的，晓卉。"许俊平欲言又止，是的，这样的现实，是个男人都无法接受。齐晓卉幸灾乐祸起来，她想听听许俊平怎么跟她解释这件事，"是这样的，婚礼前夕，我和小霞去车站接爸妈，遇到了车祸。那时小霞已经有了身孕，所以车祸不仅造成了她流产，连子宫都没能保住。晓卉，小霞帮了我很多，我不可能跟她离婚。我知道在你面前说这样的话，对你是不公平的，但是我不能一错再错了，不是吗？我们已经不可能再有孩子了，所以我想把乐乐接回去。你放心，曾经欠你的，我都会补偿你的。现在，我只要乐乐。"

齐晓卉看着许俊平，似乎要将他心底真正的想法都看穿："把乐乐接回去？既然你跟那个女人结婚的时候是未婚，那么你怎么解释乐乐的来历？私生子？福利院领养的？还是你老家某个亲戚的孩子？你不觉得这样的解释，对乐乐更不公平吗？"

"你放心，我会告诉她，乐乐就是我的儿子，亲生儿子。"齐晓卉的话让许俊平看到了希望，他急切地说道，"我也会跟她解释我曾经有过一段婚姻，她都已经不能生孩子了，我不离婚，她就应该很感激我了，难道她还有资格挑剔我的婚史和孩子吗？晓卉，你放心，当初欠你的，我都还给你，只要你肯把乐乐给我，顺便把姓氏改回去。"

"许俊平，你真卑鄙！"齐晓卉猛地站了起来，"乐乐不是一件东西，他是一个孩子，你想要就要、不想要就不要，你考虑过孩子的感受吗？你死心吧，我绝不会把乐乐给你这样卑鄙无耻的小人！七年的夫妻，我能对你一无所知吗？说什么那个女人不能生育了，是你自己不能生育了吧？否则，你宁可找代孕，也不会来找我们的，我说的没错吧？"说完，齐晓卉冷冷地看了许俊平一眼，拂袖而走。

"齐晓卉，你不要忘了，我失去了生育能力，那就是我可以得到乐乐最有利的条件。"许俊平也站了起来，脸色阴沉，"你不要敬酒不吃吃罚酒，当初离婚的时候，我能让你一分钱都得不到，那么现在，我一样能让你乖乖交出乐乐。你要是不相信，咱们就法院见！"

# 30 我们是一家人

秦诺是在回程的船上接到齐晓卉的电话的，她关上手机，心事重重地看着程新，说道："真的被你猜着了，许俊平是来要乐乐的。你说，许俊平要是真的丧失了生育能力，乐乐有可能会让他要走吗？对了，这种情况要是打官司，法院一般会把孩子判给谁呢？"

程新波澜不惊地回答道："许俊平丧失生育能力是争取孩子抚养权的一个很有利的条件，不过他出轨和离婚时拒付抚养费，就是一个很不利的条件了。"

"那比较起来，法官会怎么考量？"秦诺焦急道。她相信齐晓卉一定是走投无路了，所以才给她打电话的，"你可以给她辩护吗？"

程新不易察觉地皱了一下眉头："许俊平要打官司？"

"不知道呀，反正律师已经找了晓卉好几次了，说是无论从经济上还是感情上，许俊平都比晓卉更适合抚养乐乐。晓卉现在是六神无主，刚才还说，早知道先不从旅行社辞职了，律师从旅行社拿到了晓卉的辞职申请，说她现在没有工作。"

"这样啊？"程新沉思了一下，一抬眼看见秦诺眼巴巴地看着他，突然想要逗她，"我要是帮齐晓卉辩护，那你打算怎么支付律师费呀？"

"我把顾帅哥送给你！"秦诺兴奋道，程新无语。

海鲜楼大酒店的休假制度，假期结束后必须先回酒店去销假，因此秦诺连家都没回，先去了酒店，让程新一个人带着行李回家。到了家里，程新把秦诺的行李交给秦妈妈，就要出去开宾馆。不想秦妈妈一把拉住他，说怎么也不能让他走。

"小程啊，你看你，都快跟诺诺结婚了，还这么见外。这里是什么地方啊？是诺诺的家，也就是你的家。哪有回家了还要去开宾馆住的，真是没见过。"

程新暗自好笑，果然知母莫若女，秦妈妈这是努力给他们创造机会了。只是秦诺的性格外表张扬，内心还是非常传统的。自己倘若果真留在她家里，那么这次出门所有的努力怕是都白费了。但是秦妈妈的好意也不能回绝，因此他只得先放下行李，打算等秦妈妈不注意的时候，给秦诺打个电话，让她帮自己在外面开个房间算了。

见程新不再坚持要出去了，秦妈妈很开心，忙说道："小程啊，你先坐着，看电视、玩电脑你随便，我出去买菜，一会儿就回来的。"

程新忙应了一声，等秦妈妈出了门，他想到齐晓卉跟秦诺说起的事情，思索了一下，还是给顾林涛打了个电话："阿涛，齐晓卉那边怎么样了？她今天给秦诺打电话的状态很不好，我不敢直接去问她，所以来问问你。"

"你回来了？太好了，你在哪里？我这就过来，情况确实不太好。"顾林涛高兴中带着意外，想来他也是不想打扰自己和秦诺的出行，所以才一直没有打电话吧。

这样想着，程新便一口答应了："你在哪里？我去找你。"

程新赶到了顾林涛的宿舍中，顾林涛一见面便苦笑道："晓卉怕许俊平带人抢走乐乐，三天前去了吴雪飞的娘家。你们今天到了，我估计她明天也就回来了。"

程新自己找了地方坐下说道："躲着也不是办法，现在事情很糟糕吗？"

顾林涛也坐下了，叹息道："我不知道是不是很糟糕，但确实不是很好。"说着，他将茶几上的一沓资料递给程新："这是许俊平的律师拿过来的。好巧不巧，就在许俊平回来的前几天，晓卉因为没办法顾及两边，就把旅行社的工作给辞了，他们拿到了辞职报告。"

程新翻看着资料，暗暗吃惊。这个许俊平确实卑鄙得可以，到现在这种时候，他依然不想让齐晓卉得到半分的婚姻财产。他所列举的足以抚养乐乐的财产，几乎都在他现任妻子的名下。也就是说，他可以用这些财产来争夺乐乐的抚养权，但是跟齐晓卉没有半点儿关系。

"律师怎么说的？"程新冷峻地问道。

"我才知道，许俊平的律师其实早就到了瀛洲，在我们都不知道的情况下，做了证据收集。"顾林涛苦恼地说道，"他们不仅拿到了晓卉的辞职报告，还将晓卉换出租房的原因解释为经济状况不好。因为苏总的房子确实比我们现在租的要好。而晓卉在排档的工作，因为和吴雪飞的特殊关系，也被理解为帮忙性质了，所以晓卉现在是失业状态。不过吴雪飞说了，如果可以，她愿意把在排档的投资转给晓卉，问题是，晓卉要怎么解释投资款的来历？程新，你说我要是和晓卉结婚，那是不是就对她有利了？"

"有利啥？"程新不以为然地横了他一眼，"你有万贯家产，还是有别墅房车啊？"说着，继续翻着资料，突然问道，"当初的离婚协议还在吗？另外，乐乐的改姓记录你们调出来了吗？"

"改姓记录？"顾林涛一下子回不过神来，"这个有什么用？"

程新鄙夷地看了他一眼："我让你们做的每一件事情都是有用的，知不知道不怕一万，就怕万一？知不知道未雨绸缪？你们这忧患意识，比我家诺诺可真是差远了。"说着，装作没看到顾林涛的白眼，自顾自地说着："阿涛，我郑重问你一句，你是真的喜欢乐乐吗？我承认齐晓卉确实很好，虽然在婚姻中受过伤，以后跟你在一起，可能也不会像以前那么单纯了。但一个人本性的善良是难以改变的，所以你觉得她符合你对另一半的期望，我也觉得没错。但结婚是一回事，给人当继父是另外一回事。无论许俊平和齐晓卉闹到什么程度，都没办法改变他和乐乐的血缘关系，你甚至无法控制他长大以后去见许俊平，你确定你能接受？"

顾林涛沉默了。

程新放下了资料，看着他说道："如果你不能接受，这是一个机会。许俊平已经不会再有孩子了，乐乐是他唯一的儿子。而他的经济条件如今就摆在这里，相信他一定会善待乐乐的。这个时候放手，结局应该是最好的。"

"程新，你的意思是不是，培养一个孩子只需要有钱就行了？"顾林涛缓缓地说道，"以身作则，言传身教，这些都是不需要的了？我无法想象，像许俊平这样的人，乐乐在他的培养下，会成长为一个堂堂正正的人。我不可能劝晓卉放弃乐乐的，这对乐乐不公平。"

程新长叹了一声："如果你决定了，那我就帮你打这场官司吧，他们起诉了没有？"

"还没有，律师一直在找晓卉，想要私下解决。"顾林涛忙说道。

"那行，他们一起诉你就通知我。另外，你问问齐晓卉，万一开庭的话，她是自己应诉，还是让我全权代理？"程新将资料收拾好，装进包里，正要起身离开，手机响了，是秦妈妈："小程，你在哪里呀？快回家吧，诺诺这里有点儿事。"

"哦，好的，马上回来！"程新吃了一惊，来不及多想，匆匆和顾林涛告辞，叫了一辆出租车就到了秦诺家里。秦诺正坐在沙发上抽抽噎噎地哭，秦妈妈在一旁安慰着。

看见程新进来，秦妈妈忙把茶几上的纸递过去，轻声问道："小程啊，你看看这处分书有什么问题没有？怎么好好的，一点儿苗头都没有，酒店就把诺诺给开除了呢？"

程新疑惑地接过纸一看，只见上面写着"处分决定书"五个字，匆匆浏览了一下内容，随即问道："怎么回事？"

秦诺哭得梨花带雨地说道："刚才我去酒店销假，季永年说，我有利用工作之便损害酒店利益的行为，所以酒店要对我做出处分，就是开除我。可是他说的那些，根本就是凭空捏造的呀。晓卉抄个菜单怎么了？难道酒店的菜单不是给客人看的？还说我将酒店的客人介绍到吴雪飞的饭店里去了，可那些客人根本就不是酒店里预订的客人，而且也是人家自己指名要去的。总不能说这些客人我认识，就是我介绍的吧？"

程新略皱了皱眉头，指着决定书下面的签字，问道："既然你觉得自己没做错，那你怎么就签名确认了？"

"我受不了那个气，不做就不做，有啥了不起的？"秦诺气狠狠地抽了几张纸巾，一边擦眼泪，一边说道，"他说我要是不签字，酒店就要开除我，这开除的名声传出去，那我还要不要在瀛洲市找工作了？没办法，我只好签了处分书。季永年让我再写一份辞职报告，他答应这件事情就按照辞职算，不算开除了。"

程新匪夷所思地看着她，半天才叹道："我说大小姐，如果你觉得酒店的处分不对，那么最好的办法不是辞职，也不是等着被开除，而是申请劳动仲裁，或者直接提起劳务诉讼。你这一签字，不就说明你认可酒店的处分决定了吗？再说了，自己辞职就很划算吗？你知不知道，自行辞职用工单位是不需要支付赔偿金的？"

"啊？还有这样的事情啊？"秦诺抓起决定书看了一眼，"那怎么办？我已经签字了呀。不是吧，我好歹在那里做了八年，没有功劳还有苦劳呢，就算不要我做了，给点儿赔偿金不也是应该的吗？为什么要做得这么绝呀？"

程新看着秦诺，好笑道："我说你这个人真是奇怪呀，说婚姻是男人剥削女人，所以你提高警惕不要结婚，怎么一到职场就成这副模样了？我告诉你吧，职场也好，婚姻也好，不想被人欺负，你就得让别人知道，你不是好欺负的。你觉得在婚姻中，女人示弱是无能的表现，难道在职场上，你示弱就成曲线救国了？"

秦诺气恼道："你就别说风凉话了，行不行？好好给我出个主意，怎么办哪？总不能让别人这样欺负我吧。"

程新忍着笑，一本正经地说道："怎么办？秦小姐这是要委托我全权代理吗？可以呀。不过给秦小姐代理，律师费的结算有点儿不一样，你接受吗？"

"我不接受，你敢不管？信不信我把你扔海里喂鱼去？"秦诺一下子就跳了起来，眼泪却又掉了下来，"别人欺负我，你也不帮我，你在我妈妈面前说的都是屁话吗？"

程新笑了："这么说，你相信我的话了？"

秦妈妈在一旁看得莫名其妙："小程，你这话阿姨就听不懂了，你们都已经快结婚了，她的事不就是你的事吗？怎么还要委托、还要代理啊？"

"阿姨，对不起，我们一直在瞒着你。"程新看着秦妈妈，笑着说道，"其实我跟诺诺的恋爱，应该说从现在、从这一刻才正式开始。"说着，他走近秦诺，低声说道，"我说过，如果你不相信我，我绝不会强迫你，现在开始好吗？"

秦诺满脸绯红，一时间手脚都不知道放哪里才好，扭捏了半天，拿过那张"处分决定书"，恶狠狠地说道："我警告你，你必须把这件事情给我办好，办不好，看我怎么收拾你！"


齐晓卉带着乐乐刚刚跨进排档的大门，手机就响了起来，吓得她差点儿把手机扔了，好不容易回过神儿来，竟然是齐母的电话："晓卉呀，你在哪儿？"

母亲的声音听起来非常镇定，不知道是崔颖儿虽然住在娘家，却迟迟没有流产，让她暂时放了心；还是吴雪飞强硬的态度，让她觉得跟自己这个女儿已经是无话可说了。总之，在吴雪飞失踪以及回来后打理排档的这些日子里，母亲一直没有联系过自己。

那么今天打电话来，是为了什么呢？是不是她知道了许俊平回来的事情，终于还是不放心。终究是母亲，还在为自己操心。捏着电话，齐晓卉不觉有了一丝的愧疚，因此她打起十二分的精神，故作轻松地说道："我在自己家里，妈，有事吗？"

"有点儿事，想跟你商量一下。"齐母的语气有些迟疑，顿了顿又说道，"如果你有空，就过来一下吧，我在家等你。"

一种不安的感觉，在齐晓卉的心头慢慢地弥漫开来。她满腹狐疑地合上了手机，把乐乐交给吴雪飞。在吴雪飞的担忧中，招手叫了一辆出租车，直奔娘家。

齐父在自家的小院栽了各种树木，每到夏季，柑橘、枇杷、桂树的浓荫，遮住了阳光，让小院清凉宜人，而月季、玉簪和紫茉莉那会儿也开得很热闹。所以夏天的时候，家里人都习惯坐在小院里做事，择菜、洗衣、聊天儿，反而嫌房间里闷了，不太愿意待着。

齐晓卉走进了小院，静悄悄的，没有一个人。空气中弥漫着月季的芬芳，似乎还夹杂着一丝丝桂花的香气。这是快到秋天了吗？桂花也开了？齐晓卉在绿叶的浓荫中寻找着那米粒一样的花朵，情不自禁地想起了儿子用胖胖的小手，帮她一起择桂花做糖渍桂花的情景。

"晓卉呀，来了怎么不进去？"齐母突然出现在门口。

齐晓卉一愣，忙掩饰一笑："我在看橘子熟了没有，老爸的花是越种越好了。"说着，随母亲一起走进了客厅。

客厅中，齐父和齐晓成都在，让齐晓卉没想到的是，自从那天闹翻以后一直住在娘家不肯回来的崔颖儿，居然也在。那种不安的感觉更加明显了，齐晓卉压抑着忐忑的心情，看了一眼崔颖儿已经非常明显的肚子，客套了一句："回来了？"

崔颖儿礼貌地笑了一下，目光飘向了齐晓成。齐晓成连忙站起来，将桌上的半个西瓜切了几片，拿到齐晓卉的面前，说道："先吃点儿西瓜解解渴吧，有个事情想跟你商量一下。"

齐晓卉看看父母，又看看齐晓成，稳住了自己的心绪，说道："说吧。"

"许俊平回来了……你知道吧？"齐晓成犹豫着，终于还是说了。

果然是这件事，但是……为什么是齐晓成来问她？齐晓卉只觉得脑子里"嗡"的一声，不由自主地提起了十二分的警惕："他回来跟你有什么关系？"

"晓卉，"齐母瞥了儿子一眼，接过话头说道，"许俊平给我们打过电话了，他说他这次回来，是想把乐乐接走的，妈觉得这是好事呀。你看你一个人，收入也不高，养着儿子多辛苦。再说了，你才多大呀，跟许俊平离了，总归还是要结婚的。带着乐乐，对象也不好找是不是？上次许家不要乐乐，那是没办法，只好你留下了，总不能让孩子睡大街去。现在许俊平想明白了，来要孩子了，这不是一件求之不得的好事吗？所以妈觉得，你把乐乐还给许俊平吧，顺便把名字也给改回去算了。说到底，乐乐就是许家的孙子，贴不上我齐家来。"

齐晓卉看着母亲，怎么都感觉不到母亲这是在为她着想。是的，从她懂事的那一刻起，她就知道，在母亲的心里，自己跟齐晓成根本就不在一个档次上。

可是这一次，跟齐晓成有关系吗？就算她带着乐乐从今往后不嫁人了，那又怎么样？她让娘家养活她了吗？她让齐晓成帮着养乐乐了吗？

齐晓卉觉得母亲真的是太奇怪了，因此她冷冷地说道："妈，乐乐是我的儿子，目前我也是他唯一的监护人。我既然生得下他来，当然也养得活他，这个不用你们操心了。至于许俊平，你们认为，他还是个人吗？他还有资格当父亲吗？"

"许俊平是不是人这不是你说了算的。"齐母的语气中含了愠意，"乐乐是他的亲生儿子却是事实。晓卉，我知道上次离婚的时候，许俊平太绝情，让你伤心了，也让你为乐乐担心了。但是人会犯错，也是会改错的，你就不允许人家改正了吗？"

"妈！"齐晓卉不满道，"他这是改正了吗？他是不能再生孩子了，这才想到乐乐的。他把乐乐当什么了？就算是家里的一件东西，也不能要用的时候想起来，不用的时候随便丢吧？妈，你不用再劝我了，乐乐，我是绝对不可能给许俊平的！"

齐晓卉说着，站起身来就要走。齐晓成急了，忙上前阻拦，口不择言道："好，齐晓卉，既然你不把我们放在眼里了，那也别怪我们不讲情面了。你不把乐乐还给许俊平，可以呀，要是许俊平跟你打起官司来，你可不要怪我给他做证，证明你没有抚养乐乐的能力。"

齐晓卉怔住了，看着齐晓成目瞪口呆："你为什么要给他做证？哥，我哪里对不起你了？你这样三番五次地跟我过不去？"说到这里，压抑了数月的愤怒终于爆发了："齐晓成，你不要忘了，为了给你还赌债，你跟许俊平合伙骗我卖掉了房子，害得我们母子无处容身，我还没跟你好好算账呢，你还想干什么？"

齐晓成被妹妹的模样吓了一跳，一下子说不出话来了。只听见崔颖儿冷笑了一声："我说呢，放着自己的亲哥哥、亲嫂子，你怎么帮着外人，原来你心里装着一肚子恨呢。亏了我还劝齐晓成，说你不会记恨他的，看起来，我还是没有看清楚你呀。我实话告诉你吧，许俊平给了我们三十万，就是要我们帮忙拿到乐乐的抚养权。能说服你最好，皆大欢喜，否则，他就上法院起诉去，我们会给他做证，证明你没有抚养乐乐的能力。"

"你说什么？"齐晓卉不相信地看着崔颖儿，然后目光渐渐转向了齐母，"妈，这是真的吗？崔颖儿说的是真的吗？"她的眼泪一下子就出来了，"齐晓成是你的儿子，乐乐是我的儿子，你没有权利为了你的儿子，让我放弃自己的儿子，这不公平！"

"晓卉，你就当妈求你了。"齐母说着，拉了齐晓卉的手，竟然双膝跪下，

"乐乐给了许俊平,也不全是为了你哥,也是为了你自己呀。你一个单身女人,带着儿子也不好再嫁人的不是?更不要说乐乐慢慢长大了,你养得起他吗?三十万给你哥,也不是昧下了你的,算是你哥借你的,妈给你做担保。只要你能说服吴雪飞把房子还给我们,妈马上就让你哥把钱还给你。真的,妈要是骗你,这辈子你就不用认我了!"

"妈,"齐晓卉大吃一惊,甩开母亲的手站到了她的身后,"吴雪飞是吴雪飞,我是我,吴雪飞拿了你们的房子,为什么要我拿乐乐来换?"

"你就别撇清了。"崔颖儿一脸鄙夷地盯着齐晓卉,"吴雪飞做排档,你一分钱没投资,为什么她要给你分红,说你们是合伙的?哼,我现在就是怀疑,吴雪飞能骗到这房子,是不是也有你的功劳在里面!"

齐晓卉手指着齐晓成,眼睛直盯着崔颖儿:"这话你应该去问他,房子是他选的,钱是他付的,预售合同是他过目的。崔颖儿,你要是没有证据,再给我胡说八道、挑拨离间,你信不信我跟你没完?"

齐晓卉咬牙切齿的样子把崔颖儿吓了一跳,她本能地躲到了齐晓成的身后,见齐晓卉并没有动作,又不甘心地探出身来说了一句:"我没证据?吴雪飞骗了我的房子躲出去了,她那排档是不是你给装修好的?齐晓卉,你哪来的钱哪?你敢说出来吗?"

齐晓卉只觉得气血直往头上冲,她不顾一切地从齐晓成身后揪出崔颖儿,尖叫道:"我敢说,我有什么不敢说的!崔颖儿,你敢说说你的打算吗?买新房,用老房子做抵押,过一两年将老房子卖了还新房子的贷款,我齐家的房产就稳稳地落到你的名下了。这是不是你的好算计、好办法?你跟个贼又有什么区别?你有什么资格来说我,啊?"

齐家父母和齐晓成一看这阵势,都慌了,急忙上前想要拉开两个人,就听见崔颖儿痛苦地叫了起来:"肚子……我肚子痛……我的孩子!"

顾林涛赶到医院的时候,齐晓卉正远远地离开家人,一个人站在医院楼道的转弯口,默默地看着窗外。听到顾林涛的声音,她木然地转过头去,没有开口,泪水先下来了。

"怎么回事?"顾林涛忙拉着她,用纸巾替她拭泪,"接到你的电话差点儿没把我吓死,出了什么事?怎么就跑到医院里来了?"

刚才跟她在一起的,明明都是自己的家人,可齐晓卉感到的,是深深的孤寂。连她自己也不知道,为什么想都不想,电话就打给了顾林涛,这一刻,他才是她的希望所在吗？

"小顾，你跟程新说过了吗？"齐晓卉竭力让自己平静下来，就说了这一句，却怎么也无法平静了，"我……许俊平想要乐乐的抚养权，让律师来缠着我不说，还买通了齐晓成和我爸妈，说要跟我打官司争夺乐乐的抚养权，让齐晓成他们给他做证，证明我没有抚养乐乐的能力。刚才……刚才我是气急了，想让齐晓成把钱还给许俊平，我不想让乐乐离开我。结果……崔颖儿动了胎气，我们就到医院里来了。"

齐晓卉断断续续地说完，见顾林涛没有回答，心里不由得万分紧张，情不自禁地抓住了顾林涛的胳膊，问道："怎么了？你说一句话呀，是不是这个官司我们胜诉的把握太小了？所以程新不愿意接了？怪我，都怪我，知道许俊平回来了一点儿警惕都没有，现在该怎么办哪？"

"晓卉，别这么说。"顾林涛轻轻搂住了齐晓卉，"这件事程新已经跟我说过了，他说把握是有的，尤其是当初他给你起草的那份离婚协议书，完全可以证明许俊平不是一个合格的父亲。但是，我真没想到他会去买通你的家人……"

"我没有家人了。"齐晓卉强忍着眼泪说道，"除了乐乐。"

顾林涛仔细想了想，问道："崔颖儿现在的情况怎么样？严重吗？"

"大人应该没事，医生在给她保胎。"齐晓卉有些愧疚了，随即又恨道，"她知道要自己的孩子，怎么不想想乐乐也是我历经辛苦生下来的骨肉？就要这样拆散我们母子。"

顾林涛搂了搂她的肩，劝道："既然这样，你也不必在这里了。我这就给程新打电话，我们还是先去商量抚养权的事情吧。"说着，他朝楼上病房区看了一眼，没发现什么大的动静，便拥着齐晓卉匆匆下楼，离开了医院。

程新接到电话倒是不慌不忙，说他跟秦诺正有事在吴雪飞的排档，让顾林涛他们也去排档，在那里碰头："有事见面说吧，刚才有人送了一件快递过来，又是保值又是要当面签收的，不知道是什么，让齐晓卉自己过来拿。"

齐晓卉和顾林涛面面相觑，不知道程新会有什么事情要找自己。怎么也猜不出是哪里来的快递，于是赶紧拦车，赶往排档。

这边程新挂了电话，正好吴雪飞看完了处分决定书，看着秦诺也觉得好笑："这也值得生气呀？你这气性也太小了。季永年不要你，那不是正好，你过来做自己的生意。我正愁一个人忙不过来呢，晓卉又是个不会招呼客人的人。"

"雪飞姐！"秦诺气得一跺脚，"噌噌噌"地走到休闲吧坐下，说道，"这不是我有没有工作的问题，而是他在冤枉我，你知道吗？冤枉我也就算了，还要算计我，把我开除，明摆着就是要赖补偿金嘛。我是气不过这个，谁稀罕他那个破工作了。”

程新笑着接话道：“吴姐姐，海鲜楼的处分决定里，提到了秦诺将他们的菜单提供给你，涉嫌出卖酒店的商业秘密。所以我想看一下你这里的菜单，是不是跟海鲜楼的一样。”

“瞎说什么呀！”吴雪飞不满道，“什么我们的菜单是他们提供的，我们的菜单都是晓卉跟我设计出来的好吧，跟他们的完全不一样的。不信，我拿给你看。”说着，她走到前台去拿菜单，说道：“这季永年还真是想得出来，菜单也算商业秘密。难道说，海鲜楼的菜单不是给客人点菜用的，是专门锁在保险箱里的？”

“就是，就是呀。”秦诺连声附和，“我知道他是要关照周婷，小郑早就给我打电话了，说我请假的第二天，周婷就去餐饮部上班了。你要关照周婷，也不能冤枉我吧？雪飞姐，你还得给我做个证明，证明试营业期间来的客人，是他们自己要来的，不是我推荐的。”

“没问题，那些客人都是冲着晓卉的厨艺来的，走的时候还要了店里的电话，也留了他们自己的号码。一会儿我拿给你，让他们给你出证词。”吴雪飞笑笑，“谁让你光长年龄不长心眼儿了？没花头，上司自然看你不顺眼了。”

她说着话，拿了菜单给程新，正巧，顾林涛和齐晓卉也到了。秦诺一见齐晓卉眼睛有点儿发红，忙站起来问道：“怎么了，晓卉？许俊平去找你的麻烦了？”

齐晓卉有气无力地摇摇头，眼泪却下来了。顾林涛看了一眼，将程新拉到一边，把许俊平花三十万买通齐晓成，想要通过官司得到乐乐抚养权的事情简单说了一遍，然后无奈道：“晓卉也是气急了，拉扯着齐晓成让他还钱。不想崔颖儿又在那里说风凉话，争吵中，不小心碰到崔颖儿，她就动了胎气了。”

“三十万？”站在后面偷听的秦诺倒抽了一口冷气，赶紧走到齐晓卉身边，紧张地问道，“真的是三十万？齐晓成已经收下了？”

齐晓卉掉着眼泪点点头，秦诺怪叫起来：“这钱到了崔颖儿的手里，还能要得出来呀？惨了，这样的话，就算许俊平官司打输了，他让晓卉还钱怎么办？你让晓卉上哪儿去找三十万还给他呀？”

程新好笑道：“你这话才说得怪，许俊平为什么要问齐晓卉要钱呢？他的钱给齐晓卉了吗？他给谁的，就问谁去要，这跟乐乐的抚养权官司有什么关系呢？”

一句话提醒了齐晓卉，她看着程新说道：“程新，那你说说看，如果真的打官司，我胜诉的把握有多少？对了，上个星期一直有律师来找我，说我经济困顿，所以把绿漾小区租的房给退了，说我刚从旅行社辞职了，排档的工作不稳定，不能算，还说我经常把乐乐放在老师那里，根本就是不负责任。这些是不是都会影响抚养权的争取啊？"

"当然会。"程新笑了笑，"不过绿漾小区的事情，可以请苏睿文做个证，证明他那个房子是要卖掉了，所以才让你退租的，不是你要退的。至于收入，目前你在排档是拿工资的吗？"说着，问吴雪飞："你现在给她开多少工资？"

吴雪飞马上领悟："不给工资，我给分红。把我的那些投资款都算到她的名下好了，这样晓卉不就是有经济能力了？"

"对呀，对呀，我的也算给晓卉好了。"秦诺忘了自己的事情，赶紧接话。

程新无语了："我说姐姐们，你们能不能不要帮倒忙啊？齐晓卉和许俊平离婚的时间也不长，她哪来那么多的投资款哪？要是这些都是她的积蓄，那么离婚时她就应该分给许俊平一半了。你们这么说，是钱多了把脑子烧坏了吗？"

程新瞥了一眼面面相觑的众人，让秦诺拿了纸和笔来，边写边说道："争取抚养权，无非就是看三点：第一，经济能力；第二，成长环境；第三，孩子的意愿。许俊平丧失了生育能力，是一个有利条件，但不是决定性的条件。许俊平现在主要想证明的就是齐晓卉的经济能力，所以他们收集了旅行社的辞职信、绿漾小区退租的情况，以及买通齐晓成，都是为了证明这一点。至于成长环境，虽然许俊平有父母可以帮忙照看，但孩子一直是跟齐晓卉的，所以这一点是不分上下的。就是你曾经把孩子寄宿在老师那里的行为，可能会成为许俊平的把柄。不过当初的离婚协议可以为你扳回一局，影响也不大。最后一个就是孩子的意愿，我想这一点许俊平应该没有任何优势。所以综合起来说，胜诉的把握还是挺大的。当然，任何一桩官司不到最后判决，谁也不能保证万无一失。所以该做的事情，我们还是要准备起来的。"说到这里，程新看着顾林涛："现在知道离婚协议的作用了吧？我们要知己知彼，才能百战不殆。来，大家一起来找找许俊平证明自己经济条件的这些资料中，有什么破绽吧。最好是能够证明当初他恶意隐瞒婚内财产，逃避抚养责任的。"

"对啊！"众人一喜，可是看着程新手中那薄薄的两张纸，却又无解了。许俊平很聪明地用妻子的婚前财产来证明自己的经济能力，让众人明知有诈却又无可奈何。

就在这时，门口有人叫道："齐晓卉，齐晓卉，人在吗？有你的快递，要当面签收的，麻烦你拿身份证来签收一下。"

吴雪飞这才想到什么，赶紧说道："对了，刚才就是这个快递，你带着身份证吗？去拿一下吧，也不知道是什么东西，这么要紧。"

齐晓卉连忙起身去拿快递，不一会儿就回来了，手里拿着一个快递信封。她翻来覆去地看着，一脸的疑惑："是苏总寄给我的，难道他还想要买房子让乐乐在上海落户吗？"

"你先打开看一下吧。"顾林涛提醒道。

齐晓卉一怔，忙撕开了封口，取出一沓资料，扫了几眼，就递给了程新，说道："我没看懂，好像是许俊平在苏州注册了一家建筑公司，还有一些前年、去年的报表什么的，就是不知道有什么用。要不，你看看？"说着，她将资料递给了程新。

"是吗？"程新疑惑地皱了一下眉头，接过复印件，仔仔细细看了一遍，然后欣喜地万分地对齐晓卉说道，"你好好谢谢苏睿文吧，他这次真的是帮了你一个很大的忙。"说着，他扬了扬手中的资料，"这些东西，不仅能够让乐乐平安地留在你身边，还能让你要回所有本来就属于你的婚姻财产。"

齐晓卉呆住了，怪不得那天他说，要给自己名正言顺的帮助，原来是这样的。她从程新手里拿回资料，紧紧抱在怀里，一如将乐乐紧紧搂在了怀中。

秦诺使劲儿掰开她的手，拿出资料嗔道："你小心点儿，别弄坏了，这是可以留下乐乐的秘密武器。"说着，她一页一页地看着，奇怪道："苏总怎么会有这些东西的？"

"我想，"程新微笑着说道，"他应该是请了私家侦探调查出来的。当然，按照我们事务所的称呼，他们不是私家侦探，叫作婚姻状况调查员。"

顾林涛轻轻拥住了齐晓卉："给苏总打个电话吧，告诉他，东西收到了。"

# 尾 声

两辆缀满鲜花的车子停在秦诺家的楼下，身披婚纱的秦诺，一手搭在妈妈的手臂上，一手轻提裙边，步履轻盈地走出了家门。

瀛洲市连通大陆的桥梁还没有建起来，车辆来去还得靠汽渡，为了方便，程新只开来了两辆花车，其他车辆都在渡轮码头静候。而伴娘、伴郎也只去了齐晓卉和顾林涛两个，其他人要等新人回门另办酒席时再来。

当然，作为花童的乐乐和齐婷好穿得像一对小天使一样，早早就来到了秦诺的家里，负责秦诺那一袭盛大婚纱的超长后摆。

正等在楼梯口的程新一见秦诺出来，连忙迎了上去。秦妈妈轻轻握着女儿的手，放到程新手上，突然落泪道："诺诺，你有没有怪妈妈？要不是程新，妈妈差点儿就误了你的一生。"她说着，就落泪了："谁说上海不远，也很远的，至少你每天晚上都不能回家了。妈妈留着你的房间，记得有空就回来，知道不？"

秦诺娇嗔道："妈，你这是什么想法呀？我就是嫁在当地，晚上也是要住自己家里的呀，哪有天天回家住的？"话音未落，就发现手腕被人扯了一下，转头看见齐晓卉瞪着她，马上换了态度，将头靠在妈妈的怀里，细声软语地说道："妈妈，我不是嫁人了，我是结婚了。我不是离开你了，而是给你找了半个儿子。从今以后，你就是儿女双全了。"

程新连忙说道："阿姨，你放心，我一定会好好爱秦诺，爱她一辈子。保证打不还手，骂不还口。她说太阳是方的，我绝不会说是圆的。她要咬哪里就咬哪里，我绝不敢喊疼……"

"嗯哼！"吴雪飞突然大声地咳嗽了一声，"程新，你刚才叫什么？"

程新一怔，马上回过神儿来，装作不解道："当然是叫妈了，怎么，你们都没听见？"

众人哄笑着，于是簇拥着新人一起走下了楼梯。楼道口，小郑正指挥众多女孩儿，在那里拦好布幛，同时殷殷嘱咐，一定要让新郎给足红包，不然绝不放行。看到这阵势，程新有些担心了，因此他连忙四处张望，想找个人来解围。

不想小郑一看见他，居然像见了怪物一般，瞅了半天，才哈哈大笑起来："我说呢，秦诺姐哪里请来的律师，把我们季总险些气死了，连周婷都气坏了，原来是咱们秦诺姐的护花使者呀，难怪哦。哈哈……这下更不能放过你了，偷偷骗了我们秦诺姐去了，居然不预先讨好我们，这太过分了。"

齐晓卉有些懵懂，秦诺和海鲜楼产生劳务纠纷的时候，她正好在和许俊平谈判乐乐的抚养权归属问题，所以还真没怎么关注过，因此悄悄问吴雪飞是怎么回事。

吴雪飞笑道："程新让秦诺签了一份全权委托书，委托程新代她处理这件事，你就自行想象一下吧，程新会怎么处理。"

律师还能怎么处理？齐晓卉好笑，季永年恐怕做梦也没想到，这样一桩劳务纠纷，秦诺会动用律师来解决吧？不过人家那是自家人，不用白不用。

正想着，秦诺过来了，拉着齐晓卉说道："晓卉，快点儿啊。程新不知道这里的婚俗，你快点儿帮忙去跟小郑她们谈判嘛。"

齐晓卉还来不及说话，小郑已经跟过来，一口否定了她："不行，晓卉姐是伴娘，是我们这伙儿的，不能代表新郎，换人来！"

程新一听，忙推出了顾林涛，问道："那伴郎总可以代表新郎吧？"

小郑威胁顾林涛："帅哥，你可要想好了今天该帮谁。不要忘了，晓卉姐还在我们手里呢，到时候不要帮别人过了关，给自己使了绊儿。"

顾林涛于是一笑往后退："程新，不是我不帮你，问题是，我的把柄还被人家抓着呢，你还是答应了她们的要求吧。不然，躲得了初一，躲不过十五，小心回门的时候，她们饶不了你。"

小郑笑道："嘿，还是咱们晓卉姐的帅哥拎得清，怎么样？程大律师，你有什么意见？"说着，居然还一副委屈的模样："我们的要求又不高，你看你们在上海结婚，我们不能去捧场了，让你就在这里敬我们每人一杯酒，有什么不对嘛？考虑到你们晚上还有婚宴，我们都已经把酒改成饮料了，够照顾你的了。我说新郎官，你是不是看不起我们哪？你要是看不起我们小地方的人，那我们可不能让你把秦诺姐带走，怕你委屈了她。"

秦诺叫道："我说姑奶奶们，问题是你们点的是碳酸饮料啊，一人一杯……天哪，二十多个人哪，二十多杯饮料，你这不是要人命吗？"

小郑马上让人把秦诺拦在楼梯上，佯嗔地白了她一眼："哼，女生外向！"

看着这一切，吴雪飞似乎又看到了自己新婚时的情景。齐晓成被拦在院门外，小姐妹们怎么也不肯放他进门，情急之下，他居然让伴郎在院门口打掩护，自己翻墙进来了。

想到这里，她不觉莞尔一笑，听见齐晓卉的声音，低低地问她："雪飞姐，我哥的酒席，就在下个月。崔颖儿说了，再不结婚，这婚宴就得跟满月酒一起办了。因为大着肚子也不方便，所以就办几桌酒，自己家里人热闹一下就行了。妈让我问问你，你过不过去？"

吴雪飞失笑道："我过去干什么？现在崔颖儿才是你的嫂子，你妈的儿媳妇可不是我。我要是一出现，到时候惹得新娘子不开心了，岂不是大家的面子都不好看？就算我再讨厌齐晓成，在这种日子里给他添堵，也不应该吧？"

齐晓卉笑笑："那要是我告诉你，请你去就是崔颖儿的意思呢？"

"她？"吴雪飞一愣。

"是呀，她说谢谢你把房子还给了他们。她的孩子她自己带，婷好老妈会带的，让你安心做生意，不用牵挂的。"

吴雪飞脸上一红，说道："什么还不还的，当初我就是吓唬她一下，谁让她欺负我女儿来着。我会看上她那个房子吗？我有自己的大排档，我稀罕别人的房子干啥？苏总的夫人都想要给我们投资了，难不成她还看扁了我们的排档，觉得不能赚钱不成？"

说着，她稍稍偏向齐晓卉，笑着问道："那天在包厢里，你跟苏太太说什么了？怎么苏睿文说谢谢你，苏太太也说谢谢你，还来问我排档需不需要资金。晓卉，还记得我跟你说过排档旁边的两个酒吧吗？现在已经装修好了，正在招商呢。你说，我们要不要去承包下来，反正现在秦诺也过来了，排档人手多出来……"

齐晓卉无语："雪飞姐，一口是吃不成一个大胖子的，你不要理想那么远大，好不好？人手哪里空出来了？你真以为婷好放在老妈那里你就不用管了？乐乐也要上小学了，你总得给我也留点儿空余的时间吧……"

"是了，我忘了你跟小顾结婚后还得生一个呢，不知道老妈到时候是不是忙得过来。"吴雪飞笑着道，"要不，让你婆婆过来看着点儿？"

齐晓卉啐了她一口，正要发飙，不提防秦诺的声音突然在后面响起："想喝喜酒还不赶紧上车？你们这帮幸灾乐祸的家伙，小心今晚我让你们变成糖醋黄鱼、雪汁花鱼、刨腌鳓鱼、大烤墨鱼、红烧龙头鱼！"

吴雪飞笑道："你还是先想好自己今晚会变成什么鱼吧！"

秦诺还没有回答，齐晓卉笑道："这还用想？当然是比目鱼啦，要不怎么上演鹣鲽情深的好戏呢？"说着，她亲昵地挽着吴雪飞的臂弯："雪飞姐，你好好管着排档，我带了全套的摄像机，今天晚上把好戏都给你录下来，带回来让你慢慢欣赏，好不好？"

吴雪飞笑道："好哇，好哇，我正遗憾不能去呢，这可太好了！"

话音未落，秦诺举起手中的花束，就要朝齐晓卉砸去，嚷道："齐晓卉，有本事你别结婚，不然，我直接去影视公司请专业摄像师来，给你全程记录这甜蜜一刻，马赛克都不打的，你信不信？"